U0926394

A Novel

一天

[英] 大卫·尼克斯——著

孙璐——译

David Nicholls

One Day

上海文艺出版社

果麦文化 出品

日子是干什么用的？
日子是我们活着的地方。
它们到临，它们
一次又一次地唤醒我们。
它们是要快乐度过的，
除了日子，
我们还能活在哪里？

啊，要解答这个问题，使得
牧师和医生穿着长长的外袍
在田野上奔跑。

——菲利普·拉金《日子》

第一部

1988—1992
二十出头

这一天是我一生都难以忘怀的，因为它使我的内心起了巨大的变化。任何人如果遇上这相似的经历也会是难忘的，谁都可以想象得出，谁能遇上这一个特别的日子，就会感到这一天过得是多么不凡啊。你不妨暂停一下看书，思考一下。人生好比一条长链，无论是金做的或是铁做的，无论是荆棘编成或是花卉织成，如果没有这具有纪念意义的一天中制作的第一环，你就不可能经历这样的一生。

——查尔斯·狄更斯《远大前程》

第一章
未来

1988年7月15日，星期五

爱丁堡，兰基勒街

“我觉得，重点在于有所改变，”她说，“你知道吧，真正意义上的改变。”

“什么？你是说要‘改变世界’吗？”

“当然不是整个世界，无非是你周围的小环境。”

两个人肢体交缠躺在单人床上，沉默片刻之后突然同时笑了出来，笑声低沉，犹如熹微的晨光。“我刚才都说了些什么啊，”她嘟囔道，“听起来土里土气的，对吧？”

“是有点老土。”

“我那是在鼓励你！我想托起你烂泥扶不上墙的灵魂，迎接未来的伟大冒险。”她扭过脸去看着他，“也许你并不需要。我猜你可能早就把未来计划好了，那真是谢天谢地，大概连流程图都画出来了吧？”

“没有啊。”

“那你打算干什么？有什么大计划吗？”

“嗯，我爸妈会来运走我的东西，放在他们家，然后我去伦敦，在他们的公寓住几天，见见朋友。接着去法国……”

“很好。”

“然后可能去中国长长见识，再然后也许是印度，到处转转。”

“旅游，”她叹了口气，“没创意。”

“旅游怎么了？”

“更像是逃避现实。”

“别太把现实当回事。”为了显得有魅力，他故作深沉地答道。

她嗤之以鼻。“我猜，在那些负担得起的人眼里，这当然不算什么。你为什么不直接说‘我要休假两年’呢？难道不是一回事吗？”

“因为旅行使人心胸开阔。”他说，单侧胳膊撑起身子，准备吻她。

“哦，你的心胸也未免太开阔了点儿，”她扭头避了一下，两人再次倒进枕头里。“不管怎样，我问的不是你下个月干什么，而是未来的计划，等到你……”她顿了顿，仿佛在努力幻想着只可能发生在五维空间的神奇景象，“……四十岁，你四十岁的时候想成为什么样的人？”

“四十岁？”他似乎也被这个问题难住了，“不知道。我可以说‘有钱人’吗？”

“这也太……浅薄了吧。”

“好吧，那就‘名人’，行了吧。”他拿鼻尖蹭着她的脖子，“这又有点病态，是不是？”

“不算病态，想想还挺让人……激动的。”

“激动！”他模仿着她柔和的约克郡口音，故意让她的语气听起来蠢兮兮的。这种情况她见多了，时髦的男孩喜欢学人说话，好像口音是什么稀罕的怪东西。她又一次本能地对他生出一丝厌恶，向后退去，直到脊背贴在冰凉的墙壁上。

“没错，激动。咱们当然得打起精神来，对吧？一切皆有可能，就像副校长说的，‘机遇之门始终为你们敞开’。”

“你们的名字，迟早出现在将来的报纸上……”

“够呛。”

“那你激动个什么劲儿？”

“我？没有的事，我害怕还来不及呢。”

“我也是。老天爷……”他猛然转身，去够床边地板上的烟，似乎打算冷静一下，“四十岁。四十。去他的吧。”

见他如此紧张，她决定火上浇油，于是不怀好意地笑道：“嘿，你四十岁的时候到底想干什么啊？”

他若有所思地点燃了烟。“好吧，说到这件事，爱姆——”

“爱姆？谁是爱姆？”

“大家都叫你爱姆，我听到过。”

“是，朋友都叫我爱姆。”

“那我能这么叫你吗？”

“好吧，德克斯。”

“对于‘老了以后怎么办’这个问题，我只希望那时的我能跟现在一样。”

透过刘海，她偷眼打量这个名叫德克斯特·梅休的家伙，不用戴眼镜都能看出他为什么乐于保持现状：他背靠着廉价的塑胶拉扣床头板，合着眼皮，香烟无精打采地贴在下嘴唇上，拂晓的天光隔着红色的窗帘透射进来，将他的半张脸映得暖融融的。他熟知摆姿势拍照的诀窍，几乎每个动作都适合上镜。爱玛·莫利一向认为，所谓“英俊”是只存在于十九世纪的无稽之谈，然而除此之外，似乎找不出更贴切的词语来形容他，或者可以干脆说他“漂亮”，透过面颊足以感知皮下的骨相，仿佛单凭颅骨就能令人痴迷。精致的鼻子微微泛着油光，眼眶下的黑圈看似淤青，其实是抽烟和通宵玩脱衣扑克牌故意输给女孩子留下的荣誉标记。他的容貌具有猫科动物的特点：眉形优雅，嘴角自然上翘、唇色暗沉饱满，不过现在有些干燥皲裂，而且被保加利亚红酒染得发红。好在他乱七八糟的发型十分讨喜：后脑勺和两侧剃得很短，前额却晃荡着一小绺难看的长毛，不知道抹过什么发胶，反正早已失效，所以这一绺看起来俏皮蓬松，像一顶滑稽的小帽子。

他依然闭着眼睛，鼻孔里喷出烟雾。他显然知道自己正被人盯着，因为他的一只手藏在腋下，故意隆起胸肌和肱二头肌。这些肌肉怎么来的？当然不是练出来的，除非裸泳和打台球也算锻炼。他的好身材很可能来源于家族遗传，正如他继承到的证券、股份和高级家具那样。这个英俊或者说漂亮的男人，涡纹图案的平角短裤低低地挂在胯骨上，在她大学四年即将结束的时候，不知怎么就来到了她租住的小房间。“英俊！”她暗忖，“你以为自己是谁？简·爱吗？还是成熟理智点儿吧，别再想入非非了。”

她抽出他嘴里的烟卷。“我能想象出你四十岁时的样子，”她说，语气中透着一丝幸灾乐祸，“我现在就能描述出来。”

他微微一笑，没有睁开眼睛。“说说看。”

“好吧——”她扭了扭身子，把羽绒被塞到腋下，“你开着敞篷跑车，在肯辛顿或者切尔西那一类的地方兜风。奇妙的是你的车半点声音都没有，因为那时候所有的车都是静音的。那时候应该是……我想想……2006年了吧？”

他揉着眼睛想了想："2004年……"

"这辆车悬空行驶，离国王大道的路面足有十五厘米，你把你的肥肚皮塞在真皮方向盘底下，像个小枕头一样，戴着露手背的手套，头发稀稀落落，下巴已经胖得没有了。你这么个大块头，挤在一辆小车里，皮肤晒成了棕色，活像只滋滋冒油的烤火鸡……"

"好吧，咱们能换个话题吗？"

"你旁边还坐了个女的，戴着墨镜。她是你的第二任，不对，第四任老婆，非常漂亮，是个模特，不对，曾经是模特，二十三岁。她是在尼斯的车展上做模特时跟你认识的，当时她靠在一辆车的前盖上搔首弄姿，迷得你神魂颠倒……"

"嘿，真不错，我有孩子吗？"

"没孩子，离过三次婚。那是个七月份的星期五，你们开车去乡下的房子。你那辆悬浮车的小后备厢里放着网球拍和门球槌，还有一大篮子上等葡萄酒、南非葡萄、几只可怜的小鹌鹑和一些芦笋。风呼呼地沿着车窗玻璃吹过来，你的心情好极了，你的第三任，不对，第四任老婆看着你笑，露出一口大白牙，你也冲她笑笑，还得努力不让自己想起一个事实：你们两个完全没有任何共同语言。"

她突然一下子住了口。你真是疯了，她暗暗对自己说，少说点疯话不好吗？"不过，假如老天爷可怜我们，不用等到那一天，我们就被核战争毁灭了。"她故作轻松地说，可他依然皱着眉头看着她。

"也许我该走了，既然我这么肤浅、堕落……"

"不，别走，"她有点着急地说，"才早晨四点。"

他挪动身体凑过去，直到两人的脸相距只有十厘米。"我不知道你为什么会把我想成这样的人，你还根本不了解我。”

“我了解你这种类型的人。”

“类型？”

“你这样的家伙我常见，满嘴时髦话，一帮人在一起大呼小叫，打着黑领结，开正装晚餐派对……”

“我连黑领结都没有，而且我肯定不会大呼……”

“动不动就休个长假，闲得没事，开着游艇在地中海转圈，呼——呼——呼——”

“要是我真的这么差劲……”他的手已经搁到了她的屁股上。

“……你本来就这样。”

“……那你为什么还和我睡觉？”他的手滑到她温暖柔软的大腿上。

“其实我不觉得咱俩睡过，真有这回事？”

“那就得看……”他低下头去吻她，“你怎么定义这个词了。”他的手又移到了她的腰窝，一条腿在她两腿间滑动。

“顺便说一句……”她贴着他的嘴唇，含糊地说。

“什么？”他感觉到她的一条腿缠在自己腿上，把他拉得更近。

“你该刷牙了。”

“你都不介意，我有什么好介意的。”

“真的很难闻，”她笑出了声，“你满嘴的烟味酒味。”

“这有什么，你也一样。”

她猛地把头扭到一边，中断了亲吻。“真的吗？”

“我不介意。我喜欢烟和酒。”

“等我一会儿。”她一把掀开羽绒被，手忙脚乱地从他身上爬了过去。

“你要去哪儿？”他伸手按在她光裸的脊背上。

“就上个茅房。”她从床边的书堆上拿起眼镜——镜框又大又黑，NHS[1]的标配。

“‘茅房’‘茅房’……对不起，我还没习惯这个词儿……”

她站起来，一条胳膊横着挡在胸前，小心翼翼地背对着他。“别走。”她拖着脚，慢吞吞地走出房间，两根手指钩住内裤下缘的松紧带，把布料向下扯，遮住大腿根，“我不在的时候，你可不能打飞机。”

他喷出一道鼻息，从床上坐起来，开始打量眼前这间破旧的出租房。他明白，尽管这里到处都是艺术明信片和讽刺现实戏剧的海报，但其中必定会有纳尔逊·曼德拉的照片，如同梦幻中的理想男友。过去的四年里，他见过许多这样的卧室，它们好似犯罪现场那样遍布城市各处，走进房门，两米之内一定找得到妮娜·西蒙的专辑。虽然他很少两次踏入同一间卧室，但一切都是那么的熟悉：烧坏的夜灯，凋零的盆栽，不配套的廉价床单散发出洗衣粉的味道。与那些附庸风雅的女孩一样，她也喜欢蒙太奇效果的照片——把大学校友和家人的生活照跟夏加尔、维米尔、康定斯基的画作以及切·格瓦拉、伍迪·艾伦、萨缪尔·贝克特的肖像拼接在一起。在这里，没有什么是中立的，一切都在宣示着某种立场或者观点。房间本身就是一项宣言，德克斯特叹了口气，意识到在她这样的女孩眼中，“中产阶级”是不折不扣的贬义词。他能理解“法西斯主义”一词的负面含义，却也喜欢“中产阶级”这个词所指代的一切：安全感、旅行、美食、良好的教

1. National Health Service，英国国家医疗服务体系。

养、雄心壮志。难道他还要为拥有这些东西而道歉吗？

他看着嘴里吐出的烟圈，伸手摸索烟灰缸，却在床边找到一本书，《不能承受的生命之轻》，“情色”部分的书脊已经留下了明显的折痕。这些秉持激进个人主义观念的年轻女性有个通病——她们全都一模一样。还有一本书：《错把妻子当帽子》。竟然还有这么愚蠢的傻瓜？他相信自己肯定不会犯这样的错误。

二十三岁的德克斯特·梅休对于自己未来的展望并不比爱玛·莫利描述的更清晰。他想成功，想让父母为他自豪，想同时和不止一个女人上床，然而这一切如何和谐共存？他想上杂志，希望有朝一日能志得意满地回顾自己事业上的成就，却不清楚应该选择什么样的事业。他想活出极致，却不愿承受任何混乱和麻烦。他想过上一种每个瞬间都可以展现在镜头之下、拍出漂亮照片的理想生活，一切看上去都应该完美无瑕，还要充满乐趣，除非迫不得已，绝不允许一丝哀愁的存在。

这算不上什么计划，而且已经出了差错，比如今晚就注定余波难平：哭泣、尴尬的通话和互相指责……也许最好还是尽快离开这里。他扫了一眼丢在各处的衣物，准备逃走。卫生间里传来令人警惕的动静，是老旧的水箱发出的嘎嘎声和轰鸣，他急忙把书放回原处，却无意中在床下发现了一只“科尔曼”牌芥末的黄色包装罐，不出所料，里面果然有几个安全套和小半截灰色的大麻烟，看着像块老鼠屎。既然这只小小的黄铁罐有可能提供性和毒品，他又一次心生希望，决定至少再逗留片刻。

卫生间里，爱玛·莫利擦去嘴角的牙膏沫，想着这一切会不会是个可怕的错误。单身四年的她，今天终于和真正喜欢的人睡在了一张床上，早在1984年的一场派对上，她就对他一见钟情，然而，再过几个小时他就要走了，很可能再也不回来，也几乎不可能约她一起去中国。他挺不错的，不是吗？德克斯特·梅休。其实，她也怀疑他并不是那么聪明，而且有点过于自负，但他人缘很好、风趣幽默，还有——毋庸置疑——非常英俊，既然如此，她何苦要这样蛮横地对待他，以至于冷嘲热讽、挑三拣四呢？为什么不能自信和快活一些，就像经常跟他厮混的那群悉心打扮、精神头儿过剩的女孩那样呢？她看着黎明的曙光从浴室的小窗户照进来。冷静点儿。她挠挠乱蓬蓬的头发，做了个鬼脸，猛然一扯老式水箱上的链条，转身回到房间。

德克斯特从床上看见她出现在门口，穿戴着他们为了参加毕业典礼租来的学士袍和学士帽，一条腿屈着，钩住门框，故意做出搔首弄姿的样子，手里拿着卷成筒的学位证书，她顺着镜框的边沿向外瞥，又压低帽檐，遮住一只眼睛。“你觉得怎么样？”

“很适合你，帽子歪得正好，我喜欢。现在把它摘了吧，回床上来。”

“没门儿。这个花了我三十英镑呢。我得让钱花得值。”她掀动长袍的下摆，让它像吸血鬼的披风那样甩来甩去。德克斯特拽住袍子的一角，她却用手中的纸筒敲了他一下，坐到床边，戴好眼镜，耸耸肩膀，褪掉长袍。他刚来得及最后看一眼她赤裸的后背和胸部的曲线，这些就全都隐没在一件印着“单方面核裁军”口号的黑色T恤下面。完蛋了，他想。除了特蕾西·查普曼的那张专辑，没什么比黑色政治文化衫更能让人性欲全无的了。

失去了兴致，他认命地从地上捡起她的学位证书，解开缠住纸筒的皮筋，念道：“英语和历史，双一等学位。”

“馋哭了吧，二等生？”她伸手来抢，“小心，别弄坏了。”

“你是不是打算把它裱起来？”

“我爸妈会把它印在墙纸上，”她紧紧地卷好证书，敲打着纸筒的两端，“塑封压膜，我妈还要把它文在背上。”

“你爸妈在哪儿啊？”

“哦，他们就在隔壁酒店。”

他吓得一缩。“老天，真的？”

她笑了。“没有啦，他们已经开车回利兹了。爸爸觉得酒店是给有钱人住的。”她把纸筒藏进床底下。“好了，你让开。”她拿手肘捅了捅他，让他躺到床铺没被焐热的那一边。他顺从地向后退去，但一条胳膊没来得及抽走，被她压在肩膀底下，于是趁机凑过去亲她的脖子。她转过头来看着他，收紧下巴。

“德克斯？”

“嗯。”

“我们抱一抱就行了，好吗？”

“当然，只要你想。”他殷勤地说，尽管他从来不觉得拥抱有什么意思。老奶奶和泰迪熊才喜欢拥抱，这个动作只会让他扫兴，现在最好还是承认失败，赶紧回家。可这时她却偏偏把脑袋靠过来，占据了他的肩膀，两人就这么僵硬扭捏地躺了一会儿，终于，她开口道：

“我竟然会说‘抱一抱’，简直冒傻气。对不起。”

他笑了。“没关系，幸好你没说‘搂一搂’。”

“‘搂一搂’更糟糕。”

“还有‘亲亲抱抱’。”

“那就太恶心了。咱们可得约好，以后千万不能说什么‘亲亲抱抱'之类的话。”刚说完她就后悔了。想什么呢？难道他们还能在一起吗？一看就知道希望渺茫。两人再次陷入沉默。刚刚过去的八个小时里，他们一直在聊个不停、亲来亲去，黎明的降临同时给两具躯体带来深重的疲惫感，杂草丛生的后花园传来了鸟类的鸣唱声。

“我喜欢这个声音，”他的脸埋在她的头发里，喃喃地说，“大清早的乌鸫叫。”

“我不喜欢。它让我觉得自己做了什么会后悔的事。”

“正因为这样我才喜欢它。”他说，又一次故作深沉，好让自己显得有魅力。片刻之后，他补充道：“为什么这么说？你做过？”

“做过什么？”

“让你后悔的事？”

“你是说咱们的事？”她握住他的手，“哦，我猜算是吧。但是也不好说，对不对？上午你再问我吧。怎么，你后悔了？”

他的嘴紧贴着她的头顶。“当然没有。”他说，心里却想，千万别再发生这种事了。

她对他的回答感到满意，于是蜷进他怀里。“我们应该睡一会儿。”

“为什么？明天又没什么事，不用赶着交论文，也没有工作要做……”

“整个人生都在等着我们……就在我们眼前。”她昏昏欲睡地说，呼吸着他散发出的并不清新却温暖美妙的味道，同时感到一阵阵焦虑的涟漪传遍全身——她想到了成年后的独立生活，对于这种生活，她完全没有准备，那感觉如同半夜响起火灾警报，她抱着衣服冲到街上。如果不再读书，她会做什么？该怎么过日子？完全没有头绪。

她告诉自己，最重要的是勇敢无畏、有所改变——并非改变全世界，只是周围的小环境。带着你的一等双学位、你的热情和史密斯·科罗娜牌电动打字机走出去，努力工作吧……无论做点什么都好，用艺术改变人生，写出优秀的作品，珍惜朋友，忠于原则，热情而充实地生活，体验新事物，尽一切可能地爱与被爱，合理饮食……诸如此类。

这些当然算不上什么人生哲学，也不适合与人分享，尤其没必要告诉眼前这家伙，但它们是她一直以来的信念，况且到目前为止，独立成年生活的前几个小时过得还不错。也许等到上午喝完茶、吃过阿司匹林之后，她甚至可以鼓起勇气再次邀请他上床。虽然那时候两个人早就醒了酒，但她可能更愿意在这种看似不利于达成目标的情况下向他提出要求。她跟男生上床的次数屈指可数，最后不是独自傻笑就是委屈地抹眼泪，或许这两种结果都不怎么样，折中一下才是最好的。不知道芥末罐子里是不是还有安全套，按理说应该有，她上次看的时候还是有的，记得那是1987年2月，她和背上全是毛的化学工程师文斯上床，他还把鼻涕喷到了她的枕头上。真是一段快乐的日子啊……

天色逐渐亮了起来。德克斯特看到粉色的日光透过厚重的冬季窗帘渗进出租屋，他不想吵醒她，就伸长胳膊，把烟蒂丢进红酒杯，抬眼望向天花板。既然睡不着，他索性打量起墙面的灰色纹饰，等她完全睡熟了，就悄悄溜走。

当然，现在离开意味着再也不见，不知道她会不会介意，很可能会的：那些女孩通常都这样。可他自己介意吗？没有她的这四年，他照样过得很不错。此前他一直以为她不过是个名叫“安娜”的普通女孩，可在昨晚的派对上，他的视线始终没能离开过她。为什么直到现在才注意她？他不由得仔细端详她熟睡的脸。

她长得漂亮，却好像为此而烦恼，发色暗红，然而发型很糟糕，似乎是故意弄成这样的，要么是自己对着镜子剪的，要么是请那个叫蒂莉什么的高嗓门、大块头室友帮的忙。她皮肤苍白，显得有些浮肿，是长时间泡图书馆、去酒吧灌酒导致的，再配上那副眼镜，让她看上去像只一本正经的猫头鹰。她下巴柔软，有点丰满，也可能是婴儿肥（现在提“丰满”和“婴儿肥”这一类的词应该不合适了吧？就像你不能说她“胸大”一样，即使这是事实，也会得罪她）。

先不要纠结这些，还是继续说她的长相吧：小巧精致的鼻尖上轻微泛出一点油光，额头有一片细小的红色斑点，但这对她的面容没有丝毫影响——她的脸实在是太美了。睡着的她闭着眼睛，他发现自己竟然记不起它们的颜色，只知道那对眼珠又大又亮，透着股幽默诙谐的快活劲儿，与之呼应的是她嘴角的两道会随着笑容加深的纹路，如同一对圆括号，而且她时常微笑，光滑的脸颊散落着粉色的雀斑，肉鼓鼓的两腮像两只热乎乎的小枕头。覆盆子色的嘴唇相当柔软，没有涂唇膏，笑的时候紧紧抿着，似乎不想露出牙齿，因为与嘴巴相比，她的牙显得有些大，而且有颗门牙缺了一点儿，但所有这些都让人觉得她好像在隐藏什么好东西：也许是一阵开怀大笑、一句聪明的评论，抑或是一个绝妙而含蓄的笑话。

假如现在离开，他也许永远不会看到这张脸了，除非有可能在十年后的聚会上尴尬地重逢，那时的她应该已经中年发福、牢骚满腹，还会抱怨他今天的不辞而别。所以，最好还是安静地离开，不要再见。人总归得向前看，还有更多的新面孔在等着他。

他刚要下定决心，她却咧开嘴巴，灿烂地一笑，闭着眼睛说："那么，你是怎么想的，德克斯？"

"想什么，爱姆？"

"我和你。你觉得我们相爱吗？"她抿起嘴唇，发出低沉的笑声。

"睡吧，好吗？"

"那就别盯着我的鼻子。"她睁开眼睛。蓝绿色，明亮而机灵。"明天星期几来着？"她喃喃自语。

"你说的是今天吧？"

"没错，是今天。等待着我们的是多么光明的一天啊。"

"今天星期六，一整天都是。而且还是圣斯威逊节[2]。"

"那是什么日子？"

"传统节日。据说今天如果下雨，接下来的四十天都会下雨，甚至持续一夏天。"

她皱了皱眉。"根本没道理。"

"本来就没道理，不过是个迷信说法。"

"说的是哪里下雨？总有地方正在下雨。"

"圣斯威逊的墓地，就在温彻斯特大教堂外面。"

"你怎么知道这些的？"

"我在那边上过学。"

2. St. Swithin's Day，英国节日，定在每年的7月15日。

“哦哦哦，啦滴答。”她把脸埋进枕头，嘟嘟囔囔地说。

“圣斯威逊下大雨，整个夏天哗啦啦。”

“真是好诗。”

“我现编的。”

她又笑起来，然后睡眼惺忪地抬起头。“可是，德克斯？”

“爱姆？”

“要是今天不下雨呢？”

“啊哈。”

“你待会儿准备干什么？”

告诉她你很忙。

“不干什么。”他说。

“那咱们一起干点什么？我是说我和你。”

等她睡着了就溜吧。

“嗯，好的。”他说，“一起干点什么吧。”

她把脑袋砸回枕头里，喃喃地说：“崭新的一天。”

“崭新的一天。”

第二章
起死回生

1989年7月15日，星期六

伍尔弗汉普顿和罗马

伍尔弗汉普顿

斯托克公园综合中学

女生更衣室

1989年7月15日

嗨，帅哥！

你还好吗？罗马怎么样？“永恒之城”肯定不是白叫的，而我才在伍尔弗汉普顿待了两天，感觉却像度过了永恒那么久（不过我发现这里的必胜客棒极了，真的棒）。

上次和你见面后，我决定接受我跟你提起过的那份“大锤”剧团的工作。过去的四个月，我们一直在为新剧《残酷货运》做策划、彩排和巡演。这是一部艺术委员会赞助的大制作，通过故事、民歌和震撼人心的哑剧表演展现历史上的奴隶贸易。随信附上一份剧情梗概复印件，让你看看它是多么精彩。

《残酷货运》是一出“教育剧”（TIE），目标观众是十一至十三岁的孩子，以激愤的态度指出奴隶制是“坏东西”。我扮演莉迪亚，嗯，没错，她正是主角，奥巴迪亚·格林爵士被宠坏的废物女儿，爵士本人也是个恶棍。（你能从他的姓看出来这家伙不是什么好东西吧？[3]）在全剧的高潮，我意识到我所有的漂亮衣服（表演到这里，我得指着身上的裙子）和珠宝首饰（指着首饰）都是用别人的血汗换来的（此时应有抽泣），我觉得自己肮脏不堪（凝视双手，仿佛看到了劳工的鲜血），那是灵——魂的肮脏。总而言之非常震撼，尽管昨晚有几个小孩把麦丽素丢到我脑袋上，毁了这一段。

不过，老实说，这部剧并不像我说的那么糟糕，我也不知道自己为什么冷嘲热讽的，大概是出于本能的警惕吧。其实孩子们的反应很不错——那些没扔东西的都觉得挺好，我们还在学校里办了讨论会，气氛蛮活跃的，只是孩子们对历史文化知之甚少，令人遗憾，连西印度群岛后裔的小孩也不清楚自己的来历。我喜欢写这些东西，它们为我准备其他的戏带来许多灵感，所以，虽然你觉得这是浪费时间，但我认为是值得的。德克斯，我真心相信我们能做出改变，比如德国在二十世纪三十年代就出现了很多激进戏剧，瞧瞧它们是如何改变现实的。我们要消除西米德兰兹的种族偏见，哪怕一次只影响一个孩子也好。

这部剧一共有四个演员，夸美饰演“高尚的奴隶”这个角色，虽然在剧里我们是主仆，但剧外相处得很不错（不过有一次我让他从咖啡馆带包薯条回来，他拿看奴隶主的眼神看我，

3. 格林（Grimm）与“grim”近似，后者意为“残酷的、讨厌的”。

仿佛受到了我的压迫)，他善良友好、工作认真，就是经常在排练的时候哭鼻子，我觉得有点夸张，他是个爱哭鬼，你明白我的意思吧。在剧中我们之间存在非常强大的性张力，可现实生活中却完全不是这样。

然后是希德，他扮演我邪恶的爸爸奥巴迪亚。我知道你整个童年时代都待在大得离谱的甘菊草坪上玩法式板球，从来不干看电视这种丢份儿的事，但希德曾经因为出演警务剧《都市节奏》而红得发紫，沦落到今天这个地步，他感到相当窝囊，打死都不愿意表演哑剧，好像用并不存在的道具做表演就是贬低了他的身份似的，而且他张口闭口“当初我拍电视剧的时候”，其实是在暗示“我顺心如意的时候”。希德还会在洗手池里撒尿，他那条破涤纶裤子脏了从来不洗，把脏地方擦一下接着穿，饿了就去加油站买牛肉馅饼填肚子。我和夸美觉得他暗地里应该就是个种族主义者，但除此之外，他是个可爱的人，非常非常可爱。

还有小糖，啊，小糖，真的是人如其名。她身兼三个角色，分别是“厚颜无耻的女仆”、种植园主和威廉·威尔伯福斯爵士。小糖不仅长得美，内心也很强大，用“彪悍”来形容她并不为过，尽管我不太认同这个词。她一直问我究竟多大了，说我看起来非常疲惫，还会劝我戴隐形眼镜，说戴了肯定漂亮，我觉得这个建议很不错。她总是急于让别人明白，她现在所做的一切不过是为了攒资历、等待被好莱坞制片人发现，可天知道有没有愿意在阴雨连绵的星期二下午跑到达德利这种地方寻找教育剧表演人才的制片人。做演员实在太惨了，对不对？创立“大锤”剧团的初衷是组建一个进步的演出团体，不能只想着出名上电视和自我炫耀，我们的目标是推出激励人心、融入政治理念的原创优秀作品。你可能觉得这很蠢，但这就是我们想要做的。无论多么民主平等的集体也有它的问题，比如要尊重希德和小糖这样的傻瓜。小糖会不会演戏倒在其次，我实在无法忍受她的纽卡斯尔口音，听起来就跟中风了似的，她还喜欢在后台穿着内衣做瑜伽，美其名曰“热身”。不过，你肯定喜闻乐见，对吧？我还是第一次看到有人穿着吊带袜和紧身胸衣做“拜日式”的，简直非常不对劲，可怜的老希德本来就嚼不动他的咖喱牛肉片，见了这一幕更是连自己的瘪嘴巴在哪儿都找不着。等终于轮到她找点衣服穿了上台，台下还常有小孩对着她猛吹口哨。演出后坐上小巴车，她会装出一副饱受凌辱的女性主义者的样子。“我讨厌他们以貌取人，脸蛋好看、身材漂亮又有什么错！”她边调整吊袜带边说，仿佛这是个重大政治议题，我们应该立刻在街头剧场上演宣传剧，讨论大胸女性遭遇的困境。我是不是管得太宽，太能挑刺儿了？你已经爱上她了吧？等你回来我可以介绍你们认识认识。我现在就能想象出你那时候的模样，紧收着下巴、摸着嘴唇，打听她的事——业。我还是别给你们介绍了……

瘦削的加里·纳特金忧心忡忡地走进来，爱玛·莫利连忙把信纸倒扣在桌上。演出在即，又到了加里这位“大锤”剧团导演暨联合创始人发表动员讲话的时候了。这间男女共用的所谓“化妆室”其实不过是市中心一所综合中学的女更衣室，即使在周末，这里也有一股荷尔蒙、粉红色洗手液、发霉的毛巾混合在一起的校园味道，让她想起读书时的日子。

加里·纳特金站在门口清了清嗓子，他面色苍白，脸上还有剃刀刮出来的红痕，黑衬衫领口的扣子系得紧紧的，一股乔治·奥威尔的派头。“伙计们，今晚来了很多人！接近五成的上座率，相对来说已经很不错了！”但到底“相对”什么他并没有说出来，也许是被小糖分散了注意力，她穿着圆点连体衣，正在表演转髋运动。“既然如此，我们就给他们演一出好戏，伙计们，震撼死他们！”

“我倒也想震撼死他们，”希德低声抱怨，“可台下都是些榆木脑壳的小王八蛋。”

“乐观点儿，希德，求你了，好吗？”小糖缓缓控制着吐气的速度，恳求地说。

加里接着嚷道：“记住，保持新鲜感，要入戏，要生动，要像第一次说出来那样展现台词。最重要的是不要被观众吓到，也别受他们的刺激，互动是好事，报复不是。别让他们激怒你，别让他们觉得自己得逞了。还有一刻钟，大家都动起来！”说完，他就像个狱卒似的把更衣室的门一关，扬长而去。

希德开始了晚间的热身运动，念咒一般反复嘟囔：我——恨——这——份——工——作——我——恨——这——份——工——作。夸美坐在他身后，光着膀子，下身套了条破裤子，两手交叉塞在腋下，仰着脑袋，似乎在冥想，又像是努力克制着不哭出来。爱玛的左边，小糖用干巴巴的女高音轻声哼唱着《悲惨世界》里的曲目，并剪着脚指甲，她跳了十八年芭蕾，脚趾已经变成了锤头的形状。爱玛转身背对她，望向破镜子里自己的倒影，撑起曳地连衣裙的泡泡袖，摘下眼镜，发出一声简·奥斯丁式的叹息。

过去的一年错误连连，充斥着糟糕的选择和搁浅的计划。她先是在一个女子乐队做贝斯手，乐队的名字始终定不下来，在“咽喉”“六人屠宰场”和“坏饼干”之间切换，音乐风格就更别提了；又跑到一家无人问津的另类夜总会干了几天；写小说，第一部半途而废，第二部也搁置了；打了几份收入微薄的暑期工，向游客推销羊绒衫和苏格兰格子呢。在最低潮的时候，她报名学习马戏表演课，最终因为意识到自己没有这方面的才能而作罢，成为“空中飞人”显然并非合适的出路。

连红极一时的流行歌曲《第二个爱情夏日》听起来都满是抑郁失落，她喜欢的爱丁堡也开始变得令人厌烦压抑。住在大学城里，感觉就像派对结束后，其他人都走了，只剩她一个，所以到了十月，她退掉兰基勒街的公寓，搬回家跟父母度过了一个漫长、忧愁、潮湿的冬季，这段时间里，相互指责、摔门和下午的电视节目让整座房子显得格外狭小。“你的一等双学位呢？怎么没用了？”母亲天天这样问她，仿佛学位是女儿的超能力，只是她太固执，不愿意使用而已。爱玛的妹妹玛丽安是个幸福的已婚护士，刚刚有了宝宝，晚上她经常过来，仅仅为了在父母宠爱的姐姐面前幸灾乐祸一番。

不过，爱玛的生活中时常闪现德克斯特·梅休的身影。毕业后的那个夏季，暑气消散之前的最后几天，她去他家作客，那是一座位于牛津郡的漂亮房子，在她眼里简直属于豪宅：开阔大气，二十世纪二十年代风格，古雅的褪色地毯、大型抽象画和加了冰块的饮料。游泳池和网球场之间是个草木飘香的大花园，他们在那里度过了漫长而乏味的一天。爱玛还是第一次见到并非当地议会建造的网球场，她坐在柳条椅上喝金汤力，欣赏着庭院里的景色，不禁想起《了不起的盖茨比》。不出所料，她搞砸了这次拜访，不但从头到尾显得紧张兮兮，晚餐时还喝得太多，竟然为了关于尼加拉瓜的话题朝德克斯特的父亲大喊大叫，而对方是个非常温和谦虚、通情达理的人，德克斯特则一直用失望中带着柔情的眼神看她，仿佛她是一只弄脏了地毯的小狗。她竟然曾经坐在他家的餐桌前，吃着他们的食物，叫他父亲"法西斯"！当天晚上，她茫然而懊悔地躺在客房里，等待着显然永远不会响起的敲门声——为了支持尼加拉瓜的桑地诺解放阵线而牺牲掉浪漫的期盼，却不会有人因此感激她。

四月份，两人共同的朋友卡勒姆在伦敦举办二十三岁生日派对，他们在派对上再次相遇。次日，他俩在肯辛顿花园聊了一整天，对着瓶子喝红酒，她显然已经得到了原谅，不过他们的关系也被确定为恼人的密友关系，至少让她觉得苦恼：躺在刚刚萌芽的春日草地上，两人的手几乎触到一起，他却谈起了萝拉，他在比利牛斯山滑雪时认识的西班牙美女。

然后他又去旅行了，继续开阔心胸和眼界。中国不合他的胃口，意识形态差异太大，于是他改变计划，根据一本名为《派对胜地》的旅游指南的推荐，开始了为期一年的休闲游。因此他们现在成了笔友，爱玛的一封封长信热情洋溢，精心穿插了各种佚闻笑料，字里行间的渴望更是难以掩藏，每封航空信都是一次长达两千字的告白，如同汇编而成的磁带合集，承载着许多无法表达的情感。她显然为此投入了太多的时间和精力，德克斯特的回应却是一张张的欠费明信片和应付了事的简短留言："阿姆斯特丹太牛了""巴塞罗那没得说""都柏林棒极了""今早病得像条狗"。作为旅行作家，尽管他跟布鲁斯·查特文不可同日而语，可她还是会春心荡漾地把明信片塞进厚外套的口袋，在伊尔克利四处乱逛，琢磨着“威尼斯被水淹了！！！！”这类留言背后是否存在什么隐藏含义。

“这个德克斯特是谁？”她母亲盯着明信片的背面问，“男朋友吗？”然后又关切地补上一句：“你想不想去燃气公司上班？”爱玛已经在当地的酒吧做了一阵子女招待，时间一长就觉得脑子不好使，似乎总有什么东西落在了冰箱后面。

随后，她接到加里·纳特金的电话，这个瘦削的托派分子在1986年执导了布莱希特的《第三帝国的恐惧与苦难》，风格刻板而强硬，爱玛也在其中参演。演出结束当晚的派对上，加里刻板而强硬地亲了她三个小时。不久，他又带她去看彼得·格林纳威的连场电影，在电影院足足待了四个小时之后，他才漫不经心地伸来一只手，搁在她的左胸上，像调节车灯的变光开关那样拧来拧去。那天夜里，在一张破旧的单人床上，他们以布莱希特的风格做爱，上方墙壁挂着《阿尔及尔战役》的海报，加里显然需要克制自己才能确保不把她当成没有喜怒哀乐的玩物。后来她很久没听到他的消息，直到五月的某个深夜，加里打来电话，迟疑地轻声问她：“你想加入我的联合剧团吗？”

爱玛没有做演员的志向，也不热爱戏剧事业，只觉得它是传播语言和思想的媒介。“大锤”剧团是个崇尚革新的戏剧团队，有着共同的目标、热情和宗旨，致力于通过艺术改变年轻人的生活……也许能遇见爱情，爱玛想，或者至少有性爱。她收拾行囊，告别持怀疑态度的父母，坐上小巴，像是投奔伟大事业——由艺术委员会资助、戏剧领域的“西班牙内战”——那样出发了。

可三个月后，热情、友情、社会价值感和不失乐趣的崇高理想在哪里？他们本应是个联合剧团来着，至少剧团的面包车侧面是这么写的，是她亲手印上去的。我——恨——这——份——工——作，希德又嘟囔起来。爱玛捂住耳朵，问了自己几个重要问题：

我为什么在这里？

我真的在改变什么吗？

她为什么不能穿件衣服？

那是什么味道？

我现在想待在哪里？

她想去罗马，跟德克斯特·梅休在一起。在床上。

“沙夫-特茨-伯里大街。”

“不对，沙夫茨-伯里，三个音节。”

“莱切斯特广场。”

“莱斯特广场，两个音节。”

“为什么不是莱切-斯特？”

“不知道。”

“你不是我的老师吗？你应该知道。”

“对不起。”德克斯特耸耸肩。

“这种语言真是蠢。”托芙·昂斯特罗姆捶着他的肩膀说。

“没错，我完全同意你的看法，但你也用不着打我。”

“我道歉。”托芙亲了亲他的肩膀，然后是脖子和嘴巴。教学的回报再次让德克斯特心旌荡漾。

他的卧室空间狭小，铺着赤陶地砖，地上乱糟糟地摆了一堆靠垫，因为单人床无法满足需求，两人就躺在这堆垫子上。在珀西·雪莱国际英文学校的宣传册里，教师宿舍被描述成“具有多种缓解功能的康乐设施”，总结得相当完美：德克斯特的这间宿舍位于罗马历史中心区，尽管阴暗陈旧，但至少有个阳台和三十厘米宽的窗台，俯瞰风景如画、极具罗马风格的广场，这里也可以用作停车场，每天早晨他都会被上班族匆忙将座驾倒入泊位的声音吵醒。

不过，在这个潮湿的七月下午，只能听到游客的旅行箱脚轮在广场鹅卵石地面上的滚动声。他俩躺在大敞的窗户下，懒洋洋地接吻，她浓密的深色头发紧贴着他的脸，散发出丹麦洗发水的味道，那是种人造松木和香烟混合的气味。她伸手越过他的胸，抓起地上的烟盒，点了两支烟，其中之一递给他。他向上挪了挪身子，靠在枕头上，烟叼在嘴边，有点儿像贝尔蒙多或者费里尼电影里的人物。虽然从来没看过这两个人的电影，但他对类似风格的明信片很熟悉：时尚、黑白的主调。德克斯特不觉得自己是个虚荣的人，然而有那么几次，他确实希望身边的人能给他拍张照。

他们又亲吻起来。他隐隐约约地想，不知道眼下这种情况是不是符合道德伦理标准。当然，现在才考虑跟学生上床的后果恐怕为时已晚，毕业派对结束后他就应该想到这个问题，那时托芙正醉醺醺地坐在他的床边，摇摇晃晃地解她的长筒靴拉链。即便在那一刻，被红酒和欲望驱使的他依然不由自主地想起了爱玛·莫利，想知道她会怎么说。托芙的舌尖在他的耳朵里打旋儿的时候，他仍旧在暗暗地为自己开脱：她十九岁了，成年了，我也不是真正的老师，更何况爱玛远在天边，她也许正坐着小巴，在偏僻的乡下小镇之间奔波，尝试改变世界……话说回来，这里发生的一切和爱玛又有什么关系？托芙的及膝靴靴筒耷拉着，安静地摆在房间的一角，这儿是学校宿舍，严禁访客过夜。

他挪到凉快一些的赤陶砖地上，望向窗外，试图根据那方耀眼的蓝天估算时间。托芙的呼吸在入睡后改变了节奏，而他还有个重要的约会要赴。他把一根没抽完的烟丢进红酒杯，伸长胳膊，拿起搁在普里莫·列维的书《假如这是一个人》上面的手表，这本书他还没有读过。

“托芙，我得走了。”

她发出抗议的嘟囔声。

“我要见我爸妈，现在就得走。”

“我也能去吗？”

他笑了。“恐怕不行，托芙。而且你周一还有个语法测验，回去复习吧。”

“你考我，现在就考。”

“好吧，动词。现在进行时。”

她抬腿缠住他，借力靠在他身上，贴住他的脑袋。“我在接吻，你在接吻，他在接吻，她在接吻……”

他拿手肘撑起身子。“说正经的，托芙……”

“再待十分钟。”她在他耳边小声说，他顺势躺倒。为什么不呢？他想。毕竟我在罗马，今天也是美好的一天。我二十四岁，经济宽裕，身体健康。我有渴望，正在做不该做的事，我非常非常幸运。

有朝一日，这种沉溺于感官、享乐和自我的生活很可能变得枯燥无味，然而在这之前，还有充足的时间可供挥霍。

在罗马过得怎么样？La Dolce Vita[4]（自己查字典吧）还好吗？你现在是不是坐在咖啡馆里，喝着我们早有耳闻的“卡布奇诺”，无论看见什么，都要忍不住流里流气地吹几声口哨？你大概是戴着墨镜读这封信的吧？还是摘了吧，傻不拉几的。我寄给你的书收到了吗？普里莫·列维是意大利的优秀作家。寄这本书是为了提醒你，人生不只有意大利雪糕和帆布登山鞋，生活不可能永远像《巴黎野玫瑰》的开头那样。你的课教得怎么样？请答应我别和学生上床，那样做太……让人失望了。

我得走了。快写完这页信纸了，我听见观众在外面激动得直嚷嚷，还互相扔椅子。感谢上帝，还有两周这项工作就结束了，导演加里·纳特金让我给幼儿园的小朋友策划一出关于种族隔离的戏，还得是他妈的木偶剧，我只好跳进一辆福特全顺，腿上搁着戴斯蒙·图图大主教的木偶，在M6公路上来回跑了六个月。以后我可不干这种傻事了。另外，我还写了一部关于两个女人的剧，弗吉尼亚·伍尔夫和艾米丽·狄金森，剧名叫《两种人生》(或者《两个抑郁的同性恋》)。也许我该让他们在酒吧剧院演这出戏。听我介绍完弗吉尼亚·伍尔夫是谁之后，小糖说她真的真的想演这个角色，不过前提是演的时候得把上衣脱了，于是角色分配就这么定了：我演艾米丽·狄金森，不用脱上衣。我会给你留票的。

与此同时，我必须做个决定，是在利兹还是在伦敦签工作合同，我一直不太想搬到伦敦去——那里没有半点新意——可我的前室友蒂莉·基里克（还记得她吗？红框大眼镜、眼神犀

4. 法语，甜蜜的生活。

利、络腮胡一样的大鬓角？）在克莱普顿有间空房，她说那是“储藏间”，听起来可不怎么样。克莱普顿什么样？你很快就能回伦敦吗？嘿！也许我们可以成为室友？

“室友？”爱玛犹豫了一下，摇了摇头，咕哝了一声，随即补充道，“开玩笑的！！！！”接着又咕哝起来。“开玩笑的”四个字往往是最口是心非的托词，表达的意思恰好与说话人的真实心意相反，然而现在划掉为时已晚。落款又该怎么写呢？“一切顺利”太正式，“全心全意爱你”太造作，“你的挚爱”太老套……就在这个时候，加里·纳特金偏偏又出现在了门口。

“好了，大家各就各位！”他愁眉苦脸地撑着门，仿佛准备带他们上刑场。趁自己还没改变主意，她飞快地写了几个字——我真想你，德克斯——然后签上名字，在浅蓝色的航空信纸上匆忙印下一个深吻。

德克斯特的母亲坐在罗通达广场上的一张咖啡桌旁，心不在焉地捧着本小说，眼睛闭着，脑袋斜斜地向后歪，犹如争分夺秒享受最后一抹午后阳光的鸟儿。德克斯特没有马上走过去，而是像游客们那样，先在万神殿门口的台阶上坐了一会儿，看着侍者上前撤走她的烟灰缸，吓了她一跳。两人随即都笑了，从她夸张的嘴型和手势可以看出，她又讲起了那口蹩脚的意大利语，一只手搭在侍者的手臂上，卖弄风情似的轻轻拍打，虽然很可能听不懂她说的话，侍者也调情般地冲她笑笑，走开后又回头瞥了一眼这位摸过他胳膊、不知说了些什么的英国美女。

看到这一切，德克斯特露出会心的微笑。有一条古老的弗洛伊德理论是这么说的：男孩子注定爱上自己的母亲，恨他们的父亲……于他而言蛮有道理。他遇到的每一个人都喜欢艾莉森·梅休，更好的一面是，他也真心喜欢自己的父亲，如同在许多事上那样，他拥有全部的好运。

在晚餐桌前、在牛津郡宅邸草木葱茏的大花园里，以及在法国度假期间——母亲在阳光下打盹的时候，他总会发现父亲斯蒂芬·梅休用那双猎犬般的眼睛注视着她，目光中流露出言语无法表达的爱慕。他比她年长十五岁，高个子、长脸庞，含蓄内向，在斯蒂芬·梅休眼里，她就像一件美得令人难以置信的家具。在她经常举办的派对上，为了不被早早地赶去睡觉，德克斯特会安静地坐在一旁，看着男人们顺从而专注地簇拥着她；这些事业有成的男性精英——医生、律师和时常成为电台嘉宾的人，在她面前全都变成了幼稚糊涂的傻小子。他会看着她伴着洛克西音乐团的早期专辑跳舞，一手端着鸡尾酒，醉醺醺地自得其乐，相比之下，别人的妻子不过是些笨拙麻木的旁观者。至于她学生时代的朋友，连那些看起来既酷又有城府的家伙，在艾莉森·梅休面前也会变成卡通人物，他们跟她你来我往地打情骂俏、在泳池打水仗，恭维她糟糕的厨艺——烧焦了的炒鸡蛋，上面的黑胡椒像烟灰一样。

她曾在伦敦学过时装设计，如今却在乡下经营一家古董商店，面向牛津地区的上流人士销售昂贵的地毯和枝形吊灯，生意火爆。作为二十世纪六十年代的风云人物，她身上依然带有昔日的光环——德克斯特见过一些那时候的照片，是从老报纸的彩色副刊上剪下来的，已经褪色——尽管如此，她从未表现出丝毫为了换取体面、安稳、舒适的家庭生活而放弃这一切所感到的悲伤或者懊悔。通常情况下，她好像总是能精准把握离开派对的正确时机。德克斯特怀疑她偶尔会和医生、律师或者电台嘉宾上床，却发现自己很难因此生她的气。人们常说他从她那里继承到了“什么”，而至于究竟是什么，大家似乎心照不宣：漂亮的长相自然首当其冲，其次是充沛的精力和健康的身体，以及目空一切的自信——相信自己永远会是众人簇拥的赢家。

因此，即使她现在穿着条洗得发白的蓝裙子、在巨大的手提包里摸索火柴，从举手投足的气派来看，也俨然是整个广场的中心：桃心形的脸庞上嵌着一对精明的棕色眼眸，黑发看似蓬乱，实则出自发型师的昂贵设计，连衣裙的一颗扣子敞开着，也是刻意而为的邋遢。看到儿子走近，她露出灿烂的笑容。

“迟到了四十五分钟，小伙子，去哪儿了？”

“在那边看你跟服务员聊天。”

“别告诉你爸爸。”她站起来拥抱他，髋骨磕了一下桌子，“你到底干什么去啦？”

“就是备个课，”他刚才跟托芙·昂斯特罗姆一起冲澡，头发还没干。她拨开他前额的刘海，慈爱地托住他的脸侧，他意识到她已经有点醉了。

“头发这么乱，谁在捉弄你吗？你干了什么坏事儿？”

“跟你说了，我在备课。”

她怀疑地噘噘嘴。“那你昨天晚上去哪儿了？我们一直在餐厅等你。”

“对不起，我脱不开身，学校开迪斯科舞会。”

“迪斯科。像是回到了1977年。怎么样？”

“两百个喝醉了的斯堪的纳维亚姑娘在那儿跳Vogue。”

“‘跳Vogue’，幸好我不知道你到底在说什么。跳得有意思吗？”

“简直恐怖。”

她拍拍他的膝盖。“真是个小可怜。”

“我爸呢？”

“他打盹儿的时间到了，就回酒店睡觉去了。天太热，他的凉鞋还磨脚。你知道你爸这个人，他老是偷懒。”

“那你刚才干了什么？”

“在广场上转悠。我觉得这儿很美，可斯蒂芬讨厌那些横七竖八的圆柱，我猜他恨不得用推土机把它们清走，然后盖一座漂亮的玻璃温室。”

“你应该去看看帕拉蒂尼山，就在那座小丘上……”

“我知道帕拉蒂尼山在哪儿，德克斯特，你还没出生我就来过罗马了。”

“是吗，那时候的罗马皇帝是谁呀？”

“哈。来，帮我把酒喝了，别让我灌一整瓶。”她已经喝了很多，他把瓶中仅剩的酒液倒进玻璃杯，又伸手去拿她的烟。艾莉森抱怨道：“你知道吧，我们有时候真的是太惯着你了。”

“我非常同意，是你们把我惯坏了。给我火柴。”

“抽烟可不是什么好事，你自己清楚。你可能觉得那样很像电影明星，其实却恰好相反，看起来很糟糕。”

“那你为什么还抽？”

“因为抽烟让我看起来别致动人。”说着，她把一支烟搁在唇间，他用自己的火柴替她点燃，“反正我快要戒了。这是最后一支。快点，趁你爸爸不在——”她凑过来，鬼鬼祟祟地问：“给我讲讲你的爱情生活。”

“不！”

“拜托，德克斯！你知道，我必须得通过儿女的体验间接感受生活，你姐姐又是个处女……”

“你醉了吗，老太太？”

“她那两个孩子是怎么来的，我永远弄不明白……”

“你醉了。”

“我不喝酒，你忘了？”德克斯特十二岁那年的某天晚上，她郑重其事地把他领进厨房，低声教他调制干马提尼酒，如同主持一场庄严的仪式。“来吧，有什么好料，全都爆出来吧。”

“没什么可爆的。”

“在罗马一个也没有？没碰上信天主教的好姑娘？”

“没。”

“不会是你的学生吧？但愿不要。”

“当然不会。”

“那国内呢？一直给你写沾了眼泪的长信的是谁？每次都是我们转寄给你的。”

“不关你的事。”

“别逼我再用蒸汽拆你的信，招了吧！”

“没什么可招的。”

她往椅背上一靠。“好吧，你让我很失望。上次那个来家里住的漂亮女孩呢？”

“什么女孩？”

“漂亮、实诚、北方人。喝醉了，为了桑地诺的事儿跟你爸爸大吼大叫来着。”

“那是爱玛·莫利。”

“爱玛·莫利。我喜欢她。你爸爸也喜欢她，虽然被她说成资产阶级法西斯。”想到这件事，德克斯特皱起眉头。“我不介意，至少她有点血性，有点激情，跟你带回来的那些性感女孩不一样。她们一般只在吃早餐的时候出现。是的，梅休太太，不，梅休太太。你知道吧，我能听见你三更半夜踮着脚尖钻进客房的声音。”

“你真的喝醉了，对吧？”

“这个爱玛怎么样？”

“只是个朋友。”

“现在还是吗？嗯，我也不太确定，但我觉得她喜欢你。”

“人人都喜欢我，这就是我倒霉的地方。”

他觉得这话听起来还不错，足以展现自己的落拓不羁和敢于自嘲，可两人沉默片刻之后，他意识到自己又犯蠢了，就像小时候参加派对，母亲允许他跟大人们坐在一起，他却只顾着卖弄，结果让她失望。可现在的她却溺爱地朝他微笑，捏了捏他放在桌上的手。

“乖一点，好不好？”

“我挺乖的，一直都挺乖。”

“不过也别太乖了，我的意思是，不能迷信‘乖巧’这个词。”

“不会的啦。”他有些不自在地左顾右盼起来。

她轻轻推了推他的胳膊。“再来一瓶酒，还是去酒店看看你脚肿了的老爸？”

他们起身朝北走，穿过与科尔索大道平行的小街，前往波波洛广场。德克斯特尽量选择能够欣赏到优美风景的路线前行，心情逐渐变好，开始享受熟悉一座城市的乐趣。她走在一旁，醉醺醺地挎着他的胳膊。

“你打算在这儿待多久？”

“不知道，也许到十月吧。”

“接下来你就会回家，安顿下来，对吗？”

“当然。”

“我不是说让你和我们住在一起，我不会勉强你这样做。你知道，我们会帮你支付一套公寓的定金。”

“用不着那么急，是吧？”

“已经一年了，德克斯特，你还需要多少假期？现在可不是你在大学里混日子的时候了。”

“我不是在度假，我在工作！”

“当记者怎么样？你不是提过喜欢做新闻吗？”

他确实顺口提过，但只是为了找借口转移话题罢了。自从漫不经心地混过了二十岁，可供他选择的机会越来越少。某些听起来不错的职业——心脏外科医生、建筑师——永远对他关上了大门，现在记者这条路似乎也行不通了。他算不上什么作家，对政治知之甚少，只会说几句点菜时勉强用得上的蹩脚法语，专业技能一无所长，有的只是一本护照和一张他自己的清晰个人照——在某个热带国家的吊扇底下抽烟，床边放着一台破旧的尼康相机和一瓶威士忌。

其实他真心想做的是摄影师。他十六岁时完成过一组摄影作品，名为《纹理》，全部是树皮和贝壳的黑白特写，显然“震撼”到了他的艺术老师，后来他又拍摄了一些玻璃窗上的霜花和车道上的砾石的高对比照片，然而自此再也没能产出令人满意的作品。从事新闻工作意味着在语言和思想之类的复杂事物中挣扎，不过他认为自己具有成为优秀摄影师的天分，唯一的根据是，他自认为有能力捕捉事物的最佳状态。在人生的这个阶段，他选择职业的主要标准是在酒吧里说出来好不好听，能否以此吹牛，对着女孩的耳朵轻轻说出“我是专业摄影师”，毫无疑问非常有面子，要是再加上一句“我报道一线战地新闻”或者“其实我是拍纪录片的”就更好了。

“新闻工作倒是有可能。”

“或者做生意。你和卡勒姆不是打算开公司吗？”

“我们正在考虑。”

“听起来有点含糊，到底是做什么的‘公司’？”

“我说了嘛，我们正在考虑。”其实，他的前室友卡勒姆早就撇下他，自己开了公司，做电脑翻新，这是个德克斯特不屑于了解的行业，尽管卡勒姆坚信他们二十五岁就能成为百万富翁，可在酒吧里说起来会是什么效果？“其实，我是翻新电脑的。”不，还是专业摄影师更好听，于是他决定跟母亲坦白。

“其实，我打算搞摄影。”

“摄影？”他母亲令人恼火地笑了一声。

“嘿，我是个不错的摄影师！”

“别忘了不能用手遮住镜头哦。”

“你不是应该鼓励我吗？”

“哪种摄影师？《魅力》杂志？”他母亲忍着笑问，“还是继续《纹理》系列？”然后站在街上笑了起来，德克斯特不得不停住脚步。她笑得直弯腰，拉着他的胳膊支撑身体——“还有那些碎石头的照片！”——终于笑完了，她挺直腰杆，恢复了认真的表情，“德克斯特，非常非常对不起……”

“没事，我感觉好多了。”

“我明白，对不起。我道歉。”他们继续向前走，“既然这是你想做的，那就努力去做。”她用肘弯夹了夹他的胳膊，他依然愠怒未消，“我们总是告诉你，只要足够努力，就能实现追求。”

“不过是个想法而已，”他气呼呼地说，“我正在考虑所有可能的选项。”

“但愿如此，因为教书虽然是个不错的工作，但并非真正适合你的职业，对不对？教那些呆头呆脑的北欧女孩披头士的歌。”

“这可是难度很高的工作，妈妈，而且它为我提供了保障。”

“没错，好吧，可有时候我也会想，你的保障是不是有点太多了。”她低着头说，眼睛看着地面，仿佛这些话会从铺路石上弹回来。他们又走了一小段路，他才问：“什么意思？”

“噢，我不过是说——”她叹了口气，脑袋靠在他的肩膀上，“我是说，总有一天，你必须认真对待生活，仅此而已。你现在年轻、健康，长相看起来还不错，我觉得至少在光线昏暗时是这样。大家看起来挺喜欢你，你可能不擅长做学问，但足够聪明，运气挺好，甚至可以说相当走运，德克斯特，你不用承担责任，也不缺钱。可你现在已经成年了，有一天生活可能会改变……”她环顾四周，指了指他刚才带她走过的那条风景秀丽的小街。“……真美啊。做好准备总没错，武装好自己。”

德克斯特皱了皱眉。“你是指事业吗？”

“算是吧。”

“你说起话来很像我爸。”

“老天爷，我怎么像他了？”

“像样的工作、保障和努力什么的。”

“不光这些，不只是工作，你要有人生的方向和目标，有动力和抱负。我像你这么大的时候总想着改变世界呢。”

他鄙夷地说：“所以就开了家古董店。”她抬起手肘，捅了一下他的侧肋。“现在是现在，过去是过去。少跟我贫嘴。”她握住他的胳膊，两人再次放慢脚步，“我只想以你为傲，就这么简单。我的意思是，你已经让我自豪了，你姐姐也是。不过，嗯，你知道我的意思。我有点醉了。咱们换个话题吧，聊点别的。”

“别的什么？”

“噢——太晚了。”他们已经来到了那家漂亮但低调的三星级酒店门口。透过烟灰色的玻璃窗，他隐约瞥见父亲弓着腰坐在大厅的扶手椅上，一条瘦长的腿搭在另一条腿的膝盖上，手里握着一只卷起来的袜子，仔细打量着自己的脚掌。

“我的天哪，他竟然在酒店大堂里挑鸡眼，把斯旺西味儿带到科尔索大道来了，真有魅力啊。”艾莉森松开儿子的胳膊，双掌捧住他的一只手，“明天带我去吃午餐，好吗？让你爸坐在小黑屋里挑鸡眼吧，咱们出去玩，就你和我，找个漂亮的广场，有白桌布的座位，贵的地方，我请客。你可以带上有可爱的鹅卵石的照片。”

“好吧。”他闷闷不乐地说。他母亲在微笑，眉头却皱着，捏着他的手也有点过于用力。他突然感到一阵焦虑。“为什么？”

“因为我想和我的帅儿子说说话，可今天喝得有点多，只好等明天。”

“什么事？现在告诉我！”

“没什么，没什么。”

“你们不会是打算离婚吧？”

她低沉地笑了一声。“别傻了，当然不是。”他父亲在酒店大堂里看见他们，就站起来，用力猛拉写着“推”字的玻璃门。“我怎么能离开一个连衬衫都能塞进内裤里的男人呢？”

“那就告诉我，到底什么事？”

“没事，亲爱的，没事。”她站在街上，安慰地朝他笑笑，伸手摩挲他脖子后面短短的发茬，按下他的脑袋，与她的额头相抵，“什么也别担心。明天。咱们明天再说。”

第三章
泰姬陵

1990年7月15日，星期日

孟买和卡姆登镇

“请注意！大家注意了！不要扔东西好吗？能听见吗？请不要扔东西了，好吗？拜托？请注意，拜托了，谢谢。”

斯科特·麦肯齐坐在吧台凳上，望着吧台对面的八个员工：年龄全部在二十五岁以下，穿白色牛仔裤，戴公司发的棒球帽，人人都恨不得马上离开这个地方，因为现在正是“洛克-卡连特”连锁餐厅的周日午餐时段。这家墨西哥餐厅位于肯特城路，无论食物还是氛围，都可以用三个词来形容：热辣、热辣、热辣。

“开始供应早午餐之前，请允许我先给大家介绍一下今天的特色菜。我们的汤品是传统的甜玉米杂烩，主菜是非常美味多汁的鱼肉卷饼！”

斯科特呼了口气，等待哀叹抱怨和假装干呕的声音逐渐消退。他是个眼珠淡红的矮小男人，拥有拉夫堡大学的商务管理学位，一度立志成为商业巨头，幻想过自己在各大会议中心打高尔夫、大步登上私人飞机的小舷梯，而今天早晨他刚从厨房排水管里捞上来一块人头大小的黄色猪肥油，现在依然让他感觉手指间油腻腻的。他今年三十九岁，日子不知怎么就变成了这个样。

“这道菜基本上属于标准的牛肉、鸡肉和猪肉馅的卷饼，不过还有‘美味多汁的大块鳕鱼和鲑鱼’，可能还加了一两只虾。”

“这是什么……乱七八糟的玩意儿。”吧台后的帕迪大声笑起来，他坐在那儿把柠檬切成小块，用来装饰啤酒瓶的瓶颈。

“给拉美菜加点北大西洋的料。”爱玛·莫利边说边系好女招待穿的围裙，她注意到斯科特身后出现了新面孔：一位高大结实的男性，金色卷发，圆柱形的大脑袋。新来的男招待。其他员工警惕地看着他，掂量着斤两，仿佛他是开飞船来的外星人。

“大家注意啦，”斯科特说，“我给大家介绍一位新成员，伊恩·怀特海德，他即将加入我们的高素质快乐团队。”伊恩把员工棒球帽倒转过来，往后脑勺上一扣。“哟，伙计们！”他用疑似美国口音向众人打招呼。

“‘哟，伙计们’？这些人都是斯科特从哪儿找来的？”帕迪在吧台后面吃吃地笑，他的声音不高不低，恰好能让新来的听到。

斯科特拍了拍伊恩的肩膀，吓了他一跳，接着开口道：“那我就把你交给爱玛了，我们资历最老的员工！——”听到如此赞美，爱玛皱起眉头，随即抱歉地朝新来的笑笑，他也紧抿着嘴对她笑了笑——斯坦·劳莱式的微笑。

“——她会向你介绍基本情况，好了，就这样，各位。记住！鱼肉卷饼！现在，请打开音乐！”

帕迪按下柜台后面那部油腻腻的磁带机上的播放键，音乐声响起——整整四十五分钟的墨西哥街头风格电子乐，反复循环，令人难以忍受。开头的《古卡里夏》——“古卡里夏”的意思是“蟑螂”——勉强能听，不过每八小时就要播放十二遍。八小时轮一次班，十二遍音乐，每月二十四班，她已经干了七个月。爱玛低头看着手里的棒球帽，上面有餐厅的标志：一头戴着墨西哥宽檐帽的卡通驴，眼珠子从帽檐底下凸出来，呆滞地凝视着她，看起来像喝醉了，也可能是精神不正常。她戴上帽子，从吧台凳上滑下来，仿佛落进冰水里。新来的正满脸堆笑地等着她，手指头似乎不知道该往哪儿放，笨拙地塞在崭新的白色牛仔裤口袋里，爱玛又一次出神地想：我现在到底过的是什么日子？

爱玛，爱玛，爱玛。你好吗，爱玛？你在干什么呢？孟买的时间比英国早六个小时，所以你大概还没起床，星期天的早晨当然要睡个懒觉，尤其是宿醉的情况下……不过现在该起了！醒醒吧！我是德克斯特！

我在孟买市中心的一家旅馆给你写这封信。房间里的床垫很恐怖，而且没有全天冷热水，导游手册上还说，这儿的一大特点是有啮齿类动物出没，好在我房间的窗户旁边有张塑料野餐桌。外面疯狂下雨，比爱丁堡的雨还大，简直像直接往下砸。爱姆，声音实在太吵，我几乎听不清你给我录的磁带了。顺便说一句，磁带的内容我很喜欢，除了那些乱七八糟的独立音乐，因为我可不是某些小女孩。复活节假期我试着读了你送的书，我要说的是，《霍华德庄园》节奏太慢了，一杯茶能喝两百页，我却一直眼巴巴地期待有人动刀子或者外星人入侵什么的，书里就没有这种事，对不对？你什么时候才能不再试图教育我？我猜大概永远不可能。

不知你能否从我优美的措辞和满篇的咆哮中看出来，我是喝醉了给你写信的，午餐时喝了啤酒！你也知道，我不像你那样擅长写信（你的上一封信太好玩了），但我必须得说，印度真是不可思议。事实证明，他们禁止我教英语是我遇到过的最好的事（不过我还是觉得他们小题大做了，品德欠佳？我？托芙那时都已经二十一岁了）。我不会引用那篇描写兴都库什山日出的散文来烦你，但那些老生常谈都是真的（贫困和饥饿什么的）。这里不仅拥有丰富的古代文明，更让人难以置信的是，不用处方就能在药店里弄到某些东西……

所以我见了些惊人的事，虽然并不全都那么有趣，但也算是一种体验，我拍了几千张照片，回去以后慢慢慢慢地给你看，就算不喜欢，你至少也会假装感兴趣的，对吧？无论如何，上一次你跟我大谈特谈人头税骚乱的时候，我可是很捧场的。前几天我在火车上遇见一位电视节目制作人，是个女的（别想歪了，她都三十多了），我把一部分照片给她看了，她说我能成为专业摄影师。她来这边拍摄一个青年旅行节目，还把名片给了我，让我等八月份他们再来这里时给她打电话，所以说谁知道呢，也许我会去搞搞研究，甚至拍拍片子呢。

你的工作如何了？在制作另一部戏吗？我真的真的喜欢你们的那个弗吉尼亚-伍尔夫-艾米丽-什么的戏，我在伦敦时去看了，就像我说的，我原以为这部戏绝对没有宣传的那么好，然而我错了。我认为你放弃演戏是对的，因为你明显讨厌表演。小糖挺不错，比你形容的好多了，替我问候她。你又策划新戏了吗？还住在那个储藏间吗？那套公寓是不是还有一股炒洋葱的味儿？蒂莉·基里克还是会把灰色的大胸罩泡在洗碗池里吗？你还在那家叫洛克什么的餐厅打工吗？你上一封信差点把我笑死，爱姆，可你还是应该离开那里，因为这样的经历虽然很适合充当笑料，但对你的灵魂绝对有害，不能只为了有趣就浪费好几年的生命。

这使我想到了写信给你的原因。准备好了吗？你也许该坐下来……

“好了，伊恩——欢迎来到雄心壮志的坟墓！”

爱玛推开员工休息室的门，碰倒了地上的一只啤酒杯，杯里是昨晚喝剩的啤酒和烟蒂。她领着他熟悉环境，狭小潮湿的员工休息室俯瞰肯特城路，路上满是去卡姆登市场买大毛绒帽子跟笑脸T恤衫的学生和游客。

“‘洛克’的意思是疯狂，‘卡连特’的意思是热，‘热’是因为空调坏了，‘疯狂’是因为无论在这儿吃东西还是工作，都会让人发疯，特别特别的‘洛克’。我带你去看存放个人物品的地方。”两人一路踢开散落在地的上周的报纸，来到一处破旧的办公隔间。“这是你的储物柜。没有锁。别想着把工作服留在这里过夜，会被人顺走的，天知道拿去干什么。你要是敢弄丢棒球帽，老板会把你的脑袋摁进盛烧烤酱的大缸里。”

伊恩笑起来，声音很大，却有点干巴巴的。爱玛叹了口气，转身面对员工的餐桌，上面还摆着昨晚的脏盘子。“午餐时间二十分钟，菜单上的随便点，大虾除外，你会感谢我的，如果不想死的话，千万别碰那个虾，好比俄罗斯轮盘赌，完蛋的概率足有六分之一。”她开始收拾餐桌。

“啊，让我来——”伊恩小心翼翼地捏起一只油乎乎的盘子。新来的——果然还很娇气，爱玛看着他想。他有一张令人愉悦的大脸盘，稻草色的头发蓬松卷曲，脸颊红润光滑，嘴唇自然地微微张开。算不上帅，不过，嗯，挺壮实的。不知怎么，比喻起来可能不那么恰当，他那张脸让她联想到拖拉机。

他的目光扫过来，一下子撞上她的视线，爱玛不由得脱口而出：“哦，伊恩，你为什么跑到墨西哥餐厅来上班？”

“哦，你知道，我得交房租啊。”

“不能干点别的？比如打零工，或者跟父母住什么的？”

“我需要待在伦敦，需要灵活的工作时间……”

“为什么，你还兼着什么？”

“还什么？”

“你的兼职。在这里干活的都有兼职，侍者兼艺术家，侍者兼演员。帕迪是酒保，他说自己还是模特，可我不相信。”

“好……吧，”伊恩说，她觉得他有点北方口音，“这么说我应该是喜剧演员了！”他张开双手放在脸颊两侧，做了一个码头剧的挥手动作。

“挺好，看来我们都喜欢搞笑。你是说单口喜剧那样的表演吗？”

“主要是单口喜剧。你呢？”

“我？”

“你兼什么？你还干什么工作？”

她本想回答“编剧”，然而三个月前对着空荡荡的观众席饰演艾米丽·狄金森的那段痛苦经历依然烧灼着她的心，自称“编剧”恐怕和自称“宇航员”一样荒唐。“哦，我就是……”她揭掉一只陈玉米煎饼上的硬奶酪壳，“就是干这个的。”

“你喜欢这份工作？”

“喜欢？我爱它！我又不是木头人。”她拿用过的餐巾抹掉桌上干了一天的番茄酱，朝门口走去，“现在带你参观厕所，不要昏倒……”

从开始写信到现在，我又喝了两瓶啤酒（是不是两瓶来着？），所以我做好准备说正事了。开始了。嗯，我们已经认识五六年了，不过你明白的，我们做“朋友”的时间并不长，只有两年，但我自认为对你有了一些了解，知道你的问题所在。虽然我的人类学只考了2.2分，可我清楚自己在说什么。假如你不想知道我的看法，那就别往下读。

好了，是这样的。我认为你害怕快乐，爱玛。你似乎觉得阴沉、灰暗、冷酷才是生活的本色，因此你就应该讨厌自己的工作，讨厌你住的地方，不去追求成就和金钱，不交男朋友（这里插一句，根据我的酌情决断，你总是妄自菲薄，嘲讽自己没有吸引力，这套说辞令人厌烦）。更进一步地说，我认为你甚至在失望和挫败中寻求快感，因为这样简单多了，对不对？失败和不开心对你来说更容易应付，因为你可以借机编个笑话，以此为乐。我说这些你不生气吧？我敢说你已经发火了，可我刚开了个头呢。

爱姆，我不愿意去想你坐在那间破公寓里闻着怪味，听着噪声，头顶的灯泡连个罩子都没有——或者坐在那家自助洗衣店里的样子，顺便说一句，现在都什么时代了，以你的年龄，不该在洗衣店里浪费时间，去那里一点都不酷，也不能表达政治诉求，只能让人更压抑。我不知道该怎么说，爱姆，你年轻有才华，却把人生浪费在自助洗衣上。你值得更好的生活。你聪明、幽默、善良（要我说你是善良过头了），你是我认识的最聪明的人。还有（我又喝了点儿——深呼吸），你是个非常有魅力的女人。而且（再喝点儿），没错，我是说你也很“性感”，虽然写下来有点肉麻，但我不会把它划掉，形容一个人“性感”尽管政治不正确，可这是事实——你光彩照人，简直有魔力。如果我一辈子只能送你一份礼物，那就送你这句话：自信起来吧。我会选择“自信”送给你，要么送你一支香薰蜡烛。

从你的来信和你上次的演出中可以看出，你对自己该做什么感到迷茫，就像缺少桨和舵，没有方向和目标，不过没关系，因为二十四岁就是这样的，我们这代人都这样。我读过一篇讲这个的文章，它说这是因为我们没打过仗、看了太多电视什么的，反正那些有桨有舵有目标的人往往特别无聊，都是些一板一眼的野心家，比方说蒂莉·基里尔那样的，还有翻新电脑的卡勒姆·奥尼尔。我当然没有什么大计划，也知道你觉得我胸有成竹，其实我心里根本没底，我也有自己的担忧，但不会去为救济金福利房和工党的未来操心，至于二十年后我的处境以及曼德拉先生出狱后怎么适应自由生活，也不在我的考虑范围之内。

在动笔写下一段之前，我得先歇会儿，因为我还没写多少呢，这封信会改变你的人生并且把它推向高潮，不知道你是否做好了准备。

员工厕所和厨房之间，伊恩·怀特海德不自觉地表演起了单口喜剧。

“你有没有过这样的经历，嗯，比如说在超市，你在‘六件以下商品快速结账通道’排队，站在你前面的那个老太太大概有……七件东西吧，你就在那里数数，越数越生气……”

“没错，特别讨厌！”爱玛气呼呼地嘟囔道，随即踹开厨房的弹簧门，两人立刻撞上一堵热气组成的墙壁，被它蒸得睁不开眼睛，墨西哥胡椒的辣味和温漂白水的刺鼻味道也跟着冲进鼻孔，破旧的收录音一体机里传出吵闹单调的迷幻打击乐，一个索马里人、一个阿尔及利亚人和一个巴西人在厨房里忙碌，不时掀动着白色塑料配餐桶的盖子。

“早上好，贝努瓦、凯末尔，你好，赫苏斯。”爱玛语气欢快地跟三人打招呼，他们也微笑点头，愉快地回应。爱玛和伊恩穿过房间，来到一块留言板前，她指着上面那块写着被食物噎住后的急救方法的告示牌说：“真的有可能。”牌子旁边钉着一大张边角破烂的羊皮纸，印着得克萨斯州与墨西哥边界的地图，爱玛拿手指头敲了敲它。

“这玩意儿看着像藏宝图对吧？可别想太多，因为它只是菜单。没有金子，伙计，只有四十八道菜，无非是五种基本的墨西哥风味配料的排列组合——牛肉末、豆子、奶酪、鸡肉和鳄梨酱。”她的手指划过地图，“自东向西，我们有奶酪鸡肉豆子、奶酪鸡肉鳄梨酱、鳄梨酱牛肉末鸡肉奶酪……”

“好，我明白了……”

“偶尔会变个花样，比如加点米饭或者一个生洋葱，最重要的是配料，跟小麦还是玉米有关。”

“小麦还是玉米，好的……”

“塔可是玉米饼，布里托是小麦饼，一般来说，能摔成小块而且烫手的是塔可，摔不碎又能把辣猪油漏到你胳膊上的是布里托。这儿就有——”她从五十张一包的半成品薄煎饼里扯过一张，像湿绒布一样揪在手里晃来晃去，“这是布里托，填上馅，油炸，把融化的奶酪浇上去，就成了墨西哥卷饼。托提尔填上馅就是塔可，顾客自己填馅的布里托是法吉塔。”

“那托斯塔达又是什么？”

“我会讲到的。还不会走路别急着跑。法吉塔要放在这种烧得又红又热的铁盘上。”她掂弄着一只油乎乎的条纹煎盘，仿佛它刚刚从铁匠铺里出炉，“摆弄这些东西的时候千万小心，不知有多少顾客被烫得连人带皮粘在上面，我们还得费劲巴拉地把他们揭下来，当然，这样一来，顾客就不用付小费啦。”伊恩这时候早已盯着她傻笑起来，她又指着脚边的一个桶说：“这里面的白东西叫酸奶油，不过它既不酸，也不是真的奶油，我觉得这其实是一种氢化脂肪，炼完汽油剩下的，鞋跟掉下来了可以用这玩意儿粘回去，很方便，至于别的作用嘛……”

“我有个问题想问你。”

“问吧。”

“你下班以后有空吗？”

贝努瓦、赫苏斯和凯末尔全都停下了手里的活儿，只见爱玛调整了一下表情，笑道：“你闲得没事干了吗，伊恩？”

他已经摘了帽子，拿在手里转来转去，像舞台剧里的求婚者。“不是约会，也没有别的意思，而且你大概已经有男朋友了吧！”他沉默片刻，等待爱玛回应，可她毫不动容。“我只是觉得你可能有兴趣……”他用鼻音说道，“了解一下我表演的那种喜剧，它的风格挺独特。就这么简单。我要做一个……”他比出引号的手势，“‘现场表演’，今天晚上，在考克福斯特青蛙街和鹦鹉街交叉路口的哈哈剧场。”

“哈哈剧场？”

“就在三区的考克福斯特，那儿到了星期天晚上就像火星一样，即使我的水平差劲，你也能看到顶级喜剧演员的表演，有罗尼·布彻、斯蒂夫·希尔顿、神风敢死队双胞胎……”爱玛从他的话里听出一点悦耳的西部乡下口音，这是尚未被城市生活改变的地方，不过也让她再次想起了拖拉机。“今晚我会推出一个全新的段子，关于男人和女人的区别……”

毫无疑问，他这是打算跟她约会。她其实该去，毕竟这种机会并不常见，去了也不会有什么损失。

“那儿的吃的也不错，都是些常见的，汉堡、春卷、炸薯条……”

“听起来很诱人，伊恩，炸薯条什么的，可是今晚不行，对不起。”

“真的？”

“七点钟有晚祷。”

“啊，真不凑巧。”

“谢谢你的好意，不过我每天下班时都会累个半死，只想回家吃吃东西、哭一哭什么的，发泄压力，所以去不了，不好意思。”

“那就下次？周五我演贝特·巴纳纳，就在巴尔汉姆的柴郡猫剧场。”

爱玛发现厨师们躲在伊恩身后看热闹，贝努瓦捂着嘴笑。“也许下次吧。”她友好而坚决地说，随即试图转移话题。

“好了，这个是——”她拿脚尖点了点另外一个桶，“是莎莎酱，小心别沾到皮肤上，很辣。”

爱姆，我刚刚冒雨跑回了旅馆，这里的雨是暖的，有时甚至挺热，跟伦敦的雨不一样。我说过，我喝了不少，不知不觉想起了你。我想，爱姆不在这里，看不见也感受不到这一切，多么可惜。这就是我突然想到的重点。

你应该跟我一起来的。来印度。

下面是我的大计划，可能非常疯狂，但我会在改变主意之前把这封信寄出去。你可以按照以下步骤来做。

第一，立刻辞掉这份糟糕的工作。往玉米饼上浇奶酪、一小时只给两英镑，这种活儿请他们找别人去做。顺一瓶龙舌兰酒塞进包里，走出门去。想想那会是怎样的感觉，爱姆。现在就走，想做就做。

第二，我还认为你该离开那套公寓。蒂莉占了你的便宜，就那么个没有窗户的小房间，竟然收你那么多租金，连储藏间都算不上，就是个储藏箱，你应该走人，让别人去替她拧干那些大号灰胸罩吧。等我回到所谓的现实世界，就去买套公寓，因为我就是那种享有无尽特权的黑心资本家，永远欢迎你过去小住，如果你愿意，长住也可以，因为我觉得咱们合得来，你觉得呢？我们可以做室友，前提是你不要对我色迷心窍，哈哈哈。假如你真的抵挡不住诱惑，晚上我会把你锁在你的房间里。好了，现在继续说正事——

第三，读完这封信，你就去托特纳姆法院路的学生旅行社预订一张往返德里的机票，抵达日期尽可能选在八月一日左右，还有两周时间，以防你忘记，那天恰好是我的生日。前一天晚上你坐火车到阿格拉，找一家便宜的汽车旅馆住下，第二天早点起，去泰姬陵。也许你听说过它，没错，就是那座白色的大建筑，借用了洛锡安路那家印度餐馆的名字。先在周围转转，中午十二点左右去穹顶中心等我，一只手拿朵红玫瑰，另一只手拿本《少爷返乡》，我会过去找你，爱姆。我会带一朵白玫瑰和我那本《霍华德庄园》过去，见了你就把书扔到你头上。

你还听说过比这更伟大的计划吗？

你可能会说：啊，德克斯特老这样，他是不是忘了什么？钱！机票不会从树上长出来，我的社保和职业道德怎么办？好吧，别担心，钱我来出。我会把机票钱电汇给你（我一直想给人汇钱来着），等你来了，费用全包在我身上，够阔气吧？其实这是因为这儿的东西太便宜了。我们可以待上几个月，爱姆，就我和你，去喀拉拉邦或者泰国，参加月圆派对——整夜不睡，不是因为担心未来，而是玩乐。（还记得我们毕业后熬通宵的那次吗，爱姆？好了，继续往下说。）

只花三百镑别人的钱，就能改变你的生活，而且你什么都不用担心，因为坦率地说，我的钱是不劳而获，你工作那么辛苦却没有钱，所以这是一种社会主义的公平分配，对吗？

如果你真想把钱还我，完全可以等成为著名编剧、写诗赚了稿费什么的再说，何况只是三个月，我秋天必须回家。你知道我妈的身体不太好，她告诉我手术做得不错，可能是真的，又或是不想让我担心。无论如何，我最后总要回去的。（顺便说一句，我妈对我俩的关系有她自己的一套看法，如果你能来泰姬陵跟我见面，我就全都告诉你。）

我面前的墙上趴着只螳螂，举着胳膊像是在祈祷，似乎在说：闭嘴吧，求你了。所以我还是听它的吧。雨停了，我要去酒吧跟新朋友们喝两杯，其中有三个女生是阿姆斯特丹来学医的，她们什么都知道，也愿意说给你听。我会在路上找个邮箱，在改变主意之前把这封信寄出去，但不会是因为后悔邀请你过来——这是个非常棒的主意，你一定要来——而是我觉得自己说得太多了，假如这封信打扰到了你，在这里我先说一声对不起。最主要的是，我太想你了，仅此而已。德克斯和爱姆，爱姆和德克斯。也许我是多愁善感，但你是全世界我最想见到的人。

八月一日中午十二点，泰姬陵见。

我会找到你的！

爱你的D

……他伸了个懒腰，挠挠头皮，把剩下的啤酒灌进肚里，拿起信纸对折一下，郑重地摆在面前，甩了甩酸痛的手腕。奋笔疾书了十一页纸，自从不用再写期末论文以来，他就没写过这么多字。他把两手举过头顶，伸展着胳膊，满足地想：这不是一封信，而是礼物。

他再次套上凉鞋，摇摇晃晃地站起来，去了公共浴室。过去的两年里，他一直试图把自己晒黑，现在终于如愿以偿，一身棕亮的皮肤犹如浸涂过木焦油的栅栏，再加上街边师傅给剃的紧贴头皮的板寸和苗条了不少的身材，这副全新的形象让他觉得自己像个丛林探险归来的瘦削英雄，暗中颇为得意。为了追求完美，他还在脚踝上搞了个低调的文身：一个不伦不类的太极图，很可能一回到伦敦他就会后悔，但也无所谓，到时候它会被袜子挡住。

冷水淋浴帮他醒了酒。他回到小小的房间，在帆布包里找衣服，准备去见那几个荷兰医学生。他把衣服一件一件地拎出来闻，然后随手丢在破旧的棕榈地毯上，形成一个散发着潮气和霉味的衣服堆。终于，他选出一件美国牌子的高级短袖衬衫、一条七分牛仔裤，没穿内裤就套在腿上，越发觉得自己像个胆大妄为的英雄、勇敢无畏的冒险家。

接着他看到了那封信，六张蓝色信纸，正反面密密麻麻写满了字。他盯着它看，带着清醒后生出的疑惑，仿佛那是不速之客闯进来留下的东西。他小心翼翼地拿起信，瞥了眼其中的一页便立刻移开视线，嘴巴抿得紧紧的。所有那些表示强调的大写字母、惊叹号和蹩脚的笑话……他竟然说她“性感”，还有“根据我的酌情决断”这种大言不惭、狗屁不通的措辞，简直像出自某个沉迷诗歌的中学生之手，与寸头文身、不穿内裤的冒险家丝毫扯不上关系。我会找到你的，我一直在想你，德克斯和爱姆，爱姆和德克斯——他刚才是怎么想的？一个小时之前还迫不及待想要去做的事，现在却显得荒谬笨拙，甚至有些虚伪做作。墙上根本没有什么螳螂，他写信时也没在听她寄来的磁带，因为播放机在果阿被他给弄丢了。这封信显然会改变一切，可保持现状不好吗？他真的希望爱玛来印度，笑话他的文身，发表自作聪明的评论吗？他要在机场吻她吗？他们是不是得睡一张床？他真的有那么想见她吗？

是的，他确定。尽管这封信愚蠢至极，其中却饱含着真挚的感情，甚至不止如此，所以他当天晚上一定会把信寄出去。假如她反应过度，他可以说是喝醉了乱写的，至少不算假话。

他不再犹豫，把信装进航空信封，夹在那本《霍华德庄园》里爱玛写下赠言的那一页，然后前往酒吧，跟新认识的荷兰朋友见面。

那天晚上九点过后，德克斯特和蕾妮·冯·霍滕一起离开酒吧。蕾妮是鹿特丹来的实习药剂师，手上的指甲油已经褪色，口袋里揣了瓶羟基安定，后腰下方有个粗糙的“啄木鸟伍迪”文身。跌跌撞撞地穿过门口时，德克斯特发现那只鸟儿正朝他抛媚眼。

两人急不可耐地往外走，不期然撞到了化学工程系的海蒂·辛德勒，二十三岁的海蒂来自科隆，她骂了德克斯特一句，不过用的是德语，而且声音很低，没能传到他俩耳朵里。她穿过酒吧里拥挤的人群，耸耸肩膀，卸下巨大的背包，找了个可以休息的角落。海蒂的皮肤红彤彤的，五官圆润，就像一连串重叠的圆圈，她戴的那副圆框眼镜更是夸大了这个效果。酒吧里潮湿闷热，镜片上起了雾，再加上服用过让人嗜睡的止泻药，她现在头昏脑涨，由于刚刚被朋友们放了鸽子，心情也十分糟糕。她颓丧地跌坐在破旧的藤沙发上，摘下雾蒙蒙的眼镜，掀起T恤的一角擦了擦，向里挪了挪身子，突然觉得屁股被什么东西硌了一下，忍不住又低声骂了一句。

只见破烂的泡沫坐垫之间塞了本《霍华德庄园》，扉页部分还夹着一封信。尽管信是写给别人的，她还是非常想拆开那个有着红白相间边缘的航空信封，看看里面写了什么，于是她取出信瓤，从头到尾读了一遍，紧接着又读了一遍。

海蒂并不精通英文，信里的很多词她看不太懂，尤其像是“酌情决断”这种，但她能明白个大概，知道这封信的重要性——

她希望自己有朝一日也能收到一封这样的信，不算是情书，可也差不多。想象着那个“爱姆”反复读信的样子，她有些恼火，但也有点高兴，想象着爱姆离开糟糕的住处和糟糕的工作，从此改变人生，想象着看起来像是海蒂·辛德勒的爱玛·莫利等候在泰姬陵时，一个英俊的金发男人走过来，两人接下来肯定会接吻，想到这里，她觉得开心了一点，于是决定，无论如何，都要让爱玛·莫利收到这封信。

然而信封上没有收信人地址，也没有这个“德克斯特”的地址，她在信中搜寻线索，有个餐厅的名字，也许是爱玛工作的地方，可惜没用处。她还去街对面那家旅馆的前台打听过，但也只能做到这些了。

许多年后，海蒂·辛德勒已经四十一岁了，现在的名字是海蒂·克劳斯，跟丈夫和四个子女住在法兰克福市郊，日子过得挺幸福，起码比她二十三岁时设想的要快乐得多。那本平装版的《霍华德庄园》依然摆在客房的书架上，早已被人遗忘，封皮后方整齐地夹着那封信，紧贴着信封的扉页上，是赠书人郑重写下的题词：

> 赠亲爱的德克斯特。愿这本精彩的小说陪你度过精彩的旅途。一路顺风，平安归来，不要文身。希望你能好好的。啊，我会想你的。
>
> 全心爱你的好友 爱玛·莫利
>
> 伦敦克莱普顿，1990年4月

第四章
机会

1991年7月15日，星期一

卡姆登镇和樱草山

“请注意！请大家注意！好吗？别说话了，别说话了，别说了！拜托！拜托！谢谢。请允许我介绍一下今天的菜单，首先是所谓的‘特别推荐’，我们有甜玉米杂烩和火鸡肉馅的油炸卷饼。”

“火鸡？七月份吃火鸡？”吧台后的伊恩·怀特海德把酸橙切成小瓣塞进啤酒瓶颈。

“今天是星期一，”斯科特继续说，“要保持整洁安静，我希望这里一尘不染。我查过排班表，伊恩，轮到你打扫厕所了。”

其他员工发出一阵哄笑。“为什么总是我？”伊恩嘟囔道。

“因为你干得特别漂亮，”他最好的朋友爱玛·莫利说。伊恩借机探出胳膊，圈住爱玛弓起来的背，开玩笑地挥舞餐刀，轻轻做了个下刺的动作。

“等你俩干完活儿，爱玛，你能来我办公室一趟吗？”斯科特说。

其他人发出意味深长的窃笑声，爱玛挣脱伊恩，酒保拉希德打开吧台后面那部油腻腻的放音机，开始循环播放那首听起来早已不再有趣的《蟑螂》，直到轮班结束。

斯科特点燃一支烟，爱玛坐在吧台凳上，正对着他那张乱糟糟的大办公桌，桌子后方是一堵由装满伏特加、龙舌兰和香烟的箱子组成的高墙，它们是最容易被“顺走”的物品，遮挡住照进这间小屋的七月阳光，同时使得徘徊在室内的那股烟灰和令人失望的味道始终难以散去。

斯科特把两只脚架在桌子上。“是这样的，我要走了。”

“去哪？”

“总部派我去伊令的‘凯撒万岁’分店。”

“‘凯撒万岁’是什么？”

“新开业的意大利现代风格连锁餐厅。”

“名字就叫‘凯撒万岁’？”

“没错。”

“怎么不叫‘墨索里尼’？”

“他们打算把管理墨西哥餐厅的这一套用在意大利餐厅。”

“哪一套？糟蹋式管理？”

斯科特看上去很受伤。“饶了我吧，好吗，爱玛？”

“对不起，斯科特，真的。祝贺你，干得好，真的——”她顿住了，因为意识到接下来的事。

“所以——”他十指交叉，上身朝桌面前倾，模仿着电视里的商界大佬，感受到些许大权在握的快乐，“他们让我指定接替经理职务的人，所以我想找你谈谈。我想选个不会跳槽的、可靠的人，不会不打招呼就跑到印度去，或者找到别的好工作就一下子撂挑子，能在这里踏踏实实干上几年，全心全意……爱玛，你……你怎么哭了？”

爱玛抬手遮住了眼睛。“抱歉，斯科特，我今天的状态不太好，没什么。”

斯科特皱起眉，不知道该同情还是生气。“给——”他从设备箱里扯出一卷粗糙的蓝色厨房纸，“调整一下情绪。”纸卷被他隔着桌子丢到爱玛的胸口上。“是因为我说了什么吗？”

“不，不，不，完全是我个人的原因，私事，总是时不时地想起来。太尴尬了。”她撕下两截厕纸擦眼睛，“对不起，对不起，对不起，你刚才说到哪里了？”

“我也不知道该怎么继续，你突然哭成这个样子。”

“我想你是在告诉我，我的生活不会有变化了。”她开始边哭边笑，撕下第三截厕纸，捂在嘴巴上。

等到她的肩膀不再抽动，斯科特说：“那么，你对这个职位感兴趣吗？”

“你是说……”她把手搭在一桶二十升装的千岛酱上，“有一天所有这些都是我的？”

“爱玛，如果你不想要这份工作，可以直说，不过我已经干了四年了。”

“你干得很好，斯科特。”

“工资还可以，你也不用再刷厕所了。”

“我很感激。”

“那怎么还哭哭啼啼的？”

“我只是有点……抑郁。”

“抑——郁。”斯科特皱着眉头，好像第一次听到这个词。

“你懂的，有点伤感。”

“好吧，我懂了。”他若有所思地伸出一条胳膊，想要像父亲那样搂住她，怎奈隔着一大桶十加仑的蛋黄酱，于是只好探过身去问，“是……感情问题吗？”

爱玛一下子笑出了声。“不是啦。斯科特，没什么，我只是心情不太好。”她用力甩甩脑袋，“瞧，没事了，雨过天晴，忘了它吧。”

“所以你是怎么想的？经理的职务？”

“我能考虑一下吗？明天告诉你？”

斯科特温和地点头微笑。“去吧！好好休息……”他伸出手臂指向门口，满含同情地说，“去拿点儿奶酪玉米片吧。”

空荡荡的员工休息室里，爱玛盯着盘子里的蒸奶酪和玉米片，仿佛它们是必须被击败的敌人。

她突然站起来，走到伊恩的储物柜前，把手探到柜子里层层叠叠的牛仔工作裤之间，摸索出几支烟，点起一支，然后摘下眼镜，对着裂缝的镜子打量自己的眼睛，舔湿手指，抹去花掉的眼影，以免别人看出她哭过。这些日子里，她的头发留长了，看不出原来的发型，也失去了光泽，让她联想到“油腻肮脏的老鼠毛”。她从发箍边沿捏起一绺，手指顺着发根捋到发梢的位置，想着等会儿洗头的时候，洗发水会被染成灰色。城里人的头发。过于频繁的夜班迫使她作息颠倒，面色苍白，还有些虚胖，几个月来，她穿裙子时都要从头上套。她却把发胖归咎于经常吃炸豆子，炸了一遍又一遍。“胖妞。”她想，“愚蠢的胖妞。”类似的话近来反复在她脑海中回响，此外还有“人生已经过了三分之二”以及“这一切的意义何在”。

年过二十五岁的爱玛似乎开始了第二个青春期，甚至比第一个时还要自我和凶险。“你为什么不回来呢，宝贝？”她妈妈昨晚在电话里说，嗓音颤抖、忧心忡忡，仿佛女儿遭到了诱拐，“我们还留着你的房间，在德本汉姆百货找份工作就行。”爱玛第一次有些动心。

她一度觉得自己能征服伦敦，幻想过自己周旋在文学沙龙、政治争斗、热闹的派对和泰晤士河畔苦乐参半的恋爱之中，组乐队、拍短片、写小说……然而两年过去，薄薄的手稿丝毫没有变厚，自从在人头税骚乱中挨了警棍之后，她还没遇到过什么好事。

就像他们说的那样，这座城市打败了她，派对上早已人满为患，不会有谁注意她的到来和离开。

她不是没有尝试过，可投身出版业的想法最终不了了之。她的朋友斯蒂芬妮·肖毕业时得到一份工作，生活自此改变，不再喝大杯淡啤和黑啤，代之以白葡萄酒，身穿精致的Jigsaw套装，在晚餐派对上分发薯片。在斯蒂芬妮的建议下，爱玛开始给出版商、经纪人甚至书店写信，全都没有回音，想来是因为当时经济萧条，人人都怕丢工作，不敢轻举妄动。她考虑过继续上学避开这段艰难时期，然而政府终止了助学金，她无力承担学费。做志愿者也是一种选择，比如加入“大赦国际”，但房租和旅费耗尽了她的积蓄，洛克-卡连特餐厅的工作占用掉她所有的时间和精力。她曾经突发奇想，打算为盲人大声读小说，但这究竟算一份正经工作，还是只在电影里才有的场景？等有了精力再去弄明白吧，现在她只想坐在桌前，盯着自己的午餐。

流水生产线加工出来的奶酪已经凝固，形同塑料，一阵突如其来的厌恶促使爱玛将它推开，伸手从包里拿出一本昂贵崭新的黑色皮面笔记本，封皮上别着一支粗短的钢笔，她飞快地写了起来。

奶酪玉米片

都是玉米片的错。
蒸汽驳杂的混乱，犹如
她的生活
她
人生的
错
“是时候改变了”
声音从街上传来
肯特城路
笑声阵阵
然而这里，烟熏的阁楼
只有玉米片。
奶酪，如同生活，已然
僵硬冷却
像是塑料
楼上的房间
没有欢乐。

爱玛停下笔，望向天花板，好像在给什么人一个躲藏起来的机会，然后又低头看看纸上写的东西，试图从中找到令人惊喜的非凡才华。

然而她却感到一阵恶寒，不由得拖着长音哀号，随即又笑出声来，摇着头慢慢划掉每一行字，再加上无数道斜杠，直到每个单词都湮灭在阴影之中。积聚的墨水很快洇透了纸面，她往回翻了一页，只见同样沾染了墨渍的纸上写着：

爱丁堡，凌晨四点

我们躺在单人床上
谈论未来，
随意瞎猜。
他说着话
我看着他
心想
“英俊”是个愚蠢的词儿，
又想
“也许这就叫英俊？真是难以捉摸。”

乌鸫在外面唱歌，
阳光温暖了窗帘……

她再一次不寒而栗，像是窥见了绷带下的伤口，猛地合上笔记本。仁慈的上帝，“难以捉摸”。她已经来到了一个转折点，不再相信写一首有感而发的诗就能改善自己的处境。

收起笔记本，她伸手拿过前一天的《星期日镜报》，边读边吃玉米片，难以捉摸的玉米片，突然发现它出乎意料的美味，如此糟糕的食物竟能给人带来这么强烈的安慰。

伊恩出现在门口。“那伙计又来了。”

“哪个伙计？”

“你朋友，帅的那个。还带着姑娘。”爱玛立刻知道伊恩说的是谁了。

她站在厨房里向外张望，鼻子贴在圆形窗户油腻的玻璃上，只见他们大喇喇地坐在就餐区中心位置的卡座里，喝着花哨的饮料，嘲笑着菜单。那个姑娘高挑苗条，皮肤苍白，涂黑色眼影，乌黑的头发剪得短短的，不对称的发型样式显然造价不菲，修长的双腿裹在黑色紧身裤和高筒靴里面。两人都有点醉醺醺的，大概意识到有人正看着他们，随即举止变得既局促不安又有些满不在乎，像在拍音乐视频。爱玛想，要是她现在能大步跨进就餐区，拿今天刚出炉的墨西哥卷饼照着两人的脑袋敲下去，那该多么爽。

两只大手搭上她的肩膀。“嘘——”伊恩说，下巴搁在爱玛头顶，“她是谁？”

“不知道，”爱玛擦了擦她的鼻子在窗户上压出的印迹，“我也弄不清楚。”

“这么说是个新的。”

“德克斯特很容易喜新厌旧，像个小孩，又像只猴子。你得拿个亮闪闪的东西在他眼前晃悠。”她觉得这个女孩就亮闪闪的。

“所以你认为那个说法是对的？女孩爱渣男？”

“他不是渣，而是蠢。”

“女孩喜欢蠢的吗？”

德克斯特把鸡尾酒里的小伞插到耳朵后面，逗得那姑娘中邪般笑个不停。

“看起来挺喜欢的。”爱玛说。这是要干吗？爱玛想，向她炫耀他五光十色的都市新生活？他从泰国回来时苗条了不少，皮肤晒得黝黑，头发剃得短短的，他走出机场的那一刻，她就知道他们之间不可能再发展什么浪漫关系。他经历了许多，而她的生活几乎一成不变。可眼前这个姑娘已经是九个月来她见到的第三个了，不知道该叫女朋友还是情人，随便吧，总之德克斯特把她们一个一个地带到爱玛面前来炫耀，像捉到了肥鸽子求主人夸奖的小狗。这算不算恶意报复？就因为她的学历比他高？两个人坐在九号桌，脸几乎贴在了对方的腹股沟上，他不知道这样做会让她有什么反应吗？

“你就不能过去吗，伊恩？那一片归你管。”

“他点名让你去的。”

爱玛叹了口气，在围裙上擦了擦手。为了尽量减少尴尬，她摘掉棒球帽，然后推开弹簧门。

“所以——你们想听听今天有什么特色菜吗？还是有别的事？”

德克斯特急忙站起来，挣脱那个女孩长手长脚的缠缚，伸出胳膊搂住他的老朋友。“嘿，你好吗，爱姆？抱一个！”自从进入电视行业，他就爱上了拥抱这种见面礼，再加上受到那帮主持人的影响，他跟她说话的语气不怎么像老朋友叙旧，更像是招呼节目邀请的特别嘉宾。

“爱玛，这是——”他一只手搭在女孩赤裸骨感的肩头，于是三个人连成了一串，“这是娜奥米，你可以叫她诺美。”

“你好，诺美。”爱玛微笑道，娜奥米也冲她笑笑，雪白的牙齿紧咬着吸管。

“嘿，一起喝杯玛格丽塔吧！”他醉醺醺又伤感地拉着爱玛的手。

“不行，德克斯，我在上班。”

“来嘛，就五分钟，我请你喝一掰，不对，是一杯！一杯。”

伊恩也凑过来，拿起点单的本子。“你们想吃点什么？”他欢快地说。

女孩皱了皱鼻子。“我不想！”

“德克斯特，你见过伊恩，对吧？”爱玛连忙问。

“不，不，我没见过。”德克斯特说。

“见过，见过好几次。”伊恩说，接下来是一阵沉默，四人就这么呆愣着站了片刻，侍者和顾客。

“好了，伊恩，给我们来两杯，不，三杯‘记住阿拉莫’玛格丽塔。两杯还是三杯？爱姆，一起吗？”

“德克斯特，我说了我在上班。”

“好吧，既然这样，那就算了，请把账单送过来，谢谢……”伊恩走开了，德克斯特把爱玛叫到一边，低声说：“嘿，听着，我怎么才能，你知道……”

“什么？”

“给你酒钱。”

爱玛茫然地盯着他。“我不明白。”

“我是说，我怎么才能……你知道吧，给你小费？”

“给我小费？”

“没错，给你小费。”

“为什么？”

"不为什么，爱姆。"德克斯特说，"我真的很想给你小费。"爱玛感觉自己的灵魂又消失了一小部分。

樱草山上，德克斯特躺在夕照中打瞌睡，衬衫的纽扣解开了，杂货店买来的白葡萄酒搁在身侧，仅剩的半瓶已经被体温焐热。他下午的酒还没醒，又跑到山上喝了不少，醉成一摊烂泥。山坡上焦干的黄草地坐满了年轻的上班族，许多是下班后直接从办公室过来的，人们说说笑笑，地上摆着三只立体声放音机，竞相飙着高音。德克斯特躺在中间，做着他的电视梦。

成为专业摄影师的理想还没有经过努力争取就宣告放弃。他清楚自己只是个还不错的业余摄影师，而且很可能永远止步于此，想要蜕变成卡蒂埃·布列松、卡帕或者布兰特那样的人物，必须付出辛劳，经历拒绝与挣扎，他不确定自己是否适合这样的拼搏，更何况电视行业已经为他敞开大门。此前他怎么没有想到呢？家里的电视机陪伴他长大，不过，看电视这种行为始终给人一种不务正业的感觉，然而过去的九个月里，电视突然成为他的主业，将他转化为它的信徒，带着新入行者的热情与渴望，他发现自己爱上了这种媒介，像是终于找到了精神家园。

尽管并不具备摄影行业的艺术气息，也不如战地新闻报道那么真实可信，但电视行业的地位举足轻重，它是未来。它践行民主，以最直接的方式触及人们的生活，在塑造观点、刺激和娱乐大众方面，比起那些无人问津的书籍和戏剧要有效得多。虽然爱玛对保守党抱有好感（德克斯特哪个党都不喜欢，并非因为政治理念，只是看不惯他们的做派），但他们显然已经把持了媒体。直到最近，电视里还充斥着一本正经、沉闷乏味的节目，散发出死气沉沉、官僚主义的工会味道，占据屏幕的要么是严肃刻板的职业军人和慈善家，要么是只知道喝茶的老太太，电视台俨然沦为行政机构的娱乐室。与之相对的是诸如“红灯传媒集团”之类的独立私企，代表新兴的年轻一代，力求摆脱瑞思主义庞然大物[5]古板过时的制作方式。这样的媒体自然财大气粗，从他们的原色开放式办公室、最先进的电脑系统和多不胜数的公用冰箱即可窥见一斑。

虽然入行不久，德克斯特的晋升速度却像是坐了火箭。在印度的火车上遇到的那位有一头闪亮黑色短发、戴一副小眼镜的女士给了他一份打杂跑腿的工作，然后他成了研究员，现在是助理制片人，简称助理，负责一档叫作《准备参加吧》的周末板块节目，内容包括形形色色的现场音乐表演、语不惊人死不休的单口喜剧——涉及的都是“切实影响年轻人”的话题：性病、毒品、舞曲、毒品、警察施暴、毒品。德克斯特制作了许多节奏跳脱的小电影，使用鱼眼镜头，以极为夸张的角度拍摄那些“问题住宅区”的实况，配上酸性浩室舞曲风格的音乐，甚至有人建议让他在下一个系列的节目中出镜。总而言之，他表现出色，平步青云，成为父母的骄傲指日可待。

“我在电视台工作。”单凭这句自我介绍就能让他感到满足。他喜欢拿着装在大信封里的录像带，大步走过贝里克街，进入剪辑室，一路上与同事们点头致意。他喜欢什锦寿司拼盘和发布会，喜欢喝饮水机里的冰水、指挥人干跑腿的活儿，还喜欢把“我们会损失六秒钟”之类的话挂在嘴边，而他私下里是

5. 指BBC等保守媒体。

看中了这个行业的光鲜体面，喜欢它对年轻人价值的肯定。在这个新兴媒体领域的头脑风暴讨论会上，绝对找不到六十几岁的老古董。那么业内的人到了一定的年龄又会何去何从？无所谓，反正这里适合他，娜奥米这样的年轻女性（她们在这个行业中占据多数）也适合他：强悍努力，野心勃勃，有大都市气质。偶尔产生自我怀疑的时刻，德克斯特也会担心自己因为欠缺才华而停滞不前，但这份工作需要的正是自信、活力，甚至某种程度上的傲慢自大，这些特质都在他的掌握之中。没错，一定要聪明，但不是爱玛的那种聪明，只需要精明谨慎和野心勃勃就够了。

他爱自己在贝尔塞兹公园附近的新公寓，暗色木质家具搭配铁灰色的主调。他也爱伦敦，这一年的圣斯威逊节时，这座城市的庞大广阔和朦胧缥缈全都展现在他的面前。他希望与爱玛分享所有这些激动人心的事物，带她感受新的可能性、新的体验和新的社交圈；让她的人生向他的生活靠拢。谁知道呢，也许娜奥米还能跟爱玛成为朋友呢。

想到这些，他觉得轻松了许多，然而就在沉入梦乡之前，他被突然横掠到脸上的一团阴影吓醒，连忙睁开一只眼睛，瞄向头顶。

"嗨，帅哥。"

爱玛使劲踹了他的屁股一脚。

"哎哟！"

"以后不准再那么干了！"

"干什么？"

"你自己清楚！我是动物园里的动物吗？你拿棍子戳我，还笑我。"

“我可没笑你！”

“我看见了，你和你女朋友搂在一起，咯咯地笑。”

“她不是我女朋友，我们是在笑菜单。”

“你们笑我工作的地方。”

“那又怎么样？你自己也笑过！”

“没错，因为我在那里工作，我嘲笑的是逆境，可你们嘲笑的是我！”

“爱姆，我以后再也再也——”

“这就是我的感受。”

“我很抱歉。”

“好。”她在他身边盘腿坐下，“把你的衬衫扣好，酒瓶递给我。”

“还有，她真不是我女朋友。”他从下往上系好三颗纽扣，等她接茬，见她没反应，又试探道，“我们只是偶尔上个床，没别的。”

随着与他发展恋爱关系的可能性越来越小，爱玛只能努力硬下心肠，适应德克斯特的冷漠无情，所以，近来再听到这样的言语，她不会像过去那样痛苦，如今的感觉更接近于被飞来的网球猛砸了一下后脑勺，现在的她也不再回避。“这样对你们两个都好，我敢肯定。”她把酒倒进一只塑料杯，“不是女朋友，那算什么关系？”

“我不知道。‘情人’？”

“那也是有感情的吧？”

“‘俘虏’怎么样？”他咧嘴笑道，“我可以用‘俘虏’这个词儿吗？”

“还不如叫‘受害者’，我喜欢‘受害者’。”爱玛突然向后一仰，费劲地把手指伸进牛仔裤口袋，“把你的小费拿回去。”她把紧紧压成一团的十英镑钞票丢到他的胸口。

“没门儿。”

“有门儿。”

“那是你的！”

“德克斯特，听我说。小费不是给朋友的。”

“这不是小费，是礼物。”

“现金不能算礼物，你可以买点东西给我，但别给现金，太让人尴尬了。”

他叹了口气，把钱塞进口袋。“我再次道歉。”

“好了，”她往他旁边一躺，“接着说，给我讲讲她的事。”

他笑嘻嘻地用手肘撑起身子。“那个周末，我们开了个完工派对……”

完工派对，她想。他都能参加完工派对了。

“……我以前在办公室见过她，就上去打招呼：‘你好，欢迎加入团队。’语气非常正式，还伸出手打算握，她却一直冲我笑，挤眉弄眼，一把揽住我的后脑勺，往她那儿拉，然后她——”他压低声音，颤着嗓子说，“亲了我，明白吗？”

“亲你了，是吗？”爱玛觉得又被网球砸中了。

“……她还用舌头把什么东西送进我嘴里。‘这是什么？’我问。她又挤了挤眼，说：‘你自己尝尝。’”

爱玛沉默片刻，问：“一颗花生？”

“不是。”

“就是那种干的烤花生米。”

“不对，是一片药。”

“什么？润喉片吗？因为你有口臭？”

“我没有口——”

“你以前是不是跟我讲过类似的故事？”

“没有，不是同一个姑娘。”

更多的网球接二连三、又密又快地砸过来，其间还掺杂着零星的板球。爱玛摊开手脚，凝望天空。“你不能再让女人往你嘴里塞毒品了，德克斯，不卫生，还危险。总有一天，你会把自己毒死的。”

德克斯特笑了。“你还想不想往下听了？”

她伸出一根手指，抵住下巴。“我想不想？不，还是算了吧。不想。”

可他还是讲了，情节老掉牙：黑灯瞎火的夜总会包间、你来我往的半夜电话、大清早打车在城里乱窜；德克斯特的性生活好比贪得无厌的自助餐。爱玛尽力不去听他讲，只是盯着他的嘴，那是一张与她的记忆并无二致的漂亮嘴巴，假如她像娜奥米那样胆大，还留着不对称的高级发型，一定会扑过去亲上一口。她突然意识到，自己还没亲过任何人，当然是指主动的吻，她总是被亲的那个。派对上喝多的男孩经常会偷袭般地用力亲她一下，犹如暗地里飞出的拳头。伊恩三周前也这么试过。当时她正在擦冰柜，他像颗炮弹那样冲过来，她误以为他要给她一记头锤。连德克斯特都主动亲过她，不过那是很久以前了，如果现在亲回来，会不会显得很奇怪？假如马上行动的话，会发生什么？采取主动吧，摘下眼镜，趁他正在说话，扳住他的脑袋，亲他，快点——

“……所以娜奥米凌晨三点打来电话，说：‘打个车，马上，就现在。’”

她能清晰地想象出贸然行动的后果：德克斯特抬起手背擦嘴，把她的吻当成扣在脸上的蛋糕。她沮丧地把头歪向另一边，看着山上的人群。黄昏的天光逐渐黯淡，两百多个兴高采烈、招人喜欢的年轻人互扔飞盘、点燃一次性烧烤架、筹划着当晚的活动，可她却觉得自己跟这些人相隔很远，他们全都从事着有趣的工作、听CD、骑山地车，像电视广告里的人物，比如伏特加或者小型跑车广告。“你为什么不回来呢，宝贝？”她妈妈昨晚在电话里说，“我们还留着你的房间……”

她回头看看还在讲述自己爱情生活的德克斯特，又望向他身后那对正在激吻的年轻情侣，女的双膝跪地，跨坐在男的身上，男的胳膊投降般搭在地上，两人十指紧扣。

“……我们差不多在酒店房间里待了三天，基本上没离开过。”

“对不起，我刚才走神了。”

“我刚才说到……”

“你觉得她看上你什么了？”

德克斯特耸耸肩，似乎没听明白。“她说我很复杂。”

“复杂。你就像一组只有两片的拼图——”她坐起来，拂掉粘在小腿上的草叶，“镶在厚木板上。”她拉起牛仔裤的裤腿，捏住一小撮汗毛，“瞧瞧我的腿，就像五十八岁的健步爱好者的腿，我看起来像健步者协会的主席。”

“那就去做热蜡脱毛，长毛玛丽。”

“德克斯特！”

“话说回来，你的腿太漂亮了。”他斜靠过来，捏捏她的小腿肚，“你真美。”

她把他的胳膊肘打到一边，所以他又跌回草地上。“你竟然叫我长毛玛丽。”他身后的那对情侣还在接吻。“瞧瞧那一对——别盯着看。”德克斯特扭头偷瞥。“我都能听见声音。隔这么远还能听见吸来吸去的，就像通下水道。我说了别盯着看！”

“为什么不行？这里是公共场所。”德克斯特抗议道。

“为什么要在公共场所做这种事？跟野生动物纪录片差不多。”

“人家是在谈恋爱。”

“恋爱就是这样的？嘴巴黏糊糊，裙子皱巴巴。”

“有时候就是这样。”

“她快把那家伙的脑袋吞下去了，也不怕下巴脱臼。”

“不过看来还好。”

“德克斯特！”

“我只是告诉你，她挺好的。”

“你知道吗，有些人可能会觉得有点怪异，就是你喜欢跟人上床的那种爱好。还有些人可能觉得你的爱好有点像是自暴自弃，是绝望和悲伤引起的。”

“有意思，我不觉得悲伤绝望。”

尽管早已感受到他的悲伤绝望，爱玛却没有作声。德克斯特拿手肘推推她。“你知道我们该干什么吗？我和你？”

“什么？”

他咧嘴一笑。“一起吸E[6]。”

“E？什么E？”她茫然地说，“噢，对了，我在哪篇文章里读到过。那些奇奇怪怪的化学药剂未必能让我兴奋。有一次我打开修正液的瓶盖闻了闻，感觉我的鞋要把我吃掉。”他发出动听的笑声，她则把笑脸藏在塑料杯后面，“无论如何，我更喜欢酒精，纯净自然的快感。”

“E更能让人放松。”

“所以你见人就拥抱？”

“我只是觉得你吸了之后会很开心，就这么简单。”

“我现在就很开心。你根本不知道我有多开心。”她仰面躺着，凝视天空，但也知道他正在看着她。

“好吧。你最近怎么样？”他说，她觉得他的语气很像心理医生，“有什么新闻和行动吗？爱情方面的。”

“嗨，你还不了解我吗？我是个没有感情的机器人，说我是修女也行，机器人修女。”

“可你不是啊，全都是你假装的。”

“哦，我不在乎。我挺喜欢这样的，一个人变老……”

“你才二十五岁，爱姆——”

“——还是个穿蓝袜子的书呆子。[7]”

德克斯特不确定“穿蓝袜子”是什么意思，但他条件反射般地首先对“袜子”这个词产生了色情方面的反应，不禁想象起

---

6. E，ecstasy的简称，迷幻剂。

7. 十八世纪英国贵族妇女举办“蓝袜子”文化沙龙，后来“蓝袜子”一词用于指代女学者，暗含“书呆子”的嘲讽意味。

她穿上蓝色长筒袜的样子，随即又觉得蓝袜子不适合她，也不适合任何人，只有娜奥米穿过的那一类黑色或者红色的长袜才够性感，所以世上就不该存在蓝色的长筒袜，然后他才意识到，“蓝袜子”或许存在更加正经的含义，而自己刚刚忽略了这个重点。这些色情方面的遐想耗费了德克斯特的大量精力，他猜测爱玛可能是对的，也许自己确实有点过于关注跟性有关的事物，偶然看到的广告牌、杂志封面，甚至陌生路人肩上外露的一小截深红色胸罩带子都能让他花痴般地出神好几个小时，到了夏天更是一发不可收拾。既然不是刚从牢里放出来的，那频繁出现这种反应肯定不正常……所以别再走神了，他格外关心的人现在情绪非常低落，他应该专注于这件事，而不是她身后那三个开始打水仗的姑娘……

集中注意力！集中！他把思绪从浮想联翩中硬拉回来，大脑立刻如同航空母舰那样迅速运转。

“那个家伙怎么样？”他说。

“哪个家伙？”

“你上班的地方，服务员，像电脑俱乐部领队的那个。”

“伊恩？他怎么了？”

“你为什么不和他约会？”

“闭嘴，德克斯特。伊恩只是朋友。把酒瓶给我，好吗？”

他看着她坐在那里喝酒，酒已经变温了，口感更像糖水。不那么多愁善感、怜香惜玉的时候，德克斯特还是能够安静地坐在那里看着爱玛·莫利说笑和讲故事的，只有在这一刻，他才会百分之百地认定，她是他所认识的最好的人，有时候他几乎想打断她，直接把这个想法说出来。然而现在时机不对，他觉得她看起来相当疲惫、忧愁、苍白，低头看地面时显出了双下巴。她已经不是学生了，为什么不戴隐形眼镜，非要戴这么丑的大眼镜？还有那个丝绒发带，完全没有装饰效果。他满怀同情地想，她真正需要的是有人拉着她的手，释放她的潜力。他想象着高贵又温柔的爱玛试穿各种华丽衣服的样子。没错，他确实应该更关心爱玛才对，只可惜他现在有太多的事情需要操心。

可难道短期之内他就不能做点什么，让她振奋精神、提升自信吗？他有了主意，于是抓住她的手，郑重其事地宣布："听着，爱姆，如果你四十岁时仍然单身，我会和你结婚。"

她看着他，毫不掩饰自己的厌恶。"这是求婚吗，德克斯？"

"不是现在，要等到我们两个都愿意的时候。"

她苦涩地笑了。"你怎么会觉得我愿意和你结婚呢？"

"好吧，我的意思是假如你愿意的话。"

她慢慢摇了摇头。"你恐怕要排队了。我朋友伊恩对我说过一样的话，当时我们正在给冰柜消毒，不过他只愿意等到我三十五岁。"

"啊，我没有冒犯伊恩的意思，但我认为你应该多坚持五年。"

"为了你们两个坚持？我怎么都不会结婚的。"

"你怎么知道的？"

她耸耸肩。"睿智的吉普赛人说的。"

"我还以为你是出于政治理念什么的才不打算结婚呢。"

"就是……婚姻不适合我。"

"我现在就能想象出你结婚时的样子。白婚纱、伴娘、小花童、蓝袜带……"袜带，说到这个词，他的脑子立刻不转了，好像咬住钩的鱼。

“其实，我认为生活中还有许多比‘恋爱’更重要的事。”

“什么，比如你的事业？”她瞪了他一眼。“对不起。”

两人全都转头望向天空，夜幕开始降临。过了一会儿，她说：“其实，我的工作今天刚刚有了起色。”

“你被炒了？”

“升职了。”她笑出声来，“他们让我做经理。”

德克斯特迅速坐了起来。“在那种地方？你一定得拒绝。”

“为什么拒绝？在餐厅工作有错吗？”

“爱姆，只要你高兴，你还可以用牙去开采铀矿，没什么不行的。可你讨厌这份工作，无时无刻不在讨厌。”

“那又怎么样？大多数人都讨厌自己的工作，所以工作才叫工作。”

“我爱我的工作。”

“嗯，好吧，但我们不能全都跑到媒体上班，对吧？”她讨厌自己疑似冷嘲热讽的语气，更糟糕的是，她感到眼泪开始莫名其妙地向上涌。

“嘿，也许我能帮你找个好工作！”

她笑了。“什么工作？”

“跟我一起，在红灯传媒！”这个想法让他越来越兴奋，“做研究员。从跑腿开始，虽然是无偿的，但你那么有才华……”

“德克斯特，谢谢你，可我不想在媒体行业工作。我知道现在的人拼命想要挤进这一行，好像媒体是世界上最好的工作。”**你的语气有些歇斯底里，她想，而且酸溜溜的。**“其实，我都不知道媒体到底是什么。”**别说了，冷静点儿。**“我是说，你们这帮人整天都干些什么？不就是站在那里喝喝瓶装水，吸吸毒，拍几张照——”

“嘿，我们的工作很辛苦，爱姆。”

“我是说，如果大家，我也不知道该怎么说，如果大家能像尊重护士、社工和老师那样尊重媒体行业的人——”

“那就去做老师吧！你会成为出色的老师。”

“我希望你能在黑板上写句话：‘我不会给我的朋友职业建议！’”她提高了声音，几乎是在喊，接下来是长久的沉默。她为什么要这样？他只是想帮助她而已，付出了友谊，却得到什么回报？他应该站起来走掉。他们同时扭头看着对方。

“对不起。”他说。

“不，该我说对不起。”

“为什么？”

“连珠炮一样唠叨，像是一头……老疯牛。对不起，我累了，今天状态不好，你一定听烦了吧，抱歉。”

“没那么烦人。”

“天啊，德克斯，我都觉得自己烦，真的。”

“我不这么觉得，”他握住她的手，“我永远不会嫌你烦，你是万里挑一的，爱姆。”

“我可没那么好。”

他踢了踢她的脚。“爱姆？”

“什么？”

“你就不能少说两句，接受我的赞美吗？”

两人互相看了一会儿，他又躺下了，片刻之后，她也跟着躺下，紧接着向上弹了弹，因为他悄悄把胳膊伸到了她的肩膀底下。就这么尴尬地僵持了一阵，她转身蜷缩着面对他。他紧紧搂住她，对着她的头顶说：

“你知道我不明白什么吗？那么多人都说你优秀，聪明、风趣、有才华，优点数不过来，这么多年我也一直这么跟你说。可你为什么不相信呢？你觉得大家为什么会那样说，爱姆？难道你认为他们是串通好了奉承你的吗？”

她把前额贴在他的肩膀上，示意他不要说了，否则她会哭出来。“你真好，不过我得走了。”

“不，再待一会儿。咱们再开一瓶酒。”

“娜奥米没在什么地方等着你吗？塞了一嘴毒品，像只疯狂囤药的小仓鼠。”她像仓鼠那样鼓起腮帮子，吐出一口气，德克斯特哈哈大笑，她也觉得心情好了一点。

又待了一会儿，他们起身到卖酒的商店去，然后回到山上，喝着红酒，吃着一大袋高价薯片，欣赏城市上方的日落。摄政动物园传来各种奇奇怪怪的动物叫声。最后，山上只剩下他们两个人了。

“我该回家了。”她晕乎乎地站起来。

“如果你愿意，可以住我家。”

她盘算着回家的路：先搭北线地铁，然后转乘N38路公交车（坐在上层），最后走一段漫长危险的夜路，回到不知为何总是弥漫着炸洋葱气味的公寓。家里的中央空调必然开着，蒂莉·基里克肯定又在那里，睡袍敞着怀，像壁虎那样紧挨着空调的出风口，从瓶子里舀香蒜沙司吃，爱尔兰切达干酪上想必会出现牙印，电视上正在播《三十多岁》。她不想回去。

“我借给你牙刷，”德克斯特似乎读懂了她的心思，“睡沙发？”

她想象着自己在德克斯特那张吱吱作响的黑色皮革组合沙发上过夜的情景，酒精和困惑逐渐在脑袋里搅成一团，恍惚之中，她蓦然意识到生活竟已变得如此复杂，终于下定了决心——近来她几乎每天都在酝酿的决心：不再在外过夜，不再写诗，不再浪费时间。是时候整理自己的生活，重新开始了。

第五章
相处守则

1992 年 7 月 15 日，星期三

希腊，多德卡尼斯群岛

有些日子里，当你一觉醒来，什么都是完美的。

这一年的圣斯威逊节晴空万里，丝毫没有下雨的迹象。轮渡在爱琴海中缓慢穿行，他们并排躺在遮阳甲板上，戴着新墨镜，一身休闲的度假打扮，沐浴着早晨的阳光。昨晚在希腊的小酒馆里喝多了，两人正在迷迷糊糊地醒酒。这是“环岛十日游”的第二天，《相处守则》依然在发挥效力。

《守则》是一份柏拉图式的“日内瓦公约”，包括出发前就已经定下的一些基本禁令，以防假期生活变得“复杂”。经历了一段短暂而平淡的感情之后，爱玛又恢复了单身，男的叫斯派克，是个自行车修理工，指头上总有一股WD40防锈剂的味道。两人几乎连肩膀都没耸一下就分手了，不过至少她的自信心得到了提升，另外，她的自行车性能也达到了前所未有的最佳状态。

德克斯特早就不跟娜奥米交往了，据他说是因为“关系变得太紧张了”，也不知道究竟是什么意思。此后他又经历了艾薇儿、玛丽、萨拉、莎拉、桑德拉和尤兰达，目前定格在英格丽德——彪悍的模特，后来不得已转行做了时装设计师。她面无表情地告诉爱玛，自己之所以放弃做模特，是因为“胸太大，没法走猫步”，德克斯特在旁边听着，从表情看简直得意上了天。

英格丽德对于自己的性吸引力极为自信，经常把胸罩穿在外面。尽管在这方面她不会受到爱玛或者任何地球人的威胁，然而只要是举行派对，必定有人提前跟她打招呼，免得她几杯鸡尾酒下肚后连泳衣也脱了。倒不是说爱玛和德克斯特之间真的会发生什么，多年前曾经短暂敞开的窗口早已关闭，两人都对彼此产生了免疫力，言行举止绝对不会逾越友谊的界限。尽管如此，六月的一个星期五晚上，德克斯特和爱玛还是坐在汉普斯特德希思的酒吧里，制定了《守则》。

第一条：卧室分开。无论如何不能共用一张床，不管是单人床还是双人床，不准以醉酒为由搂搂抱抱，没喝酒也不许拥抱，他们不再是学生了。“我看不出拥抱的意义何在。”德克斯特说。“抱多了还会抽筋。”爱玛表示同意，随后又补充道：

“也不准调情。这是第二条。”

“我从来不调情，所以……”说到这里，德克斯特开始拿一只脚蹭她的小腿内侧。

“说真的，不许借着酒劲闹事。”

“闹事？”

“你知道我的意思。不准嘻嘻哈哈瞎胡闹。”

“什么，跟你吗？”

“跟谁都不行。其实这就是第三条，我可不想坐在那里看着你和别人动手动脚。”

“爱姆，这是不可能的事。”

“对，当然不可能，因为写进守则了。”

在爱玛的坚持下，《守则》第四条主要是禁止在别人面前裸体。不准裸泳，时刻记得举止端庄。她不想看到德克斯特只穿内裤或者洗澡的样子，当然更不想撞见他上厕所。作为报复，德克斯特提出了第五条：不许玩填字游戏。他的朋友玩这个游戏的越来越多，讽刺的是没有一个玩得好的。在他看来，设计这个游戏的目的似乎就是为了让他觉得自己特别愚蠢和无趣。所以，不许玩填字游戏，拼字也不行，除非他死了。

现在是旅行的第二天，《守则》继续生效。他们躺在锈迹斑斑的老旧轮渡甲板上，随着吱嘎声缓慢前进，从罗德岛向更小的多德卡尼斯群岛驶去。旅途的第一晚是在“老城”度过的，两人喝着盛在空心菠萝里的甜鸡尾酒，在新鲜感的驱使下止不住地冲对方傻笑。天还没亮轮渡就离开了罗德岛，现在已经是上午九点。他们静静地躺着醒酒，胃里翻江倒海，像马达一样突突直跳，只能慢慢地吃点橙子，安下心来读几页书，晒着太阳，沉浸在静谧的快乐之中。

德克斯特首先打破沉默。他叹了口气，把手里的书放在胸口——纳博科夫的《洛丽塔》，也是爱玛送的。这次度假的书单由爱玛决定，结果就是拖来一大摞砖头般的厚书，占据了大半个箱子，堪称流动图书馆。

片刻之后，他又夸张地叹了口气。

“怎么了？”爱玛头也没抬地说，眼睛依然盯着陀思妥耶夫斯基的《白痴》。

“我看不进去。”

“这是名著。”

“让我头疼。”

“看来我应该买带插图的。”

“噢，我喜欢——”

“《好饿好饿的毛毛虫》？”

“我只是觉得它太晦涩了，一直在说这个男的是怎么乱搞、怎么发情的。”

“我认为这就是它动人的地方。”她向上推了推墨镜，“这是本很色情的书，德克斯。”

“对喜欢小女孩的人来说是这样的。”

“再说一遍，你为什么会被罗马那家语言学校解雇？”

“我早就告诉过你，她已经二十三岁了，爱姆！”

“那你就睡觉吧。”她拾起那本俄罗斯小说，“庸俗。”

他再次把脑袋枕在背包上，却发现身边多了两个人，他们投下的影子罩住了他的脸。其中的女孩长相漂亮却很紧张，男孩身材魁梧、脸色苍白，在清早的阳光下几乎泛出金属般的镁白色。

“打扰一下。”女孩操着英格兰中部口音说。

德克斯特手搭凉棚，对他俩热情地微笑。“嗨，你们好。”

“你不是电视上那个男的吗？”

“有可能。”德克斯特坐起来，摘下墨镜，做作地甩甩脑袋。爱玛轻轻地抱怨了一声。

“那个节目叫什么来着？《喝酒聊天》！标题全是小写字母，现在很流行。”

德克斯特举起一只手。“我招了，就是我。”

爱玛发出一声短暂的嗤笑，德克斯特瞪了她一眼。“这一段挺好玩的。”她掩饰道，对着陀思妥耶夫斯基的巨著连连点头。

“我就说在电视上见过你！”女孩拿手肘捅着男朋友，“我说过的，对吧？”

面色苍白的男孩哼哼唧唧地搪塞了几句，然后默不作声。德克斯特感到胃里的马达再次颤动起来，这才发觉《洛丽塔》又回到了自己胸口上，于是悄悄地把书塞进包里。“你们是来度假的，对吧？”他问。这个问题显然很多余，不过也让他借机进入了自己的电视角色，他在节目中的人设是一位成熟稳重的酒吧常客。

“没错，度假。”男孩嘟囔着回答。

气氛更僵了。“这是我朋友爱玛。”

爱玛越过墨镜上沿看着他们。“嗨，你们好。”

女孩斜着眼睛看她。“你也上电视吗？”

“我？天哪，不。”她瞪大了眼睛，“不过这是我的梦想。”

“爱玛在大赦国际工作。”德克斯特骄傲地说，一只手搭在她肩膀上。

“兼职。主要在餐厅上班。”

“餐厅经理，不过很快就不干了，九月份要去参加教师资格培训，对吧，爱姆？”

爱玛平静地看着他。“你为什么要这么说话？”

“我怎么说话了？”德克斯特挑衅地笑道，那对年轻情侣不自在地扭转身体，男孩望向船的一侧，似乎打算跳下去。德克斯特决定结束访谈。“好了，我们海滩上再见吧？也许一起喝杯啤酒？”两人笑了笑，转身朝他们的座位走去。

尽管一直想要取得成功，德克斯特却从未刻意追求过名气，可是假如不出名，成功又有什么意思？应该让人知道。现在他倒是声名在外，然而总感觉意义不大，更像是校园名气的自然延续。他从来没打算当个电视主持人，也不清楚其他人是否有此志向，不过，每当听到有人说他干这个有天赋的时候，总会很高兴。首次出现在镜头中的时候，他意识到自己天生就适合这一行，好比第一次坐在钢琴前，突然发现自己是演奏大师。这个节目本身并不算话题节目，而是以一系列乐队现场表演、独家视频、名人访谈为主，是的，没错，主持的难度并不高，他只需要看着镜头，高喊："燥起来吧！"尽管就这么简单，他却完成得非常出色和吸引人，营造出漂亮招摇、魅力十足的效果。

不过，受到公众的认可是一种全新的体验。他有足够的自知之明，清楚自己拥有爱玛所谓的"装痴卖傻"的潜质，因此他私下里经常研究自己的面部表情，避免显得狂妄自大和虚情假意，还设计出了独有的表情，它的潜台词是："嘿，没什么大不了的，不过是个电视节目而已。"眼下他就摆出了这副表情，戴上墨镜，重新读起书来。

看到他的表演，爱玛觉得好笑：故作漫不经心，鼻孔微张，嘴角挂着一丝微笑。她把墨镜推到额头上。

"你不会因为这个而改变的吧？"

"因为什么？"

"有了小小小小的一点点名气。"

"我讨厌这个词，'名气'。"

"哟呵，你还想要什么词儿，'众所周知'？"

"'臭名昭著'怎么样？"他咧嘴笑道。

"'讨人嫌'呢？怎么样？"

"别提这个了，行不？"

"别装了行吗？求你了。"

“什么？”

“东区口音。拜托，你可是温彻斯特学院毕业的。”

“我可没有东区口音。”

“你上电视的时候就是这个调调，听着就像卖海鲜的突然跑到电视台做时尚节目了。”

“你还有约克郡口音呢！”

“因为我就是约克郡人！”

德克斯特耸耸肩。“我必须那样说话，不然会疏远了观众。”

“你就不怕疏远了我？”

“我知道肯定会的，可你不是我节目的两百万观众之一啊。”

“哦，你的节目？”

“我出镜的节目。”

她哈哈大笑，继续看书。过了一会儿，德克斯特又开腔了。

“那个，你是吗？”

“是什么？”

“我的观众？你看《喝酒聊天》吗？”

“可能碰巧看过，我算账的时候瞥过那么一两眼。”

“你觉得怎么样？”

她叹了口气，眼睛盯着书。“不是我喜欢的类型，德克斯。”

“多少说一点儿。”

“我不了解电视……”

“说说你的感觉。”

“好吧，我觉得它就像个醉鬼，整整一小时都在冲着你尖叫，还打着闪光灯，但我也说过……”

“好了，明白了。”他看了一眼自己的书，又转向爱玛，“那我怎么样？”

“什么你怎么样？”

“就是——我的表现好不好？作为主持人。”

她摘下墨镜。“德克斯特，你可能是全国有史以来最了不起的青年节目主持人了。这种话我不会乱说的。”

他自豪地拿一侧的手肘撑起身子。“其实，我宁愿把自己看成记者。”

爱玛微笑着翻了一页书。“我就知道你会这么想。”

“因为这正是我的工作，记者。我得做调查，安排采访，提出恰当的问题……”

她用食指和拇指托住下巴。“没错，没错。从MC汉默那段就能看出你的深刻，非常敏锐、发人深省……”

“闭嘴，爱姆……”

“不，说真的，你对MC这个人物的深度挖掘，比如他的音乐灵感……还有他的裤子，都非常地，嗯——无与伦比。”

他举起书拍了她一下，“别说了，看书吧，好吗？”他重新躺下，闭上眼睛。爱玛瞥了他一眼，发现他在笑，于是也跟着笑起来。

临近中午，德克斯特还在睡觉，爱玛远远望见了他们此行的目的地：一座蓝灰色的花岗岩岛屿从她所见过的最清澈的海水中升起。此前她一直以为这样的海水是旅游宣传册的谎言，是镜头和滤光器的产物，今天却亲眼看到了那闪闪发光的翠绿色。乍看之下岛上似乎无人居住，岸边却散布着连成片的椰子糕色的小屋，从港口延伸到远方。见此情景，她不由自主地轻声笑了起来，在这之前，旅行对她来说尽是糟心的体验。十六岁之前的每一年，全家人都会到法利待上两周，狭小的房车里，她跟妹妹吵个不停，父母则只知道喝酒，望着窗外的雨发呆，无聊程度简直超越了人类忍耐的极限。上大学时，她曾经和蒂莉·基里克去凯恩戈姆山国家公园露营，在满是速食汤料味道的帐篷里住了六天，预期中以玩乐为主的休假最终令人郁闷地宣告结束。

现在靠着船舷栏杆，看着岛上的村镇逐渐在视野中变得清晰，她开始体会到旅行的意义，从未感觉如此远离那家自助洗衣店，远离回家搭乘的巴士上层，远离蒂莉的储藏间。连空气都似乎不一样，不仅仅是味道和气息，伦敦的空气浑浊肮脏，就像一只无人打理的鱼缸，而这儿的一切都明亮耀眼、洁净清新。

她听到相机的快门声，扭头看到德克斯特又给她拍了一张照。“我看起来糟透了。”她下意识地说，其实并非如此。他走过来，双臂从她腰的两侧环绕过来，握住栏杆。

“真美，是吧？”

“还好。”她说，却想不起自己还有哪一刻比现在更开心。

他们下了船——这是她第一次体验到什么叫“下船”——不跟团的旅行者和背包客们一踏上码头就立即骚动起来，四下寻觅住处。

“现在怎么办？”

“我会找到地方的。你在那家咖啡馆等着，我回去接你。”

“找带阳台的房间……”

“遵命，女士。”

“还要能看见海景，有写字台的，拜托了。”

“我尽力。”他说，随后便啪嗒啪嗒地趿拉着凉鞋，汇入码头上的人群。

她在后面喊道："别忘了！"

他转过身来，看到她站在护墙上，一手扶着宽边帽的帽檐，另一手按着淡蓝连衣裙的裙摆，没再戴眼镜，胸前散布着一片他从未见过的雀斑，领口上方裸露的皮肤已经从粉色变成了棕色。

"别忘了《守则》。"她说。

"怎么了？"

"我们需要两个房间，对吧？"

"当然。两间。"

他微笑着走向人群。爱玛注视着他的背影消失，然后拖着两个包，沿着码头来到那家海风吹拂的小咖啡馆，从包里拿出笔和昂贵的布面笔记本，那是她的旅行日志。

她翻开第一张空白页，想写点感想或者观察，而不是"一切都好"之类的空泛之谈。诚然，一切真的都很好，她产生了一种前所未有的满足感。

德克斯特和女房东站在空荡荡的房间中央：粉刷的白墙和凉爽的石头地板，一张巨大的铁框双人床，一张小写字台和一把椅子，插着干花的罐子。他穿过对开式百叶门，来到宽敞的大阳台，为了与天空相匹配，阳台刷成了天蓝色，俯瞰海湾，仿佛踏上梦幻般的舞台。

"你们有几个人？"三十多岁、漂亮迷人的房东问。

"两个。"

"住多久？"

"说不准，五个晚上，也许更久？"

"那这里最合适了。"

德克斯特坐在双人床上，若有所思地上下晃悠。“可我和我朋友，嗯，我们只是好朋友，需要两个房间。”

“噢，好的，我还有一间呢。”

爱玛领口的那一片雀斑，我以前怎么没看见？

“你有两个房间？”

“是的，当然，我有两个房间。”

“有好消息也有坏消息。”

“说吧。”爱玛说，合上笔记本。

“我找到一个特别棒的地方，有海景、阳台，地势比村子高一点，安静，适合写作，还有张小写字台，接下来的五天都没有人住，要是你愿意，还可以住更久。”

“坏消息呢？”

“只有一张床。”

“啊。”

“嗯。”

“我明白了。”

“抱歉。”

“真的？”她怀疑地问，“整个岛就剩下一间卧室了？”

“现在是旺季，爱姆！我到处都找了！”冷静，别紧张。也许还得表现出内疚的样子。“但如果你要我继续找下去……”他做出疲惫的样子，从椅子上站起来。

她按住他的胳膊。“床是单人的还是双人的？”

似乎蒙混过关了。他再次坐下。“双人床，大号的。”

“嗯，必须是张非常大的床，对吧？那样才不会违反《守则》。”

“好吧，”德克斯特耸耸肩，“我觉得它不过是个参考。”

爱玛皱起眉头。

“我的意思是，爱姆，只要你不介意，我就不介意。”

“是，我知道你不介意……”

“但要是你真怕自己控制不住……”

“哦，我能控制住，我担心的是你……”

“那我就提前警告你，要是你敢碰我一根手指头……”

爱玛喜欢这个房间。她站在阳台上听蝉鸣，因为以前只在电影中听到过这种声音，她有点怀疑自己来到了描写异国情调的小说里。她还开心地看到花园里有柠檬，长在树上的、真正的柠檬，像是被胶粘在了上面。她不想表现出没见过世面的样子，于是压低声音，简单回应：“好，就住这里吧。”德克斯特开始跟房东详谈，她趁机溜进洗手间，继续费力地尝试取下隐形眼镜。

上大学时，局限于理想化女性美的传统观念，爱玛坚信隐形眼镜是虚荣的装饰物，而国家医疗系统的框架眼镜坚固实用，还能让人觉得佩戴者并不在意外貌之类的繁琐表象，而是关注更高层次的事物。然而毕业后的这些年，传统观念变得越发抽象、似是而非，她最终屈服于德克斯特的怂恿，戴上了这该死的东西，这才发现原来自己这些年始终在逃避的竟然是个犹如电影般美好的瞬间：图书馆员摘下她的眼镜，甩了甩她的头发，“莫利小姐，你真美。”

九个月来，她一直无法习惯镜中的自己，那张脸看起来很奇怪，似乎少了点什么，仿佛刚刚才摘下眼镜一样。隐形眼镜总让她有种面部抽搐的冲动，很想一个劲儿地眨眼。取下来的镜片要么鱼鳞般粘在她的手指或者脸上，要么就像现在这样，怎么都抠不出来，顽固地往她眼皮底下钻，嵌进脑袋里面，痛苦地挤眉弄眼一番之后，她终于拿出那两片小玩意儿，走出洗手间，眨着泪汪汪的红眼睛。

德克斯特坐在床上，衬衫的纽扣全解开了。“爱姆，你哭了？”

“没有，还没到时候呢。”

他们顶着正午的闷热出了门，前往那条长长的新月形白色沙滩，它从村庄向外延伸了大约一英里。是时候脱掉外衣，露出里面的泳衣了。爱玛在泳衣上花了很多心思，也许有点太多，最后在约翰·刘易斯商店买了件纯黑色连体的，样式简单，好像是“爱德华时代”牌的。她把裙子脱到头顶，想知道德克斯特会不会觉得她是为了防备他而故意不穿比基尼，因为连体泳衣似乎与框架眼镜、沙漠靴和自行车头盔一样显得拘谨，达不到所谓的“女性化”标准。其实她并不在乎他是怎么想的，可被裙子挡着脸的时候，她还是忍不住猜测他是否正往自己这边看。无论如何，当发现他穿了宽松的沙滩裤时，她如释重负——毕竟，假如在穿着“速比涛”紧身泳裤的德克斯特旁边待上一周，她会感到更不自在。

“抱歉问一下，”他说，“难道你是来自依帕内玛的姑娘？”

“不，我是她姑妈。”她坐下来，打算往腿上涂防晒乳，又不想让大腿上的肉显得松垮颤悠。

“这是什么？”他问。

“防晒指数30的防晒霜。”

“你干脆裹在毯子里算了。”

“我可不想在出来玩的第二天就干出那么夸张的事儿。”

“这东西像建筑油漆。”

“我不习惯晒太阳。不像你，环球旅行家。要不要来点儿？”

“我不喜欢防晒霜。”

“德克斯特，你可真难伺候。”

他微笑着，继续透过深色的镜片打量她：举起的手臂牵动着黑色衣料下的乳房，松紧领口周围凸起一圈柔软白皙的肌肤，涂抹防晒霜的姿势也好看——脑袋偏向一侧，头发拢在后面。他因此感到一阵愉快的眩晕和欲望。噢，天哪，他想着，还要这样过八天呢。泳衣背后的开口很低，她够不到最下面的皮肤，只能徒劳地拿手指乱点几下。“我来帮你涂后背？”他说。提出为对方涂防晒霜是俗得不能再俗的调情套路，实在拉低了他的档次，于是他决定用关心她的健康为理由来加以掩饰。“要是晒伤了怎么办。”

“好吧。”爱玛挪过来，坐在他的两腿之间，背对着他，脑袋抵在膝盖上。他开始涂抹，脸凑得很近，她的后颈可以感觉到他的呼吸，他也能感到她的皮肤散发出的热量，双方都在努力说服自己，这不过是一种日常行为，绝对没有违反《守则》的第二条和第四条关于“调情”和“身体接触”的规定。

“开口太低了，对吧？”他说，手指不自觉地滑到了她的尾椎骨。

“幸亏我没把它倒过来穿！”她说。此话一出，两人都尴尬地沉默下来，想着，*天哪，天哪，天哪*。

为了转移注意力，她握住他的脚踝，往自己这边拉过来。“这是什么？”

“文身。在印度文的。”她用拇指搓了搓，好像要抹掉它。

“有点褪色了。代表阴和阳。”他解释道。

“看起来像路标。”

“它象征两个对立面的完美结合。”

“它象征‘全国道路限速结束’，还说明你该穿上袜子了。”

他笑出声来，双手搭在她背上，两个大拇指并排按在肩胛骨之间。过了片刻，他轻快地说：“行啦！底漆刷好了，咱们去游泳吧！”

漫长炎热的一天还在继续。他们游泳、打盹、看书，最热的那一阵子过去之后，沙滩上的人多了起来，某个问题也越来越明显——首先注意到它的是德克斯特。

“是我眼花了还是……”

“什么？”

“这个海滩上的人都是全裸的？”

爱玛抬眼望去。“噢，真的。”她迅速收回视线，继续盯着书页，“别乱瞟，德克斯特。”

“没乱瞟，我只是在观察。我可是有人类学学位的，记得吗？”

“三等学位，对吧？”

“好了，高等双学位的学霸。看，我们的朋友在那边。”

“什么朋友？”

“船上认识的。在那儿烧烤呢。”只见那对小情侣出现在二十米开外，男的脸色依然苍白，光着身子，蹲在一只冒着烟的铝制烤盘前面，像是在取暖；女的踮脚站着，正朝爱玛和德克斯特这边招手，胸部两块白三角，下身一块黑三角。德克斯特兴高采烈地挥手回应。“你们都没穿——衣——服——”

爱玛避开视线。“你知道吧，我就干不出这种事儿。”

“什么事儿？”

“裸体烧烤。”

“爱姆，你太传统了。”

“这不叫传统，这是具备基本的健康和安全常识，关系到食品卫生。”

“我也想裸体烧烤。”

“这就是咱俩的区别，德克斯，你太阴暗复杂了。”

“也许咱们该过去打个招呼。”

“不！”

“只是聊两句。”

“一只手擎着鸡大腿，另一只手掂着他的蛋？免了吧。再说了，这样是不是不符合裸体海滩的礼仪？”

“什么？”

“穿着衣服跟裸体的人说话……或许不礼貌。”

“我也不清楚，有这种说法？”

“专心看书吧，好吗？”她别过脸去，望向岸边的一排树。不过，以她这么多年来对德克斯特的了解，他很可能不把别人的叮嘱当回事，左耳进右耳出——事实果然如此。

“你觉得呢？”

“什么？”

“咱们是不是也得那样？”

“怎么样？”

“把衣服全脱了？”

“不，不能全脱！”

“大家都脱了！”

“这不是理由！还记得《守则》第四条吗？”

“顶多算个参考。”

“那是我们定的规矩。”

“那又怎么样，不能通融吗？”

“要是能通融，就不叫规矩了。”

他悻悻地一屁股坐在沙滩上。“我只是觉得不脱衣服有点不礼貌。”

“行，你脱吧。我不看。”

“不能就我一个人脱。”他任性地嘟囔道。

她再次躺下。“德克斯特，你为什么这么想让我脱衣服？”

“我只是觉得，如果脱了衣服，我们会更放松。”

“胡说八道……”

“你不相信？”

“不信！”

“为什么？”

“不为什么！再说了，我觉得你女朋友不会开心的。”

“英格丽德才不在乎呢。她很开放的，敢在机场的WH史密斯商店打赤膊……”

“好吧，很抱歉让你失望了，德克斯……”

“你没让我失望……”

“不过情况不同……”

“什么情况？”

“首先，英格丽德当过模特……”

“那又怎么样？你也能当模特。”

爱玛一下子笑出来。“噢，德克斯特，你真的这么想？”

“为产品代言什么的，你的身材很可爱。”

“‘身材可爱’，老天爷……”

“我说的是客观事实，你是个非常有魅力的女人……”

“……但不会脱个精光！你要是那么急着把下身晒黑，请自便！我们能换个话题吗？”

他翻了个身，跟她并排躺着，脑袋枕着胳膊，两人的手肘碰在一起，她再一次猜到了他的心思。他拿手肘捅捅她。

“以前又不是没见过。”

她慢慢放下书，把墨镜推到额头上，侧脸枕在小臂上，面对着他。

“你说什么？”

“我是说，我们又不是没见过对方没穿衣服的样子。”她盯着他。“那天晚上，还记得吗？毕业派对之后？我们的一夜情？”

“德克斯特？”

“我的意思是，我们已经不会互相产生性别方面的好奇了。”

“我要吐了……”

“你明白我的意思……”

“那是很久以前了……”

“没那么久。我闭上眼睛还能想起当时的样子……”

“打住……”

“你就在那里……”

“当时很黑……”

“没那么黑……”

“我喝醉了……”

“她们总是这么说……”

“她们？她们是谁？”

“而且你没怎么喝多……”

“反正已经超过我的标准了。再说了，我记得什么都没发生。”

“我不这么觉得，还是发生了一点什么的，就在我打盹的时候，是打盹吧？还是醒着？”

“打盹。那时我还年轻，什么都不懂。其实我早把那天的事给忘了，就当是失忆了吧。”

“我可没忘。一闭上眼睛，我就能看到你当时的样子：像是晨曦中的一幅剪影，你脱掉那条粗布工装裤，躺在印度棉毯子上勾引我……”

她拿书猛拍他的鼻子。

“哎哟！”

“你给我听好了，我反正是不会脱衣服的！我当时也没穿粗布工装裤，从来就没穿过那玩意儿。”她把书抽回来，开始轻声笑个不停。

“有什么好笑的？”他问。

“印度棉毯子。”她忍俊不禁地看着他，“你有时候真有意思。”

“是吗？”

“时不时搞笑一下。你就该上电视。”

他满足地笑着闭上眼，脑海中浮现出爱玛那天晚上的样子：

躺在单人床上，除了腰上套的那条小短裙之外什么都没穿，跟他接吻时举着两个胳膊……想着想着就睡着了。

下午晚些时候，他们疲惫地回到房间，身上汗涔涔的，被太阳晒得微微刺痛，还要面对那个老问题：床。两人绕过它走到俯瞰大海的阳台上，天空被暮色遮挡，由蔚蓝变为粉红，海面起了一层薄雾。

“好了，谁先去洗澡？”

“你去吧，我在这里坐一会儿，看看书。”

她躺在夕阳下的褪色躺椅上，倾听海水奔涌鼓荡，努力集中精神，分辨俄国小说里的细小铅字，随着书页的翻动，字体似乎越来越小。她突然站起来，走到储藏水和啤酒的小冰箱跟前，拿出一罐啤酒，就在这时，她发现洗手间的门是开着的。

里面没有浴帘，她能看见德克斯特站在花洒下面冲冷水澡，闭着眼睛迎向水流，头朝后仰，双臂上举。她凝视着他的两片肩胛、颀长的棕色后背、尾骨两侧的腰窝和紧实白皙的屁股。噢，天啊，他转身了。她手里的啤酒洒在地上，嘶嘶地冒着泡沫，她急忙扯过一块毛巾丢过去盖着，仿佛逮到一只老鼠，然后抬头看着德克斯特，她的柏拉图式好朋友。除了手里拿着的衣服挡住了前半身，他一丝不挂。“从手里滑下来了！”她边解释边踩那块毛巾，让它吸收啤酒沫，心想，要是再这么过上八天，我就要自燃了。

轮到她洗澡了。她关好门，洗去手上的啤酒，在狭小潮湿的卫生间里左右腾挪，脱掉衣服，室内依然有股他的须后水的味道。

《守则》第四条规定，在她擦干身体和换衣服时，德克斯特应该到阳台上去。可经过几次试验，他发现假如戴上墨镜，再偏偏脑袋，就能看到她在玻璃门上的倒影：眼下她正往刚晒黑的背部涂护肤品，扭着屁股穿上内裤，系好胸罩，凹凸有致的背部和肩胛曲线一览无余，然后举起手臂，蓝色连衣裙幕布一般垂落下来。

她也来到阳台。

“也许我们该在这里多待几天，”他说，“没必要再去别的岛，就在这里闲逛一个礼拜，然后回罗德岛，接着回家。”

她笑道：“嗯，也许吧。”

“你不会觉得无聊吧？”

“我想不会。”

“那高兴吗？”

“我的脸就像烤番茄，不过除此以外……”

“我看看。”

她闭上眼睛转向他，抬起下巴。她的头发还是湿的，整齐地向后梳着，洁净闪亮。这是爱玛，全新的爱玛，浑身都在发光。他想到一个比喻“被阳光亲吻过”，又想，吻她，捧起她的脸，吻她。

她突然睁开眼睛。“现在干什么？”她问。

“随便你。”

“填字游戏？”

“我是有底线的。”

“好吧，去吃晚饭怎么样？尝尝希腊色拉。”

小镇上的餐馆全都一模一样，这也算是一种特色。空气中弥漫着烤羊羔的香味，两人来到港湾尽头的一家店，那里是新月形沙滩的起点，找了个安静的地方坐下来，喝着松木味的葡萄酒。

“这酒有股圣诞树味儿。”德克斯特说。

“更像消毒水。”爱玛说。

音乐从隐藏在塑料藤蔓间的音箱里传来，是齐特琴演奏的麦当娜的《最佳状态》。他们吃了不太新鲜的面包卷、烧焦的羊肉和醋精调制的色拉，味道还过得去，后来连葡萄酒也变得有滋有味，像是味道奇怪的漱口水。爱玛很快就不由自主地想要违反《守则》第二条：禁止调情。

她从来不是调情方面的专家，就像边玩轮滑边说话，显得笨拙又猴急。然而松木味的希腊葡萄酒和阳光的力量让爱玛变得多愁善感、头晕眼花，她决定冒险玩一把轮滑。

“我有个想法。”

“说吧。”

“要是在这里待上八天，最后我们会没话说的，对吧？”

“那倒不一定。”

“可为了保险起见，”她向前欠了欠身子，按住他的手腕，“我觉得我们该互相坦白一些别人不知道的事。”

“什么？比如说秘密？”

“没错，秘密，让人惊讶的事，从现在到假期结束，每天晚上说一个。”

“就像转酒瓶游戏那样？”德克斯特瞪大眼睛，他一向以世界级转酒瓶高手自居，“好吧，你先来。”

“不，你先来。”

“为什么？”

“你的选择多啊。”

这倒没错，他的秘密简直数不过来。比如那天晚上偷看她穿衣服，洗澡时故意敞着洗手间的门，曾经和娜奥米吸过海洛因，圣诞节前跟爱玛的室友蒂莉·基里克匆忙而不愉快地打过一炮——当时爱玛正在伍尔沃斯买圣诞彩灯，他们本来在做足底按摩，最后搞到了床上。可对于这些不光彩的秘密最好还是守口如瓶，以免显得他肤浅猥琐、口是心非。

他想了一阵子。

"好吧，有了，"他清了清嗓子，"几个星期前，在一家夜总会，我和一个男的亲热来着。"

爱玛张大嘴巴。"男的？"她又笑了起来，"了不起，德克斯特，你真是充满惊喜啊。"

"这有什么，不就是亲个嘴，喝多了嘛……"

"他们都这么给自己开脱。给我讲讲那是怎么回事？"

"那是个硬核基佬派对，叫'性感皮囊'，在沃克斯豪尔的'皮带'俱乐部。"

"'皮带'俱乐部的'性感皮囊'！那'罗克西'和'曼哈顿'这样的迪斯科舞厅又会办什么派对？"

"那儿可不是迪斯科舞厅，是同性恋俱乐部。"

"你跑到同性恋俱乐部干什么？"

"我们总去。那儿的音乐更好，更劲爆，比那些幼稚的小儿科强多了……"

"你们这帮神经病……"

"反正我和英格丽德还有她室友都去了，我正在跳舞，那个哥们儿就扑过来亲我，我就……嗯，你懂吧，亲回去了。"

"那么你……？"

“什么？”

“喜欢吗？”

“还可以，只是亲一下。不过是张嘴，对吧？”

爱玛哈哈大笑。“德克斯特，你有诗人的灵魂。‘不过是张嘴’，很好，挺可爱的。是《时光流逝》的歌词吧？”

“你明白我的意思就行。”

“不过是张嘴，这句话应该写在你的墓志铭里。英格丽德怎么说？”

“她就知道笑，不但不介意，还很喜欢。”他满不在乎地耸耸肩，“反正英格丽德是双性恋，所以——”

爱玛翻了个白眼，说：“她当然得是双性恋。”德克斯特露出得意的微笑，仿佛是他出主意让英格丽德当双性恋的。

“嘿，没什么大不了的，对吧？我们这个年龄就应该尝试各种取向。”

“是吗？我怎么没听说。”

“你可别落伍啊。”

“虽然我也放纵过一次，但不会再这样做了。”

“没关系的，爱姆，不要束缚自己。”

“德克斯，你真是性爱专家啊。他那天晚上怎么穿的？你那位‘皮带’俱乐部的朋友？”

“穿着情趣束带和皮裤。他是英国电信的工程师，叫斯图尔特。”

“你觉得还会去见斯图尔特吗？”

“除非我的电话坏了。他不是我喜欢的类型。”

“我怎么觉得没有你不喜欢的类型？”

“不过是一段丰富多彩的插曲而已。有什么好笑的？”

“你看起来怎么这么得意啊！”

“不，我可没有！你这个恐同分子。”他望向她的身后。

“嘿，你在跟服务员眉来眼去吗？”

“我只想再点些饮料。轮到你了。你的秘密呢？”

“我放弃，比不过你。”

“你没和女的……”

她摇摇头，表示认输。“你知道吗，要是哪天你跟真正的女同性恋说这种话，她们一定会打掉你的下巴。”

“所以你从来没迷上过女……”

“别烦人了，德克斯特。你还想不想听我的秘密？”

服务员送来了免费的希腊白兰地，因为这种饮品白送才有人要。爱玛尝了一点，皱起眉头，然后小心地托住一侧脸颊，做出一副亲昵的醉态。“秘密。我想想。”她说，拿手指敲打着下巴。她可以告诉他，她偷看过他洗澡，知道圣诞节时他和蒂莉·基里克做过什么事，甚至还可以告诉他，1983年她在自己的卧室里亲过波莉·道森，尽管明知道这件事不会有结果……无论如何，她早就想好了这天晚上该说些什么。齐特琴演奏着《像个祈祷者》，她舔着嘴唇，调整着眼神，尽力做出性感迷离的样子，直到感觉自己摆出了最有吸引力的表情，拍照时的表情。

“我们大学里第一次见面时，成为……好朋友之前，嗯，我有点喜欢你……其实不是有点，是非常喜欢。喜欢了很多年。我还为你写了一些傻乎乎的诗。”

“诗？真的？”

“我不是在炫耀。”

“我明白，我明白。”他双臂交叠，搁在桌子边缘，低下头，“对不起，爱玛，可是这个不算。”

“为什么？”

“因为你说过，必须是我原先不知道的事情。”他坏笑着说，她再次领教了他让人失望的本事。

“天哪，你真烦人！”她拿手背在他身上晒得最红的地方拍了一下。

“哎哟！”

“你怎么知道的？”

“蒂莉告诉我的。”

“她可真行。”

“所以后来呢？”

她看着玻璃杯的杯底。“这种事后来也就忘了，就像起疹子，好了之后什么都不会留下。”

“不，说真的，后来怎么样了？”

“然后我越来越了解你，你本人治好了我对你的迷恋。”

“我想读读那些诗，‘德克斯特’跟什么押韵？”

“‘讨厌鬼’，算半个韵。”

“说正经的，那些诗呢？”

“销毁了。我弄了个篝火，好几年了。”她感觉自己很傻，情绪低落下来，再次拿起空酒杯抿了一口，“白兰地喝多了，我们该走了。”她心烦意乱地望向侍者，德克斯特也开始觉得自己有点傻。他本来有许多事可以讲，为什么非要自鸣得意、油腔滑调，甚至有些刻薄呢？急于补救的他拿手肘捅捅爱玛的手。“那我们去散散步，好吗？”

她犹豫了一下。“好吧，去散个步。”

他们沿着海湾向前走，经过许多建了一半的小镇房屋，显然是旅游业无序发展带来的副产品，两人照例批判了一番。爱玛暗下决心，今后要更加理智，鲁莽随性并不真的适合她，她无法驾驭，所以总是得到事与愿违的结果。她对德克斯特的坦白就像月力丢出一个球，看着它飞向空中，片刻之后却听到玻璃被砸碎的声音。余下来的假期之中，她决定保持冷静和清醒，牢记《守则》。别忘了英格丽德，美丽不羁的双性恋英格丽德正在伦敦等着他。别再不合时宜地告白了，她能做的只是应付那些愚蠢的交谈，好像跟被厕纸缠住的鞋跟搏斗。

他们已经把小镇甩在了身后，德克斯特拉起她的手，扶着她在干燥的沙堆之间跌跌撞撞地穿行，沙子还保留着日照的余温。两人来到海边潮湿坚实的沙地上，爱玛注意到他的手依然没有松开。

“我们这是去哪？”她发现自己的声音有点含糊不清。

“我要去游泳，你来吗？”

“你疯了。”

“来吧！”

“我会淹死的。”

“不会的。瞧，多美呀。”海水平静清澈，仿佛漂亮的大型水族箱，波光粼粼如同玉石，掬一捧起来，它也会在你的掌心闪耀。德克斯特已经把衬衫脱了。“来吧，还能醒酒呢。”

“可我没带泳衣……”话一出口，她明白了，“哦，我知道了。”她笑道，“原来是这样……”

“什么？”

“我是不是中计了？”

“什么？”

“老掉牙的裸泳套路。先把姑娘灌醉，然后在附近找个游泳的地方……”

“爱玛，你真是个老古板，你为什么会这样呢？”

“你去吧，我在这儿等着。”

“好吧，不过你会后悔的。”他背过身去，脱掉长裤和内裤。

“穿上内裤！”她大喊，望着他大步迈进水里，颀长的棕色脊背和白皙的屁股渐渐没入水中。“这可不是‘性感皮囊’派对！”他扑进海浪之中，她站在原地，头晕目眩，感到孤独又荒唐。这难道不正是她一直渴望的体验吗？为什么就不能胆大妄为一把？既然连裸泳都怕，又怎么敢告诉一个男人她想吻他？想到这里，她提起裙边掀过头顶，利落地先后脱掉裙子和内裤，踢向半空，任由它们落到地上，随即跑了起来，连笑带骂地冲到水边。

德克斯特已经来到了自己敢于涉足的最深处，他抹去眼睛上的水，踮起脚尖眺望大海，思索接下来会发生什么。不安，他感到极为不安。不同寻常的时刻即将来临，他始终在回避这一刻，生怕表现得不够谨慎沉着。这可是爱玛·莫利，她值得珍视，大概算他最好的朋友。至于英格丽德，大家私底下叫她“可怕的英格丽德”，他又该将她置于何地？就在这时，他听到沙滩上传来模模糊糊的兴奋叫喊，于是茫然地转过身去，然而却错过了光着身子的爱玛好像被人推了一把那样跌跌撞撞跳进水里的一幕。看着她连滚带爬，扑腾着靠近过来，他决定诚实坦率地对待她，看看可以得到怎样的收获。

爱玛喘着气来到他身边，忽然意识到海水是半透明的，于是用力踩水，横起一条胳膊挡在胸前。“果然就是这样！”

“什么？”

“裸泳！”

“没错，你觉得怎么样？”

“还可以，挺闹腾的。我现在该怎么做，随便晃悠还是拿水泼你？”她撩起一捧水，轻轻甩到他脸上，“这样对吗？”他还没来得及还击，一道浪裹住了她，把她朝德克斯特那边推过去。他正绷起脚尖贴着海底，见状急忙揽住她，两个人的腿缠在一起，如同扣紧的手指，身体一触即分，好像一对舞者。

“你的表情还真深沉，”她打破了沉默，“嘿，你是不是在水里撒尿了？”

“没……”

“那是怎么回事？”

“我想跟你道歉，因为我说的那些话……”

“什么时候说的？”

“在餐馆，我太油嘴滑舌了。”

“没关系，我习惯了。”

“我还想说，我也有同样的想法，那时候。我的意思是，我也喜欢你，是‘爱情方面的’喜欢。虽然我没给你写过诗什么的，但我那时候想着你，现在也想着你，你和我。我是说，我看上你了。”

“真的？哦，真的？好吧。哦，好吧。”终于要来了，她想，就在此时此刻，一丝不挂地站在爱琴海里。

“问题是……”他叹了口气，扯起一边的嘴角，露出苦笑，

“我好像见一个看上一个！”

“我知道。”她只能这么说。

“——真的是每个人，去街上随便拉一个都可以，就像你说的，没有我不喜欢的类型。太可怕了！”

“你真可怜。”她面无表情地说。

“我的意思是，我觉得我……嗯……没准备好，你知道，谈男女朋友。我认为我们从恋爱关系里想要得到的东西不一样。”

“因为……你是基佬？”

“我在说正经的，爱姆。”

“是吗？我永远听不出来。”

“你生我的气了？”

“没有！我不在乎！我告诉过你，那是很久很久以前的事了……”

“但是！”他双手在水里摸到了她的腰，抓紧不放，“但是，如果你想找点乐子……”

“乐子？”

“违反《守则》……”

“玩填字游戏？”

“你懂我的意思。放纵一下。就在度假的这段时间，没有束缚，没有义务，不提英格丽德。这是我们俩的小秘密。因为我准备好了。就是这样。”

她喉咙里发出介于哼笑和咆哮之间的声音。**准备好了**。他像个介绍完十分划算的理财产品的推销员那样咧嘴笑着。**我们俩的小秘密**，跟其他数不清的秘密毫无区别。她又想起另一句话：**不过是张嘴**。现在爱玛只能做一件事，于是她不顾自己光着身子，奋力从水中跃起，借助自己的体重，一下子把他的脑袋压进水里，牢牢按住。她开始慢慢地数数。一、二、三……

你这个狂妄自恋的家伙……

四、五、六……

我真是个蠢透了的女人，蠢得当真了，蠢得以为他也会当真……

七、八、九……

他在挣扎了，还是放了他吧，就当是个玩笑，是个玩笑……

十。她把两只手从他后脑勺上拿开，放他弹出水面。他大笑着甩掉头发和眼睛上的水，她也跟着笑，僵硬地“哈、哈、哈”。

“这么说，你表示拒绝。”最后，他擤着鼻子里的海水说。

“我想是的。最合适的时机早就过去了。”

“哦，真的吗，你确定？因为我觉得假如我们能放下那件事反倒更好。”

“放下那件事？”

“如果能放下，我们会更亲近——作为朋友。”

“你担心不上床会影响我们的友谊？”

“我还没说清楚……”

“德克斯特，我非常了解你，这正是问题所在……”

“如果你怕英格丽德……”

“我不怕她，我只是不会为了上床而上床。假如你事后会说的第一句话是‘请别告诉任何人’或者‘我们忘了这件事吧’，我是不会去做的。如果非得要偷偷摸摸地做一件事，那一开始就不该去做！”

他却眯起眼睛望向她身后的沙滩，她转身一看，发现有个瘦小的身影在沙滩上狂奔，手里还举着什么东西，像是从敌人那里缴获的战旗：一件衬衫、一条裤子。

“喂——”德克斯特嚎叫着冲向岸边，吐出灌进嘴里的海水，高抬着膝盖，大步跨上沙滩，猛追卷走他全部衣服的小偷。

过了一阵子，他气喘吁吁、火冒三丈地折返回来，爱玛已经穿戴整齐地坐在沙滩上，恢复了原先的镇静。

“追上了吗？”

“没有！跑了！”他沮丧地说，“全拿走了！”一阵微风吹来，他才意识到自己什么都没穿，于是愤怒地用一只手遮着两腿之间。

“他把你的钱包也拿走了？”她问，脸上带着一丝毫不掩饰的幸灾乐祸。

“没有，只有几张钞票，我也不清楚，大概相当于十几英镑，这个小混蛋。”

“我想这就是裸泳要承担的风险。”她喃喃自语，嘴角抽动。

“我心疼那条裤子，是海尔姆特·朗的！内裤是普拉达的，花了我三十镑。你怎么回事？”爱玛笑个不停，连话都说不出来。“爱姆，这可不好玩！我被偷了！”

“我知道，对不起……”

“那可是海尔姆特·朗，爱姆！”

“我知道！可是你……光着屁股发火……哈哈哈哈……”她笑得趴在地上，拳头和前额埋在沙子里，最后往侧面一倒。

“别笑了，爱姆，有什么好笑的。爱玛？爱玛！行了！”

等她笑够了站起来，他们沉默地沿着沙滩走了一段，德克斯特忽然感到很冷，又很难为情，爱玛谨慎地走在前面，低头看着沙地，控制着情绪。“那个小混蛋怎么连内裤都偷？”德克斯特嘟嚷道，“你知道我明天怎么逮他吗？整个破岛上穿得最好的就是他！”爱玛再次笑得坐在地上，脑袋埋在双膝之间。

既然没抓到小偷，他们只能在沙滩上寻找蔽体之物。爱玛发现一只厚实的蓝色大塑料袋，德克斯特嫌弃地把它围在腰间，像一条迷你裙，爱玛提议撕出两条背带，把它改造成背带裙，然后又笑得瘫倒在地。

他们必须走港口前的路才能返回住处。“这儿比我想象的热闹多了。”爱玛说。德克斯特故意摆出满不在乎的自嘲表情，目不斜视地走在露天咖啡馆的人行道上，不去理会狼嚎般的起哄声。他们拐进镇子里的一条窄巷，突然撞见了那对海滩情侣——两人的面孔被酒精和日晒弄得通红，醉醺醺地互相搀扶，蹒跚着走下通往海港的台阶。他们困惑地盯着德克斯特的蓝色塑料迷你裙。

“有人偷了我的衣服。”他简短地解释。

小情侣同情地点点头，擦身走了过去。那女孩突然停下来，扭头在他们身后喊了一句：“袋子不错。”

“是海尔姆特·朗的。”爱玛说。德克斯特眯起眼睛，像看叛徒那样注视着她。

两人悻悻地回到住所，不知何故，共用一张床的事实变得不再那么令人尴尬。爱玛走进洗手间，换上灰色的旧T恤，出来时发现蓝色塑料袋已经被丢在床边的地上。“你该把它挂起来，”她说，拿脚尖踢弄着袋子，“这样会弄皱的。”

“哈。”他已经穿上了新内裤，躺在床上哼了一声。

“这条也是吗？”

“什么？”

“三十英镑一条的名牌内裤。什么料子的呀，貂皮衬里的？”

“咱们还是睡觉吧，好吗？你睡哪一边？”

“这边。”

他们并排平躺着，爱玛享受着白床单贴在柔软后背的凉意。

“不错的一天。”她说。

“除了最后那一出。”他嘟囔道。

她转头看着他的侧脸，他愤慨地凝视着天花板。她拿脚踢了踢他的脚。“不就是一条裤子和内裤嘛，我给你买新的高级货。三条装的那种纯棉的。”德克斯特嗤之以鼻，她把手伸到被单下面，握住他的手，用力一捏，直到他也转头看着她。“说真的，德克斯，”她微笑道，“我真的很高兴到这里来。我觉得非常开心。”

“是，我也是。”他咕哝道。

“还有八天。”她说。

“还有八天。”

“你觉得能应付吗？”

“谁知道呢。”他亲昵地微笑着。无论如何，一切都像以前一样。“今晚我们违反了多少条《守则》？”

她想了一会儿。“第一、第二和第四条。”

“至少我们没玩填字游戏。”

“明天就难说了。”她伸手关掉头顶的灯，然后躺在自己那一侧，背对着他。一切都像以前一样，她不确定自己现在的感受。有那么一会儿，她担心自己可能会因为白天打过盹而难以入睡，但疲惫不堪带来的睡意很快像麻醉剂那样占领了她的血管。

德克斯特躺在那里，盯着暗蓝夜色下的天花板看了一会儿，感到自己今晚的状态不算最好。跟爱玛相处，言行举止都受到一定的约束，他的表现不会总是符合要求。他瞥了一眼爱玛，她的头发披散在脖子周围，刚晒黑的皮肤衬着白色的床单，他试探着触碰她的肩膀表达歉意。

“晚安，德克斯。”她趁着最后的清醒嘟囔了一句。

“晚安，爱姆。”他回应，但她已经睡着了。

还有八天，他想，整整八天。八天，什么都可能发生。

第二部

1993—1995
年近三十

我们在花钱方面从不计算，有多少花多少，而我们从别人那里所得到的却要随他们的高兴，因而就很少很少。我们总是处在不幸之中，有时不幸得多些，有时不幸得少些。大部分我们认识的朋友的处境与此也不相上下。我们时常想入非非，自我宽慰，而骨子里却一点儿也不高兴，永远也不会高兴。我坚信，像我们这种情况是很普遍的。

——查尔斯 · 狄更斯《远大前程》

第六章
化学物质

1993 年 7 月 15 日，星期四

第一部分：德克斯特的故事
布里克斯顿，伯爵府和牛津郡

这年头的生活有着日夜颠倒的趋势，老派的上下午概念已经过时，德克斯特见到的黎明也比过去多了许多。

1993年7月15日，太阳在五点零一分升起。德克斯特坐在一辆破旧的迷你出租车后排看日出，他刚刚从布里克斯顿一位陌生人的公寓出来，准备回家。其实并不算陌生人，而是新朋友，他近来结识了不少朋友，这一位是平面设计师，叫吉布斯或者吉布西，也可能是比格西。设计师有个朋友叫塔拉，是个疯丫头，像一只没长大的小鸟，有着厚重的眼皮和一张猩红色的大嘴，不爱说话，更喜欢通过按摩表情达意。

他首先认识的是塔拉——凌晨两点之后，在有铁道桥拱的那家夜总会。他整晚都在注意舞池中的她：漂亮的小脸蛋总是笑嘻嘻的，突然出现在陌生人身后，摩挲他们的肩膀或者后腰——后来终于轮到了德克斯特，他点头微笑着，等待女孩慢慢认出他来。当然，女孩先是皱皱眉头，手指几乎碰到他的鼻尖，像其他人那样对他说：

“你是名人！”

“那么你是谁呢？”他在音乐声中扯着嗓子问，握住她两只骨感的小手，拉到自己身侧，仿佛久别重逢。

“我叫塔拉。”

“塔拉！塔拉！你好，塔拉！”

“你是名人吧？你怎么出名的？告诉我！”

“我上电视，主持一档叫作《喝酒聊天》的电视节目，采访明星。”

“我知道这个节目！你很有名！”她开心地嚷起来，踮起脚尖亲吻他的脸颊，如此得体的举止让德克斯特非常感动，于是他扯着嗓子喊道：“你真可爱，塔拉！”

“我是很可爱！”她叫道，“我是很可爱，但我不是名人。”

“可你应该出名！”他喊道，手搁在她腰上，“我认为每个人都应该出名！”

这句没有脑子的评论毫无意义，然而其中的情绪似乎打动了塔拉，因为她“啊——”地叫了一声，踮起脚尖，小精灵般的脑袋靠在他肩膀上。“我觉得你很可爱。”她对着他的耳朵大叫，他没有反驳。“你也很可爱。”他说。两人发现他们陷入了“你很可爱”的怪圈，似乎可以你来我往地重复个没完。他们一起跳舞，在彼此的脸上吸来吮去，笑容灿烂地对视……德克斯特再一次惊异于人在脑子不正常的情况下交流竟是如此容易。若是以前，大家只能依靠酒精袒露心扉，跟女孩搭讪必须借助各种眉来眼去来实现，还要买单饮料，一连聊上几个小时的书籍、电影、父母姊妹。而现在只需要问一句“你叫什么名字”“给我看看你的文身好吗”或者“你穿什么样的内裤”，就有可能俘获女孩的心……真是时代的进步。

“你很可爱，”趁着她又用屁股蹭他的大腿，他再次喊道，“身子小小的，好像一只小鸟！”

“可我壮得像头牛！”她扭过头来大叫，鼓起线条匀称、橘子大小的肱二头肌。见到如此可爱的二头肌，他忍不住亲了上去。“你真好，真——好。”

“你也很好。”他立刻回应，心想，上帝啊，这样的一来一往简直美好得不可思议，真是太好了。她娇小又灵巧，让他联想到小鹪鹩，但他不记得“鹪鹩”两个字该怎么念，于是抓起她的手，拉到自己身前，在她耳边喊道：“像火柴盒那么大的小鸟叫什么？”

“什么？”

“可以放进火柴盒里的小鸟。你就像这种小鸟，我想不起它的名字了。”他用食指和拇指比出两厘米的长度，“只有这么大。”

她点点头，不知是表示同意还是跟着音乐舞动，厚重的眼皮忽闪着，眼珠像他姐姐玩过的娃娃那样向后转动。德克斯特一下子忘记自己刚才说了些什么，变得恍惚起来，所以当塔拉捏着他的双手，再一次说他可爱，还要把他介绍给她的朋友们的时候——因为他们也很可爱，他毫不犹豫地同意了。

他四下张望着寻觅大学时代的老室友卡勒姆·奥尼尔，发现对方正在穿外套。奥尼尔曾是爱丁堡的头号懒人，身材魁梧，西装革履，靠着翻新电脑发家致富。然而成功需要他保持清醒的头脑，不能吸毒，也不能在工作日的晚上喝太多酒，所以在这地方他显得郁郁寡欢。德克斯特走过去，抓住他的两只手。

“你要去哪儿，伙计？”

“回家！凌晨两点了，我还得工作呢。”

“跟我来，我想让你见见塔拉！”

“德克斯，我不想见什么塔拉，我得走了。”

“你的酒量也太小了吧？”

“你醉糊涂了吧，爱干什么干什么去。我明天给你打电话。”

德克斯特抱了抱卡勒姆，说他有多么了不起，可塔拉又过来拉扯他的手，于是他转身跟着她穿过人群，向一间休息室走去。

夜总会收费昂贵，属于高档场所，不过德克斯特近来很少在这些地方掏钱。对于星期四的晚上而言，这里略微显得有些安静，可至少没有吓人的电子进行曲，也没有那些可怕的小孩，没有爱打赤膊、瘦骨嶙峋的光头瘾君子，咬牙切齿地狠狠盯着你的脸。这里的顾客反而多半是些讨人喜欢、有魅力的中产阶级，二十来岁，比方说塔拉的朋友们。他们懒洋洋地靠着大号沙发垫，抽着烟，说着话，嚼着口香糖。正是在这儿，他见到了吉布西（也可能是比格西），还有“可爱的塔什”和她的男朋友“斯图·炖锅”、戴眼镜的斯派克斯和他男朋友马克，很可惜，马克的名字没什么花头，就是“马克”。他们纷纷把自己的口香糖、水和特醇万宝路递给德克斯特。人们往往十分看重友谊，然而在这里交朋友异常容易。他很快就开始想象大家一起开野营车度假、日落时在海滩上烧烤的情景。他们似乎也喜欢他，问他上电视是什么感觉、见过哪些名人，他就讲些花边新闻。这期间塔拉一直坐在他背后，细瘦的手指摩挲着他的脖子和肩膀，让他兴奋地微微打颤。不知怎么，交谈忽然停顿下来，众人沉默了大概五秒钟，却足以让他暂时清醒过来，想起明天要做什么，不，不是明天，是今天，噢，天哪，今天晚些时候……他这天晚上第一次感到惊恐和战栗。

不过也还好，没那么糟，因为塔拉说："趁着没过劲儿，我们再去跳会儿舞吧。"于是他们全都去了，站在铁道桥拱下面，松散地站成一排，面朝DJ和灯光，在干冰喷雾里跳了一会儿，咧着嘴傻笑、频频点头、皱眉做鬼脸，不过点头和咧嘴并非出于真正的兴奋，更像是刻意地表示自己依然很开心，狂欢并没有结束。德克斯特不知该不该脱掉衬衫，这样做或许可以助兴，然而机会稍纵即逝。附近有人半真半假地喊道："旋律真棒！"可是没人赞同，因为根本没有旋律。可怕的清醒犹如敌人那样席卷众人，那个吉布西还是比格西首先反应过来，大声叫嚷音乐难听，大家停下舞步，如同打破了魔咒。

德克斯特朝出口走去，盘算着该怎么回家。夜总会外面想必已经停满了非法揽客的出租车，他感到一阵莫名的恐惧，担心自己可能遭到谋杀。就算顺利回到贝尔塞兹公园那套空荡荡的公寓，他也会一连几个小时毫无睡意，洗洗涮涮、整理唱片，直到脑袋里的砰砰声停下来才能睡着，而新的一天又会带来新的恐慌。他需要陪伴，于是四下寻找公用电话，卡勒姆应该还没睡，然而此刻男性伙伴对他而言没什么用……尤兰达在巴塞罗那拍片；可怕的英格丽德也已经放话，说见到他就把他的心挖出来；对了，还有爱玛，没错，爱玛，不，爱玛不行，不能在这种状态下找她，她不会理解也不会认可，然而爱玛偏偏是他最想见到的人。为什么今晚她没在他身边？他有那么多的事想要问她，比如他们为什么从来没在一起过——那样该有多棒！他们一定是好搭档、好伙伴。德克斯和爱姆，爱姆和德克斯，大家都这么说。对爱玛突如其来的爱意让他自己也吓了一跳，他决定打个车去伯爵府，去告诉她她有多么了不起，他是多么真心实意地爱她、她多么性感，可惜她不知道……为什么不试试呢？看看会发生什么，就算没有结果，哪怕他俩坐在一起聊聊天也好，至少不用一个人过夜，无论如何，他一定不能孤单……

他刚刚拿起话筒，感谢上帝，那个比格西还是吉布西就建议众人都去他家，反正那儿离得不远。于是他们结伙出了夜总会，浩浩荡荡地步行前往寒湾巷。

公寓在一家老酒吧的楼上，非常宽敞。厨房和起居室、卧室、卫生间连在一起，马桶周围环绕着一块半透明的浴帘，算是室内唯一保护隐私的隔断。比格西收拾房间的时候，其他人横七竖八地倒在巨大的四柱床上。床上铺着丙烯酸材质的假老虎皮和黑色的化纤床单，令人啼笑皆非，床的上方是一面哈哈镜，他们睡意浓重地盯着它，欣赏自己懒洋洋的倒影，脑袋枕着别人的膝盖，摸索着别人的手，听着音乐。这帮聪明的年轻人是不乏魅力的成功人士，眼下却神志不清，全都觉得镜子里的自己看起来很棒，相信从现在开始大家都是好朋友——他们会到希斯野餐，在酒吧度过漫长慵懒的周末……德克斯特的心情也终于再次好转。“我觉得你很棒。”有人对别人说，但谁对谁说的并不重要，因为他们其实都很棒。无一例外。

一连几个小时过去，没有人注意。有人谈起了性，他们开始身体力行地发表自己的意见——到了早上必然后悔——互相亲吻，塔拉依然在摆弄德克斯特的脖子，坚硬的小手指摩挲着他的颈椎，然而毒品的效力一过，先前的舒缓按摩变成了一连串的戳刺，他凝视着塔拉小精灵般的面孔，突然发现它变得苍白骇人，嘴巴太宽，眼睛太圆，如同某种不长毛的小型哺乳动物。他还意识到她比他想象中的老——我的天，她肯定有三十七八岁了——她小小的牙齿缝里还有白色的糊糊，像是水泥灌浆。德克斯特再也无法遏制内心的惊惶，对新的一天的恐惧缓缓爬上他的脊柱，担忧、惧怕与羞耻化作黏稠的汗水渗出体表，散发着难以名状的化学味道。他猛然坐起，浑身颤抖，双手捂脸，手掌慢慢滑落，似乎想要抹掉什么东西。

天色渐明，寒湾巷的乌鸫唱起了歌，他产生了一种鲜明生动、近似幻觉的感受，觉得自己整个儿被掏空了，犹如一只复活节彩蛋。按摩师塔拉让他的肩膀发紧，仿佛凭空制造出一只巨大的绳结，音乐已经停了，有人在床上嚷着要茶喝，大家都想喝茶、茶、茶，于是德克斯特挣扎着站起来，穿过房间，走到巨大的冰箱跟前，他自己的冰箱也是这种型号，工业风十足，像是遗传学实验室才有的恐怖设备。他敞开冰箱门，茫然地盯着里面：一袋变质的色拉静静地发着霉，鼓胀的塑料包装随时都会炸开。他的眼珠在眼窝里转了几下，视野终于不再震颤抖动，对焦在一瓶伏特加上。他躲在冰箱门后，灌下一大口伏特加，又喝了一大口酸苹果汁把酒压下去，泡沫在舌头上无情地嘶嘶作响，他皱起眉头，吞掉嘴里的液体，连一直嚼着的口香糖也送了下去。又有人在要茶喝了。他找出一盒牛奶，拿在手里掂了掂，有了主意。

“没有牛奶了！”他喊道。

“应该还有啊。”吉布西还是比格西喊道。

“没了，空了。我去买点儿。”他把一整盒没开封的牛奶放回冰箱，“我五分钟后就回来。还有人要什么吗？烟？口香糖？”

新朋友们都没回应，于是他悄悄地溜到外面，跌跌撞撞下楼，像个浮出水面换气的人那样冲出大门，来到街上，拔腿就跑，再也不想见到那群“很棒”的人了。

他在电气大道找到一家迷你出租车行。1993年7月15日，太阳在五点零一分升起，德克斯特·梅休却已身在地狱。

爱玛·莫利最近胃口不错，也会喝一点酒。这些天来，她每天睡足八小时，习惯性地在六点半之前醒来，然后喝上一大杯水——每天一升半中的第一个二百五十毫升，她把水从崭新的玻璃瓶倒进与之相配的玻璃杯中，杯子就放在她温暖、整洁的双人床边，沐浴在早晨的第一缕阳光中。卡拉夫玻璃瓶。她简直不敢相信自己有了一个卡拉夫瓶。

她还拥有家具。二十七岁了，不能再像学生那样过日子。她有一张锻铁和柳条组合而成的床，是趁着夏季特卖从托特纳姆法院路的一家殖民风格的商店里买来的，“塔希提”牌，占据着她在伯爵府路公寓的整间卧室。被子是鹅绒的，床单是埃及棉的，女售货员告诉她，这是世界上最好的棉布。所有这些都标志着一个有序、独立、成熟的新阶段。星期天早晨，她懒洋洋地躺在“塔希提”大床上，像睡在木筏里，听《波吉与贝丝》和迷惑之星、老汤姆·威兹和一张劈啪作响的旧黑胶唱片——《巴赫大提琴组曲》。她大杯大杯地喝咖啡，用自己最好的钢笔在昂贵的亚麻色笔记本上写下简短的观察记录和故事构思，偶尔写作不顺的时候，她也会怀疑自己对文字的热爱其实是对文具的迷恋。真正的、有天赋的作家哪怕在废纸片、汽车票和牢房的墙上都能写下杰作，而爱玛面对克重一百二十以下的纸张就完全没有灵感。

但大多数时候，她会独自待在一居室公寓里，不由自主地一写就是好几个小时，而且始终乐在其中，仿佛文字都是现成的。她并不寂寞，至少不会经常感到孤单。她每周有四天晚上出门在外，只要愿意，还可以更频繁。老朋友还保持着联系，新朋友也时常出现，多半是她在教师培训学院的同学。周末时她会充分利用杂志上登载的社交活动广告安排自己的消遣，当然，夜总会排除在外，这类场所的广告好比用不知所云的符文写出来的“脱衣服找乐子”的宣传标语，而且她怀疑自己永远不会在满是泡沫的房间里穿着胸罩跳舞。她会跟朋友去独立影院和画廊，有时在乡下租一间小屋，在田野中说说笑笑地散个步，假装自己是那里的居民。大家都说她的气色变好了，也更自信了。她已经扔掉丝绒发带，戒了烟和外卖。她有自己的咖啡壶，而且平生第一次打算自制干花香料罐。

收音机的闹钟响了，她依然赖在床上，听广播里的头条新闻。约翰·史密斯与工会发生冲突的消息让她大为困惑，因为她喜欢约翰·史密斯，他看起来正派而睿智，像一位令人敬重的校长，连他的名字都在暗示他是“站在人民这一边”的。无论如何，这下子她得重新考虑是否要加入工党了，也无需再因为自己对核裁军运动逐渐失去热情而感到良心不安，倒不是说她不赞成裁军的主张，而是多边裁军的要求在她看来开始显得有些天真，像是要普度众生那样不切实际。

二十七岁的爱玛不知道自己是否在衰老，过去她总是拒绝看到事物的两面性，并且为此自豪，现在却越来越觉得一切往往比她想象的要复杂和扑朔迷离，比如关于《马斯特里赫特条约》和南斯拉夫战争的两条新闻就让她十分费解。尽管如此，难道她不该有自己的见解、立场和抵制的权利？至少对于种族隔离制度这样的问题是可以明确表态的。现在欧洲正在进行一场战争，她个人不曾为停战做出任何贡献，反而忙于选购家具。她不安地推开鹅绒被，滑下床，侧着身子穿过床边和墙壁之间的狭窄过道，来到客厅，钻进洗手间，自从一个人出来住，她再也不用排队上厕所了。她把T恤丢进柳条洗衣篮——自打托特纳姆法院路那次夏季酬宾活动以来，她的生活中就出现了许多柳条制品——戴上旧眼镜，光着身子站在镜子前，抻了抻肩膀。还不算最糟糕，她想着，跨进淋浴间。

她吃着早餐，望着窗外。公寓位于红砖楼的第六层，窗户对着另外一栋一模一样的楼。她不是特别喜欢伯爵府路，这里简陋而潦草，就像伦敦这座城的客房，租金却出奇的贵，哪怕一套单人公寓。等到当上老师，她可能需要换个便宜的住处，不过这里也有讨她喜欢的地方——远离洛克-卡连特餐厅和克莱普顿的肮脏人际圈。与蒂莉·基里克做了六年室友之后，爱玛终于摆脱了她，再也不用担心灰不溜秋的内衣裤出现在厨房的洗碗池，切达干酪上也不会留下牙印了。

由于不再为自己的生活感到羞耻，她甚至允许父母前来探望——吉姆和苏睡“塔希提”大床，爱玛睡沙发。烦躁不安的三天里，他们没完没了地评论着伦敦的多族混居和茶水的价格。尽管并未明确认可女儿的新生活方式，但母亲至少没再让她去利兹的天然气公司上班。“干得不错，艾米。”在国王十字车站送父母上车时，父亲这样对她耳语。可到底怎么“干得不错”呢？也许是她终于像个成年人那样生活了吧。

男朋友当然还是没有的，但她不介意。偶尔的偶尔，比如在某个下雨的星期天的下午四点钟，一阵恐慌会袭上心头，孤寂得令人窒息。有那么一两次，她曾经拿起电话，检查它是不是坏了。有时她也会想，要是半夜被电话吵醒该多好：“打个车来找我”“我要见你，我们得谈谈”。然而大多数时候，她都觉得自己像是缪丽尔·斯帕克小说中的角色——独立、嗜好阅读、头脑敏锐、内心浪漫。二十七岁的爱玛·莫利拥有英语和历史双一等学位、一张新床、一套伯爵府路的单身公寓、一大群朋友和一张教育学研究生文凭。如果今天的面试顺利，她还会获得一份教授英语和戏剧的工作，这两门课程都是她通晓和喜爱的。她即将开启新的职业生涯，成为一位鼓舞人心的教师。终于，生活见到了曙光。

还有一个约会。

体面而正式的约会。她会和一个男人坐在餐厅里，看着他吃东西、说话。有人想爬上她的“塔希提”，今晚她将决定是否允许他上来。她站在烤面包机前切香蕉——今天是她的素食日，这是当天的七份水果中的第一份——盯着日历，1993年7月15日，后面打了一个问号和一个感叹号，马上就要赴约了。

德克斯特的床是意大利进口的，黑色的床架低矮光滑，摆在空旷的大房间中央，像个舞台或是摔跤场，而且有时候真的能派上这两种用场。上午九点三十分，他睁着眼睛躺在床上，想到自己一塌糊涂的两性关系，不由得心生恐惧、自我厌弃。现在他的神经末梢十分敏感，嘴巴里有股难闻的味道，舌头好似涂了发胶。他突然一跃而起，赤脚走过光可鉴人的黑色地板，来到瑞典风格的厨房。他在工业风格大冰箱的冷藏室里找到一瓶伏特加，往玻璃杯里倒了一些，又添上等量的橙汁。因为一夜没睡，所以这不算今天的第一杯酒，只能算昨晚的最后一杯，他这样想着安慰自己，更何况所谓“白天不能喝酒”的禁忌实在过于夸张，只有欧洲大陆的人才会傻乎乎地遵守，而且这里面有个窍门：喝酒是为了用酒劲抵消毒品效力的减退，因此说他是借助饮酒来保持清醒也不为过，简直聪明绝顶……在这套自圆其说的逻辑鼓舞下，他又往杯子里倒了刚才两倍的伏特加，然后打开电影《落水狗》的原声音乐，摇摇晃晃地走进浴室。

半个小时过去，他还待在卫生间，琢磨着怎么才能不再出汗。他已经换了两次衬衫，冲了冷水澡，可汗水还是从后背和前额不停冒出来，油腻黏稠如同伏特加，也许就是伏特加。他看看手表，已经晚了。他决定在开车时把窗户摇下来。

一个砖块大小的包裹搁在门口，层层叠叠地缠着数不清的彩色包装纸，这是他为了避免忘记拿而提前放在这里的。他拾起包裹，锁好门，来到绿树成荫的大街上，他的车就停在路边，是一辆赛车，绿色的马自达MR二代敞篷，没有后排座也没有行李架，连备用轮胎都无处安放，婴儿车就更别提了，它叫嚣着青春、成功和单身。储物箱里藏着一台CD播放器，堪称未来主义的奇迹，由袖珍弹簧和哑光黑塑料组合而成。他选出五张CD（唱片公司免费送的，这是他这份工作的另一个好处），把亮闪闪的碟片推进播放槽，像是在给左轮枪装填子弹。

他听着小红莓乐队，驱车穿过圣约翰斯伍德居民区的宽阔街道，这种音乐并不符合他的口味，但重点在于引领潮流，树立大众的音乐品味。高峰时段已过，西路的交通堵塞明显缓解，专辑还没放完，他已经上了M40公路西向而行，经过他成功而时髦地生活着的这个城市的轻工业区和新住宅区。没过多久，郊区景观就被乡间的针叶林取代。立体声音响中传来杰米·罗奎的音乐，花里胡哨的小跑车里充斥着吊儿郎当的公子哥味道，他顿时感觉舒服多了。德克斯特见过这支乐队的主唱，也采访过他好几次，但不会因此称对方为朋友，他跟乐队里那个弹康茄舞曲的家伙很熟，当他们的歌里唱到这个世界的危机时，他也会对整个乐队产生一丝亲近感。德克斯特跟着旋律胡乱哼唱，忽然觉得时空开始混杂错乱，如同橡皮筋那样伸展变形，这种奇怪的感觉仿佛一连持续了许多个小时，直到他的视线变得模糊，开始颤抖，昨晚残余的药劲儿依然在血管中作祟，刺耳的喇叭声响起，他这才意识到自己正以112英里的时速在两条车道的中间行驶。

他停止哼唱，试图把车开回中间车道，却发现忘记了如何转向，胳膊像是被僵硬的肘关节锁住了一样，他要和一双看不见的手争夺方向盘。车速猛然降到每小时58英里，他的两只脚分别踩在刹车和油门上。车外再次传来鸣笛声，一辆跟房子差不多大的卡车出现在后面。他能从后视镜里看到卡车司机扭曲的表情，那是个魁梧的大胡子男人，镜中的面容晦暗不清，但显然正在朝他叫嚷。男人的脸上仿佛有三个黑洞，像个骷髅头。德克斯特再次用力掰动方向盘，没察看慢车道上是否有障碍物就拐了上去。他突然坚信自己快要死了，就在此时此地，在一团灼热的火球里，听着杰米·罗奎的重编混音专辑。幸好慢车道上没有车，感谢上帝，他张大嘴巴，像拳击手那样剧烈地喘息，一次，两次，三次。他猛然关闭音乐，把车速控制在每小时68英里，安静地抵达公路的出口。

他筋疲力尽地在牛津路上找了个休息区，放倒座椅靠背，闭上眼睛，想要睡一会儿，然而脑海中一下子浮现出那个脸上有三个黑洞、向他吼叫的卡车司机。外面的阳光过于耀眼，车流过于喧闹，而且在这个夏日上午的十一点四十五分，作为一个年轻人，却躲在一辆熄火的跑车里烦躁不安地蠕动，总显得诡异而病态。于是他坐直身体，咒骂着继续开车，直到看见那家他十几岁时就非常熟悉的路边小酒吧——“白天鹅”。这是一家连锁店，全天提供早餐、便宜得不可思议的肉排和薯条。他把车停到店门口，从副驾驶座拿起那个包装得像个礼物的包裹，走进宽敞熟悉的店堂，这里散发着家具抛光剂的气味和昨晚的烟味。

德克斯特斜靠着吧台，点了半杯淡啤和两倍量的伏特加汤力。吧台的酒保他早就认识，二十世纪八十年代初他跟哥们儿来喝酒的时候这家伙就在这里上班了。“很多年前我常来。”德克斯特跟对方搭话。“真的？”憔悴郁闷的酒保回应，不知道是否认出了他。德克斯特一手端着一只杯子，找了张桌子坐下来默默喝酒，那个礼物般的小包裹摆在面前，给阴沉的室内带来了一点欢乐的气氛。他环顾四周，回忆着过去十年的经历，发现自己唯一的成就不过是在二十九岁之前成为知名的电视主持人。

有时他觉得酒精具有灵丹妙药般的神奇功效，因为不到十分钟他就脚步轻快地回到车里，再次听起了音乐。“宠儿”乐队轻声低语，气氛美好，于是又一个十分钟过后，他已然抵达父母家的砾石车道。这是一座建于二十世纪二十年代的大型独立建筑，正立面采用十字交错的仿木结构，让它看起来更加古雅，不那么现代和矮胖笨拙——奇特恩斯的安逸幸福之家，德克斯特却对它心怀畏惧。

他父亲早就站在门口，仿佛已经在那里等待了许多年。现在是七月份，可他穿得有点多——毛衣下面露着衬衣下摆，手里拿着一杯茶。他曾是德克斯特眼中的巨人，如今却佝偻又疲惫，瘦长的脸庞缺乏血色、倦容满布——六个月来，他一直照顾病情恶化的妻子。他举起马克杯，算是跟儿子打了个招呼。那个瞬间，德克斯特从父亲眼中看到了自己——衬衫光鲜闪亮，得意扬扬地开着跑车，听着慵懒的电子乐，招摇地停在车道上——顿时羞愧得不敢上前。只听那首歌唱道：

冷静点儿。
白痴。
快乐起来。
傻蛋。
打起精神，小混球。

他一下子关掉CD机，把播放器的活动面板从仪表盘上拆下来，拿在手里盯着看。别慌，这儿是奇特恩斯，不是斯托克韦尔，你爸不会偷你的音响。别慌。门口的父亲又举起了杯子，德克斯特叹了口气，拿起副驾驶座上的礼物，打起十二分精神，跨出车外。

“这辆车真滑稽。”他父亲说。

“反正你又不用开，对不对？”德克斯特像往常一样随口应付，并且从中感到了些许轻松自在。父亲严肃古板，儿子不负责任又自大。

“我可钻不进去，这车就是给小孩玩的。我们早就等着你来了。”

“你好吗，老爷子？”德克斯特说，心底突然涌起对老父亲的柔情，他本能地搂住父亲的背，揉了两下，接着令人困惑地吻了吻他的面颊。

两个人都僵住了。

不知怎么，德克斯特已经形成一种习惯，会条件反射地亲吻别人，刚才甚至还对着父亲长满绒毛的耳朵发出夸张的噘嘴声。他的某些意识依然停留在铁道桥拱夜总会那里，以为自己还跟吉布西、塔拉和斯派克斯待在一起，嘴唇仿佛还是湿湿的，沾着别人的口水，接下来才意识到父亲正震惊地看着他，神情中饱含《旧约》式的父权威严：儿子亲吻父亲——天理难容。然而没等穿过前门，他预想中的严肃气氛又一下子被打破了，只见父亲抽了抽鼻子——要么因为被儿子亲了而感到恶心，要么是被他的口臭熏到了。德克斯特不知道哪种情况更糟糕。

“你妈妈在花园里，等你一上午了。”

“她怎么样？”德克斯特问，也许父亲会回答“好多了”吧。

“去看看吧。我去烧水。”

刺眼的阳光退去后，走廊里昏暗阴凉。姐姐凯西从后院进来，双手端着一只托盘，三十四岁的她神采奕奕，散发着成熟老练虔诚的气质，像极了不苟言笑、尽职尽责的护士长，这个角色对她来说真是太合适了。她半是微笑、半是责备地跟他贴了贴脸：“浪子回头啊！”

德克斯特还没有糊涂到听不出那些话里的挖苦，但他假装没听见，瞥了眼托盘：一碗泡在牛奶里的灰褐色麦片，旁边放着一把勺子，没用过。“她怎么样？”他问。也许姐姐会说“好了很多”吧。

“自己去看。”凯西说。他从她身边挤过去，心想：为什么没人告诉我她怎么样？

他在走廊里望着母亲。她坐在一把有着翼展背饰的老式椅子上。椅子是特地搬出来的，面朝田野和树林，远处是灰雾迷蒙的牛津郡。从他的角度看，她的脸被大遮阳帽和墨镜遮住了——现在她的眼睛怕光，但从她细瘦的胳膊和无力地搭在铺了垫子的扶手上的双手依然可以看出，自从三个星期前他过来看她到现在，她的变化很大。他突然很想哭，想像孩子那样蜷起身子被她搂在怀里，同时又想立刻逃跑，越快越好。然而哪个想法都实现不了。他只能小跑着走下台阶，刻意迈着轻快的步子，正如聊天节目主持人那样。

“嘿，你好啊！”

她吃力地露出微笑，仿佛连做出这个表情都困难重重。他弯腰凑到母亲的帽檐下亲吻她，她的皮肤异常的凉，紧绷且泛着微光，为了掩饰脱发，帽子下面系了一条丝巾，但他克制着不去凑近了端详她的脸，迅速坐在一把生了锈的花园椅上，随后开始调整椅子的角度，跟她一样面朝远处的风景，椅子腿与地面摩擦，发出刺耳的噪声，但他能感到她的目光落在他的身上。

“你在出汗。”她说。

“嗯，今天太热了。”他说。她似乎有些怀疑。这样不行，集中精神，别忘了你在和谁说话。

“衣服都湿透了。”

“这件衬衣的料子不好。化纤的。”

她拿手背碰碰他的衬衫，嫌弃地皱了皱鼻子。“哪儿买的？”

“普拉达。”

“太贵了。”

“最好的才贵。”他急于改变话题，伸手从假山上拿过那个包裹，“给你的礼物。”

“太好了。”

“不是我送的，是爱玛。”

“我能看出来，看包装就知道了。”她小心地拆开丝带，“你的礼物都是用垃圾袋和胶布包起来的……”

“才没有呢……”他故作轻松愉快地微笑着说。

他发现保持这样的微笑相当困难，但谢天谢地，她一直盯着包裹，仔细地展开包装纸，露出里面的几本平装书：伊迪斯·华顿、雷蒙德·钱德勒、F. 斯科特·菲茨杰拉德。“她可真好。替我谢谢她，好吗？可爱的爱玛·莫利。”她凝视着菲茨杰拉德作品的封面，“《美丽与诅咒》，不就是我和你嘛。”

“可谁是谁呢？”他不假思索地反问，幸好，她似乎没听见，只顾着看明信片的背面：一张1982年的黑白宣传拼贴画。“撒切尔下台！”她笑出声来，“真是个好姑娘，太好笑了。”她拿起小说，食指和拇指捏着书的边缘估量厚度。“也许有点乐观了。你以后建议她送些短篇小说。”

德克斯特顺从地笑了笑，抽抽鼻子，但他讨厌这样——绞刑架上的幽默，同时又觉得在这种情况下鼓劲打气显得无聊而愚蠢，所以宁愿把说不出口的话烂在心里。

“爱玛怎么样了？”

“我觉得挺好的，她获得教师资格了。今天去面试。”

“是个专业人士了。”她转头看着他，“你以前不也想当老师吗？怎么没动静了？”

他知道她在刺激他。“不适合我。”

“嗯。”她只回应了一个字。接下来的沉默中，他感到情况再次脱离了自己的掌控。在影视节目的诱导下，德克斯特始终相信，疾病唯一积极的一面，是拉近人和人之间的距离，促进彼此的坦诚与理解。然而他和母亲一直很亲近，总是坦诚相待，习以为常的相互理解如今却被苦涩和怨恨所取代，双方都为正在发生的事情闹脾气，因此本应欢快融洽的见面演变为争吵和互相指责。八个小时前他还在向完全陌生的人倾吐心底最深的秘密，现在却无法和自己的母亲交谈。真是太不对劲了。

“那个……上星期我看了《喝酒聊天》。”她开口道。

“是吗？”他问。见她没回应，他只好补充道：“你觉得怎么样？”

“我觉得你表现得很好，非常自然，非常上镜。我以前说过，我对这个节目不怎么感兴趣。”

“嗯，它的目标观众本来就不是你这样的人，对吧？”

她嗤之以鼻，随即又愤愤地转过头来。“什么意思，我这样的人？”

他慌张地回答：“我的意思是，它不过是个愚蠢的深夜档节目，仅此而已，给泡完吧的人看的……”

“你是说我喝得不够多，所以欣赏不了它？”

“不……”

“我还不至于那么自以为是。我不介意粗俗，只是不明白这个节目为什么总是要让人出丑……”

“没人出丑，不是真的出丑，是搞笑……”

“你们不是搞了个竞赛吗？英国最丑女友大比拼。这难道还不是让人出丑？”

“不是真的……”

“让男的把丑女朋友的照片寄给你们……”

“纯粹是为了娱乐，重点在于这些人依然爱自己的女朋友，哪怕她们……不是通常意义上的美女，这才是重点，就是娱乐！”

“你一直说这是娱乐，到底是想说服我，还是说服你自己？”

“咱们说点别的吧，好吗？”

“你认为她们也会觉得好玩吗？那些女朋友，所谓的‘丑八怪’……”

“妈妈，我只是个推介乐队的，或者请明星谈谈他们对新专辑的感想。这是我的工作，不过是达到目标的一种手段而已。”

“什么‘目标’，德克斯特？我们总是鼓励你，说你可以做任何想做的事，可我没想到你会去做这个。”

“你想让我做什么呢？”

“我不知道，做点好事。”她突然左手捂住胸口，向后靠在椅背上。

过了片刻，他说：“这个工作就挺好，有它自己的意义。”她哼了一声。“没错，它是个蠢节目，纯粹为了娱乐，我当然不是完全喜欢它，但这是一种经历，有助于你做别的事。而且我感觉自己擅长干这一行，单凭这一点就值得去做，更何况我也很享受。”

她等了一会儿，这才开口道：“好吧，那你必须坚持下去。一定要做自己喜欢做的事。我知道，到了时候你也可能去做别的，只不过……”她话没说完就拉住他的手，接着气喘吁吁地笑起来，“我还是不明白，你为什么要装模作样地用东区口音说话。”

“为了平易近人。”他说。她笑了，笑容很浅，但他感到很欣慰。

“我们不该吵架。”她说。

“我们没吵架，只是在讨论。”他口是心非地说。

她挠挠头。“我在用吗啡，有时候根本不知道自己在说什么。”

“你什么都没说。我有点累了。”阳光从铺地的石板上反射过来，他真切地感到脸上和小臂上的皮肤在灼烧、刺痛，像个害怕晒太阳的吸血鬼。又一波汗水涌出来，与之相伴的是熟悉的呕吐感。保持冷静，他告诉自己，只是化学物质在起反应罢了。

“熬夜了？”

“很晚才睡。”

“喝酒聊天来着？”

“差不多吧。”他揉着太阳穴表示头疼，不假思索地说，“你有没有多余的吗啡，给我一点？”

她一眼都不屑于看他。随着时间的推移，近来他也意识到自己做了不少蠢事，然而无论怎么下决心保持清醒、脚踏实地，却总是失败。老实说，他发现自己越来越肤浅、自私，言谈越发无知，也曾尝试做出改变，然而力不从心，就像束手无策的斑秃患者。还不如自暴自弃地做个傻瓜，别再操心了。时间过得真快，他发现自家的网球场上竟然冒出了各种奇怪的杂草，这个地方已经开始荒废了。

她终于说话了：“我跟你说，你爸爸在做午饭，其实就是把炖肉罐头热一热，可能很难吃。不过至少凯西会回来吃饭。你今晚会在这里过夜，对吧？”

他觉得自己可以留下来，这是个弥补的机会，然而嘴上却说：

“老实说，不行。”

她微微扭过头来。

“我买了今晚《侏罗纪公园》的票，首映式。戴安娜王妃也会去！当然不是跟我一起去，这我得说明一下。”他说着话，传进耳朵里的声音却像是出自一个他厌恶的人之口，“我不能不去，跟工作有关，很久以前就安排好了。”他母亲几乎微不可察地眯了眯眼。为了缓和气氛，他迅速编了个谎：“我要带上爱玛，你瞧，我可以不去，但她非常想去。”

“噢，好吧。”接下来是一阵沉默。

“这是你的生活。”她平静地说。

再一次沉默。

“德克斯特，失陪了，我今天上午太累了，得去楼上睡一会儿。”她说，“我需要一点帮助。”

他不安地环顾四周，寻找姐姐或是父亲，好像他们拥有他不具备的某种资格，然而他们不见了踪影。他母亲的双手无力地撑着椅子，他意识到必须自己来做，于是迟疑地轻轻搂住她的脊背，搀扶她起身。“要不要我……？”

“不，我自己能进屋，只是需要有人帮我上楼。”

他们穿过天井，他的手触到了她的蓝裙子，它晃晃荡荡地挂在她身上，好像病号服。她缓慢的动作令人恼火，于他而言像一种羞辱。“凯西怎么样？”他没话找话地问。

“噢，挺好。我觉得她有点太喜欢指挥我了，不过她很细心。吃点这个，喝点这个，该睡觉了。严格却也公正，这就是你姐姐。这是对当初没给她买那匹小马的报复。”

既然凯西这么擅长这一套，他想，现在怎么不见了？他们走进房子，来到楼梯前，他头一次意识到竟然有这么多楼梯。

“我该怎么做？……”

“最好把我搬上去，我不重，至少最近是这样。”

我干不了这个。做不到。我以为能行，其实不行。我好像缺了点什么，做不了。

“会弄疼你吗？我是不是应该注意什么地方……”

“别担心这个。”她摘掉遮阳帽，系紧头巾，他牢牢按着她一侧的肩胛，手指扳住她肋骨的凹槽，另一只手托起她的膝窝，感到她的腿肚贴着他的小臂，又凉又滑。准备妥当之后，他才把她整个儿抄起来，她软绵绵地靠在他的臂弯里，深深地呼着气，气息亲切灼热，扑在他脸上。要么是她比他想象的重，要么是他比自己预料的更缺少力气，他让她的肩膀撞到了楼梯柱，于是连忙调整姿势，侧向一边，开始爬楼梯。她枕着他的肩膀，头巾滑滑地蹭着他的脸。他觉得自己好像在进行一场拙劣的模仿秀，丈夫抱着新娘跨门槛，脑子里闪过一串貌似轻松的评论，却无法让这件任务变得更容易。他们登上楼梯平台，她首先表示感激，抬眼望着他说：“我的英雄。”他们都笑起来。

他踢开光线昏暗的卧室门，把她放在床上。

“需要我给你拿点什么？”

“我没事。”

“需要用到什么吗？比如药或者……”

“不用，我没事。”

“干马提尼加柠檬？”

“哦，可以，谢谢。”

“你想盖被子吗？”

“拿毯子就行。”

“拉上窗帘吗？”

“好的，不过窗户得开着。”

“那一会儿见。”

“再见，亲爱的。”

“再见。”

他紧张地冲她微笑，但她已经背对着他躺下了，于是走出房间，虚掩房门。很快会有那么一天，可能不到一年，走出这间卧室就意味着永别，可他根本不愿细想，所以只能夺路而逃，把注意力全都放在自己身上——宿醉多么难受，身体如何疲倦，头疼得厉害——跌跌撞撞地下楼。

宽敞而凌乱的厨房里并没有现成的食物，于是他穿过房间来到冰箱前，发现里面也快要空了：一棵发蔫的芹菜心、一副鸡架子、打开的罐头和便宜的火腿，这一切说明父亲已经接管了家务。冰箱门上放着一瓶开过的白葡萄酒，他拿起酒瓶，连灌了四五口甜美的液体，这时听见父亲的脚步声从门厅传来。他刚把酒瓶放回去，父亲就进来了，手里还提着两只镇上超市的塑料袋。

“你妈妈呢？”

“累了。我刚才抱她上楼躺下了。”德克斯特想让父亲知道自己勇敢而成熟，然而对方似乎不为所动。

“我知道了。你们聊过了吗？”

“一点点。东拉西扯的。”他的声音在自己听来都显得奇怪、含糊和不自然。八成是因为喝醉了，不知道爸爸看出来没有，他想。“等她醒了我们会再聊聊。”他再次打开冰箱门，假装才发现葡萄酒。“不介意我来点儿吧？”他拿起瓶子，把里面的酒全都倒进玻璃杯，然后端着杯子从父亲身边走过，“我去自己房间待一会儿。”

“去干什么？”父亲皱着眉头问。

“找点东西。几本旧书。”

“你不吃午饭吗？不给你的酒配点菜？”

德克斯特瞥了一眼父亲脚边的购物袋，发现里面是各式各样的罐头，撑得袋子鼓鼓囊囊。“等会儿再说。”他说着便出了门。

在楼梯平台上，他发现父母房间的门开了，于是悄悄地再次走进去。午后的微风掀动窗帘，阳光照在她盖着旧毛毯的身体上，她的脚底有点脏，脚趾紧紧地蜷缩着。他从小就熟悉这里的味道——昂贵的乳液和神秘的粉末混杂而成的香味——现在却被一股他不愿去闻，也不愿想起的蔬菜般的气味取而代之。医院的味道侵入了他童年的家。他关上房门，轻轻走进卫生间。

撒尿时他顺便看了一眼药柜：父亲准备了大量安眠药，想必是为了应付夜间的心慌失眠，还有一瓶母亲很久以前服用过的安定，生产日期是1989年3月，早已被更有效的药物取代。他从每个药瓶里各倒出两粒，塞进自己的钱包，然后倒出一粒安定丢进嘴里，用自来水送下去，暂时减弱一下不良反应。

他以前的房间已经变成了储藏室，只能侧着身子在古老的长沙发、茶叶柜和纸板箱之间穿行。墙上贴着几张搞笑的家庭照，还有他十几岁时拍的贝壳和树叶的黑白照片，因为保存不当已经褪色。他像个被勒令回房间待着的孩子那样躺在自己的旧双人床上，双手枕在脑后。他时常设想，等到自己四五十岁的时候，人类大概会发明一种设备，可以帮助他应付失去双亲带来的痛苦。假如拥有这套设备，他会变得高尚无私、睿智豁达，也许还愿意生几个孩子，通过为人父母而变得更加成熟，将生命视为一个有始有终的过程。

但是他还不到四十五岁。他今年二十八岁，母亲四十九岁，这一定是个可怕的错误，时间不够了，眼见非比寻常的母亲衰朽至此，他该如何是好？这对他公平吗？他还有那么多的事情需要面对。他是个忙碌的年轻人，即将取得事业的成功，还有更好的事情要做。他突然又一次产生想哭的冲动，可是自己已经有十五年没哭过了，所以他决定借安眠药消愁，先睡上一会儿再说。他把葡萄酒杯稳当地放在床边的一个纸箱上，侧过身子躺着。做一个体面人是需要精力和努力的。休息一下，然后去道歉，表明他有多么爱她。

他惊醒过来，看看手表，接着又看了一眼。傍晚六点二十六分，竟然睡了六个小时，不可思议。他拉开窗帘一瞧，太阳果然已经开始西沉。头还在疼，眼皮几乎粘在一起，不知怎么，他的嘴里充满了金属的味道，感到前所未有的干渴和饥饿。他伸手去够那杯酒，它已经变温了，喝了一半之后，他猛地向后一缩——一只肥硕的绿头苍蝇撞进杯子里，在他嘴边嗡嗡鸣唱。德克斯特丢开酒杯——葡萄酒溅在他的衬衫和床单上——摇摇晃晃地站了起来。

在卫生间，他用水洗了一把脸，衬衫上的汗液已经变酸了，夹杂着毋庸置疑的酒臭。他有些嫌弃地借用了父亲那瓶老旧的滚珠式除臭剂。楼下传来锅碗瓢盆的碰撞声、收音机的嘶嘶声，家庭的声音。开心点儿，注意礼貌。好了，去吧。

然而当他经过母亲的房间时，发现她坐在床的一侧，望着窗外的田野，似乎也一直在等他。等她慢慢地转过头来，他却像个孩子似的站在门口犹豫着，不知该不该进去。

“你浪费了一整天。”她平静地说。

“我睡过头了。”

“我知道。感觉好点了吗？”

“没有。”

“哦，好吧。你爸爸有点生你的气。”

“他一直都这样。”她溺爱地笑起来，他受到鼓舞，又加了一句，“现在每个人似乎都对我有意见。”

“可怜的小德克斯特。”她说，他不知道这话是不是讽刺。“过来，坐这里。”她微笑道，一只手按在身边的床铺上，“靠着我。”他顺从地进屋坐下，两人的髋部碰在一起。她枕着他的肩膀。“我们已经不是自己了，对吧？我肯定不再是我自己了，你也不是了。你看起来不像你，跟我记忆中的你不一样。”

“怎么说？”

“我的意思是……我能直说吗？”

“一定要吗？”

“我想是的。这是我的特权。”

“那好吧。”

“我认为……”她从他肩膀上抬起头来，“我认为你有潜力成为一个优秀的年轻人，甚至出类拔萃。我一直是这么想的。当妈的都会这么想，对不对？不过我觉得你现在还没做到。还有一段路要走，就这样。”

“我明白了。”

“你也不要想太多，我觉得有时候……”她握起他的手，大拇指揉搓着他的手掌，“有时候我担心你变得没那么善良了。”

他们静静地坐了一会儿，他终于说：“我无话可说。”

“你用不着说什么。”

“你生气了？”

“有点儿。不过最近我几乎对每个人都有火气，所有没生病的人。”

“对不起，妈妈，我非常非常抱歉。”

她把大拇指压进他的掌心里。“我知道。”

“我今晚留下。”

“今晚就不用了，你很忙。下次回来再说。”

他站起来，轻轻环住她的双肩，脸颊贴着她的脸颊——他能听见她在他耳边的呼吸，温暖、甜美的呼吸——然后朝门口走去。

“替我谢谢爱玛。”她说，“谢谢她的书。”

“我会的。”

“今晚见了她，代我向她问好。”

“今天晚上？”

“是啊，你今晚不是要见她吗？”

他想起自己的谎言。“没错，没错，我会的。对不起，我今天的表现……也许不是太好。”

“好了，我想总还有下一次机会。”说完，她微笑起来。

德克斯特逃也似的冲下楼梯，强撑着不让自己崩溃，却发现父亲在走廊里看镇上的报纸，也可能是假装在看。他又在等着他，好像站岗的哨兵和逮人的警官。

“我、我睡过头了。”德克斯特对着父亲的脊背说。

他翻了一页报纸。“是的，我知道。”

“你为什么不叫醒我，爸爸？”

“没什么意义。而且我觉得没有必要。”他又翻了一页报纸，“你又不是十四岁的小孩，德克斯特。”

“可这么一来，我现在就得走了！”

“好啊，如果你非走不可……”德克斯特没心思听父亲说下去，因为他发现凯西在起居室里，也在假装读什么东西，她的脸红通通的，写满了谴责和自以为是。现在就离开这里，**快走吧，因为马上就要爆发了**。他伸手在门厅桌上摸钥匙，却发现桌面上什么都没有。

“我的车钥匙。”

“我藏起来了。”他父亲盯着报纸说。

德克斯特忍不住大笑。“你不能**藏我的**钥匙！”

“我当然能，因为我已经藏了。你想玩‘找找看’的游戏吗？”

“我能问问为什么吗？”他愤慨地说。

他父亲抬起头，好像在嗅空气里的味道。“因为你喝醉了。”

起居室里的凯西从沙发上站起来，走到门口，把门关上。

德克斯特心虚地笑了一声。“不，我没醉！”

父亲向他身后瞥了一眼。“德克斯特，我知道人喝醉了是什么样的。尤其是你。我已经看着你醉了十二年，记得吗？”

“可我没醉，只是昨天晚上的酒还没醒而已。”

“随你怎么说，反正你不能开车回去。”

德克斯特再次嗤笑一声，翻着白眼表示抗议，然而没再继续争辩，只是尖着嗓门，缺乏底气地说了一句：“爸爸，我二十八岁了！”

他父亲回应道："别骗我啦。"然后从口袋里摸出自己的车钥匙，往空中一抛，假装快活地接住，"来吧，我送你去车站。"

德克斯特没有跟姐姐告别。

有时候我担心你变得没那么善良了。父亲默默地开着车，德克斯特缩在老式的捷豹大轿车里，羞愧难当。当沉默积累到无法忍受的程度时，他父亲开了口，语气平静清晰，眼睛盯着路面，"你可以星期六回来取车，在你清醒的时候。"

"我现在就很清醒。"德克斯特说，他听到自己的声音里依然夹杂着牢骚和气恼，像极了十六岁时的自己。"看在上帝的分上！"他画蛇添足地补充道。

"我不会跟你吵，德克斯特。"

他气呼呼地滑进座位里，前额和鼻子顶着车窗玻璃，乡间小路和漂亮的房舍一闪而过。他父亲一向厌恶各种对抗，显然很不自在，时不时地戳弄收音机，掩盖令人不安的沉默。于是他们听起了古典音乐：一首庸俗夸张的进行曲。来到火车站，汽车驶入空荡荡的停车场，通勤者们早就回家了。德克斯特打开车门，一只脚踏在砾石地面上，他父亲却没有道别的意思，只是坐在那里等着，也不给车子熄火，犹如专职司机那样漠然，眼睛盯着仪表盘，手指给疯狂的进行曲打着拍子。

德克斯特知道自己应该接受惩罚，灰溜溜地走掉，然而内心的骄傲容不得他这么做。"好吧，我现在就走，但我能不能说一句。我认为你对这件事的反应完全是过激的……"

父亲的脸上忽然现出真正的怒容，只听他咬牙切齿地哑着嗓子说："不许你侮辱我或是你母亲的智商，你是个成年人了，不是孩子。”然而愤怒转瞬即逝，下一秒德克斯特就觉得父亲可能快要哭出来了：他的下嘴唇颤抖着，一只手握着方向盘，另一只手的修长手指捂住双眼，好像一副眼罩。德克斯特急忙倒退着钻出车外，正打算站直了关上车门，他父亲却关掉收音机，再次开口道：“德克斯特……”

德克斯特保持着弯腰的姿势，望向车里的父亲——他眼睛湿了，语气却很坚定：“德克斯特，你妈妈非常非常爱你，我也是。我们一直都是，永远都会爱你。我觉得你知道这一点。可无论你妈妈还剩下多少时间……”他顿了顿，向下瞥了一眼，似乎在斟酌措辞，随后抬起头，“德克斯特，如果你下次来看你妈妈时还是现在这种状态，我发誓，绝对不会让你进门，不让你跨过门槛。我会让你吃闭门羹。我是认真的。”

德克斯特张口结舌。

“现在，请你走吧。”

德克斯特关上车门，门却没有锁上，他又关了一次。他父亲也同样慌乱不安，开着车猛地向前一冲，又向后倒了一段，加速驶离了停车场。德克斯特站在原地，望着他离去。

乡下的车站空无一人。他沿着月台望过去，寻找公用电话——他熟悉的老式投币电话，十几岁时他就用它制订过离家出走的计划。现在是傍晚六点五十九分，去往伦敦的列车还有六分钟到站，但他必须打这通电话。

晚上七点，爱玛最后照了一次镜子，确保自己看起来绝对自然，并没有刻意打扮。镜子有点倾斜地靠在墙上，她知道这样会产生镜厅效应，缩短成像，但即便如此，看到自己的屁股和牛仔裙下面的短腿，她还是咂了咂舌头。这种天气穿连裤袜太热，可她无法忍受劳损造成的膝盖红肿，所以还是要穿。头发刚刚洗过，散发着名为“森林果木”的香气，自然卷垂，飘逸芬芳，她用指尖把它揉乱，然后翘起小拇指，抹掉嘴角多余的一点口红。她的嘴唇非常红，她自己都怀疑有些红得过分，不过今晚很可能什么都不会发生，十点半之前她就能回家。她灌了一大杯伏特加汤力，皱眉忍耐着饮料跟嘴里残余的牙膏发生反应形成的金属味道，拿起钥匙，丢进自己最好的手提包里，关上门。

电话响了。

听到铃声的时候，她刚刚来到公共走廊的中间，本打算跑回去接，可是今晚她已经迟到了，而且这个电话很可能只是母亲或者妹妹询问白天面试的情况。就在这时，走廊尽头恰好传来电梯门开启的声音，她果断地赶了上去，电梯门关闭的那一刻，电话答录机开始工作了。

“……请在‘哔’一声之后留言，我会尽快回复你。”

“嗨，爱玛，我是德克斯特。我想说什么来着？哦，我想告诉你，我在家附近的火车站，我刚才去我妈那里了……嗯……你今天晚上有没有空，我这儿有《侏罗纪公园》的首映票！其实我们可能赶不上电影了，不过可以赶上首映结束后的派对，我们一起过去怎么样？就我和你？戴安娜王妃也会去的。对不起，我太啰嗦了。你在家吗？接电话，爱玛。接电话接电话接电话。不接？好吧，我刚想起来，你今晚有约会，对吧？热辣约会。好吧……祝你开心，回来给我打电话，如果你还回来的话。给我讲讲发生了什么。说真的，给我打电话吧，越快越好。”

他支吾起来，喘了几口气，这才继续说道：“今天真是太糟糕了，我都不敢相信，爱姆，”他又停顿片刻，“我刚刚做了糟糕透顶的事。”应该挂电话了，他却一点都不情愿。他想见爱玛·莫利，想跟她忏悔，可她去约会了。他勉为其难地扯扯嘴角，露出笑容，对着话筒说：“我明天给你打电话。我要知道一切！你太让我伤心啦。”他挂了电话。你太让我伤心啦。

铁轨咔嗒咔嗒地震动起来，他听到列车驶近的轰鸣声，然而以他现在的状态还不能上车，必须等下一班。去伦敦的火车进站了，似乎专门在等他，彬彬有礼地掐算着时间，他却站在电话亭的塑料天棚下面，感觉自己的脸皱了起来，越缩越小，呼吸变得破碎而凌乱，他开始抽泣，告诉自己，只不过是化学物质在作祟，化学物质，化学物质。

第七章
良好的幽默感

1993 年 7 月 15 日，星期四

第二部分：爱玛的故事
考文特花园和国王十字车站

弗雷利餐厅考文特花园分店，伊恩·怀特海德独自坐在一张双人桌前，看了看手表：迟到十五分钟了，但他猜想这是“猫捉老鼠”约会游戏的一部分。好了，那就让游戏开始吧。他把自己的夏巴塔面包搁在盛橄榄油的小碟子里蘸了一下，像是拿着画笔蘸颜料，然后打开菜单，寻觅自己负担得起的菜色。

喜剧演员生涯尚未给他带来预期的财富和电视出镜率，每逢星期天，报上却总有文章宣称“喜剧是新的摇滚乐”，既然如此，他为什么还要大费周章地争取“拉法罗茨爵士剧场”周二晚间的即兴表演机会？为了适应当前的潮流，他已经调整了自己的风格，舍弃了政治元素和观察到的素材，尝试角色喜剧、超现实主义、滑稽歌曲和幽默短剧，然而这些并没有换来任何笑声，迂回选择更具对抗性的风格让他深受打击，每周日晚上的固定即兴表演又证明他完全没有临场发挥的幽默天赋，但他迎难而上，在北线和环线地铁一带终日奔波，寻求让观众爆笑的机会。

也许“伊恩·怀特海德”这个名字本身就不讨人喜欢，不够简洁有力，他甚至考虑过改一个有冲击力和少年感的单音节名字：本、杰克或者马特——不过，在喜剧界站稳脚跟之前，他不得不先在托特纳姆法院路的“索尼克电子”商店找了份工作。在这儿，古怪病态、身着T恤的年轻男性店员向同样古怪病态、身着T恤的男性顾客售卖只读内存和显卡，虽然赚得不多，但晚上的时间可以自由支配，不影响他表演，同事们也经常被他的新段子逗笑。

然而来“索尼克电子”上班最大的好处，当数在午休期间与爱玛·莫利不期而遇。那天他站在“科学论派教会”的办公楼外面，跟人争论是否有必要做性格测试，就在这时他看到了她——抱着一只巨大的柳条洗衣篮，几乎完全被它挡住——于是热情地和她拥抱，那一刻，托特纳姆法院路闪烁着荣耀之光，变成了一条梦幻街道。

这是他们的第二次约会。伊恩坐在考文特花园附近的这家整洁时髦的意大利餐厅浏览菜单，他本人喜欢辛辣咸脆的口味，比如咖喱，但他很聪明，知道女士们可能更倾向于选择新鲜蔬菜。他又看了看表，爱玛迟到二十分钟了，他觉得自己有点饿，又有点心急——对爱情的渴望。这些年来，他全身心充满了对爱玛·莫利的爱意，不仅是感性的柏拉图式的爱，也包括肉体的情欲，他一辈子都不会忘记那个令人遐想万千的画面：她穿着不配套的内衣裤，站在洛克-卡连特餐厅员工休息室里——一束午后的阳光照耀着她，就像大教堂中的圣光——咆哮着让他赶紧滚出去，顺便把那道该死的门关好。

爱玛·莫利站在领班台后面望着伊恩，当然不知道他正想着她的内衣裤流口水，只觉得他比以前好看多了：原先那一大蓬浓密的金色卷发剪短了，打了点儿发蜡，顺滑了许多，完全不再像是当年那个刚进城的小子。老实说，要不是他的穿衣品味还是那么糟糕，依然喜欢傻乎乎地张着嘴，其实还是挺有魅力的。

眼下的情况对她而言并不常见，但不妨碍她意识到这家餐厅是个典型的约会场所——档次够高，光线柔和，不浮夸张扬，也不显得廉价，虽然有点平庸，但算得上中规中矩，至少不会卖咖喱甚至鱼肉馅的墨西哥卷饼。店堂里装点着棕榈树和蜡烛，隔壁房间还有位老先生在大钢琴上弹奏格什温的经典曲目："我希望他/就是那个/守护我的人。"

"你有同伴吗？"领班问。

"那边那个男的。"

他们第一次约会时，他带她去霍洛威路的电影院看《鬼玩人3：中世纪鬼魂》。爱玛既不挑三拣四，也不附庸风雅，而且比大多数女性更喜欢恐怖片，但即便如此，她也觉得选择这部电影有点过于奇怪和自信了——当时人人影院正上映《蓝白红三部曲之蓝》，她却坐在这儿看一个拿链锯当胳膊的男人，这部片子真是异乎寻常地令人耳目一新。她以为他会像大多数人约会那样看完电影再带她去吃饭，可伊恩似乎觉得假如欣赏电影的同时不享用一顿三道菜的大餐，观影之旅就不算完整，所以他如同在餐馆点菜那样按部就班地准备了开胃菜、主菜和餐后甜点——墨西哥玉米片、热狗和瑞维尔巧克力，另外他还独自灌下一大桶（这个桶足有人体躯干大小）加了冰块的利尔特汽水，因此《鬼玩人3》仅有的几个寓意深刻的场面是伴随着碳酸饮料的嘶嘶作响和伊恩捂着嘴打饱嗝的声音看完的，不期然营造出温暖浓郁的热带风情。

除了崇尚暴力美学和口味偏咸、会把芥末沾到下巴上之外，爱玛觉得伊恩还不错，至少超出她的预期。去酒吧的路上，他主动走在外侧，以防她被失控的公交车撞到，她还是头一次见识这种老派的古怪礼节。他们讨论着整部影片的特效以及砍头和挖内脏的情节，经过一番分析，伊恩宣称它是《鬼玩人》三部曲中最好的一部。三部曲、套装精选专辑、喜剧和恐怖片构成了伊恩的文化生活的主体。在酒吧里，他们展开了有趣的辩论：情节生动的小说能否同时具备深度与内涵，比如《米德尔马契》。体贴周到、不乏保护欲的伊恩就像一位兄长，懂得许多很酷的东西，唯一的区别在于他想跟她上床。他看她的眼神是那么专注和宠爱，让她常常怀疑自己的脸上是不是长了什么东西。

在这次约会的意大利餐厅里，他又用这样的神态对她咧着嘴笑。看到她终于出现，他热切地站起来，大腿撞到桌子，杯子里的水晃出来，打湿了免费赠送的橄榄。

“我去要块抹布？”她问。

“不用，没事，我拿我的外套擦擦。”

“别动你的外套，给——用我的餐巾。”

“唉，我糟蹋了橄榄。啊，用糟蹋这个词可不恰当！”

“噢，没事，没关系。”

“开玩笑的！”他大声说，好像在喊“起火了”。除了近期即兴演出搞砸的那次，他还不曾如此紧张过。发现弄湿了桌布，他坚定地告诉自己要镇静，又抬眼去看爱玛，只见她慢慢褪下夏装外套，肩膀后收，胸部向前一挺——女人从来意识不到这样的动作会激发怎样的欲念，于是他今晚第二次流露出对爱玛·莫利的爱和渴望。“你看起来好可爱。”他情不自禁地脱口而出。

“谢谢！你也是。”她条件反射地回应。他穿着表演喜剧时的行头：皱巴巴的亚麻外套，里面是一件纯黑色T恤。为了表示对爱玛的尊重，T恤上没印乐队名称或者讽刺口号，在他看来十分得体。“我喜欢这个，”她指着外套说，“很时髦！”伊恩拿食指和拇指捏着衣服的翻领捻了几下，好像在说：“什么？就这旧玩意儿？”

“我来为您放好外套？”帅哥侍者殷勤地说。

“好的，谢谢。”爱玛把衣服递给他，伊恩想到接下来他要为此付小费。没关系，为了她，值得。

“喝点什么？”侍者问。

“我想来一杯伏特加汤力。”

“双份的？”侍者试图诱导她多消费。

她看看伊恩，发现他脸上闪过一丝惊慌。“会不会劲儿太大？”

“不会，你点吧。”

“那好，双份的！”

“您呢，先生？”

“我等着上葡萄酒，谢谢。”

“来点矿泉水？”

“白水!”他大喊，随即冷静下来，“白水就行，除非你们……”

“白水挺好的。”爱玛安慰地笑笑。侍者离开之后，她说：“顺便说一句，其实也不用说，今晚咱们应该AA制，对吧？别跟我争，都1993年了，这很正常。”伊恩发现自己更爱她了，但为了面子上过得去，他还是要客套一番的。

“可你还是学生呢，爱姆！”

“不再是了，我现在可是完全合格的老师！今天第一次参加面试。”

“进展如何？”

“非常非常顺利！”

“祝贺你，爱玛，真是太棒了。”他越过桌子亲吻她的脸颊，两边都要亲，不，等等，还是一边吧，慢着，好吧，还是两边吧。

为了制造幽默效果，伊恩提前研究过菜单，爱玛专心看菜单时，他就围绕菜名开始俏皮话双关语表演——比如“通心面，通心面，通到你的心里面”。烤鲈鱼（bass）上来后，他又开始玩谐音梗：“一个人等了很长时间的公交车（bus），结果一下子来了三辆。”还有“快餐牛排”应该叫“快闪牛排”，牛排的分量这么少，也许是一种行为艺术？ragu意面酱又是怎么回事？传统的肉酱呢？难道加上几个不知所云的字母就显得高级了吗？

随着伊恩一个包袱接一个包袱地抖下来，爱玛对今晚的约会逐渐不抱希望。他以为把我逗开心了就能跟我上床了，她暗忖。上次在电影院，至少还有瑞维尔巧克力和暴力镜头使他分心，可现在面对着面，只能硬着头皮看他即兴表演。爱玛熟悉这一套。参加教师培训时，班上的男生都是段子制造机，尤其是在酒吧里喝过几杯之后，特别喜欢讲笑话，见她笑得肚子疼，他们会越来越大胆，她清楚自己的反应也在无形中鼓励了他们：女孩坐着咧嘴笑，男孩却在耍花招，用火柴戏法、儿童片、七十年代怀旧糖果作为素材博取好感……总而言之，不知疲倦地哗众取宠可谓是酒吧泡妞的制胜法宝。

她一口喝干杯里的伏特加。伊恩又在研究红酒单，嘲笑红酒宣传语的自命不凡、酸文假醋：森林大火一样的醇厚质感充盈口腔，太妃糖苹果般的余味悄然炸裂，袅袅不绝……诸如此类，依照他C大调的嗓门外加业余谐星的身份，这方面的话匣子一开肯定没完没了。爱玛突然意识到自己更想要一个平凡低调的约会对象，能老老实实看酒水单、正常点菜就行，最重要的是谦逊果断，不会夸夸其谈。

“有着烟熏培根般的香气，余味就像鲜美多汁的长颈鹿……”

他打算让我笑晕，她想。我可以反击，比如用面包卷砸他，可惜面包被他吃光了。她瞥了一眼其他食客，每个人也都在扮演各自的角色，一切都像是一出戏，难道浪漫的爱情不过是一场展示个人才艺的表演？吃顿饭、上个床、爱上我，我保证未来的每一年都会给你讲这样的段子。

“……他们要是这么卖淡啤酒会怎么样？”他模仿着格拉斯哥口音说，“我们的特别精酿口感厚重，能够让您十分自然地联想到议会大厦、旧购物车和城市的衰败，跟家庭暴力简直是绝配！……”

她想知道“有趣的男人魅力一定不可抵挡”这条谬论究竟是怎么来的，凯瑟琳对希刺克厉夫不感兴趣不就是因为他是个大笑话吗？不过归根结底，爱玛之所以如此纠结，是因为她其实非常喜欢伊恩，所以对他期望过高，这次约会之前甚至还有些激动，盼着见到他，可听听他都说了些什么……

“……我们的橙汁拥有迷人的重低音口味……”

行啦，够了吧。

“……这种产自1989年的陈酿牛奶是从奶牛的奶头里挤出来的正宗货，挤奶工的温柔撩拨赋予它独特的纯正口感……”

“伊恩？”

“什么？”

“闭嘴，好吗？”

一阵沉默。伊恩似乎很受伤，爱玛尴尬起来。一定是双倍伏特加搞的鬼。为了打圆场，她大声说：“来点瓦波利切拉葡萄酒怎么样？”

他看了看红酒单。“上面写着黑莓和香草。”

“也许是酒里有黑莓和香草的味道？”

“你喜欢黑莓和香草吗？”

“很喜欢。”

他瞄了一眼价格。“那我们就点它吧！”

感谢上帝，终于正常了。

嗨，爱姆。又是我。我知道你进城去见那个搞笑小哥了，我只是想说，等你回了家……假设你是自己一个人回家的……我决定不去那个首映式了，如果你想来的话，我一整晚都待在家。我的意思是，我想让你过来，打车钱我出，你可以在这儿过夜。好了。你要过来的话，给我打个电话，然后打个车。就这些。希望一会儿能见面。爱你。再见，爱姆。再见。

这边厢伊恩和爱玛正在回忆过去的时光，三年前的往事。爱玛喝汤吃鱼，伊恩横扫各类碳水化合物，先从一大碗意大利肉酱面下手，他还往里面撒了厚厚一层帕尔玛干酪……这一大堆食物再加上红酒终于使他镇静了一点，爱玛也放松下来——其实是快要喝醉了。为什么不一醉方休呢？难道她不该享受吗？为了实现认定的目标，她努力奋斗了十个月。坦率地说，有些教学实习项目确实令人生畏，但她十分清楚这一行正是自己擅长的，下午面试时对方显然也有同感，校长连连点头，微笑着表示赞许。虽然她还不敢大声说出来，心里却明白自己已经得到了这份工作。

所以为什么不和伊恩一起庆祝呢？她听着他说话，端详他的脸，感觉他确实比以前更有魅力了，不再让她联想到拖拉机。无论外貌还是气质，伊恩都跟“精致”二字不沾边，但是可以在战争片里演一个爱给母亲写信的勇敢大兵，而德克斯特在写信方面就……既唠叨又胡搅蛮缠。无论如何，她喜欢他看她的眼神，多情，就是这个词儿。多情又醉意朦胧。想到这里，她的四肢也跟着沉重起来，用撩人又多情的眼神回望着他。

他把最后一点红酒倒进她的杯子。“你见过老伙计们吗？”

“没怎么见。在‘凯撒万岁’餐厅碰到过斯科特，那个可怕的意大利佬，他过得不错，但脾气还是那么冲。我始终在回避那些老同事，那儿就像座监狱——狱友之间有什么好联系的。当然你是例外。”

“其实没那么糟吧，在那儿工作？”

“我生命中的两年全都浪费在那里了，再也回不来了。”她突然意识到自己的声音很大，有点吃惊，于是故作满不在乎地耸了耸肩，“我也说不准，但那不算是什么快乐时光吧。”

他苦笑了一下，弯起手指敲了敲她的指关节，“这就是你不接我电话的原因？”

“我没接吗？不记得了，也许吧。”她举起酒杯搁到唇边，“咱们现在不是挺好的嘛。换个话题吧，你的喜剧事业怎么样了？”

“哦，还行。我找到一份即兴表演的工作，完全可以自由发挥，但是效果很难保证，有时候我就是一点儿都不搞笑！可也许这正是即兴表演的乐趣吧，对不对？”爱玛说不上来，只是跟着点头。“我每周二在肯宁顿‘丘克尔斯先生’演出，讽刺性和话题性都有点强，想不想听我学比尔·希克斯嘲笑广告的段子？就像电视上的那些白痴广告？……”

他又开始了老一套，爱玛的微笑僵在脸上。有个事实假如直接告诉他，一定会伤透他的心：两人认识以来，他一共逗笑过她两次，其中一次还是因为他从地下室的楼梯上滚了下去。他是个很有幽默感的人，然而绝对称不上有趣，不像德克斯特：德克斯特对笑话毫无兴趣，大概认为幽默感如同政治良知，是子虚乌有的东西。尽管他尴尬笨拙，一点都不酷，但就是能让爱玛笑个没完，歇斯底里，坦白说，有时甚至能笑尿了。去希腊度假那次，解决了那个小误会之后，他们整整笑了十天。德克斯特现在在哪里？她想。

“你看过他的电视节目吗？”伊恩问。

爱玛一惊，仿佛被人抓住了短处。“谁？”

“你朋友德克斯特，主持那个白痴节目的。”

“有时候看。你知道的，碰巧看到的话。”

“他还好吧？”

“挺好的，还那样。老实说，还是有点疯疯癫癫的。他妈妈病了，他觉得不乐观。”

“很抱歉听到这个。”伊恩皱起眉头，忧心地说，他试图改变话题，又不想显得冷酷无情，只是不希望让一个陌生的病人影响今晚的约会，“你们经常联系吗？”

“我和德克斯？经常联系。但我不常和他见面，他要忙他的节目，还得应付女朋友们。”

“他现在跟谁交往呢？”

“不知道。她们就像游乐场里的金鱼，没必要知道名字，都长不了。”她以前说过这话，觉得伊恩可能会喜欢听，然而他还是皱着眉头，“怎么这副表情？”

“可能是因为我一直不太喜欢他。”

“没错，我记得。”

“我试过。”

“不怨你。他和别的男人也合不来，不明白人家的想法。”

“其实，我一直觉得……”

“什么？”

“他认为你喜欢他是理所应当的。”

又是我！刚住进酒店。有点醉，还有点伤感。你是个大好人，爱玛·莫利。要是能见到你就好了。回家给我打电话吧。我还想说什么来着？没了……对了，你是最好的。好了，回家后给我电话。打给我。

第二轮白兰地上来时，他们显然都喝多了。整个餐厅似乎全是醉鬼，连那个银发的钢琴师也一样，拖泥带水地弹着《我被你一脚踢开》，脚猛踩踏板，仿佛用力踩着失灵的刹车。爱玛被迫提高声音，以极大的热情和定力谈论自己的新职业，她都能听到自己刚说出的话在脑子里嗡嗡作响。

“是伦敦北部的一所大型综合学校，我教英语和一点戏剧。

学校不错，男女混合，学生也很好，不像那些混日子的郊区孩子，只会对老师唯唯诺诺。所以学生可能会挑战老师，但这也不是问题，孩子就应该如此。别看我现在说得轻松，到时候大概会被他们吃了。这群小鬼。”她模仿着电影中的样子晃了晃杯子里的白兰地，“我都能想象出来：我坐在讲台边，告诉学生莎士比亚其实是有史以来第一位说唱艺人，他们听得目瞪口呆，像是中了魔咒……我被那些激动的年轻人扛在肩膀上，从停车场到餐厅，转遍整个校园，全校的学生都喜欢我。做一个抓住当下的老师。”

“对不起，什么老师？”

“抓住当下。”

“抓住……裆下？”

“就是抓住每一天！”

“是这个意思啊？我一时间还真有点吓坏了。”

爱玛礼貌地笑笑，回应他的插科打诨，谁知这下子给伊恩打了鸡血，“我就是吃了这方面的亏！要是我上学时有你这样的老师就好了！那么多年白瞎了……”

够了。“伊恩，别说了。”她打断他。

“什么？”

“别老想着抖机灵，没必要，明白吗？”他又露出受伤的表情，她后悔自己刚才语气不善，于是倾身拉住他的手，“我只是觉得你不用时刻去观察，总想着临场发挥，非要想出一些俏皮话和双关语。现在不是即兴表演，伊恩，是在说话和倾听。”

“对不起，我……”

“噢，其实不只是你，男人一般都这样，总想着表现自己。

上帝，我只想要一个会说话和倾听的人！”她知道自己说得有点多，但是控制不住，“我不明白你们为什么非要这样，又不是试镜当演员。”

“某种程度上来说，其实还真是试镜，对不对？”

“在我这里不用。没必要。”

“对不起。”

“也不用一直道歉。”

“哦，好的。”

伊恩沉默了一会儿，于是轮到爱玛说对不起了。她不该说出自己的真实想法，讲真话从来讨不到好处。她正准备道歉，伊恩叹了口气，拿拳头支着脸颊。

“我觉得根源是这样的。假如你在学校里不够聪明，长得不够好看，或者不受欢迎什么的，突然有一天，你说了点什么，一下子把别人逗笑了，你会觉得自己抓住了救命稻草，对不对？你会想，那我就继续搞笑吧。虽然我脸丑腿也粗，没人喜欢，但至少能让别人笑。让人发笑的感觉也相当不错，久而久之你还可能对它产生依赖，就好像你要是不说点有意思的，你就……什么都不是了。”他低头盯着桌布，用指尖把面包屑按在一起，堆成一个小金字塔，继续道，“其实，我觉得你可能也明白这种感受。”

爱玛把手搁在胸口。“我？”

“表现自己。”

“我没表现。”

“游乐场里的金鱼，你刚才说过。”

“不，我……那又怎么样？”

“所以我认为我们挺像的，我和你，有的时候。”

她的第一个反应是受到了冒犯。不，不像，她想说，多么荒谬的想法。然而他又对她露出了多情——对，就是这个词——的微笑，也许她对他有点刻薄了，所以她只是耸耸肩："反正我不信。"

"不信什么？"

"没人喜欢你。"

他用鼻音开玩笑地说："好吧，可你能拿出官方证据吗？"

"你还有我，不是吗？"一阵沉默。她真的喝多了，现在轮到她玩桌上的面包屑了。"老实说，我觉得你近来变得好看多了。"

他两手捏了捏肚子。"嗯，我一直在健身。"

她终于自然地笑出声来，看着他的脸，觉得一点都不丑，至少跟那些愚蠢的小白脸不一样，是一张正派得体的面孔。她知道付账之后他会吻她，这一次她决定遂了他的愿。

"我们该走了。"她说。

"我买单。"他朝侍者做了个签单的手势，"有点奇怪，是不是？为什么这个哑剧动作人人都会？谁想出来的？"

"伊恩？"

"什么？对不起，对不起。"

他们按说好的平摊了账单。出去的时候，伊恩拉开门，猛地踢了门的底部一脚，制造被门扇砸到脸的假象。"来点儿动作喜剧……"

夜空笼罩着一团紫黑色的浓云，暖风夹杂着铁锈味，预示暴雨即将来临。两人向北穿过广场，爱玛被白兰地调动起了情绪，觉得晕乎乎的很舒服。她一向讨厌考文特花园，讨厌那里的秘鲁管乐队、杂耍演员以及刻意营造的欢快气氛，然而今晚这里看起来似乎还不错，就像她现在挽着这个始终对她很好，也喜欢她的男人的胳膊时那么自然，哪怕他正把外套松松垮垮地搭在肩上，整件衣服眼看着就要掉下来。她抬起头，发现他皱着眉。

“怎么了？”她问，夹了夹他的胳膊。

“就是，你知道，我觉得自己把事情搞砸了。我太紧张，有点用力过度了，说的话也很蠢。你知道喜剧演员要面对的最糟糕的事情是什么吗？”

“服装？”

“大家期待你随时都能说出搞笑的话，逼得你时时刻刻都在追逐笑声……”

半是为了改变话题，她双手搭上他的肩膀，身体凑过去，踮起脚尖吻他。他的嘴唇湿乎乎的，不过很温暖。“黑莓和香草。”她贴着他的嘴唇，喃喃地说，尽管实际上尝到的是帕尔马干酪味和酒味，但她不在意。他笑着回吻她，她向后撤了撤，捧起他的脸，仰面注视他。只见他满脸感激的表情，似乎马上就要哭出来，她不禁自鸣得意。

“爱玛·莫利，我能不能说……”他低着头，郑重地凝视她，“我认为你绝对要人命。”

“你的嘴可真甜。”她说，“我们去你家，怎么样？趁着还没下雨。”

猜猜我是谁？十一点半了。你在哪里鬼混呢？唉，好吧。随时给我打电话。我等着你，哪里也不去。再见。再见。

伊恩的工作室兼公寓在凯莉路临街的那层，只有街灯和偶尔经过的双层巴士车灯的光亮透进来，整个房间每分钟都会随着皮卡迪利线、维多利亚线或者北线地铁以及30路、10路、46路、214路和390路公交车的经过而震动若干次，就出行而言，这里恐怕是全伦敦公共交通最为便利的公寓，然而它的优点也仅限于这个方面。躺在折叠式沙发床上，爱玛觉得自己的整个脊背都在颤抖，她的连裤袜褪到了大腿上。

“那是什么声音？”

伊恩听了听震动声。“皮卡迪利东线地铁。”

“你怎么忍受的，伊恩？”

“习惯了。而且我还有……”他指着窗台上的两个圆圆的灰色蜡球说，“可塑性蜡耳塞。”

“哦，挺好。”

“只不过有一次我忘了把它们拿出来，还以为自己得了脑瘤，有点像那个‘失去上帝宠爱的孩子’，你明白我的意思吧。”

爱玛笑了，随即又觉得一阵恶心，呻吟着打了个酒嗝。他抓起她的手。

“感觉好点了吗？”

“只要睁着眼睛就没事。”她转过头来，拉下羽绒被去看他的脸，这才有些嫌弃地发现被子竟然没有被套，而且颜色像是蘑菇汤。房间里有股旧货商店的气味，独居男人的味道。“我猜是第二杯白兰地的作用。”他露出微笑，此时一辆公交车从窗外经过，车灯的白光扫过整个房间，她发现了他脸上的愁容。“你在生我的气吗？”

“当然没有，只不过当你亲吻一个姑娘的时候，她打断了你，因为觉得恶心……”

“我说过了，只是因为我喝多了。今晚我很开心，真的。不过我需要喘口气。过来……”她坐起来吻他，可她最好的胸罩已经皱了起来，里面的钢圈紧紧勒住她的腋窝。“哎哟！哎哟！哎哟！”她调整好文胸，猛然向前一趴，脑袋埋进两个膝盖之间。他像个护士那样抬手揉着她的后背，她为自己破坏了一切而尴尬不已，“我想我还是走吧。”

“哦，好吧。如果你愿意的话。”

他们听着车轮碾压潮湿街道的声音，看着车灯的白光在室内一扫而过。

“这是什么车？”

“30路。”

她拽起连裤袜，摇晃着站起来，整理好裙子。“我今晚过得很开心！”

“我也是……”

“就是喝多了……”

“我也是……”

“我得回家醒醒酒……”

“我明白。就是……有点遗憾。”

她看看手表，十一点五十二分。脚下有列车隆隆驶过，提醒她身处交通枢纽的中心。步行五分钟到达国王十字车站，搭皮卡迪利西线地铁，十二点半之前轻松到家。窗玻璃上出现了雨滴，好在不是很多。

但她又想到另一个情景：空荡荡的公寓门外，她在黑暗中摸索钥匙，湿漉漉的衣服贴在背上……她独自躺在床上，天花板和“塔希提”大床似乎在旋转，她头晕恶心，懊悔不已。留在这里似乎没有那么糟，至少可以得到些许温暖、关爱与亲密，更何况她可不想变成自己在地铁里见过的那种女孩：穿着前一晚参加派对的衣服，烂醉如泥，面无血色，烦躁不安。雨滴继续敲打着窗户，现在变得猛烈了一些。

“想让我陪你去车站吗？”伊恩套上T恤衫，“或者……”

“什么？”

“你在这里过夜，睡一觉，醒醒酒。我们……可以抱一抱。”

“抱一抱。”

“搂搂抱抱，或者什么都不干，你要是愿意，我们可以僵着身子尴尬地躺上一宿。”

她笑了，他也期待地冲她笑笑。

“隐形眼镜护理液，”她说，“我没带。”

“我有。”

“我不知道你也戴隐形眼镜。”

“现在你知道了吧……我们又多了一个共同点。”他笑道，她也对他笑笑，“假如你运气好，我说不定还能找到一副备用的耳塞。”

“伊恩·怀特海德，你这个老滑头。”

“……接电话，接电话，接电话。都快半夜了。午夜的钟声敲响，我会变成一个……我也不知道会变成什么，很可能是白痴吧。所以无论如何，如果你听到这段留言……”

“喂？喂？”

“你在家！”

“你好，德克斯特。”

“我没把你吵醒吧？”

“刚回来。你还好吗，德克斯特？”

“哦，我很好。”

“你听起来像喝醉了。”

“噢，我开派对来着，一个人的，只有我，私人小派对。”

“把音乐声调低点儿，好吗？”

“其实，我在想……别挂，我这就调音量……你能不能来我这儿。我有香槟，有音乐，可能还有毒品。喂？喂？你在听吗？”

“这可不是什么好主意，我们不是说好不再这样了吗？”

“是吗？可我觉得它是个好主意。”

“你不能半夜三更突然给我打电话，指望我……”

“噢，来吧，娜奥米，好吗？我需要你。”

“不！”

“半个小时就能到。”

“不！雨这么大。”

“我不是让你走路，打个车，我付钱。”

“我说了不去！”

“我真的需要有人陪，娜奥米。”

“去找爱玛吧！”

“爱玛不在家，我要的也不是她那种陪法。你知道我的意思，要是今天晚上摸不到别的大活人，我会死的。”

“……”

“我知道你还在，我听见你喘气儿了。”

“好吧。”

“好吧？”

“我半小时之内过去。别喝酒了。等着我。”

“娜奥米？娜奥米，你发现了吗？”

“什么？”

“你是我的救星。”

第八章
影视圈

1994 年 7 月 15 日，星期五

莱顿斯通和狗岛

爱玛·莫利胃口良好，饮酒适度。睡足八小时后，她在六点半之前准时醒来，喝下一大杯水——这是每天一升半水中的前二百五十毫升，是她从摆在双人床边的卡拉夫瓶里倒出来的，瓶子和与之配套的水杯沐浴在清晨的第一缕阳光中。

收音机的闹钟响了，她躺在床上听头条新闻。工党领袖约翰·史密斯去世了，广播里报道的是他在威斯敏斯特教堂的悼念仪式，报道引用了充满敬意、跨越党派的悼词“有可能成为最伟大的首相的人离开了我们”，此外还谨慎地推测了谁有可能成为继任者。爱玛又一次提醒自己考虑是否要加入工党，至于核裁军运动则早就不了了之了。

接下来是没完没了的世界杯新闻，逼得她坐起来，甩开夏凉被，戴上那副旧宽边眼镜，滑进床和墙之间的狭窄走道，来到狭小的卫生间外面，打开了门。

“等一下！”她迅速把门拉上，可还是不够快，不幸看到了弯着腰蹲马桶的伊恩·怀特海德。

“你为什么不锁门，伊恩？”她隔着门喊道。

“对不起！”

爱玛转过身，慢慢走回床边躺下，气呼呼地听着农业气象预报，卫生间方向传来隐隐约约的冲水声，紧接着又是一声，然后是伊恩擤鼻涕的声音，像是汽车鸣笛，最后又来了一下冲水声。终于，他出现在过道里，涨红着脸，一副饱受折磨的样子，没穿内裤，黑T恤的下摆短得连屁股都够不到。虽然这样的尊容世上绝无仅有，但爱玛还是没有勇气欣赏，只能尽量把视线集中在他的脸上，看着他缓缓吐出一口气。

“噢，太难受了。”

“没觉得好点了？”安全起见，她摘下眼镜。

“没有。”他噘着嘴，两手揉着肚子，“我觉得肚肚里翻江倒海的。”尽管他的声音低沉，语气痛苦，她也觉得他很可怜，然而“肚肚”这个词成功地让爱玛产生了把门摔在伊恩脸上的冲动。

“我告诉过你，培根坏了，可你不听……”

“没那么……”

“哦对了，你说培根坏不了，它是加工过的。”

“我觉得是病毒……”

“也许是正在流行的那种病毒，学校里的很多人都中招了，说不定还是我传染给你的呢。”

他没有反驳。“一宿没睡，我要烂掉了。”

“我知道，亲爱的。”

“腹泻加黏膜炎……”

“强强联合，就像月光和音乐。”

“我讨厌夏天感冒。”

“不是你的错。”爱玛坐了起来。

“估计是胃肠型流感。”他边说边琢磨着这个词。

“看样子像。”

“我觉得……”他攥紧拳头，搜肠刮肚地找词儿形容这次煎熬，“浑身要散架了！没法这样去工作。”

“那就别去。”

“可我必须去。”

“那就去。”

“不行，怎么去啊？我感觉这儿堵着两品脱的黏液。”他举起手掌，比了比自己的额头，“两品脱浓痰。”

“这画面会让我恶心一整天。”

“对不起，但这就是我的感觉。”他侧身挤上床，爬到属于他的那一边，又哀叹了一声，钻进被子里。

她打起精神站了起来。今天是爱玛·莫利的大日子，具有纪念意义的一天：今晚，克伦威尔路综合中学的学生剧《雾都孤儿》将举行首演仪式，绝对不能出乱子。

今天也是德克斯特·梅休的大日子。他躺在一大团湿乎乎的床单里，瞪着眼睛，想象着一切可能出现的差错。今晚他的节目会在国家电视台直播。机会。这正是他施展才华的机会，他突然不确定自己是不是拥有才华。

前一天晚上，他像个孩子一样早早上床，独自一人，清醒无比，外面的天还是亮着的。他原本指望早晨醒来后能神清气爽、思维敏捷，然而九个小时过去了，他有七个小时是醒着的，疲惫、恶心又焦虑。电话响了，他猛地坐起来，听到自己的声音在答录机上响起。“好了……说吧！”声音礼貌而自信，他想，白痴，一定得把这条录音换掉。

机器发出“哔”的一声。“噢。好吧。嗨，是我。”爱玛的声音给他带来一种熟悉的解脱感，他正打算接电话，又突然想起他们刚刚吵过一架，他应该保持生闷气的状态才对。“很抱歉这么早打给你，不过我们中的某些人有正经的工作要做。我只想说，今晚对你很重要，你一定一定会有好运的。真的，祝你好运。别紧张，你会表现得非常好、非常出色。穿得漂亮点儿，别用那种怪怪的腔调说话。我知道你埋怨我不去现场支持你，但我会跟某个白痴一样对着电视傻乎乎地为你叫好的……”

他早已光着身子下了床，盯着电话机，打算接起来。

“我不确定几点能回家，不知道那群孩子会把戏演成什么样子，真是个疯狂的工作。晚点再打给你。祝你好运，德克斯特。爱你。顺便说一句，你真的该换掉答录机上的那段回复录音了。”

她挂了电话。他很想立刻打回去，但总觉得出于战术方面的考虑，自己赌气的时间应该更长一点儿。他们又吵架了。她觉得他不喜欢她男朋友，他表面上连连否认，内心却无法抑制自己不去讨厌他。

他已经尝试过了，真的。他们三个曾经一起坐在电影院、廉价餐馆和脏兮兮的老酒馆里。伊恩闻爱玛的脖子时，德克斯特就看着她的眼睛，露出赞许的微笑；爱情无非是年轻人一起喝酒做梦。他也曾钻进她伯爵府路公寓的小厨房，坐在餐桌旁认真地跟他们玩棋盘问答游戏，争得脸红脖子粗，像是在进行一场格斗比赛。他甚至还和“索尼克电子”的男店员们结伙前往莫特莱克的“笑料实验室”看伊恩表演观察喜剧，爱玛坐在他旁边，全程都在紧张地龇着牙假笑，还要时不时地在伊恩抖包袱时拿胳膊肘捅捅德克斯特，提醒他应该笑了。

然而即使行为举止控制得再好，敌意也会不由自主地流露出来，而且是互相的。伊恩抓住一切机会暗示德克斯特徒有其表，出名全靠运气，是个势利小人、纨绔子弟——就因为他半夜打车回家而不坐公交车，偏爱私人俱乐部、高级餐厅，嫌弃沙龙酒吧和快餐店。更让德克斯特恼火的是，爱玛也会参与到这种持续的丑化行动中，加深他的挫败感。难道他们不明白他的生活有多难，经历着那么多的变故却还要保持体面和自尊是多么的不容易吗？每当德克斯特打算为三个人的晚餐付账或者提出请大家坐出租车、不坐公交车的时候，另外两人总会嘀嘀咕咕、闷闷不乐，好像被他羞辱了一样。他表现得如此友好慷慨，他们为什么就是不认可也不领情呢？有天晚上，他终于再也无法忍受——当时他们三个坐在一张破沙发上，看《星际迷航：可汗之怒》，喝罐装啤酒，咖喱里的油汤流到了他的德赖斯·范诺顿裤子上——这是压死骆驼的最后一根稻草。从那以后，当他想找爱玛的时候，都会单独见她。

简直不可理喻，他竟然开始……该怎么说呢，嫉妒？不，不是嫉妒，也许是怨恨。他总期望爱玛永远支持他，把她当成随时可以利用的资源、全天候待命的紧急服务电话。前一年圣诞节他母亲去世，对他来说等同于灭顶之灾，他发现自己越来越依赖爱玛了，她却越发没有时间见他。以前她都是立刻回电话的，现在一连几天都不找他说一句话。“和伊恩出门了。”她会这么跟他解释，可他们去了哪里？干了什么？一起买家具？看“片儿”？去酒吧玩猜谜游戏？伊恩甚至见了爱玛的父母——吉姆和苏。他们喜欢他，她说。为什么德克斯特从来没见过吉姆和苏？假如见到了，他们会不会更喜欢他？

最令人讨厌的是，爱玛似乎很享受这种摆脱了德克斯特的新状态，他感觉自己好像让人教训了一顿，被她新近获得的满足感狠狠地抽了一耳光。“别人的生活不会始终围着你打转，德克斯特。”她洋洋得意地告诉他，最近他们又吵了一架，因为她不去他节目的直播现场支持他。

“你想让我怎么做？取消《雾都孤儿》的演出？就为了看你上电视？”

“演出结束后再来不行吗？”

“不行！路太远了！”

“我派车去接你！”

“演出后我要跟学生和家长谈话……”

“为什么？”

“德克斯特，讲点道理吧，这是我的工作！”

他知道自己在无理取闹，但如果看到爱玛坐在观众席，对他的表现会有帮助。有她在身边，他会更优秀，这难道不正是朋友存在的意义吗？鼓励你，让你保持最佳状态？爱玛是他的护身符、幸运星，现在却不来支持他，他母亲也不可能来了，他开始怀疑这一切的努力到底是为了什么。

冲了很长时间的淋浴，他感觉好了一点，没穿衬衣内裤就直接套上一件浅色V领羊绒衫和一条浅色亚麻抽绳长裤，蹬上勃肯鞋，跑到楼下的报刊店翻看电视节目预告，检查媒体是否尽到了宣传他的节目的职责。店主非常有眼色，笑容满面地接待了这位名人顾客。德克斯特抱着一大摞报纸快步回家。感觉好多了，虽然依旧紧张，但是精神振作起来，意式浓缩咖啡机预热的时候，电话又响了。

他预感到这是父亲打来的，因此不打算接。自从母亲去世，父亲的来电越来越频繁，也更让他苦恼——结巴、啰嗦、心烦意乱，这个完全靠自我奋斗取得成功的男人如今竟然被最简单的任务击败，丧妻之痛让他锐气尽失，德克斯特偶尔回家探望时，发现他经常无助地凝视着烧水壶，好像那是外星科技的产物。

“好了……说吧！”答录机里面的那个白痴说。

“你好，德克斯特，我是你爸。”他用自己近来打电话时特有的那种沉闷呆滞的语气说，“我打这个电话，是为了祝你今晚好运，节目成功。我会看的。这是件非常让人兴奋的事情。艾莉森会为你自豪的。”紧接着是一瞬间的停顿，父子俩都意识到刚才这句恐怕是假话。“我就想说这些。另外还有，别去管报纸怎么说。开心就好。再见。再见……”

别去管报纸怎么说？报上说了什么？德克斯特抓起话筒。

“……再见！”

父亲已经挂断了电话——这一手好比给炸弹安上定时器，然后扬长而去。德克斯特打量起那一大堆报纸，它们似乎也在恶意满满地盯着他。他紧了紧亚麻长裤的裤带，翻到电视节目版面。

爱玛从卫生间出来，看到伊恩正在打电话，从他轻浮戏谑的语气可以判断，电话那头是她母亲。自从圣诞节在利兹见面后，她的男朋友就和苏建立了一种暧昧关系：“豆芽真可爱，莫太太。”“这火鸡可真嫩啊！”两人似乎挺来电，互相渴望。爱玛和她父亲只能酸溜溜地翻翻白眼。

她耐心地等着伊恩拖拖拉拉地结束通话。“再见，莫太太，是啊，我想也是，只是夏季感冒，不要紧的。再见，莫太太，再见。”爱玛接过听筒，伊恩立刻变回先前病恹恹的模样，慢吞吞地爬回床上。

她母亲兴奋地说：“好可爱的小伙子，难道他不可爱吗？”

“可爱，妈妈。”

“你可要好好照顾他。”

“我要去上班了，妈妈。”

“现在吗？我为什么给你打电话来着？完全想不起来了。”

为了找伊恩聊天。“是想祝我好运吗？”

“有什么事吗？”

“学校的演出。”

“噢，没错，祝你演出成功。对不起，我们不能过去看你，伦敦的消费太高了……”

爱玛借口说烤面包机冒烟了，挂掉电话，然后去看望病人。他正窝在被子里发汗，想把感冒“逼出来”。她隐约觉得自己是个失败的女朋友，头一次扮演这个角色，她有时会发现自己的“女友行为”是模仿来的：手牵手、搂搂抱抱地看电视……诸如此类。伊恩爱着她，时常对她表白，甚至可能过于频繁。她认为自己在经过一些练习之后也许能用爱回报他，现在正是尝试的机会，于是她扭扭捏捏地做出同情的姿态，弯腰搂住了床上的伊恩。

“要是你觉得今晚不能过去看演出……”

他坐起来，惊慌失措地叫道：“不！不不不！我一定会去的……”

“我能理解……”

“……哪怕坐救护车我也要去。”

“只是一场学生演出，不用那么在意。”

“爱玛！”他说，她抬起头来看着他，“今天是你的大日子！我绝对不会错过的！”

她微笑起来。“好。我很开心。”她靠过去亲了亲他——为了预防传染，嘴唇没有张开，然后拿起包走出公寓，准备迎接大日子。

新闻标题写道：电视史上最令人作呕的人非他莫属？

……德克斯特一时没反应过来，觉得一定是搞错了，因为标题下面竟然印着他的照片，下面还有三个字“自大狂”，仿佛这是他的姓：德克斯特·自大狂。

他用拇指和食指紧紧捏住盛浓缩咖啡的小杯子，继续往下读。

今晚的节目

如今的荧屏上，还有没有比德克斯特·梅休更自鸣得意、不可一世的家伙？那张狂妄自大的漂亮娃娃脸让人只想对准屏幕踹上一脚。校园里流传着这么一句话：他也不照照镜子看看自己是谁？奇怪的是，媒体圈竟然有人赏识他，程度不亚于他的自恋，因为主持了三年的《喝酒聊天》（你们不觉得这一串小写字母很讨厌吗？1990年的过时玩意儿）之后，他现在又要推出自己的深夜音乐节目《深夜锁定》了，所以……

他本应读到这里为止，合上报纸，该干什么干什么，然而眼角的余光已经扫到了后面的几个单词，其中之一是“无能”。于是他接着往下读：

……所以，假如你真的想看看一个中学生是怎么挣扎着尝试成为新青年、拿腔作调地和女士调情、硬要跟小朋友勾肩搭背却不知道人家在嘲笑他，那就不要错过这个机会。今晚可是现场直播，看看他以无能著称的采访技巧或许是一种有趣的享受，还可以瞧瞧他那身连蒸汽熨斗都抹不平的行头，见识一下什么是“亚麻”。本节目的搭档主持人是苏琪·梅多斯，音乐来自谢德·塞文组合、饥肠辘辘合唱团以及柠檬头乐队。别说我们没有提前警告你！

德克斯特有个剪报夹，平时就搁在衣柜底部的那个帕特里克·考克斯鞋盒里，但他不打算把这篇东西收进去。他又笨手笨脚、拖泥带水地给自己弄了一杯浓缩咖啡。

不过是红眼病而已，英国人的通病。他想。仅仅是取得了这么一点点成绩，他们就想打压你。哼，我才不在乎呢。我喜欢我的工作，而且十分他妈的擅长。谁说只要胆大就能当主持人的？想得太简单了吧，知道要付出多少辛苦吗？不但得思维敏捷、具有演说技巧，还不能把别人的批评当回事。没人需要批评家，谁闲得没事干会想成为批评家？我宁肯站在风口浪尖，也不愿像个太监似的背地里指手画脚，就为了赚那几块零钱。还有，从来没人给批评家塑像。我要让他们瞧瞧，让他们所有人都瞧瞧。

这段独白反反复复地在德克斯特的脑子里播放，贯穿了他的大日子：去制片室的路上、专职司机把房车开到位于狗岛的工作室时、下午彩排时、制片会议上、发型和化妆设计时……最后他独自待在后台化妆间，终于能打开自己的包了，于是他拿出当天早晨放进去的那瓶伏特加，为自己倒了一大杯，兑上热橙汁，开始享用。

“揍他！揍他！揍他！揍他！揍他！”

还有四十五分钟幕布就要拉开，整个英语部教学楼都能听到有节奏的起哄声。

“揍他！揍他！揍他！”

爱玛小跑着穿过走廊，看到格兰杰太太跌跌撞撞地从更衣室出来，仿佛正在逃离火灾现场。“我试过阻止他们，但没人听我的。”

“谢谢你，格兰杰太太，我保证可以解决。”

“需要我去叫戈达明先生吗？”

“我确定会没事的。你去和乐队排练吧。”

“我就说肯定会出事。”她匆匆忙忙地离开了，捂着胸口，“这样根本没用。”

爱玛做了个深呼吸，走进更衣室，看到那群不安分的学生：三十来个十几岁的孩子，有的戴着大礼帽，有的穿着带铁撑的裙子，还有的贴着假胡须，嘻嘻哈哈、吆三喝四地围着两个人——“阿特福·道格尔”和“奥利弗·退斯特”，阿特福的双膝压着奥利弗的双臂，用力将他的脸往肮脏的地上按。

“这是怎么回事，同学们？”

“维多利亚时代的暴民们”转过身来。“让他放开我，老师。”奥利弗对着地毯嘟囔道。

“他们在打架，老师。”戴络腮胡、十二岁的萨米尔·乔杜里说。

“我自己能看出来，谢谢你，萨米尔。”她挤过人群，上去把两个打架的拉开。阿特福的扮演者索尼娅·理查兹是个瘦削的黑人女孩，她的手指依然纠缠着奥利弗的金色刘海，爱玛抓住她的双肩，盯着她的眼睛。“松手，索尼娅，松开吧，好吗？好吗？”索尼娅终于松开手往后退，眼里噙着泪，脸上的愤怒已经消散，露出自尊受到伤害的表情。

奥利弗的扮演者马丁·道森一脸茫然，他体格壮实，身高足有一米八，比剧中的班布尔先生块头还大，尽管如此，这个肉嘟嘟的可怜孩子却要哭出来了。“她先动手的！”他声音颤抖、忽高忽低，拿手背抹着脏兮兮的脸。

“够了，马丁。”

“没错，闭嘴吧，道森……”

“我说真的，索尼娅，够了！”爱玛站在人群中央，像个拳击裁判那样一边一个，扣住冲突双方的手肘。她意识到，如果想要挽救这次演出，就必须即兴发表一段鼓舞人心的演讲，她的职业生涯中注定多次出现这犹如《亨利五世》的一幕。

“瞧瞧你们！瞧瞧你们穿上演出服有多棒！瞧瞧戴着大络腮胡的小萨米尔！”学生们笑起来，萨米尔也跟着笑，摸着粘上去的假胡子。“你们的朋友和爸爸妈妈就在外面，他们都想看一场精彩的演出，一场真正的表演。起码我认为是这样的。”她交叉双臂，叹了口气，“可是，我想我们应该取消这次演出……”

她当然是在吓唬他们，不过效果很好，大家纷纷发出抗议的拖怨声。

“可我们什么都没干呀，老师！”“费金”抗议道。

“那刚才是谁在起哄，罗德尼？”

“那是因为她太过分了，老师！”马丁·道森颤着嗓子说。索尼娅绷紧身体，随时准备朝他扑过去。

“嘿，奥利弗，还想再尝尝我的厉害吗？”

有人笑了起来。爱玛使出激将法：“够了！你们应该是一个团队，不是一盘散沙！实话告诉你们吧，今天晚上的观众里面，早就有人说你们不行！说你们没有能力演好这么复杂的戏。这可是查尔斯·狄更斯啊，爱玛！他们哪有那么聪明，不守纪律也不团结，不配演《雾都孤儿》！让他们演个简单的得了！”

“这是谁说的，老师？”萨米尔气愤地问。

“是谁说的不重要，反正他们就是这么想的。也许他们说得对！也许我们就应该取消整场演出！”有那么一会儿，她有点怀疑是不是演得过了，但事实证明她还是低估了青少年对于戏剧表演的热情，无边帽和高礼帽们的抗议声更响亮了。即便知道这是激将法，他们也被其中的危机感激发起了兴趣。停顿片刻制造效果之后，她继续说：“好了，索尼娅和马丁，我们谈谈。其他人，我要求你们继续做准备，然后安静地坐着，好好琢磨自己的角色，接下来我们再决定该怎么办，好吗？我问你们，好不好？”

“好的，老师！”

她跟着那对冤家走出门去，更衣室安静下来，可就在她关上门的那一刻，喧嚷声再次响起。她领着奥利弗和道奇穿过走廊，经过体育馆，听见格兰杰太太正指挥合唱队练习剧里的曲目《想想你自己》，歌声杂乱刺耳，爱玛再次犹疑起来，不知道自己为什么要接管这么个烂摊子。

她先跟索尼娅单独谈话。"发生了什么事？"

夕照倾斜着透过巨大的4D强化玻璃射进室内，索尼娅凝视着窗外的科学部教学楼，故作不耐烦地说："我们吵起来了，就这么简单。"她坐在一张桌子边缘，两条长腿晃来晃去，套着破破烂烂的校服长裤，脚上是一双锡搭扣的黑运动鞋，一只手挠着接种卡介苗留下的疤痕，小脸严肃而漂亮，高傲地向后仰着，好像一只扬起来的拳头，警告爱玛别再妄想做什么"抓住当下"的老师。孩子们都怕索尼娅·理查兹，连爱玛有时候也为她担忧。索尼娅瞪着爱玛，挑衅而愤怒。"我不会说对不起的。"她斩钉截铁地说。

"为什么？拜托你别跟我说是因为'他先惹事的'。"

她一下子炸毛了。"可就是他先惹事的！"

"索尼娅！"

"他说……"她没说下去。

"他说了什么，索尼娅？"

索尼娅权衡着，告密为人不齿，不说出来又咽不下这口气。"他说，我之所以能演这个角色，是因为我根本用不着演，我本来就是个农民。"

"农民？"

"是。"

"马丁是这么说的？"

"就是这么说的，所以我揍了他。"

"好吧。"爱玛叹了口气，看着地面，"我首先要说的是，不管别人说了什么，你也不能动手。"索尼娅·理查兹是她本人的投射，她知道其实自己不该有什么投射，但索尼娅非常聪明，是班里的佼佼者，但也最争强好胜，瘦小的身躯里面装满怨恨，以及一颗受了伤的自尊心。

“可他就是个讨厌的小混蛋，老师！”

“索尼娅，请不要这样说话！”她说，其实她觉得索尼娅对马丁的评价不无道理。他对待同学、老师乃至整个环境都是一副传教士的姿态，仿佛指点别人是他生来的使命。昨天晚上彩排时，演到“爱在哪里”那一段，他真的哭出了眼泪，像排肾结石那样尖着嗓子挤出高音。爱玛不由自主地想象着自己走上台去，一巴掌按在他脸上，再用力向后一推……叫人家“农民”，以他的性格绝对能说出这种话来，可尽管如此……

“如果他真是这么说的……”

“真的，老师……”

“我会和他谈谈，然后查清楚。但就算他真的说了，也只能说明他有多么无知，而你也糊涂，因为你发火了。”说到“糊涂”这个词的时候她顿了顿，伊尔克利的人常用这个词。说话要尽量接地气，她告诫自己。“不过，要是咱们解决不了这个……麻烦，就真的没法演出了。”

爱玛发现索尼娅的脸又绷紧了，似乎要哭出来，这让她吃了一惊。“你不会这么做的。”

“也许我必须这么做。”

“老师！”

“我们没法演出了，索尼娅。”

“可以的！”

“怎么演？到了‘谁来买’那一段的时候，你上去扇马丁的耳光吗？”索尼娅忍不住笑了出来。“你很聪明，索尼娅，但有人给你设了圈套，你怎么就往里钻了呢？”索尼娅叹了口气，表情凝重地望着科学楼外面的矩形草坪。“你可以表现得很出色，不只是演戏，学习也是。你这学期的作业做得非常好，说明你很聪明、敏锐又有洞察力。”听到赞美，索尼娅有点无所适从，只是皱着眉头“嗯”了一声。“下学期你的成绩还会更好，可是你得控制自己的情绪，索尼娅，让大家看到你还可以做得更棒。”又是老生常谈，爱玛有时觉得自己过于依赖这些套路，她本以为这一招或许有效，却看到索尼娅的目光飘到了自己身后，望向教室门口。“索尼娅，你在听我说吗？”

“大胡子来了。”

爱玛环视四周，看到一张留着浓密黑胡须的面孔出现在门玻璃后面，两只眼睛往里窥视，像头好奇的熊。“别叫他大胡子。他可是校长。”她告诉索尼娅，然后招呼他进来。不过，没错，每次看到戈达明先生，她想到的头一个词都会是“大胡子”。他的脸让人过目难忘：胡须并不凌乱，修剪得干净整齐，但是非常非常黑，像个西班牙征服者，蓝眼睛犹如毛绒地毯上挖出的两个洞。所以“大胡子”这个代号名副其实。他一进门，索尼娅就开始抓挠下巴，爱玛警告地瞪了她一眼。

“大家晚上好呀。”他说，语气中透着下班后的快活，“怎么样？一切都好吗，索尼娅？”

“出了点小‘毛’病，先生，”索尼娅说，“不过我想会没事的。”

爱玛抽了抽鼻子，戈达明先生转头问她：“一切都好吗，爱玛？”

“索尼娅和我刚才在讨论演出的事，互相鼓劲儿。你去继续准备吧，索尼娅。”索尼娅露出如释重负的微笑，从桌子上滑下来，晃晃悠悠地朝门口走去。“告诉马丁，我马上找他谈。”

室内只剩爱玛和戈达明先生。

“嗯！”他笑道。

“嗯。”

戈达明先生随意地跨坐在一把椅子上，挺有明星范儿，但跨到一半就后悔了，只能硬着头皮坐下。“有点棘手啊，那个索尼娅。”

“哦，不过是虚张声势。”

“我听说打架了。”

“没什么，演出之前紧张而已。”跨坐在椅子上的校长看起来非常不舒服。

“我听说你这个得意门生压在了我们未来的学生会主席身上。”

“年轻气盛。而且我不认为马丁完全无辜。”

“我听说还扇了耳光。”

“你的消息似乎挺灵通。”

“我是校长嘛。”戈达明先生的笑容在他毛茸茸的胡须后方绽开。爱玛怀疑只要一直盯着他的胡子看，坚持足够长的时间，就能看出它们在生长。胡子后面什么样？戈达明先生说不定是个帅哥呢。他朝教室门口点点头，说：“我看见马丁在走廊里。他很……激动。”

“嗯，过去的六周，他一直沉浸在角色里。体验派表演法。我猜要是有可能，他恨不得真的生个佝偻病。”

“他表现得好吗？”

“不，他太可怕了，孤儿这个角色倒是非常适合他。他演到

‘爱在哪里’的时候，你最好往耳朵里塞点东西。”戈达明先生笑了。“不过索尼娅演得很好。”见校长似乎不信，爱玛说，“你会看到的。”

他在椅子上不自在地挪动了一下。“今晚你有多大把握，爱玛？”

“不知道。什么都有可能发生。”

“我个人更偏爱《生命的旋律》那种剧，你说说，我们为什么不能排一个《生命的旋律》？”

“呃，那是一出关于妓女的音乐剧，所以……”

戈达明先生又笑了，他在爱玛面前总这样，其他人也注意到了。教工休息室有时会传出些闲言碎语，说校长偏爱爱玛，当然，今晚他确实对她格外关注。她瞥了门外一眼，马丁·道森正泪汪汪地透过玻璃门往里看。“我得赶紧和外面的伊迪丝·琵雅芙[8]谈谈，要不然他得崩溃。”

“当然，当然。”戈达明先生不再骑着椅子，明显开心多了，“今晚好运。我和老婆盼了一星期呢。”

“我才不信。”

“真的！演出过后你一定要见见她。也许菲奥娜和我可以跟你的……未婚夫……喝一杯？”

“上帝，只是男朋友。伊恩……”

“演出之后的饮料……”

“淡南瓜汁……”

“厨子去批发了……”

8. Edith Piaf，法国女歌手。

“我听到一些小牢骚……”

“关于教学的，对吗？”

“有些人不太满意……”

“你看起来很美，爱玛，顺便说一句。”

爱玛摊了摊手。她化了妆，只涂了一点点口红，这是为了搭配身上那条复古碎花连衣裙，它是暗粉色的，而且穿着有点紧。她低头看着它，露出惊讶的神色，表面上似乎是因为裙子，其实是对校长的恭维感到诧异。“非常感谢！”她说，但他注意到了她的犹豫。

片刻之后，他又朝门口看去。“我把马丁叫进来，好吗？”

“请吧。”

他朝门口走去，又停下来转过身。“抱歉，我是不是违反了哪条职业规范？对自己的下属可以这么说吧？看起来不错？”

“当然可以。”她说，但他俩都明白，他刚才说的是“看起来很美”。

“打扰了，我要找电视史上最令人作呕的男主持人。”托比·莫雷站在门口，用令人烦躁的尖细声音说。他穿着格子呢西服，化着上镜妆，头发油光水滑，留出一绺滑稽的刘海，德克斯特恨不得拿酒瓶砸他。

“你要找的人就是你自己，不是我。”德克斯特简短有力地回击道，一反往日的懦弱。

“反驳得好，大明星。”他的搭档主持人说，“这么说你看过预告了？”

“没有。”

“我可以复印几份给你……”

“不过是一篇烂文章，托比。”

“这么说你还没读过《镜报》《每日快报》《泰晤士报》……”

德克斯特假装研究节目表。“没人会给批评家造雕像。”

“对，也没人给电视主持人塑像。”

“滚，托比。”

“啊，我可真机灵！”

“你怎么来了？”

“来祝你好运。”他走过来，两手抓着德克斯特的肩膀捏了捏。胖胖的托比牙尖嘴利，在节目中扮演的是插科打诨的小丑角色，德克斯特鄙视他，认为他不过是个上蹿下跳的暖场的，同时也为此羡慕他。在试演和排练的时候，托比围着德克斯特转，不动声色地挖苦和嘲弄他，让他觉得自己变得笨嘴拙舌、反应迟钝、愚不可及，徒有一张漂亮脸蛋却没脑子。他把托比的手甩到一边，他们说这种对抗是好节目不可或缺的元素，德克斯特却神经过敏，总感觉自己被针对了。他需要再来杯伏特加恢复精神，然而托比那张小猫头鹰脸正在镜子里对他假笑。“你要是不介意，我想整理一下思路。”

“明白，你专心准备吧。”

“回见？”

“回见，帅哥。祝你好运。”他关上门，随即又推开，“不，真的。我是认真的，祝你好运。”

确定只有自己一个人之后，德克斯特这才为自己倒上酒，审视镜中的自己：黑色无尾礼服里面是亮红色的T恤，洗得褪色的牛仔裤，尖头黑皮鞋，利落的短发——标准的都市男青年形象，然而他却觉得自己又老又疲惫，悲哀得无可救药。他伸出两根手指按摩眼睛，试图缓解忧郁，可始终无法恢复理性思维，就好像被人扳住了脑袋来回摇晃，言语变得支离破碎，对此他无能为力。别崩溃，他告诉自己，现在绝对不行。坚持住。

直播节目长达一个小时，他决定小睡一会儿。化妆台上有个小水瓶，他把里面的水倒进水池，瞥了一眼门口，再次从抽屉里拿出伏特加酒瓶，往水瓶里倒了足足五秒的黏稠酒液，盖上瓶盖。他举起瓶子对着光照了照，谁也看不出里面的酒和清水有什么区别，当然，他也不会全部喝掉，可它就在这儿，在他的手中，帮他打起精神，熬过这一切。偷梁换柱让他感到兴奋，恢复了信心，他准备好面对观众，向爱玛和他父亲展示自己的能力，他不只是个主持人，还是个专业的媒体人。

门开了。“哇哦！”他今晚的搭档苏琪·梅多斯喊道，她是全民理想女友，将活泼喧闹奉为一种生活方式，乃至在失序的边缘徘徊。哪怕宣读一封悼念信，苏琪大概也会首先欢快地喊一声“哇哦”。如果不是因为她魅力十足、深受欢迎，而且疯狂迷恋他，德克斯特或许早就厌烦了她这种傻乐到底的风格。

“你好吗！甜心！你现在一定很紧张吧！我早就猜到啦！”这是苏琪作为电视主持人的另一项才华——不管说什么都像是对假日里跑到海边晒太阳的人群发表演说。

“我有点紧张，没错。”

“嗷！快过来！”她伸出一条胳膊，搂住他的脑袋，像是抱着一只足球。苏琪·梅多斯非常漂亮，曾经人称“小美人”，活力四射、热情洋溢，犹如一台掉进浴缸的暖风机。近来他们经常调情，如果可以称其为调情的话——苏琪会像现在这样把他的脸按在自己的胸脯上。无论从专业角度还是情感方面来看，他们就像男学生会主席和女学生会主席，两个明星强强联合，彼此都有压力。她把他的脑袋夹在胳膊底下，用力挤了挤。“你会表现得很棒的！”然后突然揪着他的两个耳朵，把他的脸扯到自己眼前。“听我说！你棒极啦！你自己知道的！我们是最棒的搭档！你和我！我妈今晚也来啦！直播结束后她希望见见你！我觉得比起我来她更喜欢你！我也喜欢你！所以她一定是喜欢你的！她想要你的签名！不过你得答应我！不要被她拐跑了！”

“我尽量，苏琪。”

“你家人也来吗？”

“不来……”

“朋友呢？”

“不来……”

“你觉得我这身衣服怎么样！”她穿着一件亲民的上装和一条小短裙，带着随身必备的瓶装水，“你能看出我的乳头吗？”

她在调情吗？“仔细找才能看出来。”他机械地回应道，无力地微笑着。苏琪感觉到了什么，抓住他的双手拉到自己身侧，亲昵地低语道：“你怎么啦，甜心？”

他耸了耸肩。“托比来过，弄得我很紧张……”他还没说完，她就把他拽起来，拦腰抱住他，同情万分地两手拨弄着他内裤的松紧带。“别理他！他只是在嫉妒！因为你比他强！”她抬头看着他，下巴戳着他的胸，“你是个天才！你自己知道！”

舞台监督出现在门口。“全都准备好了，伙计们。”

“我们是最佳搭档！对不对！我和你！苏琪和德克斯！德克斯和苏琪！我们去征服他们吧！”她突然亲了他一下，非常用大，犹如拿橡皮图章在文件上盖戳。“以后还会更精彩的！幸运男孩！”她咬着他的耳朵说，然后拿起瓶装水，蹦蹦跳跳地走向演播室。

德克斯特又照了一会儿镜子。幸运男孩。他叹息一声，十个指头使劲按着脑袋，努力不去想他的母亲。坚持住，别搞砸了。好好表现。他摆出镜头前专用的笑脸，拿起装着酒的水瓶，走向演播室的大门。

苏琪在巨大的场地边缘等他，拉住他的手，用力捏了捏。工作人员跑前跑后地忙碌着，不时拍拍他的肩膀，捶捶他的胳膊。正上方的吊笼里是一群穿比基尼和牛仔靴的伴舞，她们的小腿从栏杆缝隙里伸出来，十分滑稽。托比·莫雷正在进行开播前的暖场，在观众席中引起阵阵爆笑，随后忽然开始介绍他们两个——掌声欢迎今晚的主持人，苏琪·梅多斯和德克斯特·梅休！

他不想上去。音箱里响起神童乐队的《开始跳舞》，他很想留在侧厅，苏琪却用力拉他的手，拽着他来到耀眼的演播室灯光下，叫道：“我——们——来——啦——”

德克斯特紧随其后，他在双人搭档中扮演温和冷静的那一方。舞台布景一如既往地用了许多脚手架，他们爬上斜坡才看到下面的观众席。苏琪一直喋喋不休：“瞧瞧你！多么帅！准备好迎接精彩时刻了吗？搞出点动静来！”德克斯特沉默地站在她旁边的台子上，手中的麦克风哑然无声，他意识到自己喝醉了。第一次全国直播，他却被伏特加全面接管，头晕目眩，像是在酒里游泳。脚下的台子似乎比彩排时高出许多，他真想躺下，可电视机前的两百万观众都在看着……于是他强打精神，开口道：

“代家好，代家今网嗨好吗？”

一个清晰的男声直蹿到台上来：“蠢货！”

德克斯特四下搜寻挑衅者，原来是个梳着“奇妙玩意儿”乐队发型的龅牙瘦小鬼，不过他的吆喝让大家都笑起来，连摄影师也没忍住。“这是我找的托儿，女士们先生们。”德克斯特回敬道，观众们发出会心的笑声，不过仅此而已。他们肯定看过报纸。这就是最令人作呕的电视主持人？老天爷，是真的，他想，他们讨厌我。

“大家等一下。”舞台监督喊道，德克斯特突然感觉自己像是站在脚手架上。他在人群中搜寻友好的面孔，一无所获，他再次希望爱玛就在眼前，他会为她表演，假如爱玛或者他母亲在这里，他一定会展示出最好的自己，可她们都不在，这里只有一群目光乜斜、神情揶揄、等着看笑话的观众，而且比他本人年轻许多。他必须从别的地方寻找精神动力和灵感，酒精好像不错，为什么不试试呢？反正已经喝醉了，索性破罐子破摔。笼子里的伴舞们已经站了起来，安静地等候着，摄像机移动到指定的位置，他拧开那个水瓶的盖子，举起来喝了一口，随即皱起眉头。是水。瓶子里装的是水。有人把水瓶里的伏特加换成了……

苏琪错拿了他的瓶子。

还有三十秒直播就开始了。她已经拿起了错误的瓶子，作为与观众拉近距离的配饰握在手中。

还有二十秒。她开始拧瓶盖。

“你一直拿着它吗？”他尖着嗓子问。

“这样做没什么问题吧！”她像个拳击手那样踮起脚尖跳了几下。

“我错拿了你的瓶子。”

“那又怎么样！擦擦瓶口不就行了！”

还有十秒。观众开始欢呼，伴舞们抱着栏杆转起了圈，苏琪把瓶子举到嘴边。

七、六、五……

他伸手去够瓶子，她一把打掉他的手，笑了起来。

“去你的！德克斯特！你自己有！”

“可里面不是水。”他说。

她已经把里面的伏特加吞了下去。

字幕开始滚动。

苏琪咳嗽起来，满脸通红，气急败坏地嘟囔着。音箱里的吉他声和鼓声震耳欲聋，伴舞团翻滚扭动，一台连着电线的摄影机从高高的天花板上垂直降落，像一只灰色的猛禽，横掠过观众的头顶，来到主持人面前——在电视机前的观众们看来，现场观众席里的三百多位年轻人显然正在为站在脚手架上干呕的魅力女主持欢呼喝彩。

乐声逐渐变小，只能听到苏琪的咳嗽。德克斯特呆若木鸡，面如死灰，仿佛撞车前一刹那的酒驾司机，只觉得天旋地转，马上就要和地面来个脸对脸的亲密接触。“说点什么，德克斯特。”耳机里传来一个声音。可他的脑子不转了，嘴也不会动了，站在那里手足无措，彻底成了个哑巴，度秒如年。

但是感谢上帝，苏琪是真正的专业人士。只见她用手背抹了抹嘴，说：“好啦！这下可以证明我们真的是在直播了！”观众席传来一阵释然的轻笑声。“到目前为止一切顺利！对不对！德克斯特！”她伸出一根手指，猛地一戳他的肋骨，他立刻活了过来。

“不好意思，因为苏琪……”他说，“她的瓶子里是伏特加！”

他像喜剧演员那样扭扭手腕，比了个手势，暗示她偷喝了酒，观众又笑起来，他感觉好多了。苏琪也笑了，拿手肘捅了捅他，举起一只拳头，说："我为什么要……"这是喜剧电影《三个臭皮匠》的风格，而只有他能看出她的欢快活泼背后的一丝轻蔑。他望向提词机，开始照本宣科。

"欢迎来到《深夜锁定》，我是德克斯特·梅休……"

"……我是苏琪·梅多斯！"

他们回归正轨，绘声绘色地介绍起周五晚间的精彩喜剧和音乐，像学校里最酷的两个孩子那样吸引着大批拥趸。"那么闲话少说，来点躁动吧……"他像驯兽师甩鞭子那样举起胳膊向后一挥，"……让我们的《深夜锁定》锁定谢德！塞文！"

摄像机呼啸着远去，仿佛对猎物失去了兴趣。观众席上的交头接耳盖过了乐队的声音，在他脑子里嗡嗡作响。"没事吧，苏琪？"制片人问。德克斯特恳求地望向苏琪，她眯起眼睛看着他。她大可以告诉他们：德克斯特喝酒了，醉了，这家伙一塌糊涂，太业余，不值得信任。

"一切正常。"她说，"只是被呛了一下，没关系。"

"我们派人给你补妆。两分钟，伙计们。德克斯特，坚持住，好吗？"

没错，坚持，他告诉自己，但监控屏上显示还剩五十六分二十二秒，他实在没有坚持下去的把握。

掌声在体育馆里回荡，她从未听到过如此热烈的欢呼喝彩。是的，合唱团表现平庸，声音刺耳，是的，出现了几个技术问题，道具丢了，布景塌了，然而观众的宽容让人难以置信，无论如何，演出大获成功。南希之死甚至让化学老师劳特里奇先生直抹眼泪，伦敦屋顶追逐的那一段成为整出戏的高潮，演员们的侧影给观众留下了难以磨灭的印象，发出观看烟火表演时才会有的惊呼赞叹。不出爱玛所料，索尼娅·理查兹大放光彩，被最热烈的欢呼声淹没，马丁·道森只有气得咬牙切齿的份儿。大家长时间地鼓掌喝彩，演员一次又一次地返场，人们甚至踩着椅子激动地跺脚，有的爬上单杠振臂欢呼。爱玛被大哭的索尼娅拽上舞台，上帝啊，她攥紧爱玛的手抽噎着说，干得好，老师，太好了，太好了。尽管只是一场校园演出，再成功也微不足道，爱玛的心还是跳得很快，合唱团荒腔走板地唱起了《想想你自己》，她跟着傻笑得合不拢嘴。她和这群十四岁的孩子手牵着手，一次次地鞠躬谢幕，实现目标的成就感让她欢欣鼓舞，十个星期以来，她头一次没再那么想踢莱昂内尔·巴特[9]的屁股。

接下来是庆祝酒会，自制的可乐如红酒般奔涌，还有五瓶冒着泡泡、供成年人分享的波利酒。伊恩坐在体育馆的一处角落，守着一盘鸡肉丸和一塑料杯他特地带来的比彻姆感冒冲剂。他搓着鼻翼，微笑着耐心等候沉浸在赞美声中的爱玛。“棒极了，可以到西区上演了！”有人夸张地说。“费金”的饰演者罗德尼·钱斯醉醺醺地跑过来说，她“特别适合当老师”，爱玛非但没介意他喝了掺酒的熊猫汽水，反而挺开心。戈达明先生（“拜托，叫我菲尔”）向她道贺，他妻子菲奥娜——脸颊红扑扑的，像个朴实的农妇——在旁边看着，显得有点不耐烦。“我们得谈谈，九月份，关于你在这里的发展。”菲尔说完，俯身亲了亲她，跟她说

9. Lionel Bart，英国作曲家，舞台剧《雾都孤儿》的词曲作者。

再见，一些孩子和教工开始“哇哦”地起哄。

与大多数演出派对不同，他们的酒会九点四十五分就结束了，爱玛和伊恩也没有加长豪华轿车可以坐，只能搭55路和19路公交车，然后换乘皮卡迪利线地铁。“我真为你骄傲……”伊恩枕着爱玛的脑袋说，“……等等，我怎么觉得病毒跑到我的肺里去了。”

她一进公寓就嗅到了花香。一大捧红玫瑰散放在厨房桌上的一只砂锅里。

“噢，我的天，伊恩，好美啊。”

“不是我买的。”他嘀咕道。

“哦，那是谁？”

“我想是幸运男孩。今天早晨送来的，我觉得有点太过火了。我去洗个热水澡，看看能不能有所缓解。”

她脱掉外套，打开花束上的小卡片。“抱歉不该发脾气。祝今晚一切顺利。爱你的德。”就这么几句，她读了两遍，又看了看手表，急忙打开电视，见证德克斯特的重大时刻。

四十五分钟后，演职员表滚动起来，她皱着眉头回味刚才看到的节目。虽然对电视行业了解不多，但她非常确定德克斯特并没有发挥出实力。他看上去战战兢兢，有时甚至流露出恐惧，说错台词、看错镜头，显得业余而笨拙。仿佛感应到他的不安，他的访谈对象——四个正在巡演途中的狂妄自大、来自曼彻斯特的年轻说唱歌手——轻蔑而嘲弄地回应他的提问。演播室里的观众也不好伺候，像一群在演哑剧的坏脾气青少年，交叉的手臂高高地抱在胸前，自认识德克斯特以来，她头一次看到他奋力挣扎的样子。他会不会是，嗯，喝多了？她不怎么了解媒体，但足以看出这一场演砸了。乐队演奏最后一首曲子时，她已经不由自主地单手捂脸，为这次并不理想的节目感到惋惜。虽然最近流行反讽，但也绝对不能把嘘声视为赞美。

她关掉电视。浴室里传来伊恩泡澡的哼叫声，于是她又关上门，拿起电话，摆出道贺的笑脸……片刻之后，贝尔塞兹公园的某处空无一人的公寓，电话答录机开始工作。“好了……说吧！”德克斯特的声音传来，于是爱玛背起了刚才想好的台词：“嘿！你好！哎呀！知道你在派对上，所以我只想说，嗯，首先谢谢你的花，太美了，德克斯，你怎么能这么贴心！还有，我最想说的是，你！你棒极了！真的很放松又很有趣，我认为节目很棒，真的非常非常精彩，真的。”她犹豫着要不要继续用“真的”这个词，说了那么多“真的”，反而像“不是真的”了，然后继续说：“我还是不懂，为什么要在正装里面穿T恤、在笼子里跳舞。可是德克斯特，除此之外一切都很精彩。真的。我真的为你感到骄傲。你知道吗，《雾都孤儿》也很成功！”

她突然对自己的表演失去了信心，决定就此打住。

“好了，就这样吧。我们都可以庆祝一下了！再次感谢你的玫瑰。晚安。明天再说。咱们星期二见，对吗？干得好！你！真的。干得好，再见！”

节目过后的派对上，德克斯特独自站在吧台前，抱着胳膊，佝偻着肩膀。人们过来向他道贺，然后匆忙走开，有人拍拍他的肩膀，这个动作更像是一种安慰，或者像是在说“还好没彻底搞砸”。他一杯接一杯地喝酒，香槟到了嘴里却似乎变了味道，似乎没有什么能够驱散他的失望、挫败和羞耻。

"哇哦。"苏琪·梅多斯若有所思地说。曾经的荧屏双星显然只剩下一颗。她坐在他旁边，说："瞧瞧你，这么没精打采的。"

"嘿，苏琪。"

"所以！一切都很棒！我觉得！"

德克斯特根本不信，但还是和她碰了碰杯。"对不起……伏特加的事情。我该向你道歉。"

"确实应该。"

"那东西能让我放松，你知道的。"

"不过，我们还是应该谈谈。改天吧。"

"好的。"

"因为你要是再这么不靠谱，我可不敢搭理你了。"

"我知道，当然。我会补偿你的。"

她靠过来贴着他，下巴搁在他肩膀上，"下星期？"

"下星期？"

"请我吃饭。找个贵的地方，别忘了。下星期二。"

她的前额已经抵在他的额头上，一只手摸上了他的大腿。他原本打算星期二和爱玛吃晚餐，可他知道可以取消这次见面，爱玛不会介意的。"好的，下星期二。"

"等不及了。"她掐掐他的大腿，"好了，现在打起精神来吧？"

"我尽力。"

苏琪·梅多斯凑过来亲吻他的脸颊，然后把嘴紧贴在他的耳朵上：

"快去跟我妈打个招呼！"

第九章
香烟和酒精

———

1995 年 7 月 15 日，星期六

沃尔瑟姆斯托和苏活区

《绯红画像》

小说

爱玛 · T. 王尔德

第一章

高级警督佩妮见过不少谋杀现场，但没有一处像这里一样。

“尸体移动过吗？”她突然问。

词句在文字处理程序的窗口闪着淡绿色的光：这是一个上午的成果。狭小的新公寓里，她坐在里屋的一张小课桌前，读了一遍屏幕上的字，然后又读了一遍，身后的热得快汩汩作响，仿佛在嘲笑她。

每逢周末或者晚上，只要有精力，爱玛都会写点东西。她已经为两部小说开了头（一部以古拉格集中营为背景，另一部发生在后启示录时代）；创作了一部儿童绘本，插图是她自己画的，讲述一只短脖子长颈鹿的故事……除此之外还包括：一个描写社工生活的真实而犀利的电视剧本，题为《艰辛》；一部表现二十出头的青年复杂情感生活的先锋话剧；一本写给青少年的幻想小说，书里面有一群邪恶的机器人老师；一部意识流广播剧，主角是一位不久于人世的女性主义者；一本连环漫画和一首十四行诗……然而全都没有完成，连十四行诗也不例外。

屏幕上的文字是她的最新作品——她正在尝试创作一系列商业犯罪小说，谨慎地加入了女性主义元素。十一岁时她就读过了阿加莎·克里斯蒂的全部作品，后来又读了不少钱德勒和詹姆斯·M. 凯恩的书，似乎没有理由不去尝试同时糅合了这两种风格的作品。然而等到真正下笔，她才再次意识到阅读和写作完全是两码事——不是把吸进去的挤出来那么简单。她发现自己竟然连侦探的名字都想不出，更别提创设完整连贯的故事情节了，甚至连笔名都很糟糕：爱玛·T. 王尔德？她不知道自己是不是也像某些人那样，一辈子注定只能处于不断的尝试之中：她试过加入乐队、写剧本和童书，试过在表演行业和出版业谋职。也许创作犯罪小说只会是又一次失败，与学习马戏表演、佛学和西班牙语一样，最终不了了之。她用电脑的字数统计功能察看了一下字数，发现今天一共写了三十五个单词，其中包括标题和那个糟透了的笔名。爱玛哀叹一声，松了松转椅侧面的液压手柄，身体向下一沉，更靠近了地毯一点。

胶合板门被人敲响。“《安妮日记》写得怎么样啦？”

老掉牙的梗。对伊恩来说，一个包袱完全可以反反复复地拿出来用，直到被他抖散了架，犹如廉价的雨伞。他俩刚开始交往时，伊恩打着“幽默”的旗号，三句不离双关语、滑稽口音和喜剧包袱，说的话百分之九十都在刻意搞笑。时间一长，她就希望百分之九十能降到百分之四十，否则恐怕难以忍受，然而接近两年过去了，数值最终停留在百分之七十五，生活终日沉浸在这种令人厌烦的“欢笑”之中，如同耳鸣——某些人究竟是怎么做到两年如一日、不屈不挠地搞笑的？她已经扔掉了他的黑床单和啤酒杯垫，悄悄为他淘汰了一批内裤，他著名的“夏季烧烤”次数也有所减少，但为了改变这个男人，她能做的也只有这么多了。

“来杯好茶怎么样，女士？”他操着东区口音说。

“不了，谢谢，亲爱的。”

“鸡蛋面包？”他又换了苏格兰腔，“窝来给你做点鸡蛋面包怎么样？窝的小花喵？”

小花喵是最近发明的词，如果逼着他解释为什么这么叫她，他会说这是因为她太像小花喵了，非常非常小花喵，还暗示她可以叫他小羊羔。小羊羔和小花喵。可她没答应。

“……就一小片鸡蛋面包，为今儿个晚上留着肚子？”

今儿个晚上。没错了，伊恩每次学方言，肯定是因为心里有事，又没法用正常口音说出来。

“大日子，今儿个晚上。跟麦克电视台的人在城里见面。”

她决定忽略这句话，可他这次没那么容易打发，反而把下巴搁在她头顶，念起了屏幕上的字。

“绯红画像……”

她用手挡住屏幕。“别从背后偷看，拜托了。”

“爱玛·T. 王尔德。爱玛·T. 王尔德是谁？”

“我的笔名，伊恩……”

“你知道T代表什么吗？”

“特别糟糕。”

“特别好。特别棒。”

“特别讨厌、特别恶心。”

“你要是能让我看看……”

“你为什么想看？这是垃圾……”

“你无论干什么都不会是垃圾。”

“但这个是。”她扭过头去，关掉显示器，不用回头她也知道，他现在肯定故意做出一副鬼鬼祟祟的样子，与伊恩相处时，她经常发现自己的情绪在恼怒和怜悯之间徘徊。“对不起啊！”她说，握住他的手指摇晃了几下。

他亲了亲她的头顶，对着她的头发说：“你知道我觉得它代表什么吗？‘特别美’，爱玛·特别美·王尔德。”

说完他就走了。这是他的经典招数——赞美完了就跑。爱玛当然不会直接屈服，反而把门一关，再次打开显示器，读着上面的字，身体明显发起抖来，于是关掉文档，拖进回收站。电脑发出撕纸声——写作的声音。

烟雾报警器发出刺耳的声音，说明伊恩正在做饭。她站起来，循着黄油的糊味儿穿过走廊，来到厨房兼餐厅。在这套他们共同买下的公寓里，厨房并非单独的房间，而是起居室最油腻的一个角。爱玛最初一直犹豫要不要买，她觉得这里像是警察经常光顾的地方，但伊恩最后说服了她——租房不划算，他们几乎每天晚上都会见面，这里离她学校近，应该尽早跨入有房者的行列……理由诸如此类。于是他们凑钱付了定金，买了一些讲室内装修的书，其中的知识点包括“如何通过油漆让胶合板拥有意大利大理石的精致外观”。心血来潮时，他们讨论过安装壁炉、购买成套的书架、碗橱和储物柜，伊恩还打算租一台磨砂机抛光地面，当然前提是不违法——某个潮湿的二月的星期六，他们掀开地毯，沮丧地发现下面竟然是发了霉的刨花板、碎裂的衬垫和旧报纸，随后又怀着负罪感重新钉好地毯，就像处理一具尸体。不知怎么，无论他们在营造新家方面投入多少努力，总让人有种不可靠也不长久的感觉，仿佛小孩过家家，尽管刷了漆、挂了画、买了新家具，公寓里依然有种简陋、临时的气息。

伊恩站在小厨房里，被一缕烟气迷蒙的阳光照着，宽阔的脊背正对着她。爱玛站在门口看他：他穿着那件她熟悉的、有好几个洞的灰T恤，运动裤（他的“跑步小裤裤”）的裤腰上方露出一小截内裤，棕色的体毛下面隐约现出“CK”商标。她突然想到，这幅景象恐怕并非卡尔文·克莱因本人创立CK品牌的初衷。

她出声打破沉默：“是不是有点烧糊了？”

“没糊，脆着呢。”

“我说的糊就是你说的脆。”

“行了，别说了！”

沉默。

“你的内裤都露出来了。”她说。

“没错，故意的。”他撇腔拿调、细声细气地说，“这叫时尚，甜心儿。”

“没错，辣眼睛。”

只剩下食物冒烟的声音。

不过，这次轮到伊恩屈服了。“幸运小子准备带你去哪儿？”他说，没有回头。

“苏活区的什么地方，我也不知道。”其实她知道，但那个餐馆的名字是最近流行的大都市餐厅的代名词，说出来会让气氛变得更糟，“伊恩，如果今晚你不想让我去……”

“不，你去吧，好好享受。”

“你要是想和我们一起……”

“什么？当电灯泡？算了吧，你觉得呢？”

“我们非常欢迎你。”

“你们两个一整晚又说又笑，把我晾在一边。”

“不会的……”

“上次就是！”

“不，没有！”

“你真的不想来点鸡蛋面包？”

“不！”

“再说了，今晚我还有演出，对不对？帕特尼的哈哈剧场。”

“有偿演出？”

“是的，有偿演出！”他大声说，“所以我没事，非常感谢你的好意。”他开始稀里哗啦地在碗橱里翻找酱汁，“不用替我担心。”

爱玛恼火地叹了口气。“你不想让我去可以直说。”

“爱姆，咱俩又不是连体人。你想去就去。开心点儿。”酱汁的塑料瓶被他一挤，发出呼哧呼哧的声音，“只要别被他拐跑，行吗？”

“这怎么可能？”

“你总是这么说。”

“他现在和苏琪·梅多斯在一起呢。”

“假如他现在单身呢？”

“那也没区别，因为我爱的是你。”

但这还不够。伊恩什么也没说，爱玛叹了口气，穿过厨房，脚踩在黏糊糊的地毯上，双手搂住他的腰，感觉到他的退缩，她把脸贴在他的背上，呼吸着他身上熟悉而温暖的气味，吻着他的T恤，喃喃地说："别犯傻了。"他们就这样站了一会儿，直到伊恩明显想吃东西了为止。"好了，该去批作业了。"她说着走开了。还有二十八篇令人麻木的《杀死一只知更鸟》的读后感在等着她。

"爱姆？"走到门口时，她听见他说，"今天下午你有什么计划？五点左右？"

"那时候工作应该做完了。怎么了？"

他跳到厨房台面上坐着，盘子搁在大腿上。"我想我们可以上个床，你知道的，午后消遣。"

我爱他，她想着，但我们没在相爱，所以也可以说我不爱他。我试过了，我竭尽全力去爱他，可是没做到。我正和一个我不爱的男人一起生活，却不知道该怎么办。

"也许。"她站在门口说，"也许吧。"她噘起嘴隔空亲了他一下，微笑着关上了门。

不再有早晨，只有宿醉。

心跳得厉害，汗流浃背，德克斯特刚过中午才起，而且是被一个似乎在外面吼叫的男人吵醒的，可他仔细听了听，原来是M People乐队——他又看着电视睡着了——正在屏幕里对着他唱"找回你内心的英雄"……

《深夜锁定》之后的每一个星期六，他总是这样度过，空气混浊，百叶窗遮挡着日光。母亲要是还在，一定会对着楼上大喊，叫他起床，让他趁着大白天多干点儿正事，他也不至于像现在这样，穿着昨天晚上的内裤，坐在黑色皮沙发上抽烟，在PS上玩《终极毁灭战士》，连头都懒得动一下。

下午过去一半，他又感到周末的忧郁爬上心头，于是决定练习混音。他算是业余DJ，有一整面墙的CD，特别定制的松木架上收藏着稀有的黑胶唱片，还有两台转盘唱机和一支麦克风，都是免税商品。人们经常能在苏活区的唱片店里看到德克斯特——戴着一副巨大的耳机，好像切成两半的椰子。他依然只穿着内裤，木然地操作着崭新的CD混音机，在过门之间来回切换各种曲目，为下一次和伙伴们彻夜狂欢做准备。可他总觉得少了些什么，很快就放弃了。“CD可不是黑胶。”他宣布，然后才意识到自己在对着空荡荡的房间说话。

忧郁再次袭来，他叹了口气，走向厨房，脚步缓慢得像个刚做完手术的病人。巨大的冰箱里塞满了一种全新品牌的高级苹果酒。除了当主持人（他的节目被大家称为“车祸现场”，惨不忍睹却又让人忍不住看上一眼，就某种程度而言，这显然是件好事）之外，他最近还在做配音，被人评价为“听不出阶级差别”，这显然也是一件好事，代表了新一代的英国男性：都市范儿，富有，不为自己的男性气质感到尴尬，性欲驱动，喜爱汽车、钛合金手表和拉丝不锈钢制作的小玩意儿。到目前为止，他已经为好几种商品的广告配了画外音，其中包括：冰箱里那款高档瓶装苹果酒，该产品旨在吸引泰德·贝克的年轻拥趸；一款新型男士剃须刀，融入了科幻小说元素的非凡设计，拥有多重刀片和润滑条，使用时会在脸上留下一道黏液，像是有人对准你的下巴打了个喷嚏。

他甚至还涉足了模特界。其实他早就有这方面的野心，只是没敢说出来，认为这不过是个“有点好笑”的想法。这个月他的模特照还出现在一本男性杂志的时尚版面，占了整整九页纸，主题是“黑帮”，穿着各式各样的双排扣定制西装，要么叼着雪茄，要么躺倒在地，浑身都是弹孔。于是他的公寓里一下子出现了若干本这期杂志，散布在各个角落，经常被客人无意中踩到，连马桶旁边都有一本。有时候他会不知不觉地坐下，盯着自己的照片看上半天——目光呆滞、姿态死板，身穿剪裁精美的时装，骑在捷豹车的发动机盖上。

那档“车祸现场”节目一度挺受欢迎，然而不能老是靠着撞车吸引观众，未来的某一天，他总得做出点像样的东西，而不是哗众取宠。为了建立声誉，他成立了自己的制作公司——梅亨电视有限公司，虽然眼下它只是个印在高级信笺上的时髦标识，但将来一定会有所发展。这是必然。正如他的经纪人亚伦说的那样：“你是个出色的青年节目主持人，德克西，问题是你不再是个青年了。”除此之外他还能做什么？表演？他认识许多演员，工作关系和私人朋友都有，还和其中几个一起打牌，老实说，如果连他们这样的都能演戏……

没错，无论工作还是社交方面，过去的几年充满机遇，他认识了不少优秀的新朋友，参加各种酒会和首映式，乘直升机采访，和友人抱怨足球，当然也伴随着低谷：比如时常感到焦虑恐慌，偶尔在大庭广众之下醉酒呕吐，在酒吧或者夜总会也会遇到谩骂甚至殴打他的家伙。最近在节目中介绍库拉·沙克尔的音乐会时，台下有人向他扔酒瓶——这可不是什么好玩的事。最新的热门-冷门排行榜中，他被打入冷门名单，对于这一结果他相当在意，却又试图自我安慰，视其为嫉妒使然——遭人嫉妒不过是成功者必须付出的税金而已。

德克斯特所做出的牺牲远远不止如此。他与大学时代的老朋友越来越疏远，因为现在毕竟不是1988年，曾经拉他一起创业的老室友卡勒姆经常发来冷嘲热讽的信息，德克斯特只能盼望对方尽早理解他的想法——还能怎么样？做一辈子的室友吗？当然不行，朋友就像衣服，合适就穿在身上，但总有穿旧穿破的那一天，抑或是变成束缚你成长的阻碍。正因如此，他采取了“三进一出”的策略，为了填补老朋友留下的空缺，他结交了一批三十岁、四十岁和五十岁年龄段的更成功、相貌更好看的朋友，尽管他也不确定自己是否全都喜欢他们，但在朋友数量方面至少拥有绝对的优势。他名声在外，不，确切地说是臭名昭著——以他的酗酒、滥好人、DJ技术以及在自己的公寓里举办“节目后派对”之后的派对而闻名……派对结束后的次日一早，当他从乌烟瘴气的房间里醒来，常常发现自己的钱包不翼而飞。

不过这些都没关系，年轻有为的英国男人就该如此享受生活，伦敦城之所以如此喧闹，他认为自己也有一份贡献。他注册了增值税号，拥有调制解调器、迷你光碟播放机、名人女朋友、数不清的袖扣、一冰箱的高级苹果酒、满卫生间的多重刀片剃须刀……尽管他并不喜欢苹果酒，又被剃须刀弄得起了皮疹，然而生活依旧惬意，只要你身处地球上最令人兴奋的城市的中心，在十年之中的每一年的每一天的下午的每一个合适的时间点，拉上你的百叶窗。

午后的时光静静流逝，该给供货商打电话了。今晚在拉德布鲁克树林附近的一座豪宅里有个大型派对，他首先得和爱玛吃晚餐，不过十一点之前就能摆脱她。

爱玛躺在牛油果色的浴缸里，听见伊恩关上大门，去帕特尼的哈哈剧场表演单口喜剧：用十五分钟的时间，讲一个关于猫和狗的区别的并不好笑的段子。她拿起搁在浴室地板上的红酒杯，两手捧着，眉头紧锁地盯着冷热水龙头。安家的快乐早已烟消云散，迅速得令人措手不及，他们共同拥有的这套小公寓显得如此脆弱简陋，单薄的墙壁、别人留下的地毯……并非不干净，看得见的地方都用钢丝刷擦洗过，但总有一种黏糊糊的感觉和旧纸板的气味，似乎永远无法去除。入住的第一天晚上，关上大门、打开香槟之后，她竟然很想大哭一场。想把某个地方当成自己的家，总需要经过一定的时间。伊恩在床上揽着她说，无论如何，我们已经跨上了梯子的第一级。然而一想到从此就要一级一级地往上爬，她就觉得焦虑沮丧，什么时候才能爬到顶呢？

还是别想了。今晚她要参加一场特别的庆祝。她从浴缸里出来，刷了刷牙，又用牙线清理牙缝，直到牙龈被刮得生疼，然后喷上清爽的花木味香水，在空落落的衣橱里翻找合适的衣服，免得跟名人朋友见面时还是一副教师打扮，她最后选了一双挤脚的鞋、一套黑色的半正式裙装，还是她上次喝醉时在凯伦·米莲买的。

她看看手表，时间还早，于是打开了电视。苏琪·梅多斯正在主持一档全国性的节目来“寻觅英国最有才华的宠物”：她来到斯卡布罗的海滨，向观众们介绍一条会打鼓的狗，它的爪子上用胶布绑着鼓槌，对着一只小军鼓挥舞四肢。面对这样的一幕，苏琪不但不觉得反感，甚至哈哈大笑、乐不可支，那一刻爱玛真想给德克斯特打电话取消见面，然后上床睡觉，因为她看不出见面的意义何在。

她之所以产生这种想法，绝对不仅仅因为他那个爱闹腾的女朋友，其实这些天来爱姆和德克斯的关系也有些紧张，他开始越来越频繁地在最后一刻取消两人的会面，就算见了面也心不在焉、坐立不安，交谈时语气奇怪而压抑，再也没法让两人开怀大笑，话语中甚至掺杂了恶意的嘲讽。他们的友谊如同枯萎的花束，她却依旧坚持给它浇水，为什么不让它死去呢？希望友谊长存是不现实的，况且她还有许多别的朋友：大学和中学时代的伙伴，当然还有伊恩。德克斯特不再是这个群体的一员。狗继续打鼓，苏琪·梅多斯笑啊笑啊，爱玛索性关了电视。

她来到走廊里照镜子。她一直希望自己的打扮低调而精致，却总是觉得眼高手低、力不从心。最近她吃了太多的意大利辣香肠，小肚腩也鼓了出来。伊恩会说她这样依然很美，而她只看到黑缎衣料下面的小肚子，她把手放在上面，关上大门，走出东17区的政府保障房，前往繁华的西2区。

“哇哦！”

炎热的夏夜，他在弗里斯街上给苏琪打电话。

“你看了吗？”

“什么？”

“那条狗！打鼓的！太惊人了！”

德克斯特站在“意大利吧”门外，一身时髦的亚光黑色正装，一顶毡帽式样的小帽子扣在头顶，手机举在离他的耳朵足有十厘米的地方。他感觉就算此时挂断电话，自己依然能听到她的声音。

“……小鼓槌绑在小爪子上！”

“太滑稽了。”他说，其实他根本不会去看。德克斯特并不喜欢嫉妒别人，但他知道那些闲言碎语——苏琪才是真有才华的那一个，他只是跟着她沾光而已——为此他只能安慰自己，苏琪现在风头正盛，拿高薪、受欢迎往往需要在艺术上做出妥协。英国最有才华的宠物？这样的节目，哪怕有人相求他都不会去做。

“据说这个星期的观众会有九百万，也许能达到一千万……”

“苏琪，我能给你提点意见吗？打电话的时候，能不能不要这么大声？我已经听得很清楚了。”

她怒气冲冲地挂了电话。此时爱玛正站在马路对面，看到德克斯特对着手机骂脏话，他穿正装还是那么帅，虽然帽子有点丢份儿，但至少没戴那些可笑的耳机。一看到她，他的眼睛立刻亮了起来，她顿时对这个夜晚产生了无限的憧憬和期望。

“你真应该摆脱这玩意儿。”她说，冲着他的手机点点头。

他把手机滑进口袋，亲亲她的脸颊。“你现在多了一个选择，要么直接给我本人打电话，要么给房子打电话，至于我在不在里面，那可说不好……”

“我会给房子打电话。”

“要是我没接到呢？”

“那是上帝的安排。”

“现在可不是1988年了，爱姆。”

“是，我知道。”

“六个月，我敢说，六个月之后，你也会配上这玩意儿。”

“绝对不。”

“打个赌。”

“打赌就打赌。我要是买了手机，就请你吃饭。”

“好啊，那也算是一种改变。”

“还有，这种东西会损害你的脑子。”

“你怎么知道？”

他们静静地站了一会儿，都觉得今晚这个开场不怎么好。

“真不敢相信，你一上来就损我。”

“这是我的工作呀。”她微笑着拥抱他，贴贴他的脸，“我不是针对你，对不起，对不起。”

他的手搭在她裸露的后颈上。“好久不见。”

“太久啦。”

他退后一步。“顺便说一句，你很漂亮。”

“谢谢，你也是。”

“嗯，不能说漂亮……”

“很帅行了吧。”

“谢谢。”他握住她的双手，拉到身体两侧，“你应该多穿穿裙子，这样看起来更像女的。”

“我喜欢你的帽子，现在可以摘了吧？”

“还有你这双鞋！”

她冲着他扭了扭脚踝。“这可是世界上第一双具有矫形功能的高跟鞋。”

他们穿过人群，朝沃德街走去。爱玛挎起他的胳膊，随后伸手捻了捻他西装上奇怪的绒毛纤维。“这是什么料子？天鹅绒？丝绒？”

“斜纹厚绒布。”

“我以前有一条这种料子的运动裤。”

“我们还真是一对儿呢，对不对？德克斯和爱姆。”

“爱姆和德克斯。就像罗杰斯和阿斯泰尔。”

“伯顿和泰勒。”

“玛利亚和约瑟。”

德克斯特笑着握住她的手，两人很快来到餐厅门口。

“波塞冬”餐厅是个地下停车场改建的巨大地堡，入口是一架剧院风格的巨型楼梯，奇迹般地高悬在大厅上方，时刻吸引着楼下的食客对新来的顾客评头论足。自认既不美丽也不出名的爱玛一手搭着楼梯栏杆，另一手遮着小肚子走下台阶，直到德克斯特牵起她的这条手臂，停下脚步，高傲地审视着整个大厅，仿佛他就是这里的建筑师。

“嗯……你觉得怎么样？”

“像个热带夜总会。”她回答。

室内装潢让人联想到二十世纪二十年代豪华邮轮的浪漫风格：天鹅绒卡座、穿制服的侍者端着鸡尾酒、窗外什么风景都没有的装饰性舷窗，而且由于缺少自然光，这里好似一艘潜艇，又像是撞了冰山之后下沉到海底的大船。设计者意在营造两次世界大战之间那个时代的优雅怀旧氛围，却不幸被青春、性欲、铜臭和高脂肪饮食的油腻味道彻底破坏，随处可见的勃艮第天鹅绒和桃红压花嵌板也无法掩盖开放式厨房的喧嚣吵嚷，更阻挡不住那里的不锈钢设施和白墙对整体色调的干扰。所以，爱玛暗忖：这里依然没能逃离二十世纪八十年代的窠臼。

“你确定就选这里？看起来贵得很。”

“我说了嘛，我请客。”他扫了一眼她脖子后面露出来的衣服标签，随即将它塞进领口，然后牵起她的手，踩着阿斯泰尔式的小跳步走完剩下的台阶，来到充斥着铜臭、性欲和青春的大厅中央。

一位佩戴着不伦不类的海军肩章的时髦帅哥告诉他们，十分钟后才能入座，于是两人来到鸡尾酒厅，又一位海军装束的男人正忙碌地调酒，仿佛在玩杂耍。

“你想喝点什么，爱姆？”

“金汤力？”

德克斯特“啧”了一声，“你以为这是在‘曼德拉’酒吧？喝点像样的，两杯马提尼，孟买蓝宝石，非常干，加柠檬。”爱玛刚想说点什么，德克斯特却专制地竖起一根手指，说：“相信我，伦敦最好的马提尼。”

她乖乖地“嗯”了一声，又对调酒师的表演发出赞叹。德克斯特一直在她旁边解说：“调这个酒的诀窍是事先把所有东西冷却到非常低的温度，杯子里放冰水，琴酒搁在冰箱里。”

“你怎么知道的？”

“我妈教我的，那时候我才，嗯，九岁吧？”他们碰了碰杯，默默地向艾莉森敬酒，彼此都对今晚的相聚和友谊重燃希望。爱玛把马提尼举到唇边。“我以前从没喝过这种酒。”第一口的味道很好，冰冰凉凉的，而且立刻有了醉意，她被冰得有点打颤，急忙端稳杯子，不让酒洒出来。她正要对他说谢谢，德克斯特却把他的杯子往爱玛手里一塞，里面的酒已经被干掉了一大半。

“去个厕所。这儿连厕所都不可思议，是全伦敦最好的。”

“你就不能等等再去！”她说，可他已经走远了。爱玛独自站在原地，端着两杯酒，努力散发着自信和魅力，免得被人当成女招待。

忽然，一个穿豹纹紧身胸衣、长筒袜和吊带裤的高个子女人冷不防出现在她面前，吓了爱玛一大跳，她轻呼一声，几滴马提尼溅在手腕上。

“抽烟吗？”女人非常漂亮、性感妖艳，几乎算是没穿衣服，身材犹如B-52轰炸机，手里端着一个摆着雪茄和香烟的托盘，托盘斜斜地抵在胸口，仿佛也在托着她的大胸。“你想要点什么？”她又问，涂着厚粉底的脸上露出微笑，一根手指摆弄着脖颈上的黑色天鹅绒领带。

“哦，不用，我不抽烟。”爱玛说，语气像是做了什么错事。不过女人的笑容已经转移方向，投射到爱玛身后，黏糊糊的黑色假睫毛不停地忽闪着。

“抽烟吗，先生？”

德克斯特微笑着掏出上衣内袋里的钱包，视线扫过她胸脯下方的货品，像个香烟鉴赏家那样大手一挥，拿起一包特醇万宝路，香烟女郎点点头，似乎认为他的选择相当高明。

德克斯特给她一张纵向对折起来的五英镑钞票。“不用找了。”他微笑道。还有什么话比“不用找了”更让人有大权在握的感觉？他曾经觉得这句话矫情，现在却不这么想了。香烟女郎格外魅惑地对他笑了笑，那一瞬他竟残酷地希望与自己共进晚餐的是她，而不是爱玛。

瞧瞧他，幼稚的小家伙，爱玛心想，她也注意到了他那点小小的志得意满。过去的男孩都想成为切·格瓦拉，如今却想变成休·海夫纳，并且拥有游戏机。香烟女郎摇摇摆摆走进人群，德克斯特看起来跃跃欲试，似乎非常想跟过去拍她的屁股。

“你的口水都流到斜纹厚绒布上了。”

“什么？”

“她是干什么的啊？”

“香烟女郎。”他耸耸肩，把没拆封的烟塞进口袋，“这个地方的招牌服务，很出名，迷人又夸张。”

“那她为什么穿得像个妓女？”

“我不知道，爱姆，也许她的毛裤拿去洗了。”他拿过自己那杯马提尼，一饮而尽，“后女性主义，是不是？”

爱玛诧异地问：“这是新名词吗？现在大家都这么说了？”

德克斯特冲着香烟女郎的屁股点点头。“这个词儿是说，假如你愿意，也可以像她那样。”

“这不是重点，德克斯特。”

“我的意思是，想怎么样就怎么样，可以自由选择。”

“真有想法。”

“她愿意怎么穿就怎么穿！”

“可她要是不这么穿，会被炒鱿鱼。”

“那些男服务员不也一样！无论如何，说不定她挺喜欢这一身，觉得这么穿好玩或者性感吧。这就是女性主义，不对吗？”

“别把我说得那么沙文主义，我也是女性主义者！”爱玛翻翻白眼，嗤之以鼻，他这才想起她要是唠叨起来会多么烦人，“这是肯定的！”

“……我还会奋战到死，为女性拥有展示胸部换取小费的权利而战！”

轮到他翻白眼了，只听他不屑地笑了一声，说：“可现在不是

1988年了，爱姆。”

“到底什么意思？你为什么总说这句？我一直不懂它的意思。”

“意思是，已经失败的战斗就不要再打了。女性主义运动应该争取的是同工同酬、机会均等和公民权利，而不是自由决定周六晚上穿什么的权利！”

她愤怒地张大嘴巴。“我又不是指这个……”

“无论如何，是我请你吃饭！别让我不好受！”

每当遇到这种情况，她只能提醒自己她爱他，或者至少曾经爱过。这种没完没了的争论毫无意义，虽然觉得自己能赢，可她不想毁了这个晚上。于是她埋头喝酒，牙齿咬着杯口，默默地数了一会儿数，这才慢慢地说：“我们换个话题吧。”

但他根本没在听，只顾盯着来到她身后的领班。“快点儿……我订了一桌大餐呢。”

他们被领班安顿在一处紫色天鹅绒卡座，默默地翻看菜单。爱玛本以为能吃到新奇的法国菜，却发现多半是些昂贵的普通小吃：鱼饼、牧羊人派、汉堡……她意识到，“波塞冬”不过是一家把番茄酱盛在银托盘里的餐厅。“这是现代不列颠风格。”德克斯特耐心地解释道，仿佛花那么多钱吃点香肠和土豆泥就是非常现代的不列颠风格了。

“我要吃牡蛎，”德克斯特说，“我感觉这儿的牡蛎像本地产的。”

“那它们友好吗？”爱玛弱弱地问。

“什么？”

“本地牡蛎……它们友好吗？”她忍不住再次问道，心想，天哪，我要变成伊恩了。

德克斯特迷茫地皱起眉头，继续看菜单。“不，本地牡蛎只是比石蚝更甜，肉更白更细，更好吃。我要一打。”

“你突然变得好有学问啊。”

“我喜欢吃。我一向喜欢好吃的好喝的。”

“我还记得你那次给我做的炒金枪鱼，到现在我喉咙后面还有那股味儿，氨水味儿……”

“我早就不做饭了，下馆子。现在我几乎天天在外面吃。其实已经有人问我愿不愿意给周末的报纸写评论了。”

“评论餐厅？”

“鸡尾酒吧。每周专栏，叫《泡吧客》，给游手好闲的人看的。”

“你自己写？”

“当然！”其实他心里清楚，他们肯定会请枪手。

“鸡尾酒有什么可写的？”

“说出来怕你不信。鸡尾酒现在可酷了，挂上了怀旧复古光环。其实……”他把空酒杯凑到嘴边，“……我也算个调酒师。”

“什么师？”

“调酒师。”

“抱歉。”

“无论想调哪种鸡尾酒，尽管问我。”

她伸出一根手指抵着下巴。“好吧，嗯……来点儿啤酒沫！”

“不开玩笑，爱姆，这是一门真正的技术。”

“什么技术？”

“调酒技术。有专门的培训。”

“也许你大学该学这个专业。”

"那他妈的肯定更有用。"

这话咄咄逼人、不怀好意，爱玛皱起眉头，德克斯特也觉得有点过分，于是低头看酒水单。"你想喝什么酒？红的还是白的？我再来一杯马提尼，然后我们来点饼干口味的上等慕斯卡德，搭配牡蛎，再尝尝玛尔戈之类的红酒，你觉得怎么样？"

他点完单之后又去了厕所，手里还拿着第二杯马提尼，爱玛感到不对劲，隐约觉得不安。时间分分秒秒过去，她一遍又一遍地看酒水单，然后盯着空气发呆：他什么时候成了……调酒师？她自己又为什么要尖酸刻薄地耍脾气？其实她并不介意香烟女郎穿成什么样，至少没有表现出来的那么夸张，那为什么还要戴着有色眼镜，自以为是地评判人家？她决定放松身心，尽情享受，他可是德克斯特，她最好的朋友，她爱他，不是吗？

伦敦最惊人的厕所里，德克斯特蜷缩在蓄水箱上，也在琢磨同样的事。他爱爱玛·莫利，的确如此，可他越来越讨厌她自以为是的模样，一副1988年的联合剧团和社群代言人的做派，非常不合时宜，尤其不适合这个地方——这里不就是个让男人体验一把当秘密特工是什么感觉的场所吗？经受了一番二十世纪八十年代中期风格的严酷思想说教、谴责和政治洗脑之后，他终于可以找点乐子了，喜欢鸡尾酒、香烟和跟漂亮女孩调情真的是坏事吗？

还有那些所谓的玩笑话。为什么她老是数落他？提醒他想起自己的失败？他可从来都没有忘记。还有那些对"时髦"的冷嘲热讽，"我的肥屁股""矫形高跟鞋"之类无休止的自我贬低。上帝啊，救救我，我可受不了这样的喜剧女演员，除了损人、耍小聪明，还非常没有安全感、自我厌恶，为什么就不能优雅自信一点，反而老像个碎嘴皮子、花里胡哨的段子手？

还有阶层！说到这个词他就来气。他请她到高级餐厅吃饭，却被她扣上“秀优越感”的帽子！她本人则以劳工阶层的代言人自居，那虚荣自负的样子让他烦透了。她为什么总把自己读的是综合学校、从未出国度假、没吃过牡蛎这些事儿挂在嘴边上？她已经年近三十，这些都是陈年往事，现在该是她为自己的生活负起责任的时候了。有个尼日利亚服务生递过来一条手巾，德克斯特给他一镑小费，回到餐厅，看见爱玛正在房间的另一头摆弄她的餐具，身上那件高级连衣裙严肃古板，很适合穿着出席葬礼，他再次感到一阵恼火。那个香烟女郎独自站在右边的酒吧里，看到德克斯特，冲他笑了笑，他决定过去和她打个招呼。

“请给我拿一包二十支的特醇万宝路。”

“什么？还要？”她笑道，摸了摸他的手腕。

“怎么说呢？我这个人有点像比格犬。”

她又笑了。他拿出钱包，同时想象了一下跟她并排坐在靠墙的软座，手伸到桌子底下摸她穿长筒袜的大腿。“老实说，等会儿我要和大学的老伙计参加一个派对——就是那边那位女士……”老伙计，这个称呼不错，他边说边想，“……我可不想到时候没烟抽。”他给了她一张五英镑的纸钞，整齐地纵向对折，夹在食指和中指之间，“不用找了。”

她微笑着，他注意到她光洁的门牙上沾了一点宝石色的口红，不禁非常想要托住她的下巴，用拇指把它抹掉。

“你这儿有口红印……”

“哪儿？”

他伸出胳膊，手指停在离她嘴唇五厘米的地方。“就这儿。”

“你可别想带我到别的地方去！”她粉红色的舌尖在齿面上来回舔动。“好了吗？”她咧嘴笑着问。

“好多了。”他微笑着走开，随即又回过头来。

“只是有点好奇，”他说，“你今晚几点下班？”

牡蛎已经送上来了，光亮而诡异地躺在融化中的冰块上。为了打发时间，爱玛喝了不少，脸上的微笑早已凝固，一副虽然遭到冷落但其实根本不在乎的模样。终于，她看到他摇摇晃晃地穿过餐厅，钻进卡座。

“我还以为你掉进厕所里面了呢！”这是她奶奶常说的，她现在开始引用奶奶的名言了。

“对不起。”他没再多说什么。两人开始吃牡蛎。“听着，过会儿有个派对。我哥们儿奥利弗，我们是牌友，我跟你提过他。”他把牡蛎肉丢进嘴里，“他是个准男爵。”

爱玛感到牡蛎壳里的海水流到了手腕上。“这有什么关系？”

“什么意思？”

“准男爵怎么了？”

“我只是说说而已，他是个好伙计。来点柠檬汁？”

“不，谢谢。”她吞下嘴里的东西，还是不明白他到底想邀请她参加派对还是只不过“说说而已”。“在哪儿开派对？”她问。

“荷兰庄园。大豪宅。”

“哦，好吧。”

仍然无法确定。他这是打算邀请她，还是仅仅想要告诉她——他会早点离开，去参加派对？她又吃掉一只牡蛎。

“非常欢迎你和我一起去。”他终于说，去拿塔巴斯哥辣酱。

“是吗？”

“当然。”他说。她看着他拿叉子齿撬开辣酱瓶盖。“只不过派对上的人你一个都不认识。”

显然她并没有受到邀请。“我认识你。”她无奈地说。

“那当然。还有苏琪！苏琪也会去。”

“她不是在斯卡布罗录节目吗？”

“他们今晚开车送她回来。”

“她主持得挺好，对吧？”

“嗯，我们两个都是。”他说，语速很快，声音有点高。

她决定跳过这个话题。“没错。我就是这个意思。你们两个都很好。”她拿起一只牡蛎，又放回去。“我真的喜欢苏琪。”她说，其实她们只见过一次，在一场“54夜总会”主题的吓人派对上，地点在霍克斯顿的某个私人俱乐部。爱玛确实喜欢她，但她总觉得苏琪对她的态度有点怪怪的，好像她只不过是德克斯特的众多普通朋友之一，而派对入场券是她参加电话竞猜赢来的。

他吮吸着另一只牡蛎。“她很棒，是不是？苏琪。”

“是，非常棒。你们两个怎么样了？”

“哦，还行。不过有点复杂，你知道吗，作为公众人物……”

“给我讲讲！”爱玛说，可他似乎没听见。

“我有时候觉得，我们无论去哪似乎都自带公共播音设备，但是这很不错，真的，你知道这段关系最大的好处是什么吗？”

“什么？”

“她很专业，知道该怎么在镜头前表现。”

“德克斯特——这是我听过的最浪漫的事。”

她又开始了，他想，冷嘲热讽起来真是没完没了。“嗯，那当然。”他耸耸肩，决定付账之后赶紧把她打发走，于是像刚刚想起来什么似的补充了一句：“那个，关于今晚的派对，我有点担心结束后你怎么回家。”

“沃尔瑟姆斯托又不是火星，德克斯特，就在伦敦东北边，人类当然能在那里活下去。”

“我知道！”

“就在维多利亚地铁线上！”

“可要坐很长时间地铁，而且派对半夜才开始，你去了就得马上走，才能赶上地铁，除非我给你钱打车。”

“我有钱，他们给我发工资的。”

“从荷兰公园打车到沃尔瑟姆斯托？”

“要是我去不合适的话……”

“不！不会不合适！我希望你去。我们等一下再决定，好吗？”他没打招呼就又去了厕所，拿着酒杯，仿佛在那儿也订了座位。爱玛一杯接一杯地喝红酒，内心的不快开始翻腾。

先前的愉悦感渐渐消失。他回来的时候，主菜恰好也上来了。爱玛研究着她那道啤酒焗黑线鳕配薄荷豌豆泥，又厚又白的薯片用机器切成规矩的长条，像积木一样垒在一起，上面摆着挂了面糊的炸鱼，摇摇欲坠，高出盘子足足十五厘米，这条鱼好像随时都会跳进旁边那个黏糊糊的绿色“水池”。这是在玩积木游戏吗？她小心翼翼地从“积木”堆里抽出一根薯条，发现里面又硬又冷。

“‘喜剧之王’还好吧？”从厕所回来之后，德克斯特说话越发带刺了。

爱玛察觉到他的挑衅，原本她可以借此机会倾诉一下自己情感生活的困境以及对未来的迷茫，现在却无法开口。她把夹生的薯条咽了下去。

“伊恩很好。”她干脆地说。

“在一起住得不错？新公寓还习惯吗？”

“好极了。你还没去看过吧？应该去看看！”她三心二意的邀请只换来德克斯特不置可否的一个“哦”字，他似乎怀疑居住在地铁二区之外根本没有乐趣可言。一阵沉默之后，两人低头面对各自的餐盘。

“你的牛排怎么样？”她终于开口道。德克斯特好像失去了胃口，一刀一刀地切着那块血乎乎的红肉，却不吃它。

“非常好。你的鱼怎么样？”

“凉的。”

“是吗？”他凝视着她的盘子，然后洞悉一切般地摇了摇头，“鱼肉是半透明的，这叫断生，爱姆。鱼就应该烹饪到这个程度，断生就可以了。”

“德克斯特……”她的语气尖利起来，“……半透明是因为冻得太厉害，还没有解冻。”

“是吗？”他生气地拿手指戳戳鱼身上的面糊，“嗯，那咱们把它退回去！”

“没关系。我吃薯条吧。”

“不，他妈的！退回去！我花钱买条冻鱼干吗！这里是卖冷冻食品的吗？咱们再要点别的。”他招手叫来侍者，爱玛看着德克斯特跟对方交涉，说鱼不够好，菜单上写的是“炸鱼”，他要取消这道菜，免费换一道主菜。她坚持说自己不饿，可德克斯特非要她再点一道合适的主菜，因为这是免费的。爱玛只得重新看了一遍菜单，侍者和德克斯特在旁边等着，他那道切成碎块的牛排放在一边，自始至终没动。后来，她点的免费蔬菜色拉端上来了，两人再次单独相对。

他们沉默地坐着，对着各自并不想要的两盘食物，爱玛觉得自己快要哭了。

"好了，这就对了。"他扔下餐巾，说。

她想回家。放弃甜点，忘了那个派对——他明显不希望她去——回家吧，也许伊恩已经回去了，温柔、体贴，对她爱意满满，他们可以坐下来说说话，或者靠在一起看看电视。

"那么，"他一边说话一边扫视着整个餐厅，"课教得怎么样？"

"还行，德克斯特。"她皱着眉头回答。

"怎么了？我哪里说错了吗？"他愤愤地问，看了她一眼。

她平静地说："不感兴趣就别问。"

"我感兴趣！不过……"他又给自己倒了些葡萄酒，"我以为你会写写书什么的。"

"我是在写书什么的，但也得赚钱谋生啊，德克斯特，我是个特别好的老师！"

"我相信你肯定是！不过你也知道，有个说法，'有能力的……'"

爱玛张开嘴巴，冷静……

"不，我不知道，德克斯特。告诉我，什么说法？"

"你知道的……"

"不，我不知道，德克斯特，告诉我。"

"没关系啦。"他扭捏起来。

"我想知道，接着说。'有能力的……'"

他端着酒杯叹了口气，然后直截了当地说："有能力的去做，没能力的才教。"

她怒不可遏地回敬道："教的人说，见鬼去吧。"

爱玛一推桌子跳起来，抓过自己的包，酒瓶被撞倒，碗盘叮当作响，葡萄酒洒在他的大腿上。她冲出卡座，旋风般地逃出这个可恶的鬼地方。周围的人都在看，但她不在乎，只想着赶紧走掉。**别哭，你不会哭的。**她命令自己，瞥了一眼身后，看见德克斯特正在疯狂地擦他的裤子，安抚侍者，然后追了过来。她转身撒腿就跑，这时那个香烟女郎正大步跨下楼梯，迈动大长腿、踩着高跟鞋向她走来，咧开猩红色的嘴唇朝她笑着。屈辱的热泪刺痛了爱玛的眼睛，她一下子从台阶上摔了下去，都怪那双蠢到家的高跟鞋，身后成群的食客中传来惊呼的声音。香烟女郎来到她旁边，扶着她的手肘，焦急而关切地注视着她。

"你没事吧？"

"没事，谢谢你，我很好……"

这时，德克斯特追上来扶住她，被她坚决地甩开了。

"放开我，德克斯特！"

"别喊了，冷静。"

"我不会冷静的。"

"好吧，对不起，对不起，对不起。不管你为了什么生气，对不起！"

她在台阶上扭头看他，眼睛里直冒火。"什么，你不知道？"

"不知道！咱们先回座位，你可以告诉我！"可她已经踉踉跄跄地穿过了弹簧门，又用力把门关上。金属门边恰好撞在德克斯特的膝盖上，他一瘸一拐地跟着她。“这也太傻了吧，咱俩都有点喝多了，没必要这么……”

“不，你才喝多了！你一天天的不是喝醉了就是嗑药上头！每次我见你都这样！你自己不知道吗？我从没见你清醒过，大概有三年了吧？我都忘了你清醒的时候什么样了，不是自吹自擂就是显摆你的新朋友，十分钟跑一次厕所……你是得了痢疾还是可卡因吸多了？无论怎么样，都他妈的很没有礼貌，最主要的是很惹人烦。你连和我说话的时候都四处乱瞟，看看有没有更好的猎物……”

“不是这样的！”

“千真万确，德克斯特！你不过是个电视主持人，德克斯，青霉素又不是你发明的，只是上个电视而已，还是个垃圾节目。去你的吧，我受够了。”

他们已经汇入沃德街的人流，夏日的暮色渐趋暗淡。

“我们找个地方好好谈谈。”

“我不想谈，我只想回家。”

“爱玛，求你了？”

“德克斯特，别管我，好吗？”

“别这么歇斯底里的，过来吧。”他又拉起她的胳膊，甚至蠢到想要拥抱她。她把他推到一边，可他始终不撒手。路人开始盯着他们看，苏活区又上演小两口周六对战的好戏了。最后她终于放弃，被他拖到一条小巷里。

两人现在都沉默不语，为了拉她钻进狭窄的巷子，德克斯特后退一步。她背对他站着，拿手掌抹着眼泪，他突然感到一阵强烈的羞愧。

终于，她开口了，语气平静，脸对着墙。

“你为什么要这样，德克斯特？”

“什么样？”

“你自己知道。”

“我一直都这样！”

她猛地转过身来面对他。“不，不是的。我知道你是什么样的，现在的你不是你。现在的你很可怕，让人反感。当然，你本来就有点让人讨厌，自高自大，但也很有趣，有时也很善良，关心别人，眼里不只有自己。可现在你失去控制了，酗酒吸毒……”

“我不过是想开心一点！”

她“哼”了一声，抬头看着他，眼影已经哭花了。

“有时候我也是身不由己。你能不能别这么……总想着批判我……”

“是吗？我怎么不觉得。我一直在克制自己。我只是……”她顿了顿，摇了摇头，“我知道你最近几年经历了很多。我试过去理解你，真的，你妈妈和所有那些事，可是……”

“接着说。”他说。

“我只是觉得你不再是我熟悉的那个人了，你不再是我的朋友，就这么简单。”

他不知道该说什么，于是他们相对无言。最后，爱玛伸出手，握住他的两根指头，用力捏了捏。

“也许……也许就这样了。”她说，“就到这里了。”

“什么？什么就到这里了？”

“我们。你和我。友谊。我本来有些事需要和你谈谈，德克斯。关于伊恩和我的事。假如你还是我的朋友，我应该能对你说出来，可我开不了口，既然如此，你对我来说还有什么意义？我们的友谊还有什么意义？”

“你到底想说什么？”

“你自己也说过，人是会变的，没必要这么伤感，向前看，找别人吧。”

“我是说过，但不是指我们。”

“为什么不能包括我们？”

“因为我们是……我们。我们是德克斯和爱姆，对吧？”

爱玛耸了耸肩。“也许我们都长大了，已经不适合彼此了。”

他沉默了片刻，说：“那么，你觉得是我不适合你了，还是你不适合我了？”

她用手背擦了擦鼻子。“我觉得你认为我……沉闷乏味。我觉得你认为我……对你指手画脚。我觉得你已经对我不感兴趣了。”

“爱姆，我没觉得你沉闷乏味。”

“我也不这么觉得！不觉得！我觉得自己棒极了！你要是知道就好了。我觉得你以前也是这么想的，可现在你要么改了主意，要么认为这是理所应当，这是你的自由……但无论如何，我不想再被你这么对待了。”

“怎么对待？”

她叹了口气，过了一会儿才开口。

“你似乎总想着去别的地方，和别的人在一起。”

他本打算好好解释一番，否定爱玛的指控，然而香烟女郎此刻正在餐厅等他，吊袜带里还塞着他的手机号码。后来回想起这天晚上，他也思索过是不是还能说点别的来挽救，也许讲个笑话？总而言之，此时此刻他什么都没有说，于是爱玛放开了他的手。

“好了，你走吧，”她说，“去派对吧。你摆脱我了。你自由了。”

虚张声势未遂，德克斯特只得挤出一个笑容。“看你这话说的，好像要抛弃我一样！”

她苦笑起来。“我想在某种程度上是这样的。你不再是以前的那个你了，德克斯。我真的真的喜欢以前的你，希望他能回来——但在此期间，很抱歉，我觉得你不应该再给我打电话了。”她有点踉跄地转过身，沿着小巷朝莱斯特广场的方向走去。

那一刻，德克斯特的脑海中迅速闪过一段非常清晰的记忆：那是他母亲的葬礼，他蜷缩在卫生间的地上，爱玛搂着他，抚摸他的头发。可他强迫自己不去细想，把它像垃圾一样抛到脑后。他跟在爱玛身后走出一小段路。“好啦，爱姆，我们还是朋友，对吧？我知道我最近有点怪，那不过是……”她停了一会儿，但没有回头，他知道她在哭。“爱玛？”

接着，她非常迅速地转身走过来，扳过他的脑袋，和他脸贴脸。她的脸颊温暖潮湿，嘴巴对着他的耳朵，飞快而又平静地说了几句话，有那么一瞬，他还以为光明出现，自己要被原谅了。

“德克斯特，我很爱你，非常非常爱，很可能一直爱下去。”她的嘴唇触碰着他的脸，“我只是不再喜欢你了。对不起。”

然后她就走了，小巷里只剩下他一个人，不知何去何从。

伊恩赶在午夜前回到家，发现爱玛蜷在沙发上看老电影。“这么早就回来了？幸运男孩怎么样？”

“糟透了。”她嘟囔道。

不知道伊恩有没有幸灾乐祸，但从他的声音里听不出来。“怎么了？”

“我不想提，改天再说。”

“为什么？爱玛，告诉我！他说了什么？你们吵架了？”

“伊恩，拜托，今天晚上别提这事。过来坐下，好吗？”

她挪挪身子，给他腾出地方。他注意到她穿的裙子，她从来没为他穿过这种裙子。“你穿这个去的？”

她捻了捻裙子的下摆。“不该穿这个的。”

“我觉得很美。”

她依偎着他，枕着他的肩膀。“表演怎么样？”

“不是很好。”

“你讲了猫和狗的段子吗？”

“是啊。”

“有没有捣乱起哄的？”

“有几个。”

“可能不是你最好的段子。”

“还有喝倒彩的。”

“这也难免，对吧？谁都有挨骂的时候。”

“我想是的。我有时候也会担心……”

“担心什么？”

“我可能没那么……那么搞笑。”

她对着他的胸说：“伊恩？”

“嗯？”

“你是个非常非常有趣的人。”

“谢谢，爱姆。”

他把头靠在她的脑袋上，想着那个深红色的小盒子，褶皱的丝绸衬里上躺着订婚戒指。它已经在一双卷起来的袜子里藏了两星期，等待着合适的时机，不过不是现在。再过三周，他们会一起去科孚岛的沙滩度假。他想象着在一家俯瞰大海的餐厅里，满月之夜，爱玛穿着夏装，顶着刚刚晒黑的皮肤对他微笑，两人之间的桌子上也许还摆着一碗鱿鱼圈。他盘算着该如何用有趣的方式把戒指交给她，几个星期以来，他设想过好几种浪漫又喜剧化的场景——趁她去厕所时把戒指扔进她的酒杯；藏在他吃的那条烤鱼的嘴巴里，装模作样地跟侍者抱怨鱼嘴里有东西；像炸鱿鱼圈那样用面糊裹住戒指，这个办法不错；也可以直接给她，他演练过台词。*嫁给我吧，爱玛·莫利。嫁给我。*

“我太爱你了，爱姆。”他说。

“我也爱你，”爱玛说，“我也爱你。”

趁着休息二十分钟的机会，香烟女郎坐到吧台边，在工作服外面套了件夹克，呷着威士忌，听眼前这个男的喋喋不休地谈论他的朋友，那个可怜的漂亮女孩，刚才还摔倒在台阶上来着。这两个人显然在闹矛盾。香烟女郎有一句没一句地听他长篇大论，时不时地点点头，再偷偷摸摸看看自己的手表。还有五分钟就是午夜，她真的该回去工作了。零点到一点之间最容易拿到小费，那时男顾客的欲望和愚蠢程度都会达到高潮。再过五分钟她就走，反正这个可怜的家伙已经醉得站不起来了。

她认出他是那个白痴节目的主持人——他不是和苏琪·梅多斯在一起吗？——却想不起他的名字。不会有人想看那种节目的吧？这家伙的西装都脏了，口袋里鼓鼓囊囊地塞着没开封的烟盒，鼻子上油光闪亮，呼出的气能熏死人，而且到现在他还没问过她究竟叫什么名字。

香烟女郎名叫谢丽尔·汤姆森，正职是护士，工作很辛苦，但偶尔会来这儿兼职，因为她跟经理是同学，要是愿意打情骂俏，小费多得惊人。她的公寓在基尔伯恩，未婚夫还在那里等着她，他叫米洛，意大利人，身高一米八八，曾经做过足球运动员，现在也是护士，人长得帅极了，他们九月份结婚。

如果眼前这个家伙问起来，她会把这些都告诉他，可他压根没提。于是，离圣斯威逊节的午夜还有两分钟的时候，她找了个理由走开了——必须回去工作，不，我不能去派对，没错，我留了你的电话号码，希望你和你朋友之间的问题能解决——让那个男人独自待在吧台边，继续点他的酒。

第三部

1996—2001
三十出头

“人生中的重要事件发生的时候，有的你当时就知道，有的时过境迁才后知后觉。也许重要的人也是这样的。”

——詹姆斯·索尔特《燃烧的日子》

第十章
及时行乐

1996 年 7 月 15 日，星期一

莱顿斯通和沃尔瑟姆斯托

爱玛·莫利平躺在校长办公室的地板上，裙子在腰间皱成一团，缓缓地吐着气。

“噢，别忘了，九年级还缺几本《萝西与苹果酒》。”

“我尽力。”校长扣着衬衣纽扣说。

“你刚才把我放倒在地毯上的时候，是不是还有别的事想讨论来着？比如预算？教育署巡查？还有什么需要捋一捋的？”

“我只想再捋一捋你。”他又躺下了，鼻子蹭着她的脖颈。戈达明先生（菲尔）最擅长发现这种毫无意义的暗示语。

“什么？你真无聊。”她“啧”了一声，耸耸肩膀把他甩开，心想，为什么让人享受的性也会伴随着糟糕的情绪。他们静静地躺了一会儿。现在是傍晚六点半，已经到了期末，克伦威尔路综合学校被下班后安静到诡异的气氛包围，清洁工刚才过来转了一圈，发现办公室的门从里面反锁着就走开了，然而她还是觉得焦虑不安，激情过后难道不应该有些回味？再互相关心交流一下？九个月来，她一直在学校的专用地毯、塑料椅子和复合板桌子上做爱，体恤下属的菲尔从办公室扶手椅上找来一块泡沫坐垫，现在就在她屁股底下，可即便如此，她还是希望有朝一日能挪到不用擦起来的家具上。

“你知道吗？”校长说。

“什么？”

“我觉得你太棒了。”他捏捏她的乳房，表示强调，“六个星期没有你，我的日子可怎么过。”

“起码你的地毯可以休息一下。”

“整整六个星期，”他的胡子刺挠着她的脖子，“要把我憋疯……”

“嗯，戈达明太太是你永远的依靠。”爱玛听到自己尖酸刻薄地说。她坐起来，拉下裙子盖住大腿。“我反正觉得，长假是教育工作的福利之一，这还是你告诉我的，我第一次来应聘的时候……”

他委屈地从地毯上抬头看她。“别这样，爱姆。”

“什么？”

“阴阳怪气的。”

“对不起。”

“我也不喜欢这样。”

“我怎么觉得你挺喜欢的。”

“不，我不喜欢。说点让人高兴的吧，好吗？”他把手搭在她背上，似乎想安抚她，“下一次要到九月份了。”

“好吧，我不是说了对不起吗？”为了表示改变话题，她扭过腰去亲了亲他，刚要后撤，他一手按住她的后颈，轻轻地又蹭又亲。

“上帝，我会想你的。”

“你知道我觉得你该干什么吗？”她贴着他的嘴唇说，“非常激进。”

他紧张地看着她。“接着说……”

“今年夏天，学期结束之后……”

“什么？”

她伸出一根手指，点了点他的下巴。“把这些胡子全刮了。”

他一下子坐直身体。“没门儿！”

“这么长时间了，我还不知道你长什么样！”

“我就长这个样！”

“可你的脸呢，真实的脸呢？说不定很帅呢。”她一手抓着他的小臂，把他拉倒，“面具后面是个什么人？让我看看，菲尔，让我认识一下真实的你。”

两个人笑了一会儿，再次放松下来。“你会失望的，”他像对待心爱的宠物那样抚摸着自己的胡须，“总而言之，要么保持现状，要是剃了的话，每天必须刮三次，我曾经每天早晨刮完胡子，吃午饭的时候就又像个蒙面飞贼了，所以干脆留起来，让它成为我的商标。”

“噢，商标啊。”

“而且这样看起来很随和，孩子们喜欢它，让我看着不那么威严。”

爱玛又笑了。“现在不是1973年了，菲尔，大胡子的象征意义已经变了。”

他不以为然地耸耸肩。“菲奥娜喜欢。她说，要是没有胡子，我的下巴会显得不够硬朗。”一阵沉默，每次他提到妻子都会这样。为了缓和气氛，他急忙自嘲：“当然，你知道孩子们都叫我

‘那个大胡子’。”

“我怎么不知道，没这回事。”爱玛忍不住微笑着说，菲尔笑出了声，“反正没人叫你‘那个大胡子’，顶多就是‘大胡子’，不带定冠词。你这个小毛猴。”

他突然又坐起来，严肃地皱着眉头。“小毛猴？”

“他们就是这么叫你的。”

“谁？”

“孩子们。”

“小毛猴？”

“你不知道吗？”

“不知道！”

“哎呀，对不起。”

他躺倒在地板上，一副伤心欲绝的模样。“真不敢相信，他们竟然叫我小毛猴！”

“图个乐嘛，”她安慰道，“喜欢你才这么叫。”

“我怎么没听出喜欢的意思。”他又像摸宠物那样揉揉下巴。“都怪我睾酮过剩啊。”提到“睾酮过剩”，他兴奋起来，又把爱玛拉到地上亲吻，她从他嘴里尝到了教工休息室的咖啡味，还有他藏在文件柜里的那瓶白葡萄酒味。

“我被你的胡子搓出疹子来了。”

“那又怎么样？”

“那样别人就知道了。”

“他们都回家了。”他的手摸到她的大腿时，桌上的电话响了，他像被什么咬了一样跳起来，挣扎着试图站稳。

“不用理它！”爱玛抱怨道。

“不行！”他提上裤子，好像腰部以下光着跟菲奥娜说话是不能容忍的背叛行为，又仿佛他的声音会泄露自己光着腿的秘密。

“嗨！你好，亲爱的！是的，我知道！我刚出门……”他们讨论起了家事——吃意面还是炒菜，看电视还是DVD——爱玛不打算了解情人的家庭生活，为了分散注意力，她捡起书桌下面卷成一团的内衣裤，衣服旁边还有几个纸夹子和笔帽。她边穿衣服边来到窗前，软百叶窗的叶片上积着灰尘，窗外，一道粉红色的阳光照在科学部的教学楼上。爱玛突然希望自己正站在公园、海滩或者欧洲某个城市的广场上，只是不要和一个已婚男人待在这间密不透风的学校办公室里。有一天你从沉睡中醒来，发现自己已经三十多岁，而且成了别人的情妇，那会是什么感觉？她的回答是：恶心和憋屈。她不愿想起这件事，却很难不去想到。她是老板的情妇，在这种情况下，唯一值得庆幸的是，这件事还没有跟孩子扯上关系。

于她而言，“外遇”是又一个可怕的词，这要从去年九月开始说起，也就是科孚岛的那场灾难般的度假——藏在炸鱿鱼圈里的订婚戒指——过后，“我认为我们想要的东西不一样”，这是她能想到的最好的回应，接下来的漫长两周是在日晒灼伤、压抑郁闷、自艾自怜和担心珠宝商会不会同意把戒指退掉的心情中度过的——世上最令人忧伤的东西莫过于那枚订婚戒指，它待在旅馆房间的行李箱里，如同放射物一般辐射着哀伤的光芒。

她顶着晒黑的皮肤闷闷不乐地回到家。她母亲早就知道伊恩要求婚，已经买好了参加女儿婚礼的衣服，所以大发脾气，数落了爱玛好几个星期才问她为什么要拒绝。“接受求婚有种妥协让步的感觉。”这是爱玛的理由，她从小说里读到，永远不能屈服于婚姻。

于是外遇就这么发生了。在菲尔办公室的一次例行会议上，她突然哭了起来，菲尔从桌子后面绕出来搂住她，嘴唇紧贴着她的头顶，像是在说“终于”。下班后，他带她去了他听说过的一家美食酒吧，那里既有酒喝，食物也很棒。他们吃着肋眼牛排和山羊乳酪色拉，腿在大木头桌子底下挨挨蹭蹭，一发不可收拾。喝完第二瓶红酒，他们已经完全放下矜持，在回家的出租车上，拥抱变成了接吻。后来爱玛在她的学校储物箱里发现一个棕色的信封，里面写着：*昨天晚上我忍不住一直想着你，我对你有这种感觉已经好几年了，我们需要谈一谈，什么时候能谈谈？*

爱玛对通奸的了解完全来自二十世纪七十年代的电视剧，认为它几乎等同于沁扎诺酒、“凯旋”TR7跑车、奶酪和红酒派对，主要是中产阶级中年人的一种消遣：高尔夫、游艇、婚外恋。现在她竟然也卷了进来：眉来眼去、桌子底下手牵手、文具储藏间里亲吻抚摸——她惊讶地发现自己对于这一切竟然如此熟练，内疚和自我厌弃结合在一起，竟能产生如此强烈的情感渴望。

有天晚上，在她的圣诞剧《油脂》的布景上做爱之后，他郑重地递给她一个礼物盒。

“是一部手机！”

“万一我想听到你的声音怎么办。”

她坐在道具车的引擎盖上，盯着盒子叹了口气。“好吧，该发生的还是发生了。”

“怎么了？你不喜欢吗？”

“不，礼物很好。”她露出微笑，似乎在回忆着什么，“我打赌输给别人啦。”

有时候，在晴朗的秋季傍晚去哈克尼沼泽人迹罕至的地方散步聊天，或者咯咯笑着看学生们合唱圣诞歌，靠坐在一起醉醺醺地喝加了香料的热酒时，她会觉得自己似乎真的和菲利普·戈达明相爱了，他是个优秀、有原则、热情的教师，偶尔略微有些清高。他眉眼和善，性格风趣，她第一次发现自己几乎沉迷于性爱。当然，四十四岁的他有点太老了，身体开始变得松弛无力，像面团一样，但他是个赤诚而热烈的爱人，有时在她看来甚至过于热情。他滑稽而健谈，但让她难以置信的是，这个男人既可以在集会中大谈慈善募捐长跑的意义，又能说出那种话来。有时她真想在做爱时提醒他："戈达明先生，你说脏话了！"

然而现在已经过去了九个月，最初的兴奋已经消失，她难以理解自己为什么要浪费如此美丽的夏夜，在学校的走廊里闲逛。她应该和朋友们在一起，或者找一个让她感到自豪、能在他人面前提及的爱人。她觉得既愧疚又尴尬，在男盥洗室的外面闷闷不乐地等着菲尔在里面拿学校的肥皂清理身体。她是他的英语部和戏剧研究部副主任兼情妇。上帝啊。

"好了！"他走出来说，湿漉漉的手握着她的手，来到外面之后又谨慎地松开。他锁上大门，设置好报警器，同她一起走向路灯下他的车，保持着同事之间应有的距离，他的皮质公文包偶尔会碰到她的小腿肚。

"我可以开车送你去地铁站，不过……"

"……还是更保险一点吧。"

他们又走了一小段路。

"还有四天！"他快活地说，填补着沉寂。

"你又要去哪里度假？"她明知故问。

“科西嘉岛。徒步。菲奥娜喜欢徒步。她总是走啊走啊，一直在走。就像甘地。到了晚上把徒步靴一脱，像一盏灯那样熄灭。”

“菲尔，拜托……别这样。”

“对不起，对不起。”他急忙改变话题，“你打算怎么度过假期？”

“可能回约克郡看家人，在那边住住，主要还得工作。”

“工作？”

“你知道的。写作。”

“啊，写作。”跟所有人一样，他并不相信她说的，“你的这本杰作，写的不会是我们俩的事儿吧？”

“不，不是。”他们已经走到他的车子前面，她只想着赶紧离开，“而且我不知道咱们的事有什么好写的。”

他斜靠着自己那辆蓝色的福特塞拉，打算郑重其事地跟她道别，却被她破坏了。他皱起眉头，大胡子里面的下嘴唇变成了粉红色。“这是什么意思？”

“我不知道，只是……”

“说啊。”

“菲尔，这个，我们……并没有让我开心。”

“你不开心？”

“嗯，这可不是什么理想的关系，对吧？在学校的地毯上，每个星期来一次。”

“我怎么觉得你挺开心的。”

“我指的不是满足，老天，我说的不是性，是……环境。”

“不过我很开心……”

“是吗？真的吗？”

“我记得你也挺开心来着。”

“我想只是暂时的兴奋而已。”

“看在上帝的分上，爱玛！”他怒视着她，仿佛刚刚抓到她在女厕所抽烟，“我得走了！为什么要在我走的时候提这些？”

“对不起，我……”

“真是去他妈的，爱玛！”

“嘿！别这样对我说话！”

“我没有，我只是，只是……我们先好好过完暑假，行吗？然后再看看怎么办。”

“我不觉得还有别的办法，还能怎么办？要么结束，要么继续，我觉得我们不应该继续……”

他压低声音，“咱们当然有别的办法……我可以……”他环顾四周，确定安全之后握住了她的手，“这个夏天我可以跟她摊牌。”

“我不希望你告诉她，菲尔。”

“我们出去度假的时候，甚至度假之前，下个星期就……”

“我不希望你告诉她。没意义……”

“没意义？”

“对！”

“但是我觉得有，我觉得可能有意义。”

“好吧！下个学期再说。我们……我不知道……到时候再谈谈。”

他重又振作起来，舔了舔嘴唇，再一次四下张望。“我爱你，爱玛·莫利。”

“不，你不爱。”她叹息道，“不是真的爱。”

他压低下巴看向她，仿佛戴着一副想象出来的眼镜，而自己正越过眼镜框打量她，“我认为这要由我决定，你说呢？”她讨厌这副校长式的表情和语气，真想照着他的小腿踹上一脚。

“你最好还是走吧。”她说。

“我会想你的，爱姆。”

“假期愉快，如果我们没机会联系的话……”

“你不知道我会多么想你。”

“科西嘉，多好啊……”

“每天都想你。”

“回见，再见。”

“过来……”他举起公文包，在它的遮挡下吻了她。真谨慎，她想，冷漠地站着不动。他打开车门钻了进去。蓝色福特塞拉，完全与校长的身份匹配，储物箱里还备着陆军地图。“还是不敢相信，他们竟然叫我小毛猴……”他摇着头直嘟囔。

她在空旷的停车场里站了一会儿，看着他开走了。三十岁，跟一个已婚男人不清不楚，幸好没和小孩扯上关系。

二十分钟后，她站在一栋细长低矮的红砖楼下，这座建筑里有她的小公寓。她发现起居室里有灯光，伊恩回来了。

她盘算着要不要去酒吧里躲一躲，或者在朋友家打发一晚，但她知道伊恩会关上灯，像个职业杀手那样静静地坐在那把扶手椅上等她。她做了个深呼吸，开始找钥匙。

伊恩搬出去之后，公寓显得大了不少，没有了那些成套的录像带、充电器、变压器、线缆和装在折叠式封套里的黑胶唱片，家里就像遭到过抢劫，也让爱玛再一次意识到，自己这八年来似乎没怎么存在过，可以展示的东西更是少得可怜。她听到卧室里沙沙作响，于是放下包，平静地走过去。

五斗柜里的东西被翻了出来，散落在地板上：信件、银行对账单、装有照片和底片的破烂纸袋。她静静地站了一会儿，看着伊恩费力地掏弄着抽屉的最深处，他穿着鞋带散开的运动鞋、运动裤、没熨过的衬衣。这一身仿佛是精心设计过的，目的是表现他极端混乱的情绪，好像故意为了惹人不安才这么穿。

“你在干什么，伊恩？”

他吓了一跳，片刻之后马上对她怒目而视，像个理直气壮的盗贼。“你这么晚才回家！”他谴责道。

“跟你有什么关系？”

“我只是好奇你去哪了。”

“去排练了，伊恩。我记得我们说好了，你不能这么随便闯进来。”

“为什么不行，你该不是在和什么人同居吧？”

“伊恩，我真的没心情掰扯这些……”她脱掉外套，“如果你想找日记什么的，那是在浪费时间，我好几年没写日记了。”

“其实我是来拿我自己的东西的，我的东西，你知道吧，属于我的。”

“你已经把你的东西全都拿走了。”

“我的护照还没拿。我找不到我的护照了！”

“好吧，我现在就可以告诉你，它不在我的内衣抽屉里。”他又在即兴表演了。她知道他拿走了护照，如今只是想过来乱翻她的东西，发泄他的不满。“你要护照干什么？要去什么地方吗？是想移民吗？”

“哦，你巴不得我走掉，对不对？”他冷笑着说。

“你怎么样我都无所谓。”她跨过乱糟糟的地面，坐在床上。

他又用神秘兮兮的语气说：“哎呀，这下可麻烦啦，甜心，因为我哪儿都不去。”作为被抛弃的那一方，伊恩发现自己还有咄咄逼人、不屈不挠的一面，这是喜剧演员平时不会表现出来的东西，今晚他打算好好表演一番，“就算想去哪儿也没钱。”

她很想嘲讽他一把，说道：“最近是不是不怎么表演单口相声了啊，伊恩？”

“你觉得呢，甜心？”他说着举起双臂，对着自己没剃的胡茬、没洗的头发和蜡黄的面皮挥了挥，仿佛在说“瞧瞧你把我折腾成了什么样”。伊恩把自怨自艾当成一场表演来展现，六个月来，他一直在排练这出以孤独和拒绝为主题的独角戏，然而爱玛没有耐心做他的观众，至少今晚不行。

“这一套‘甜心’什么的称呼是怎么回事，伊恩？我怎么听着有点别扭。”

他继续翻箱倒柜，对着抽屉嘀嘀咕咕，也许是“去你的，爱玛’。他是不是喝醉了？她想。梳妆台上放着一罐打开了的高酒精度廉价啤酒。醉酒——她想出一个好主意，决定尽快喝醉。为什么不试试呢？这一招对别人似乎都挺管用的，于是她兴冲冲地走向厨房。

他跟在她身后。“你到底去哪了？”

“我告诉你了，在学校排练。”

“排练什么？”

“《龙蛇小霸王》。很搞笑。嘿，你想要张票吗？”

“不了，谢谢。”

“还送玩具枪哦。”

“我觉得你是和什么人在一起。”

“噢，拜托……你怎么又来了。”她打开冰箱，里面有半瓶红酒，可这一次要来点烈酒才行，“伊恩，你怎么老是猜测我是不是跟别人在一起？为什么就是不能接受现实，承认我们彼此不适合？”她用力一拉，把冷冻室门上的密封条撕了下来，密封条上结的霜散落到地板上。

“可我们很适合对方！”

“好吧，既然你都这么说了，那我们复合吧！”几块不知多少年历史的脆皮牛肉饼后面有瓶伏特加。“啊哈！”她把牛肉饼推给伊恩，“拿着，这些是你的东西。我不会私吞的。”她摔上冰箱门，伸手去够玻璃杯。“可是，如果我就是跟什么人在一起了，又该怎么办，伊恩？我们已经分手了，还记得吗？”

“想起来了，想起来了，那么他是谁？”

她倒了半杯伏特加。“谁是谁？”

“你的新男朋友。来吧，告诉我，我不会介意的。”他冷笑道，“我们毕竟还是朋友嘛。”

爱玛吞了一口酒，弯下腰缓了缓，胳膊肘撑着厨房台面，手掌揉着眼睛，感到冰凉的酒液滑进咽喉。她酝酿了片刻。

“是戈达明先生。校长。我们的关系已经维持了九个月，不过我认为主要是性的方面。老实说，整件事对我们俩来说都有些可耻，让我觉得惭愧，也有点悲哀。不过，就像我一直对自己说的那样，至少没和孩子扯上关系！好了……”她对着酒杯说，“现在你知道了。”

室内一片静默。终于……

“你在开玩笑。”

“瞧瞧窗外，看一眼，你自己看，他就在车里等着呢。海军蓝色的福特塞拉……”

他难以置信地嗤笑道：“这他妈的一点都不好笑，爱玛。”

爱玛把空酒杯搁在柜台上，缓缓吐气。“我也知道不好笑，这种事无论如何都算不得好笑。”她转身面对他，“我已经说了，伊恩，我没和谁在一起，也没和什么人谈恋爱，我也不想谈。我只想一个人……”

“我知道了！”他自豪地说。

“知道什么了？”

“我猜出他是谁了。”

她叹了口气。“是谁啊，侦探先生？”

“德克斯特！”他洋洋得意。

“噢，看在上帝的分上……”她喝光了杯底的一点点酒。

“我说对了，是不是？”

她苦笑起来。“天哪，我倒是希望……”

“什么意思？”

“没什么。伊恩，你知道的，我都好几个月没和德克斯特说过话了。”

“那是你自己说的！”

“你真可笑，伊恩。怎么，你觉得我们会偷偷摸摸地背着人来往？”

“从证据看是这样的。”

“证据？什么证据？”

伊恩破天荒地局促不安起来。“你的笔记本。”

沉默片刻后，她把酒杯推到远处，以免自己发火时把它扔出去。“你看了我的笔记本？你这个王八蛋。”

“不就是几首小诗嘛，还有神奇的希腊十日游，那么多的思念啊、渴望啊……”

“你怎么敢！你敢背着我偷看！”

“你把本子随便乱放，还指望我不会看！”

“我指望我们之间还有点信任，指望你还有点尊严。”

“反正我不用看也知道，太他妈的明显了，你们两个……”

“……我的同情心是有限的，伊恩！这几个月你一直哼哼唧唧、哭哭啼啼的，像条挨了揍的狗，到处晃悠。你要是再敢不打招呼跑过来乱翻我的抽屉，我发誓我他妈的一定报警……”

“报警吧！去啊，报警啊！”他几步跨过来，胳膊向两侧乱挥，似乎要占领整个小房间，“这也是我的公寓，还记得吗？”

“是啊？真的吗？你从来没还过房贷！都是我在还！你什么都没干，就知道躺在那里顾影自怜……”

“胡说！”

“你把赚来的那点钱全买了愚蠢的录像带、点了外卖。”

“我也出钱还贷来着！手里有钱的时……”

“根本不够！噢，天哪，我恨这套房子，我恨住在这里。我得赶紧走，不然会发疯的……”

“这是我们的家！”他声嘶力竭地抗议道。

“我在这里从没快乐过，伊恩，你怎么就看不出来呢？我简直是……困在这里了，我们俩都是。你肯定也知道。”

他从未见过她这样，也从未听她说过这样的话。他震惊地瞪大眼睛，像个惊慌的孩子一样踉踉跄跄地走向她。“冷静点！”

他紧紧抓住她的手臂，“别说这种话……”

“放开我，伊恩！我说真的，伊恩！离我远点！”他们开始互相大喊大叫。她想，上帝啊，我们也成了半夜吵架吓醒邻居的那种神经病小两口了，隔壁肯定有人在想，我该不该报警？怎么会变成这样？“滚！”爱玛对着拼命试图搂住她的伊恩喊道，“把你的钥匙给我，然后马上滚，我不想再看见你。”

接着，两人忽然都哭了，瘫坐在狭小走廊的地板上，在他们怀抱希望共同买下的公寓里。伊恩一只手捂着脸，抽抽噎噎地说：“我受不了了，为什么这种事会发生在我身上？简直是地狱。我在地狱里，爱姆！”

“我知道，对不起。”她搂住他的肩膀。

“你为什么就不能爱我？为什么不能爱上我？你爱过我的，对不对？一开始的时候。”

“当然了。”

“那为什么不能再爱我一次？”

“噢，伊恩，我做不到。我试过，就是做不到。对不起，非常非常对不起。”

过了一会儿，他们紧挨着躺在地板上，好像是被洪水冲过来的一样。她的脑袋枕着他的肩膀，胳膊横在他的胸前，嗅着他的气味，她非常熟悉的温暖而舒适的气味。最后，他说话了。

“我该走了。”

“我也这么觉得。”

他始终把头偏向一边，不让她看到他那张红肿的脸。他坐起来，朝卧室地上的纸堆、笔记本和照片堆点点头，“你知道我为什么这么伤心吗？”

“说吧。”

“因为我们俩的合照太少了，你和德克斯特的照片成百上千，我和你的却几乎没有，至少近期一张都没照过。我们好像不再合影了。”

“没有合适的照相机。”她心虚地说，不过他选择接受这个回答。

“对不起……你知道，我不该这样闯进来乱翻你的东西，这种行为完全无法让人接受。”

“没关系，只是以后别再这样了。”

“顺便说一句，有些故事你写得很不错。”

“谢谢。虽然那本来应该是私密的东西。”

“为什么要保密？你总得展示给什么人看吧？把自己推销出去。”

“好吧，也许我会的。等着那一天吧。”

“那些诗就算了，别让人家看到，但故事是可以的，非常好，你是个好作家，很聪明。”

“谢谢你，伊恩。”

他的脸又皱起来。“没那么糟糕吧？在这里和我住的时候？”

“挺好的，我只是把所有问题都赖在你身上而已。”

“你想给我讲讲吗？”

“没什么好说的。”

“好吧。”

“好吧。”他们相视一笑。他已经站在了门口，一只手按着门把手，似乎不是太想走。

“最后一件事。”

“说吧。”

“你没和他约会吧？我是说德克斯特。我可能想得太多了。”

她叹了口气，摇摇头。“伊恩，我拿命跟你发誓，我没和德克斯特约会。”

“因为我在报纸上看到他和女朋友分手了，正巧我们俩也分手了，他又单身了……”

“我已经有……天哪……很久很久没见到德克斯特了。”

“但没有别的事吗？你和我在一起的时候？德克斯特和你，有没有背着我……我实在没法不去这么想……”

“伊恩……我和德克斯特之间什么也没发生过。”她只盼着他赶紧走，不要再问什么问题了。

“可你是不是希望发生点什么？”

她希望吗？是的，有时候。经常。

“不，我没想过。我们只是朋友。”

“好了。好吧。”他看着她，挤出一个微笑，“我很想你，爱姆。”

“我知道。”

他一只手按着肚子。“我一想起来就难受。”

“会过去的。”

“是吗？因为我觉得我可能会变得有点不正常。”

“我知道。可我帮不了你，伊恩。”

“你永远都可以……回心转意。”

“我不能。不会的。对不起。”

“好嘞。”他耸耸肩，抿着嘴来了个斯坦·劳莱式的微笑，“还有，再说一句可以吗？”

“可以。”

“我还是觉得你美得要人命。”

她笑了笑，因为他希望她笑。“不，你才是真要命，伊恩。”

“好了，我不会站在这里争论这个问题的！”他叹了口气，再也撑不下去，只得去开门，“那么，莫小姐，回头见。爱你哟。”

“回头见。”

“再见。”

“再见。”

他转身猛地拉开门，踢了门板底下一脚，装出被门撞到脸的样子，爱玛十分配合地笑出声来，伊恩做了个深呼吸，走掉了。她在地上又坐了一分钟，突然站起来，带着全新的期许，抓起钥匙，大步跨出公寓。

东17区的夏日傍晚，吵嚷和尖叫声在建筑之间回荡，几面圣乔治旗无精打采地挂在杆子上。她大步穿过前院，想着是不是该找几个怪朋友做伴，度过这段难熬的时光——六七个讨喜又搞笑的都市人坐在低矮的懒人椅上聊天，这不正是城市生活的本质吗？可他们要么住在两小时的车程之外，要么得陪伴家人或者男朋友……无论如何，幸好附近有家叫作Booze'R'Us的酒类商店，就是不知道为什么叫这个名字，真是匪夷所思。

商店门口有一群吓人的小孩，懒洋洋地骑着自行车绕圈子，但她现在无所畏惧，目不斜视地大步从他们中间穿过，走进大门，选了一瓶最不花哨的葡萄酒，然后排队交钱。排在她前面的那个男人脸上有个蜘蛛网图案的文身，等待他数出零钱买下那瓶两公升的苹果酒的空当，她发现一只玻璃柜里锁着一瓶香槟，瓶子上积了层灰尘，犹如某个一去不复返的奢华时代留下的遗存。

“那瓶香槟我也要了，拜托。”她说，店主怀疑地望向她，下一秒就放心地看到她手里攥着足够的钞票。

“庆祝，嗯？”

“没错。非常值得庆祝。”她突然想起来了什么，补充道，“一包二十支装的万宝路。”

两瓶酒装在一只又脆又薄的塑料袋里，摇摇晃晃敲打着她的屁股。她跨出店门，忙不迭地往嘴里塞了支烟，仿佛那是解毒剂。就在这时，她听到一个声音。

“莫利老师？”

她惭愧地环顾四周。

“莫利老师？在这儿！”

只见索尼娅迈着一双长腿大步走过来，她的得意门生，她的投影。昔日那个扮演阿特福·道格尔的瘦小女孩像是变了一个人：高挑自信，头发整齐地向后梳。爱玛清楚地知道现在索尼娅眼中的她是什么样子的：弓腰驼背，眼睛发红，嘴里叼着烟，背后就是Booze'R'Us。不愧是鼓舞学生的好榜样。她讪讪地把点燃的烟藏到背后。

“你好吗，老师？”索尼娅看起来有点不自在，眼珠不自然地左右转动，似乎后悔刚才走了过来。

“我很好！你怎么样，索尼娅？”

“挺好的，老师。”

“高中怎么样？还顺利吗？”

“是的，非常棒。”

“明年参加毕业考试了吧，对吗？”

“没错。”索尼娅偷偷瞥了一眼爱玛身侧的塑料袋，袋子里的酒瓶叮当作响，她的身后还弯弯曲曲地飘着一缕烟。

“明年上大学吗？”

“诺丁汉，但愿能去，如果分数够的话。”

“会的，会的。”

“多亏了你，谢谢。”索尼娅说，语气却不怎么肯定。

一阵沉默。为了打破僵局，爱玛只得一手举起酒瓶，一手举着烟，摇晃着说：“每周购物！”

索尼娅看起来有些茫然。“好吧，我得走了。”

“好的，索尼娅，见到你真高兴。索尼娅？祝你好运，好吗？好运！”可索尼娅已经头也不回地大步走开了，“抓住当下，及时行乐”的爱玛老师只能目送她的背影离去。

这天晚上夜深的时候，发生了一件怪事。她正躺在沙发上打瞌睡，开着电视，脚边放了个空酒瓶，突然被德克斯特·梅休的声音吵醒。她没怎么听懂他在说什么——好像是关于第一人称射击游戏的，多人竞赛模式、无限火力通关什么的。她迷惑而又关切地强行睁开双眼，看到他站在屏幕中央。

爱玛微笑着挺直身体，她以前看过这档叫作《游戏进行时》的深夜节目，除了电脑游戏新闻就是游戏现场直播，背景是个聚苯乙烯仿真石头搭起来的地牢，冒着红光，大概想把打游戏比作炼狱冒险。地牢里面坐着几个面无血色的年轻人，弓腰趴在一块巨大的屏幕前，德克斯特·梅休正在一旁敦促他们赶紧按键，赶紧开枪。

这场名为“联谊赛”的游戏直播中间还穿插着热情的游戏评论和推介，德克斯特和一个显然是在装点门面的橙色头发女主持不停地讨论着本周推出的游戏大作。也许是爱玛的电视太小的缘故，他的脸显得有点浮肿，面色也有些灰暗。也许只是屏幕太小的关系，但她总觉得他好像少了点儿什么，记忆中的浮夸似乎没有了。他正在谈论《毁灭公爵》3D版，语气却有些不确定，甚至还有点儿尴尬。无论如何，她心里还是对德克斯特·梅休涌起一股巨大的温情，八年了，她没有一天不曾想到他。她想他，希望他回来。我要我最好的朋友回来，她想，因为没有他什么都索然无味，什么都不对劲。我会给他打电话，快要睡着的时候，她这样想着。

明天，明天第一件事，给他打电话。

第十一章
两次会面

1997年7月15日，星期二

苏活区和南岸

“所以……坏消息是，他们要取消《游戏进行时》了。”

“是吗？真的？”

“没错，真的。”

“好吧，嗯，好吧。他们说过为什么要取消吗？”

“没有，德克西，节目的本意是让深夜档的观众享受到电脑游戏的乐趣和刺激，他们觉得这个目标没能实现。电视台认为节目的内容不行，所以决定取消。”

“我明白了。”

“……然后换一个主持人重新开始。”

“再换个新名字？”

“不，还是叫《游戏进行时》。”

“好吧。那……那么还是一样的节目？”

“会做很多重大改动。”

“可还是叫《游戏进行时》？”

“是的。”

“布置、形式什么的都是一样的？”

“总体来说是这样的。”

“就是换了个主持人？”

“是的，不同的主持人。”

“谁？”

“不知道。不过不是你。他们说这个更年轻，越来越年轻化了，我只知道这些。”

“那么……换句话说，我被炒了。”

“好吧，我建议你换个角度看问题，拿这件事来说吧，就是在这种情况下，他们决定改变方向，变到跟你相反的方向上去。”

“好吧，好吧。那……好消息是什么？”

“什么？”

“嗯，你说‘坏消息是他们决定取消节目’，那好消息呢？”

“就这么一条消息。没有别的了。”

恰好与此同时，几乎不到两英里之外的泰晤士河对岸，爱玛·莫利正和老朋友斯蒂芬妮·肖站在上行的电梯里。

“最主要的是，我得提前把话说明白——免得到时候吓着你。”

“我为什么会被吓到？”

“她是个传奇，爱姆，出版界的传奇。臭名昭著。”

“臭名？为什么？”

“因为她……很有个性。”尽管电梯里没有别人，斯蒂芬妮·肖还是压低声音，对着爱玛咬耳朵，“她是个出色的编辑，就是有点儿……古怪。”

电梯在两人的沉默中继续上升了二十层。斯蒂芬妮身材娇小，穿着挺括的白衬衫——不对，应该叫罩衫——黑色紧身铅笔裙，整齐的短发，与多年前辅导课上那个坐在爱玛旁边、闷闷不乐的哥特风女孩判若两人。爱玛惊讶地发现，这位老熟人专业的举止和干脆利落的谈吐竟然让她心生畏惧。斯蒂芬妮·肖很可能炒过不少人的鱿鱼，也对别人说过“把这个给我复印了”之类的话。如果爱玛在学校里这么干，准会被人当面嘲笑。电梯里，两手紧扣在身前的爱玛突然产生了想要咯咯傻笑的冲动，因为她现在感觉自己像在玩那个叫作“办公室”的游戏。

电梯门在第三十层打开了，眼前是一大片开放式区域，高大的茶褐色玻璃窗俯瞰泰晤士河和朗伯斯区。初来伦敦时，爱玛曾经给出版商写过几封满怀希望然而见识有限的信，以为会有个老秘书模样的人，坐在乔治王朝时代凌乱的破房子里，戴上半月形的眼镜，拿起象牙裁纸刀把信拆开。然而眼前这个地方却光洁明亮、充满朝气，显然是个现代媒体的工作场所，唯一让她确定自己没来错地方的是地上和桌上的那些摇摇欲坠的书堆，像是随意摞起来的。斯蒂芬妮大步向前，爱玛紧随其后，办公室四周的书墙后面探出一颗颗脑袋，瞥向新来的客人，她没敢停步，费力地脱下了外套。

“眼下我没法保证她是不是全都读完了，或者到底读了没有。不过她要求见你，这已经很好了，爱姆，非常好。”

“非常感谢，斯蒂芬妮。”

“相信我，爱姆，你写得真的很好。否则我根本不会交给她，让她读一堆垃圾对我没好处。”

这是个校园故事，给年龄比较大的孩子看的虚构小说，背景是利兹的一所综合中学。有点像真人版的《马洛丽塔女中》，故事围绕校园剧《雾都孤儿》的排演为线索展开，以阿特福·道格尔的扮演者朱莉·克里斯柯尔的视角进行讲述，朱莉是个爱吹牛、不负责任的女孩。书中还有插图：各种涂鸦、漫画和内容具有讽刺意味的泡泡对话框，这些东西都能在十几岁女孩的日记里找到，杂七杂八地跟文字混在一起。

她已经把书稿的前两万字先后投给了好几家出版社，耐心等待之后收到的全部都是退稿信，无一例外。**不适合我们，抱歉帮不上忙，希望在别处获得好运**。他们都这么说，唯一的安慰是，他们提到书稿内容时都在含糊其词，显然没怎么读过稿子，只是例行公事地写了封拒绝信。在爱玛写过和放弃过的所有东西里面，这是第一部她自己读过之后没把稿纸团起来丢到房间对面的作品，她知道自己写出了好东西，但显然还需要走走门路才不至于埋没了它。

尽管大学时代结识过各种有影响力的人物，但她曾经暗自发誓绝不拉关系套近乎——求比自己成功的同龄人办事无异于向朋友讨钱花。然而她收到的退稿信已经装满了一整个活页夹，母亲也偏偏喜欢提醒她：你已经不再年轻了。于是有天午休的时候，她找了间安静的教室，做了个深呼吸，给斯蒂芬妮·肖打电话。这是三年来她们第一次说话，但三年前她们至少都对彼此有好感，一番愉快的叙旧之后，她切入正题：你愿不愿意看点东西？我写的。一本青少年读物的节选和大纲，讲校园音乐剧的。

所以她才来到这里跟一位出版商见面，活生生的出版商。她喝了太多咖啡，身体有点发抖，焦虑也让她有些头晕，而且她今天为了赴约，不得不跷班过来，这个事实更无法缓解她的烦躁。今天有个重要的教工会议，是放假前的最后一次，她却像个偷懒耍滑的学生，一早起来就捏着鼻子给秘书打电话，哑着嗓子说自己得了胃肠型流感，秘书的怀疑隔着电话都能听出来。她这么做也给戈达明先生制造了麻烦，菲尔一定会很生气。

现在没有时间担心这个了，因为她们已经来到了转角处的办公室，这是个巨大的立方形玻璃隔间，她能看到里面有个细瘦的女性背影，透过更远一点的大玻璃窗向外看，则是从圣保罗大教堂直到议会大厦的壮丽全景。

斯蒂芬妮指了指门口的一把矮脚椅。

“好了，在这儿等一下。过后来找我，告诉我谈得怎么样。记住——别害怕……”

“他们没说理由吗？为什么把我给换了？”

“没有。”

“得了吧，亚伦，告诉我吧。”

“嗯，他们的原话是这样的，你的风格有点太1989了。”

“哇哦，哇哦，嗯，好吧，好吧，嗯——我可去他们的吧！”

“就是啊，我也是这么说的。”

“是吗？”

“我告诉他们，对于这个结果，我反正是不太满意的。”

“好吧，那接下来干什么？”

“没有了。”

“没有了？”

“倒是还有个机器人打架的节目，你得介绍一下双方的机器人……”

“机器人为什么要打架？”

“谁知道呢？我猜那是它们的天性？它们都是有进取心的机器人。”

“还是算了吧。”

“好吧。《男人和车》的汽车秀怎么样？”

“什么，卫视吗？”

“卫星和有线电视是未来的趋势，德克斯。”

“那无线呢？”

“有点过时了。”

“苏琪·梅多斯怎么不过时？托比·莫雷怎么不过时？只要有电视的地方都能看见该死的托比·莫雷！”

“电视就是这样，德克斯，此一时彼一时。他不过是赶上了潮流而已，你曾经是潮流，现在他是潮流。”

“我曾经是潮流？”

“现在不是了。我是说，人生总有起起伏伏，我认为你需要考虑换个方向。我们得改变观众对你的印象、你的名声。”

“等等——我还有名声？”

爱玛坐在低矮的皮椅上静静等待，望着忙碌的办公室，不由得对这个商务的世界和其中精明干练、朝气蓬勃的专业人士产生了些许羞涩的羡慕——当然，羡慕的范围仅限于环境层面。这处办公区虽然并没有什么特别之处，但与克伦威尔路综合中学相比，它具有一种更积极的未来主义风格，学校的教工休息室也因此相形见绌：积着茶垢的马克杯、破损的家具、简单粗暴的值班表、总是弥漫着抱怨和不满的气氛。诚然，有些孩子在有些时候真的很棒，但近来的师生冲突变得更频繁、更令人担忧。她头一次遭到学生顶撞，让她“住嘴”，如此不可理喻的态度简直前所未见，不过这种情况也可能是她本人缺乏技巧、动力和能量导致的，就算她跟校长有一层特殊关系也于事无补。

如果换一条路走会怎么样？假如她从二十二岁开始就坚持不懈地向出版社投稿，那么现在穿铅笔裙、吃“来一客”三明治的会不会是爱玛·莫利？一段时间以来，她越发相信，如果生活到了必须改变的时刻，那就改变吧，也许这次会面就是新的开始。就在这时，助理放下电话，走了过来，爱玛的胃下意识地开始搅动，知道玛莎要见她了。她站起来，抚了抚裙子——因为电视上的人都是这么做的，然后走进那个大玻璃盒子。

玛莎——她是不是姓弗兰考姆来着——身材高挑，气势压人，老鹰般的五官让她显得像一条吓人的豺。她四十出头，灰色的齐耳短发向后梳成苏维埃的样式，嗓音沙哑而威严，她站在那里，向爱玛伸出手。

“啊，你一定是我十二点半的客人。”

爱玛尖声细气地应了一声。没错，十二点半，尽管严格来说应该是十二点十五分。

“请坐。”玛莎突然用德语说。她怎么说德语？为什么？嗯，还是顺着她演下去吧。

“谢谢。”爱玛也用德语尖着嗓子道谢。她环顾四周，坐在了沙发上，开始打量整间屋子：架子上的奖杯、裱在框里的书封、展示职业成就的纪念品……爱玛忽然感到自己不该来，因为她不属于这里，不能浪费这位可敬可畏的女士的时间，玛莎可是正经的图书出版人——货真价实，大众会出钱买、花时间读的图书，而且她接下来的举动也让爱玛越来越紧张，只见她默不作声地拉低百叶窗，调整叶片，挡住办公室外面的光线和视线……两人就这么坐在半明半暗之中，爱玛突然觉得自己即将接受一场审讯。

“实在抱歉，让你久等了。真是忙得不可开交，我只能临时抽出空来见你。我不想搞得太仓促，像这么重要的事情一定要谨慎才能做出正确的决定，你觉得呢？”

“非常重要，没错。”

“告诉我，你跟孩子打交道多长时间了？”

“嗯，我想想，1993年开始的，大约五年了。”

玛莎感兴趣地欠了欠身。“那你喜欢这工作吗？”

“喜欢。至少大多数时候是喜欢的。”爱玛觉得自己有点太僵硬和严肃了，“他们不给我捣乱的时候。”

“孩子会给你捣乱？”

“老实说，有时候他们就像小混蛋。”

“真的？”

“你知道的，厚脸皮，总爱搞破坏。”

玛莎向后一仰，靠坐在椅子上。“那你是怎么维持纪律的？”

“哦，一般情况下，我会拿椅子砸他们！不是真砸！就是像往常那样，把他们撵到教室外面。”

“明白了，明白了。”玛莎没再多说，但从神情看，她非常不认可爱玛的回答。她的视线移回到桌上的文件，爱玛不知道什么时候才能讨论她的作品。

“好吧，”玛莎说，“我不得不说，你的英语比我想象中的好得多。”

“什么？”

“我的意思是，你的英语很流利，就像土生土长的英格兰人。”

“哦……我就是本地人啊。”

玛莎看上去有点生气。“你的简历上可不是这么说的。”

“什么？”

“你的简历上说，你是德国人！”

爱玛该怎么补救？假扮德国人？不行，她不会说德语。“不，我绝对是英格兰人。”什么简历？我没寄过简历啊。

玛莎摇着头说：“对不起，咱们说的好像不是一件事，你是我十二点半的客人吗？”

“没错！我想是的，难道不对吗？”

“保姆？你是来应聘保姆的？”

“我还有名声？”

“一点点。业内的。”

“什么样的名声？”

“就是有点……不靠谱。就这些。”

“不靠谱？”

“不专业。”

“怎么不专业？”

“爱喝酒，有时在镜头前像是磕了药。”

“嘿，我可从来没……”

“……傲慢自大。他们觉得你傲慢。”

“傲慢？我这叫自信，不是傲慢。”

“嘿，我只是告诉你别人是怎么说的，德克斯。”

“‘别人’，‘别人’是谁啊？”

“和你共事的人。”

“真的吗？上帝啊……”

“我只是说，如果你觉得自己有问题……”

“我没有。”

“……现在可能是解决问题的时候了。”

“可我没有问题。”

“好吧，那我们就没什么要谈的了。另外，我认为你花钱的时候得小心了，至少接下来的几个月要注意。”

“爱玛，我非常抱歉……”

她朝电梯走去，眼睛热热的，玛莎紧跟在后面，接着是斯蒂芬妮。这一行人所到之处，接连不断地有脑袋从玻璃隔间里探出来——他们肯定都在想，这可能就是获得“大创意”必须付出的代价吧。

“很抱歉浪费了你的时间，”玛莎讨好地说，“本来应该有人打电话取消的。”

“没关系，不是你的错……”爱玛嘟囔道。

“我会找助理谈谈的。你确定没收到消息吗？我讨厌取消会面，可这次我是真的没有时间读你的稿子。我现在倒是可以尽快浏览一下，但可怜的海尔格这会儿肯定还在会议室里等着……”

“我非常理解。”

“斯蒂芬妮向我保证过，说你特别有才华，我非常期待拜读你的作品……”

来到电梯门口，爱玛按下按钮。“好的，那么……”

“无论如何，你至少写出了一本有趣的故事。”

一本有趣的故事？她用力戳动按钮，好像在戳谁的眼睛。她可不想要什么有趣的故事，她要的是改变和突破，不是逸闻趣事。她的生活从来不缺逸闻趣事，更不缺王八蛋，现在她需要一次性扭转困局。她需要成功，或者至少是获取成功的希望。

“恐怕下周不行，我要去度假，所以可能要等一段时间才能给你消息。不过一定会在夏天结束之前联系你的，我保证。”

夏天结束之前？时间一个月一个月地过去，却没有任何改变。她又戳了一下电梯按钮，什么都没说，像个坏脾气的小女孩，甩脸色给她们看。她们静静地等待着。玛莎似乎从慌乱中恢复过来，锐利的蓝眼睛来回打量着爱玛。“告诉我，爱玛，你现在做什么工作？”

“教英语。在莱顿斯通的一所中学。”

“那一定很辛苦吧，你在什么时间写作呢？”

“晚上。周末。有时候一大早。”

玛莎眯起眼睛。“你一定对它很有热情。”

“这是我现在唯一想做的事情。”爱玛脱口而出，说完不禁吃了一惊，不仅因为自己那热忱的语气，还由于意识到这句话是千真万确的。电梯门开了，她瞥了一眼身后，几乎有些想要留下来了。

玛莎伸出手来。“好了，再见，莫利小姐。期待和你进一步沟通。”

爱玛握着她长长的手指。“祝你找到合适的保姆。”

“但愿。上次那位是个精神病患者。我猜你不会对这份工作感兴趣的，是不是？但我相信你肯定会干得很好。”玛莎微笑着说，爱玛也冲她笑笑。玛莎身后的斯蒂芬妮咬了咬下嘴唇，用嘴型无声地说着“对不起-对不起-对不起”，又比了个打电话的手势，“打给我！”

电梯门关上了，爱玛身子一歪，萎靡地靠在壁板上，电梯骤然下落，直降三十层，她感到先前胃里兴奋的翻搅全部化作酸楚的失望。这天凌晨三点的时候，失眠的她还幻想过跟新结识的编辑一拍即合、兴之所至地共进午餐，她在牛津塔喝着清爽适口的白葡萄酒，用引人入胜的校园故事迷住对方，可现在她却狼狈地一路狂奔，二十五分钟不到就出现在泰晤士河南岸。

五月份时她曾经在这里庆祝过选举结果，当初的欣喜若狂早已荡然无存。由于此前请假说自己得了肠胃型感冒，她现在连教工会议都无法参加，不过她也预感到会上八成少不了各种争吵、指责和狡辩。为了清空头脑，她决定散个步，于是朝塔桥方向走去。

然而就连泰晤士河也无法振作她的精神，南岸这一带正在改造，到处是脚手架和防水布，岸边的那座发电厂废墟般矗立在仲夏的阳光下，沉闷而压抑。她饿了，却找不到吃东西的地方，也没有一起吃东西的同伴。手机响了，她在包里胡乱摸索，急于找到倾诉挫败感的对象，可等到听清楚对方是谁时，已经来不及挂断了。

“嗯……胃肠型流感，是吗？”校长说。

她叹了口气。“没错。”

“哦，你在卧床休息吗？可我怎么听着你不像是在床上，倒像是在晒太阳呢？”

“菲尔，拜托……别为难我。”

“哦，不，莫利老师，你可别指望能有两全其美的好事，结束了我们的关系，还想着得到特殊照顾……”几个月来他一直用这种蛮横恶毒、阴阳怪气的口吻跟她说话，她不由得再次痛恨起自己的作茧自缚。“如果你想公事公办，那我们就只谈公事！好！你如果不介意的话，能不能告诉我，为什么不来参加今天这么重要的会议？”

“菲尔，请不要这样，好吗？我心情不好。”

“因为我讨厌把它当成纪律问题来处理，爱玛……”

她把手机从耳边拿开，校长还在那头喋喋不休。这部手机显然已经粗笨过时，是他送给她的情人礼物，这样就能随时随地听到她的声音。天哪，他们曾经还用这玩意儿电话做爱，或者说只是他单方面做……

“已经明确地通知过你，会议是必须出席的。学期还没结束，你知道的。”

……有那么一瞬，她非常想把这个破手机扔进泰晤士河，看着它像半块砖头那样砸进水里肯定很爽，怎奈必须先把SIM卡拿出来，从而使这个举动的象征意义大打折扣，更何况如此戏剧性的一幕只适合在电影和电视中出现，她也买不起新的手机。

她决定辞职，但这个念头不是刚刚才有的。

“菲尔？”

“还是叫我戈达明先生吧，好吗？”

“好吧……戈达明先生？”

“嗯，莫利老师？”

“我要辞职。”

他笑了，又是那种让人窝火的假笑，她仿佛能看到他现在的模样——慢条斯理地晃着脑袋说：“爱玛，你不能辞职。”

“我能，我已经提出来了。还有，戈达明先生？”

“爱玛？”

一连串脏话涌到嘴边，可她有点难以启齿，只能不出声地对着听筒嚅动嘴巴，然后挂断，把手机放进包里。一吐为快的亢奋和对未来的恐惧交织往复，她头晕目眩、漫无目的地沿着泰晤士河向东走去。

“好了，抱歉啊，我不能带你去吃午饭了，还要见另一位客户。”

“好的，谢谢，亚伦。”

“也许下次吧，德克西。怎么了？你好像没精打采的，伙计。”

“没什么，我只是有点担心。”

“担心什么？”

“就是……你知道的。未来。我的事业。我没料到会这样。”

“未来一向都是难以预料的，对不对？所以才他妈的让人兴奋！嘿，过来，快来！我有个关于你的想法，伙计，想不想听？”

“你说吧。”

“大家喜欢你，德克斯，真的喜欢。问题在于他们喜欢你的方式……是那种冷嘲热讽、口是心非、又爱又恨的，我们需要做的是让一部分人真心实意地喜欢你……”

第十二章
说“我爱你”

1998年7月15日，星期三

苏塞克斯郡，奇切斯特

德克斯特莫名其妙地陷入爱河，生活也突然变成了一次漫长的短假。

西尔维·柯普。她叫西尔维·柯普，美丽的名字。假如被问到她长得怎么样，他会摇摇头，吐出一口气，说她棒极了，就是棒极了，非常……惊艳！她当然很漂亮，但漂亮得与众不同，既不属于苏琪·梅多斯那一类热情洋溢的封面女郎，也不像娜奥米、英格丽德、尤兰达那样，容貌只符合一时的审美。她的美沉静而古典，如果放在以前做主持人的时候，他会形容她“高级”，甚至“特别高级”：一头又长又直的金发整齐地从中间分开，小巧精致的五官完美地分布在白皙的桃心形脸庞上，让他联想到一幅不记得标题的女性肖像画，里面有个头上戴着花的中世纪女子。这就是西尔维·柯普的模样，这样的女人最适合待在家里，养一只独角兽当宠物。她身材高挑，有点严肃，经常面无表情，在他说了蠢话或者做了蠢事的时候，偶尔也会皱皱眉头、翻翻白眼。西尔维是个完美无瑕的完美主义者。

她的一双耳朵有点招风，来自背后的光线会给它们镀上一层朦胧的光晕，使之变得犹如微光熠熠的白色珊瑚，连脸上和前额的绒毛也被映照得越发可爱起来。假如换成当年那个见识浅薄的德克斯特，他会认为这些特征——会发光的耳朵啦，毛茸茸的额头啦——令人厌恶，然而此刻，在英格兰炎夏之夜的草坪上，她坐在桌子对面，修长的手指支撑着完美的小下巴，燕子在头顶盘旋，蜡烛照着她的脸，在他眼里她就像个画中人，是通晓催眠术的魔法师，让他色授魂与。她隔着桌子朝他微笑，他决定今晚就对她说"我爱你"。除了喝得酩酊大醉时或者另有目的，他从未真心实意对她表白过，"我真他妈的爱你"当然不能算数，他觉得现在正是让"我爱你"三个字发挥本色的好时机。他出神地琢磨着这个计划，竟然没听到别人说了什么。

"德克斯特，你现在究竟做什么工作呢？"西尔维的母亲海伦·柯普问，她坐在长桌的尽头，身穿米色羊绒衫，像只鸟儿那样聒噪而冷淡。

德克斯特浑然无觉地凝视着西尔维。她扬扬眉毛，发出警告："德克斯特？"

"嗯？"

"妈妈问你问题呢。"

"对不起，走神了。"

"他是电视主持人。"西尔维的兄弟萨姆说，他十九岁，有着大学赛艇运动员的身板，和他的孪生兄弟默里一样，是个笨拙、自满的小纳粹。

"'是'还是'曾经是'？你还在主持节目吗？"默里假笑着说，兄弟俩同时扭头，彼此对视，甩了甩各自的金色刘海。如出一辙的运动员身材、白皙皮肤、蓝眼睛，这一对儿就像是从实验室里培养出来的。

“妈妈没问你，默里。”西尔维呵斥道。

“嗯，我现在还是主持人，算是吧。”德克斯特说，心里却想，早晚让你们好看，小王八羔子。此前他和双胞胎在伦敦打过口水仗，从兄弟俩假惺惺的笑容和挤眉弄眼可以看出，他们并不认可姐姐的新男友，觉得他配不上她。柯普一家是人上人，也只能接纳人上人。德克斯特不过是个小白脸，江河日下却不知深浅的过气“名人”。一桌人沉默无语。他要不要继续说点什么？“对不起，刚才是什么问题来着？”德克斯特问，走神只是暂时的，他会陪他们玩到底。

“我想知道你最近在忙些什么，工作方面？”柯普夫人耐心地重复道，意思很清楚：现在是一场面试，为西尔维的男友岗位招聘人手。

“嗯，我在制作几档新电视节目，正等着签约呢。”

“都是些什么节目？”

“嗯……其中一个是关于伦敦夜生活的，有点像实时报道，还有一个是体育节目，极限运动。”

“极限运动？什么是极限运动？”

“哦，自行车山地越野、单板滑雪、滑板……”

“你自己也玩‘极限运动’吗？”默里皮笑肉不笑地问。

“玩一点滑板。”德克斯特戒备地答道，同时注意到桌子另一头的萨姆把餐巾塞进了嘴里。

“我们会不会在BBC的什么节目里看到你呀？”西尔维的父亲莱纳尔说，他英俊微胖，志得意满，年近六十依然保有一头款式奇特的金发。

“不太可能。恐怕都是些深夜节目。”“**恐怕都是些深夜节目**”“**玩一点滑板**”。老天爷，他想，我都说了些什么啊？柯普一家和他之间向来存在某种难以名状的隔阂，跟他们打交道就像活在古装剧里——或许这也是一档深夜节目，是考验的一部分……

这时，嘴里塞满色拉的默里——或者实际上是萨姆？——突然说：“我们看过你主持的那个深夜节目，《喝酒聊天》，全是脏话，还有漂亮小妞儿在笼子里跳舞。你不乐意让我们看来着，记得吗，妈妈？”

“我的天，是那个玩意儿吗？”柯普夫人皱着眉头说，“我好像记得。”

“你当时特别特别讨厌它呢。”不知道是默里还是萨姆说。

“关了它！你老是这样吆喝。”双胞胎中的另外一位说，“关了它！你们会把脑子看坏的！”

“有意思，我妈当时也这么说。”德克斯特说，可没人接他的茬，于是他伸手去够葡萄酒瓶。

“这么说，那真的是你？”西尔维的父亲莱纳尔挑着眉毛问，仿佛桌前的这位绅士不慎暴露出了泼皮无赖的本相。

“嗯，是啊，其实我也不总是那样，也会采访采访乐队和电影明星什么的。”他不知道搬出“乐队”和“电影明星”之类的字眼会不会显得傲慢自大，然而别无选择，因为双胞胎已经做好了向他发难的准备。

“那你现在还经常和电影明星混吗？”其中之一嘲弄地说。狂什么狂，雅利安小变态。

“不了，都是以前的事了。”他决定实话实说，但语气里没有丝毫遗憾或自怜，“不值得提。”

“德克斯特这是谦虚，”西尔维说，“一直有人约他上节目，可他对节目很挑剔。他真正想做的是制片人。德克斯特有自己的媒体制作公司！”她自豪地说，她父母也赞许地点头。商人、企业家——这还差不多。

德克斯特也露出微笑，其实他最近的生活远不如过去热闹，梅亨电视有限公司还没开始赚钱，甚至连业务都没谈过一笔，眼下依然以造价不菲的企业信笺的形式存在着。经纪人亚伦已经把他甩了，配画外音、做广告之类的活儿也接不到，参加首映式的机会明显减少，不再给苹果酒代言，牌友悄悄把他踢出了局，连杰米·罗奎乐队里那个弹康茄舞曲的家伙也不给他打电话了。尽管如此，除了事业低迷之外，他的状态却很好，因为爱上了西尔维，美丽的西尔维，现在他俩正在休小短假。

他们的周末经常在斯坦斯特德机场开始和结束，从那里飞往热那亚、布加勒斯特、罗马或者雷克雅未克，每段行程都经过西尔维精确的预先计划，犹如一支侵略军。这对格外迷人的欧洲都市情侣，入住小型时尚精品酒店，闲逛、购物、闲逛、购物、闲逛、在街头咖啡座喝小杯黑咖啡，然后钻进刷灰褐色墙漆、带卫生间和细高瓶竹枝插花的时髦小卧室，把门一关。

他们要么在欧洲各大城市探索独立小店，要么在伦敦西区和西尔维的朋友们一起消磨时间，这些人中有娇小漂亮、面容严肃的姑娘以及她们粉色面颊、屁股肥大的男朋友，与西尔维她们类似，这些男性或者从事营销、广告工作，或者在伦敦商务区上班。老实说，他们让德克斯特想起学校里的级长和学生会主席，惹人讨厌倒是谈不上，就是不那么酷。没关系，生活中的一切不可能都是酷的，况且这种不那么混乱、更有条理的生活方式自有它的好处。

安宁与醉酒不可兼得，除了晚餐时偶尔喝点香槟或者葡萄酒之外，西尔维从不沾染烈酒，也不抽烟吸毒，不吃红肉、面包、精制糖和土豆。更可怕的是，她无法容忍德克斯特醉酒，他传说中的调酒师能力于她而言毫无意义。她认为醉态十分令人尴尬，绅士风度尽失，而且不止一次地在深夜里丢下贪杯的德克斯特径自离去。尽管她从来没有明说，但他清楚自己只剩一个选择：收敛行为、规整生活，否则就会失去她。因此他这些天来宿醉和流鼻血的次数减少了，早晨醒来也不经常感到羞耻自责了，入睡前也不会在床头放一瓶红酒，以免半夜时口渴……对此他心怀感激，犹如重获新生。

然而西尔维最让人震惊的地方在于，他喜欢她远远多于她喜欢他。他喜欢她的坦率、自信和镇定，喜欢她所向披靡近乎凶残的野心，喜欢她昂贵完美的品位，当然还喜欢她的相貌和他们两人相处时的感觉，喜欢她的理性超然，像钻石那样坚硬、明亮且令人向往。他平生第一次不得不主动追求别人。两人第一次约会是在切尔西的一家价格昂贵的法国餐厅，他忍不住问她是否开心，得到了肯定的回答，但她又说不愿意在别人面前笑，因为不喜欢自己笑的样子，他虽然暗自有些瘆得慌，可又不得不佩服她的坦诚。

今晚是他第一次到她的父母家来，也是长周末的一部分——两人先在奇切斯特中途停留，然后继续沿M3公路前往康沃尔郡的一座租来的小屋，西尔维会在那里教他冲浪。当然他其实不该这么悠闲，而是应该工作，或者找工作，可是一想到西尔维身穿潜水服、玫瑰色的脸颊一本正经地绷着、头发扎在脑后的模样，他就无法抗拒。德克斯特望向西尔维，想看看她是否认可自己的表现，她在烛光下冲他鼓励地笑了笑。这么说到目前为止还不错，于是他给自己倒上最后一杯葡萄酒，千万别喝多了，得留一点智商跟这帮人周旋。

吃完甜点——用他们家自己的草莓做的果汁雪糕，德克斯特夸张地大加赞美——他帮西尔维把碗盘端进屋里，她家的房子是栋红砖豪宅，像一座高档娃娃屋。两人站在维多利亚乡村风格的厨房里，把餐具装进洗碗机。

“我一直分不清你的两个兄弟谁是谁。”

“告诉你个好办法——萨姆让人讨厌，默里让人恶心。”

“我觉得他们不太喜欢我。”

“除了自己之外，他们谁也不喜欢。”

“我认为他们觉得我有点浮夸。”

她越过餐具篮抓起他的手。“我家人怎么看你就那么重要吗？”

“那要看情况。难道你不在乎吗？”

“有点吧，我想。”

“那么我也应该在乎。”他十分诚恳地说。

她停止装碗碟，专注地看着他。西尔维在这方面像个大众谐星，不喜欢夸张地表现情感，比如搂搂抱抱什么的。跟她做爱就像劳神费力地打一场要求苛刻的壁球赛，让他浑身酸痛，而且总感觉自己输了，身体接触极少发生，万不得已时也是一触即收，猛烈而迅速。此刻她忽然扳住他的后脑勺，用力亲了他一下，同时抓住他的一只手，往自己腿间一塞。他瞪大眼睛与她对视，极力表现出专心致志又欲火焚身的样子，尽管实际上他的小腿正被洗碗机的门磨得很不舒服。他听见她的家人浩浩荡荡走进房子，门廊里传来双胞胎粗野的叫嚷，于是急忙向后撤，可下嘴唇被她的牙齿紧紧咬住了，被扯得长长的，像华纳兄弟动画片里的场景，他呜咽了一声，她笑着松开嘴，他的嘴唇像卷轴窗帘那样弹了回去。

“等不及想上床了。”她喘息道。他拿手背蹭了一下嘴唇，看看有没有流血。

“你家里人听见怎么办？”

“我不在乎，我已经长大了。”他盘算着要不要现在就对她说“我爱你”。

“天啊，德克斯特，你不能就这样把炖锅放进洗碗机，得先冲一冲。”她说完便走进起居室，把他留在厨房刷锅。

德克斯特不会轻易被任何人吓倒，然而这一家子有点不一样，他们的自负自满让他产生了防卫心理，这显然与阶层无关，因为他自己的出身同样优越，即便他的家庭要比铁杆保守党的柯普一家更偏向自由派和新潮一些。德克斯特之所以如此焦虑，是因为他觉得有义务证明自己也是赢家——柯普家的人习惯早起，爱好山地徒步、在湖里游泳，身强体壮、精神饱满，他可不能让他们比下去。

他走进起居室，各大“轴心国”势力同时转头面向他，房间里忽然安静下来，似乎他们此前一直在谈论他。他自信地微微一笑，在一张花朵图案的矮脚沙发上坐下。起居室装潢得像个乡村酒店，咖啡桌上散放着不少《乡村生活》《侦探》《经济学人》之类的杂志，短暂的沉默之中，时钟滴答作响，他正打算拿起一本《女士》杂志，却听见有人开口了。

“有了，我们玩‘在吗，莫里亚蒂’吧。”默里说，全家人一致表示同意，连西尔维也不例外。

“‘在吗，莫里亚蒂’是什么？”德克斯特问，柯普一家同时摇起头来，仿佛在嘲笑外来者的无知。

“是个非常非常棒的客厅游戏！”海伦说，当天晚上她还是头一次这么活跃，“我们玩了很多年了！”萨姆已经把一份《每日电讯报》卷成一根长长的硬纸棒，“大概就是一个人蒙上眼睛，拿着这个纸卷，跪在另一个人对面……”

“……对面的人也得蒙上眼。”默里接话道，同时从古董写字桌的抽屉里翻出一卷透明胶带，“拿报纸卷的人说：‘在吗，莫里亚蒂？’”他把胶带扔给萨姆。

“另外那个人就得左躲右闪，回答：‘在！’或者‘这里！’”萨姆用胶带紧紧地把报纸卷裹起来，“蒙眼的人根据声音传过来的方向，试着拿报纸卷打中他。”

“有三次机会，如果三次都打不中，就乖乖地等着下一个玩的人来揍你吧。”西尔维说，这个维多利亚时代的客厅游戏竟能让她眉飞色舞，“如果打中了，你可以选择下一位对手。我们就是这么玩的。”

“那么……”默里拿报纸卷敲了敲手心，“谁愿意来点儿‘极限运动’？”

大家决定首先由萨姆对战外来者德克斯特，不出所料，拿纸卷的是萨姆，战场是房间中央那块褪色的大地毯。西尔维领着德克斯特走过去，站到他身后，在他眼睛上绑了一条大白餐巾，这是公主对她忠诚骑士的支持。他最后瞥了一眼跪在对面的萨姆，发现那家伙正蒙着眼罩冲他坏笑，拿报纸卷轻轻敲着手掌，德克斯特忽然非常想要赢得这场比赛，让这家人瞧瞧他的厉害。

“给他们露一手。”西尔维低声说，灼热的呼吸喷进他的耳朵，他想起厨房里把手搁在她腿间的那一幕。她扶着他的手肘，帮他跪好。两个敌手相对无言，如同竞技场上的角斗士，占据着波斯地毯的两端。

“游戏开始！”莱纳尔像个罗马皇帝那样宣布。

“在吗，莫里亚蒂？”萨姆哧哧地笑着说。

“这里。”德克斯特说，然后敏捷地向后一仰，仿佛在跳林波舞。

第一击正中他的眼睛下方，发出令人满意的“啪”的一声，在房间里回响。“嗷！”“哎哟！”柯普一家怪叫着嘲弄他的痛苦。“一定很疼吧！”默里令人气恼地说，德克斯特感到了针刺般的屈辱，可他还是友善随和，甚至满含赞许地笑出了声。“你打中我了！”他揉着脸说，可萨姆像是嗅到了血腥的野兽，紧接着又问道——

“在吗，莫里亚蒂？”

“在……”

他还没来得及动弹，第二下就打在他的屁股上，让他身体一缩，跌跌撞撞地退到一边，一家人又笑起来。萨姆嘶嘶地叫道：“打中啦！”

“很好，萨米。”母亲自豪地说，德克斯特突然深深地恨起了这个该死的蠢游戏，这似乎就是这家人用来羞辱别人的诡异仪式。

“两发两中。”默里狂笑，“干得好，兄弟。”

……兄弟个屁，小王八蛋，德克斯特暗忖，他现在气得冒烟，因为他最讨厌的就是被人嘲笑，尤其是被这一家子冷嘲热讽，他们显然认为他是个失败者，根本配不上他们家的宝贝西尔维。“我想我现在找到窍门了。”他咯咯笑道，固执地维持着最后一丝幽默感，同时又很想照着萨姆的脸来一顿组合拳。

“让我们准备开战吧！”默里又用那种腔调说。

……拳头算什么，看来要拿煎锅拍他了，还得是铸铁煎锅……

“好了……我敢说这次会是个三连胜。”

……不行，得换成圆头锤子，或者狼牙棒……

“在吗，莫里亚蒂？”萨姆说。

“这里！”德克斯特说，他像个忍者那样扭腰向右闪躲。

第三下张狂地捅在他的肩膀上，报纸卷的钝头把德克斯特戳得向后退去，瘫坐在咖啡桌旁，这一戳实在太野蛮精准，他相信萨姆肯定作弊了，于是扯掉眼罩准备质问对方，却发现西尔维正大笑着靠过来，都顾不上讨厌自己笑的样子了。

“打中啦！毫无悬念！”小王八蛋默里尖叫着，德克斯特爬起来，假装不在意地做了个鬼脸，众人假惺惺地拍了几下巴掌。

“很好！”萨姆龇着牙欢呼，红润的脸皮紧紧绷起，胜利者般缓缓地把两个拳头往胸前一拉。

“下次好运吧！”海伦拖着长腔说，明显是个邪恶的罗马皇后。

“你会找到窍门的。”莱纳尔低沉地咕哝道。德克斯特恼火地发现，双胞胎正张开食指和拇指，在额头上比了个代表失败者（loser）的“L”。

“我依然为你感到骄傲。”西尔维噘着嘴说，揉揉他的脑袋，拍拍他的膝盖，他一屁股坐在沙发上，紧挨着她。她不该站在他这边吗？当然，论到忠诚，他想，她依然是他们那边的。

比赛继续。默里击败萨姆，又被莱纳尔打败，然后海伦战胜了莱纳尔，全程欢乐友好，都是点到为止的轻拍慢打，跟德克斯特挨的那几下相比简直是挠痒痒，他甚至怀疑打他的人拿的是铁管。他窝在沙发里皱着眉头观战，报复般地悄悄喝光了莱纳尔的一瓶上等红酒。曾几何时他也是这种游戏的高手，假如重回二十三岁，他肯定有把握大获全胜，可不知怎么，现在的他已经失去了这方面的天赋。随着酒瓶的变空，他的心情也逐渐黯淡下去。

刚刚海伦打败了默里，萨姆击败海伦，现在轮到萨姆打西尔维了，德克斯特这才提起一点兴致，他骄傲地看着西尔维轻松躲过弟弟蛮横的扫荡，灵活地闪转腾挪，不愧是他的宝贝姑娘。他微笑着躲在沙发里旁观，以为他们已经把他给忘了。

“来吧，轮到你了。”西尔维把报纸卷递给他。

“可你刚才赢了！”

“我知道，可你一直没机会打人，小可怜。”她嘟着嘴巴说，“来吧，试试，你来打我！”

柯普一家都喜欢这个主意，激动得低声嘟囔，猥琐地想看好戏。他显然别无选择，他的荣誉和梅休家族的荣誉面临威胁，他庄重地放下酒杯，站起来接过报纸卷。

“你确定？”他问，在离她一臂之遥的地毯上跪下，“我可是网球高手。”

“嗯，确定。”她挑衅地笑道，系好眼罩，像体操运动员那样甩着手腕。

“我可是这个游戏的高手。”

站在后面的萨姆给他蒙上眼罩，如同缠止血带一般狠命系紧，“那就走着瞧吧。”

竞技场安静下来。

“准备好了吗？”德克斯特说。

“好啦。”

他双手握住报纸卷，抬起胳膊与肩膀齐平，“你确定？”

“好……”

一幅画面闪过他的脑海：他就是站在投球区的击球手，屈臂上扬，沿对角线挥出球棒……破空之声传来，隔着眼罩都能感受到一击而中的效果，因为他的双臂连同胸部都跟着震颤不已，紧接着是一阵令人心慌的安静，那一刻，德克斯特相信自己干得非常漂亮，然而随即响起的是碰撞声和那一家人惊骇的尖叫。

“西尔维！”

“噢，我的上帝！”

“甜心，亲爱的，你还好吗？”

德克斯特扯掉眼罩，看见西尔维不知何故跑到了房间的另一头，萎靡地靠坐在壁炉边，像个所有提线全部断掉的牵线木偶，双目圆睁，眼皮狂眨，一手捂脸，不过能够看见淌到鼻子下面的暗红色血流。她正在低声呻吟。

“啊，我的天！对不起！”他惊恐地叫道，立刻冲过去，但她的家人早已围了上去。

“老天爷，德克斯特，你到底在想什么？”莱纳尔涨红了脸，挺直身体咆哮道。

“你根本没问她‘在吗，莫里亚蒂’！”她母亲尖叫道。

“我没问吗？对不起……”

“没有，你一上来就疯了似的抽她！”

“真像个疯子！”

“对不起。对不起。我忘了，我……”

“……醉鬼！”萨姆说，这只有两个字的指控在空中飘荡，久久难以消散，“你醉了，伙计，喝酒喝傻了吧！”

他们瞪大眼睛看他，目露凶光。

西尔维扯了扯海伦的袖子，“看起来怎么样？”她抽抽噎噎地问，小心挪开捂着鼻子的手，仿佛捧着草莓雪糕。

“不算太严重。”海伦倒吸一口气，惊恐地捂住嘴，西尔维脸一瘪，又哭起来。“让我看看，让我看看！去洗手间！”她啜泣道，家人扶着她站起来。

“真的只是个意外……”德克斯特说。西尔维抓着母亲的胳膊，目视前方，匆忙从他身边经过。“你想让我陪你去吗？西尔维？西尔？”没有回应，他伤心地看着海伦护送女儿走进大厅，上楼去洗手间。

脚步声逐渐消失。

起居室只剩德克斯特和柯普家的男人们，他们始终愤怒地瞪着德克斯特，他本能地握紧了手中的武器——卷成圆筒的《每日电讯报》，唯一能说出口的只有两个字：“哎哟！”

“那……你觉得我留下好印象了吗？”

德克斯特和西尔维躺在客房舒适的大双人床上。西尔维转过头看着他，面无表情，精致的小鼻子责备地翕动几下，却什么都没说。

“你要我再说一遍对不起吗？”

“德克斯特，没关系。”

“你原谅我了？”

“我原谅你了。”她干脆地说。

“那你觉得他们会不会认为我不正常？把我当成变态暴力狂？”

“我觉得不会，咱们忘了这事吧？”西尔维转身背对他，关掉她那一侧的灯。

又过了一会儿，他像个害羞的小男生，觉得假如自己不听些安慰的话就睡不着，于是嘟着嘴巴说：“对不起，我……又搞砸了。”她再次转过身来，亲昵地把手搭在他的脸颊上。

“别傻了，打我之前你的表现一直很不错，他们真的挺喜欢你的。”

“那你呢？”他依然不满足。

她叹了口气，微笑道：“我也觉得你挺好。”

“那能亲一个吗？”

“不行，又该出血了。明天补给你吧。”她又转过身去。他终于满意了，向下挪挪身子，双手枕在脑后。床又大又软，散发出刚洗过的亚麻布的味道，敞开的窗户透入夏夜的宁谧气息，被子和毯子已经收了起来，他们盖着一条白色的棉布被单，他能看到她双腿和小巧臀部的美妙曲线，还有若隐若现、修长光滑的脊背。先前的那一下说不定把她打出了脑震荡，也预示着今晚做爱的取消，可他还是转身面对她，一只手伸进被单，摸上她的大腿，手感凉爽又光滑。

“明天还得开长途，”她嘟囔道，“睡吧。”

他继续盯着她的后脑勺，细密的长发从后颈倾泻而下，形成一个黑色的漩涡，他很想拍张照，名字就叫“纹理”。他不知道还能不能告诉她“我爱你”，或者试探性地说“我想我爱上你了”，这么说更动人，也更有回旋余地，但现在显然不是时候，沾着血迹的纸巾还留在她那边的床头柜上呢。

可他还是觉得自己应该说点什么，突然灵机一动，亲了亲她的肩膀，小声说：“你知道吧，有句话是这么说的……”为了制造效果，他顿了顿，“你总是会伤害你爱的人！”

他以为这样说聪明极了，也很可爱，于是扬起眉毛，在黑暗和沉默中静静等待，给她时间消化这句话的含义。

“咱们睡觉吧，好吗？”她说。

他挫败地彻底躺平，听着外面A259路公交车温柔的嗡嗡声，忽然意识到此时此刻，就在这座房子的某个地方，她父母肯定正把他贬得体无完肤，紧接着他又惊讶地发现自己竟然十分想笑，并且立刻笑出了声，他连忙压低声音，结果身体笑得直抖，连带床垫也跟着抖动起来。

“你在笑吗？”西尔维对着枕头嘟囔道。

“没有！”德克斯特急忙板起脸来，拼命克制自己，然而笑意一波一波袭来，透着歇斯底里的冲动，原来最严重的灾难也不过如此，迟早有一天会沦为笑谈，如同今天的经历——这种故事他都会讲给爱玛·莫利听，可爱玛在哪里？在做什么呢？他已经两年多没见她了。

他只需要记住这个故事，改天讲给她听。

他又笑了起来。

第十三章
第三波

1999 年 7 月 15 日，星期四

萨默塞特郡

结婚请柬一封接一封地寄过来，无数华丽的信封没完没了地砸在门垫上。

这并非第一波结婚潮，某些同龄人在大学时代就结婚了，婚礼低调而滑稽，有点像募捐仪式和穿着晚礼服吃金枪鱼烤意面的“晚餐派对”。学生婚礼的招待会往往在当地公园以野餐的形式举办，来宾穿着从乐施会和旧货店淘来的礼服或者蓬蓬裙，用餐之后直奔酒吧。结婚照里的两个人通常面对镜头高举啤酒杯，新娘红彤彤的嘴角还会叼着一支烟。礼物也很简单：一盘剪辑过的精选录像带、一幅镶框的照片拼贴、一盒蜡烛。大学时期结婚如同表演特技，是良性的叛逆，又像是在没人会看到的地方刺一个小文身，或者为了慈善目的而剃个光头。

第二波发生在二十五岁左右，婚礼依然保留着一点滑稽低调的意味，招待会在社区中心或者父母家的花园里举行，誓词是自己写的，俗气又古板，充其量引用几句耳熟能详的诗，此外还增添了几分冷漠专业的气息，“婚礼清单”开始冒头。

在将来的某个时候，预计会出现第四波浪潮——再婚：苦乐参半、略带歉意，招待会晚上九点半之前就宣告结束，因为孩子们都得早睡。“不是什么大事，”他们会说，“只是找理由聚一聚而已。”不过，今年的结婚潮正值第三波，属于最有气势、最排场，也是最惊人的那种，参加者通常在三十出头到三十五六岁之间，早就失去了闹腾的劲头儿。

然而第三波势不可挡，每个星期都有漂亮的奶油色信封飘进家里，密度之高堪比邮件炸弹，其中包含复杂的邀请，充分展现造纸技术的辉煌，罗列着各种电话号码、电子邮箱、网址、路线图、着装指南和礼物采购地点……乡间别墅酒店人满为患，无数三文鱼接连下锅，巨大的帐篷连夜搭好，犹如贝都因人的帐篷城市。一本正经的宾客统一穿戴着租赁来的灰色真丝礼服和高礼帽，花店、餐饮商、四重奏乐队、凯利舞者、冰雕艺人、一次性相机制造商迎来了梦幻般的旺季，体面的摩城乐队累到脚软，教堂再次成为时尚之选——这年头，幸福的新人从礼拜宣誓场所前往招待宴会可以乘坐多种交通工具，包括伦敦的双层敞篷公交、热气球、白色小公马和超轻型滑翔机。举办一场婚礼需要充足的爱心与奉献精神，牺牲大量的工作时间，对宾客而言尤其如此。街角小店出售的袋装米也被八镑一盒的五彩纸屑取代。

安东尼·基里克夫妇邀请爱玛·莫利携伴侣出席小女蒂莉·基里克与马尔科姆·泰德威尔的婚礼。

高速公路服务区，爱玛坐在她的新车里，这是她的第一辆车，倒过四次手的菲亚特熊猫。她盯着请柬，想着婚礼上绝对会有叼雪茄的男人和穿苏格兰短裙的英格兰人。

“爱玛·莫利携伴侣。”

她的公路图版本有点古老，几处有卫星城的大都市没有标出来，她把图册右转180度，又左转90度，可怎么看怎么像老掉牙的《英国土地志》，于是一把将它拍到副驾驶座上，那是她想象中的伴侣坐的位置。

爱玛开起车来很吓人，既马虎又容易慌乱，第一个五十英里她始终心不在焉，戴了隐形眼镜之后又套上了普通眼镜，迎面过来的车在她眼里就像一艘艘突然入侵地球的外星飞船，令她措手不及，不得不频繁停车休息，以便平复忽高忽低的血压，擦拭鼻尖下方的汗珠。她从包里掏出镜子检查妆容，口红比她想要的效果浓艳，脸颊上的少许粉底现在看来也显得粗俗可笑，像个王政复辟时期的喜剧人物。为什么？她想，为什么我总是像个偷用母亲化妆品的孩子？就在前一天，她还犯了个最基本的错误——剪了头发，不，应该说是做了发型，人造的层次感非常不自然，散发着她母亲所谓的“做作”气息。

她沮丧地用力扯了扯裙子的下摆，这是一件中式旗袍，宝蓝色的丝绸料子——也可能是丝绸的替代品，穿起来就像“金龙外卖餐厅”里那个阴郁肥胖的女招待，坐下后更是紧紧地绷在身上，“丝绸”质料里的某种刺激性成分与跑高速时的紧张情绪交相混杂，让她汗出如浆。车上的空调只有两个挡：“冷风”和“桑拿”，她所有的优雅都已经在梅登黑德下了车，被腋窝下的两片新月形汗渍取代。她把两只手肘举过头顶，打量着腋下，犹豫着是掉头回家换身衣服，还是干脆掉头回家——还能多写几页书。反正她和蒂莉·基里克已经不是最好的朋友了，蒂莉在克拉普顿的那个小公寓给她当房东的日子简直不堪回首，租房押金始终没退给她——新娘还欠着你五百镑，恐怕很难送上祝福。

另一方面，许多老朋友都会到场，萨拉·C、卡罗尔、西塔、沃森双胞胎、鲍勃、“爆炸头”玛丽、为她出书的斯蒂芬妮·肖、三明治大亨卡勒姆·奥尼尔……还有德克斯特。德克斯特和他的女朋友。

她对着空调出风口吹腋窝、犹豫不决地想着心事，没能看到德克斯特开着他的马自达跑车从旁边过去，副驾驶坐着西尔维。

“都有谁会去？”西尔维问，调低立体声的音量，车里播放的是她换上去的特拉维斯的歌，西尔维对音乐的兴趣不大，唯独偏爱特拉维斯乐队。

“就是大学里的那帮人，保罗、萨姆、斯蒂夫·D、彼得、萨拉、沃森双胞胎，还有卡勒姆。”

“卡勒姆，很好，我喜欢卡勒姆。”

“‘爆炸头’玛丽、鲍勃，上帝，这些人我多少年没见了……还有我的老朋友爱玛。”

“又是前女友？”

“不，不是前女友……”

“一夜情的相好？”

“没有一夜情，就是个老朋友。”

“英语老师？”

“曾经是英语老师，现在是作家。你在鲍勃和玛丽的婚礼上跟她说过话，记得吗？在柴郡。”

“好像是。她很招人喜欢。”

“我想是吧。”德克斯特用力耸耸肩，“我们闹翻了，我告诉过你，想起来了吗？”

“都混到一起去了，”她扭头看着窗外，“那你和她有过情况吗？”

“不，我们没情况。”

“那么新娘呢？”

“蒂莉？她怎么了？”

“你跟她睡过吗？”

1992年12月，克拉普顿那套终年弥漫着炸洋葱味的可怕公寓里，趁爱玛去伍尔沃斯的工夫，一场失控的足底按摩导致德克斯特和蒂莉搞到了一起。

“当然没有，你把我看成什么人了？”

“我们似乎每个星期都会参加婚礼，总能遇见一大票跟你睡过的人……”

“没有的事。”

“……最少也有一帐篷，能开会了。”

“没有啦，不可能的……”

“是真的。”

“嘿，现在你是我的唯一。”他一手握着方向盘，另一手探到西尔维裹着桃红绸缎短裙的平坦腹部，继而滑到裸露的大腿上。

“别让我单独和陌生人说话，好吗？”西尔维说着调高了立体声的音量。

下午过去一半的时候，爱玛·莫利终于姗姗来迟，筋疲力尽地抵达一座古老豪宅的安检门前，拿不准他们会不会让她进去。精明的投资者将萨默塞特郡的这座莫顿庄园变成了婚庆一条龙服务区，设有小教堂、宴会厅、女贞树篱组成的迷宫、水疗中心和带淋浴间的精装客房，全部被高墙环绕，像个婚礼集中营。此外还有小塔楼和岩洞、哈哈镜和凉亭、石头城堡和充气城堡，犹如一座高档婚庆迪士尼乐园，租用一整个周末需要花一大笔钱，因此，对于一名曾经的社工党成员来说，选择这里办婚礼有点不同寻常。爱玛把车开上砾石车道，困惑不安地打量着眼前的一切。

小教堂外面，一个戴扑粉假发、穿男仆式样双排扣礼服的男人突然冒出来，挥舞着褶边袖口挡在她面前，扒住车窗。

“有什么问题吗？”她问，险些再加上一句“长官”。

“我需要钥匙，女士。”

“钥匙？”

“帮你停车。”

“噢，天哪，真的吗？”她说，尴尬地看了看车窗密封条四周的绿苔和破烂不堪的保护膜，还有那些乱丢在地板上的空塑料瓶。“好吧，车门锁坏了，你得用这把螺丝刀把门别住，没有手刹，所以得把车停在平地上，或者让它抵着一棵树，一直挂着挡也行，可以吗？”男仆两根手指捏起车钥匙，好像接过去一只死耗子。

她先前一直赤着脚开车，这才把肿胀的双脚塞进鞋子里，如同灰姑娘继母的那个丑女儿。仪式已经开始了，小教堂里传来亨德尔的《示巴女王驾到》，大概是同时由四五只戴手套的手弹出来的。她蹒跚地穿过砾石路面朝教堂走去，举着胳膊加快汗水蒸发，像个假装自己是飞机的小孩。偷偷摸摸地溜进橡木大门之前，她最后扯了扯裙子下摆，站在拥挤的人群后方。一个无伴奏合唱团正狂躁地打着响指，唱着《我有喜事》，幸福的伉俪四目相对，咧着嘴傻笑，眼眶湿润。这是爱玛第一次见到新郎：身材像个橄榄球员，长相帅气，穿浅灰色礼服，脸被剃须刀刮得有些发红，他的大脸盘子正冲着蒂莉，以各种表情演绎着“我最幸福的时刻”。奇怪的是，爱玛注意到新娘的打扮很像路易十六的苦命王后玛丽·安托瓦内特——带裙撑的粉色丝绸花边长裙，头发高高挽起，还有一颗美人痣——爱玛不禁怀疑蒂莉的历史和法语学位可能是假的。但无论如何，新娘看上去很开心，新郎也是，所有人看上去都非常非常开心。

歌曲表演之后是幽默短剧，接着又是歌曲，婚礼逐渐越来越像一场皇家综艺表演，德克斯特慢慢开始走神。蒂莉的红脸蛋侄女朗诵起一首十四行诗，说什么两颗心的结合容不下任何障碍，管它是什么意思呢……他努力思考着诗句的主题，试图把其中的浪漫情感往他对西尔维的感觉上靠，然而不知不觉地就开始琢磨起究竟有多少到场的来宾跟他睡过，这样做并非完全出于沾沾自喜，或多或少也有些怀旧的意思。“爱不随时光的短暂流逝而改变……”新娘的侄女读道，德克斯特这时已经找出了五位：一个小教堂里竟然有五位前炮友，算不算一种纪录？其中还包括新娘，会不会额外加分？不过他还没见到爱玛·莫利的踪影，爱玛可以算半个。

教堂后面，爱玛远远望见德克斯特掰着手指头，不知道在干什么。他穿着黑色西装，打着黑色细领带，这是近来男生们流行的小混混打扮。从侧面看，他的下巴已经略微有些松弛，不过看上去依然英俊，确切地说是一种憨帅，脸色不像认识西尔维之前那么苍白了，傲慢也收敛了不少。自从闹翻以来，两人一共遇见过三次，都是在婚礼上。每次他都若无其事地搂着她亲吻，还说什么“咱们一定得谈谈”“一定”，最后总是不了了之。他和西尔维形影不离，真是一对般配的美人儿，她的手专横地按着他的膝盖，头和脖颈像一株长梗花朵，弯曲地向外探着，什么都不错过。

新郎新娘开始宣誓。爱玛瞥见西尔维伸手抓过德克斯特的手，十指紧扣，仿佛在声援那对幸福的夫妻。她在德克斯特耳边说了些什么，他抬眼看着西尔维，张大嘴巴笑着，在爱玛看来有点呆呆的。他又对她说了些什么，虽然不会读唇语，爱玛觉得依照此刻的氛围，那很有可能是一句“我也爱你”。德克斯特有些羞怯地环顾四周，恰好与爱玛四目相对，他立刻冲她咧着嘴笑起来，仿佛做坏事被她撞见了一样。

歌舞表演结束了，剩下的时间只够唱一首《你只需要爱》，客人们打着7/4的拍子声嘶力竭地跟唱，然后跟随幸福的新人来到室外，热情洋溢的叙旧活动开始了，越过拥抱、欢呼、喊叫、握手的人群，搜寻着彼此身影的德克斯特和爱玛终于相遇了。

“哎呀。”他说。

“哎呀。”

“我认识你吗？”

“你的模样挺眼熟的。”

“你也是，可是你有点变了。”

“没错，我是这里唯一一个浑身湿淋淋的女的。”爱玛扯了扯腋下的衣料。

“你出汗啦？”

“出了不少呢，跟刚从湖里捞出来差不多，真丝个屁！”

“挺有东方韵味的，不是吗？”

“我叫它‘西贡陷落演出服’，其实是中国旗袍，这种衣服的麻烦在于，穿上不到四十分钟你就想着换一件！”她说，其实刚说到一半她就后悔不该把这件事分享出来，她似乎看到他翻了个白眼，“抱歉。”

“没关系，我很喜欢这件衣服，其实我一直挺喜欢这种衣服的。”

她翻了个白眼。“好吧，那咱们两清了。”

“我是说你看起来不错，”他又开始盯着她的头顶，“这是不是……”

“什么？”

“这是不是‘瑞秋’发型？”

“别瞎猜了，德克斯。”她立刻拿指尖用力地耙了几下头发，瞥见蒂莉和她的新郎正在摆姿势拍照，蒂莉卖弄风情地举着扇子在脸前面扇风。“真可惜，我怎么没看出今天的派对主题是法国大革命。”

“玛丽·安托瓦内特的那一套？”德克斯特说，“好吧，我们至少知道会有蛋糕吃。”

“看来她得坐囚车去宴会厅了。”

“什么囚车？”

他们彼此对视。

“你没变，是吧？”她说。

德克斯特踢着砾石路面。“我变了一点点。”

“有意思，”

“等一下再告诉你，快看……”

蒂莉站在劳斯莱斯银魅的踏板上，这辆车会载着他们前往一百码开外的宴会厅，她双手低低地捧着花束，准备将它抛向空中。

“想不想碰碰运气，爱姆？”

“我可接不着。”她把双手背在身后，与此同时，花束被扔向人群，让一位颤巍巍的老太太给接住了，众人不知怎么有点生气，仿佛某个人未来的幸福被毁掉了一样。爱玛朝尴尬的老太太扬了扬脑袋，花束无精打采地在她手中晃来晃去。

“四十年后我就那样。”爱玛说。

“真的？需要四十年吗？”德克斯特说，爱玛随即用鞋跟去踩他的脚趾，他看到西尔维就在她身后的不远处找他，“我得走了，西尔维谁都不认识，她命令我不能把她撇在一边，过来打个招呼吧，怎么样？”

“等一下吧，我得去和幸福的新娘说说话。”

“把她欠你的押金要回来。”

“你觉得合适吗？今天？”

“回头见。说不定我们在宴会上坐一起呢。”他手指交叉祈求好运，她也冲着他交叉手指。

晴朗的午后取代了乌云密布的上午，蔚蓝的天穹深处有洁白的卷云飘过。宾客们成群结队，跟随劳斯莱斯银魅来到大草坪享用香槟和小吃。蒂莉终于看到了爱玛，夸张地叫了一声，两人隔着新娘的大铁箍裙子，勉为其难地来了个拥抱。

“真高兴你能来，爱姆！”

“我也是，蒂莉。你看起来很棒。”

蒂莉摇摇小扇子。“你不觉得这样太夸张了吗？”

“一点都不，你看上去美得惊人，”爱玛扫了一眼蒂莉的美人痣，它就像一只落在她嘴边的苍蝇，“婚礼也很可爱。”

“啊，真的吗？”蒂莉的老习惯一直没改，还是喜欢在句子前面加个“啊”字来表示同情，好像把爱玛当成了爪子受伤的小猫，“你哭了吗？”

“哭得像个孤儿……”

“啊！真高兴能见到你。”她像个王后那样拿扇子拍了拍爱玛的肩膀，“我很想见见你的男朋友。”

“嗯，我也想，遗憾的是我还没有。”

“啊，真的吗？”

“对，单身一段时间了。”

“真的？你确定？”

“当然啦，蒂莉。”

“啊！抱歉。那就去找一个吧！抓紧！说真的，男朋友好，丈夫更好！我们一定得给你找一个！”她命令道，“今天晚上！我们给你搞定！”爱玛觉得自己的脑袋都快被震晕了，“啊！那个！你见过德克斯特了吗？”

“聊了几句。”

“见过他的女朋友了吗？额头毛茸茸的那个？她真漂亮呀！像奥黛丽·赫本，还是凯瑟琳·赫本？我总是分不清她们两个。”

“奥黛丽。她绝对像奥黛丽。”

老友重逢，几杯香槟下肚，大草坪上弥漫起怀旧气氛，话题转向大家的收入和胖了多少斤。

“三明治，前途无量。”卡勒姆·奥尼尔说，近来他的收入和体重都在大幅增加，“它是一种高质量、有道德意识的便利食物，这是它的定位，朋友，食品就是新时代的摇滚乐！”

“不是说喜剧才是新时代的摇滚乐吗？”

“原来是喜剧，现在轮到食品了。要与时俱进啊，德克斯！”德克斯特的这位前室友在过去几年中变得面目全非，成了个富得流油却依然活力十足的胖子，他把电脑翻新业务卖掉，赚了一大笔，投资创办了“天然食材”三明治连锁店。现在的他留着修剪得一丝不苟的山羊胡和板寸，俨然是个齐整自信的青年企业家。卡勒姆抻了抻高级定制西装的袖口，德克斯特简直不敢相信眼前这位真是那个曾经三年都穿同一条裤子的爱尔兰瘦子。

“全部都是有机的、新鲜现做的。我们还做果汁和冰沙、物美价廉的咖啡，现在有四家分店，全天爆满，真的，一直满座，得忙到凌晨三点，东西一点都不剩。我跟你说，德克斯，这个国家的饮食文化正在变革，大家的要求都在提高，没人愿意吃罐头和袋装薯片了，他们想要鹰嘴豆泥卷、木瓜汁、小龙虾……”

“小龙虾？”

“夹在面饼里，配上芝麻菜。说真的，小龙虾是新时代的鸡蛋三明治，芝麻菜相当于过去的生菜，小龙虾成本低，繁殖起来快得你都不敢信，味道又好，穷人吃不起大龙虾，吃这个就行。嘿，你有时间真的应该来找我谈谈这事。”

“谈小龙虾？”

“谈生意，我觉得你能发现很多机会。”

德克斯特拿脚后跟碾着草皮。“卡勒姆，你是在给我提供就业机会吗？”

“不，我只是让你来找我……”

“真不敢相信，我的朋友竟然要帮我就业。”

“……来一起吃顿午饭吧！不吃垃圾小龙虾，找家像样的餐厅，我请客。”他伸出胖胳膊，圈住德克斯特的肩膀，压低声音说，“我最近没怎么在电视上看见你。”

“这是因为你不看有线和卫视，我在那边有很多节目。”

“什么节目？”

“嗯，我在做一档新节目，叫《极限运动》，X打头的‘极限’，包括冲浪什么的，还采访单板滑雪运动员，你知道，来自世界各地的高手。”

“这么说你经常出门？”

“我只负责播放，工作室在莫顿，我是经常出门，但只是去莫顿而已。”

“好吧，要是你想换工作，可以来找我。你对餐饮有些了解，只要用心就能跟人相处好，生意就是跟人打交道，我只是觉得这也许适合你，就是这样。”

德克斯特鼻孔喷出一股气，抬头看着他的老朋友，调侃起来：“卡尔，你当初可是三年都不买新裤子的。”

“那是很久以前了。”

“整整一学期你都只吃罐头肉末。”

“怎么说呢，人都是会变的！你以为呢？”

“好吧，请我吃饭可以，不过我警告你，我可不懂什么生意经。”

“没关系，能和你聚聚就很好了。”他有点责怪地轻轻拍了拍德克斯特的手肘，“你都多久没理我了。”

“是吗？我一直挺忙的。”

“没那么忙吧。”

“嘿，你可以给我打电话呀！”

“我打过，经常打，可你从来不给我回电话。”

“是吗？对不起，我可能在想着别的事。”

“我听说你妈妈的事了。”他盯着自己的酒杯，“我很难过，你妈妈，多么可爱的女士。”

“没事，反正都过去很久了。”

一阵令人舒适和充满温情的沉默过后，他们环顾四周，草坪上的老朋友们说说笑笑，沐浴着傍晚的阳光。西尔维和卡勒姆的现任女朋友在不远处聊天，他女友是个瘦小却引人注目的西班牙女孩，为嘻哈音乐视频伴舞，西尔维正弯着腰听她说话。

“能跟路易莎再说说话，感觉不错。”德克斯特说。

“我不想搞得太黏糊，”卡勒姆耸耸肩，“我觉得路易莎该退场了。”

“看来有些事倒是永远不会变。”一位漂亮的女招待过来给他们添酒，她戴着十九世纪样式的帽子，表情有些不自在，他俩同时咧嘴朝她笑，发现彼此都在笑，两人碰了碰杯。

“离开学校十一年了，”德克斯特难以置信地摇着头说，“十一年，怎么已经过了这么长时间了？”

“我看到爱玛·莫利了。”卡勒姆突然说。

“我知道。”他们放眼望去，看见她正在和老对头米菲·布坎南说话，隔着这么远都能看出她在咬牙切齿。

“我听说你和爱姆闹翻了。”

“没错。”

“不过现在没事了吧？”

“不好说，走着瞧。”

“爱玛是个好女孩。”

“没错。”

“现在是个大美人了。”

“一直都是。”

“你们有没有……？”

“没有，差一点，有一两次。”

“差一点？”卡勒姆鄙夷地说，“什么意思？”

德克斯特引开话题：“你过得挺不错的，对吧？”

卡勒姆呷了一口香槟。“德克斯，我三十四岁了，有个漂亮女朋友，有自己的房子和生意，努力做着自己喜欢的事，赚到了足够的钱。”他的手搭上德克斯特的肩膀，“而你，你是深夜电视节目的主持人！我们都过得很不错。”

半是由于自尊受挫，半是因为好胜心死灰复燃，德克斯特决定告诉他。

“那么……你想听一件好玩的事吗？”

爱玛听到大草坪另一头传来卡勒姆·奥尼尔的咆哮，只见他一条胳膊夹着德克斯特的脑袋，另一只手握紧拳头，拿指关节磨着对方的头皮，她笑了笑，转回头来，全神贯注地应对她所讨厌的米菲·布坎南。

“听说你失业了。”米菲说。

“嗯，我更愿意做自由职业者。”

“作家？”

“只打算写个一两年，就当放假吧。”

“可你什么作品都没发表过吧？”

“还没有，不过我已经收到了一小笔定金……”

“嗯……”米菲怀疑地说，“哈莉特·鲍恩已经出了三本小说了。”

“是的，我听说过，好几次了。”

“她还有三个孩子。”

“是啊，真不错。”

“你见过我家的那两个吗？”只见旁边有两个穿三件套西装的大块头小男孩，正把吃的往对方的脸上抹。“伊万，不准咬人。”

“挺可爱的。”

“是吧？你有孩子了吗？”米菲问，言外之意似乎是——孩子或者小说，总得有一样。

“没有……”

“有约会对象吗？”

“没有……”

“没有？”

“没有……”

“有喜欢的人吗？”

“没有……”

“不管怎样，你比以前好看多了。”米菲上下打量着她，一副评头论足的嘴脸，仿佛打算从拍卖会上买下她，“你竟然变瘦了，要知道减肥成功的本来就没有几个。我是说，你本来就不胖，只是有点婴儿肥，可现在连婴儿肥也消失了！”

爱玛不由自主地握紧了香槟杯。“嗯，还不错，总算有人告诉我，我过去的十一年没有白过。”

“你以前还有很重的北方口音，现在听不出来了。”

“是吗？”爱玛吃惊地说，“太丢脸了，我可不是故意要这样的。”

“说实话，我一直以为你是装出来的，你知道吗，有点做作……”

“什么？”

“你的口音。就是那个……哎呀嗷！介个内个！瓜特马拉哇哇哇！我以为你多少有点故意想要惹怒谁，可是现在你说话又正常啦！”

爱玛一向羡慕那些口无遮拦的人，他们从不顾忌社交礼仪。虽然她从来不属于这类人，但此刻还是很想口无遮拦地说点不那么中听的。

“……而且那时候你看什么都不顺眼。”

“哦，我现在也是呢，米菲……”

“我的天，德克斯特·梅休在那边。”米菲对她耳语道，一只手捏着爱玛的肩膀，“你知道我们两个曾经有一腿吗？”

“知道，你和我说过很多很多次了。”

“他还是那么帅吧？难道他不帅吗？”她惋惜地叹了口气，“你们两个为什么一直没走到一起呢？”

“我不知道，也许因为我有口音和婴儿肥？”

“你也没那么糟。嘿，你见过他女朋友吗？她漂亮吧？你不觉得她长得很精致吗？”米菲转过身来等爱玛回应，却惊讶地发现她已经走了。

宾客们已经进了帐篷，像查看考试成绩那样焦急地围观宴会座位表，德克斯特和爱玛在人群中相遇。

“五号桌。”德克斯特说。

“我在二十四号桌，”爱玛说，“五号桌离新娘很近，二十四号桌靠着厕所。”

“千万别以为这是故意要针对你。”

“主菜是什么？”

“据说是三文鱼。”

“三文鱼，三文鱼，三文鱼……每场婚礼都吃三文鱼，搞得我每年产生两次跳进水里洄游的冲动。”

“来五号桌吧，咱们把名牌掉换一下。”

“改座位表？你活腻了？后面有个断头台等着你。”

德克斯特笑了。“那我们待会儿再聊，好吗？”

“你来找我。”

“或者你来找我。”

“你来找我。”

“还是你来找我吧。”

也许是对过去嫌隙的报复，爱玛被安排在新郎的那些叔叔婶婶中间，他们来自新西兰，把“风景真美”“生活质量很好”这样的车轱辘话翻来覆去地说了三个小时，她的注意力偶尔会被五号桌传来的阵阵爆笑吸引过去，那是德克斯特和西尔维、卡勒姆和他女朋友路易莎，光芒四射的一桌。爱玛又给自己倒了一杯酒，继续跟同桌拉扯风景和生活质量的话题，还有鲸鱼。“你们见过活的野生鲸鱼吗？”她边问边羡慕地瞥了一眼五号桌。

五号桌的德克斯特也羡慕地瞥了一眼二十四号桌。他这桌正在玩西尔维发明的新游戏：每当德克斯特拿起酒瓶，她就迅速捂住他的酒杯杯口，把漫长的宴会变成对他反应能力的严酷测试。“你不会生气的，对吧？”每当他得分的时候，她就这样小声说，他只得向她保证自己并不介意，游戏全程相当温和无聊，让他更加羡慕卡勒姆那嚣张恼人的自信。他看见二十四号桌的爱玛和一对晒黑的老夫妻礼貌而认真地交谈，注意到她细心的聆听方式，一只手搭着老先生的胳膊，喜笑颜开地回应他的笑话，又用一次性相机给他们照相，再靠过去跟他们合影。德克斯特看着她的蓝裙子，十年前她可不会这样穿：拉链留出七八厘米，没有拉到顶，背部露出一大片，下摆也只到大腿的一半。他不禁想起当年爱丁堡兰基勒街卧室里的那一幕：晨曦透过窗帘照在低矮的单人床上，她的裙子围在腰间，手臂举过头顶。自那以后她似乎没怎么变，笑的时候嘴巴周围依然会出现那样的纹路，只不过加深了一点点，眼睛仍然明亮机灵，习惯抿着嘴笑，像是在保守什么秘密。就许多方面而言，她比二十二岁时有魅力得多，不再自己动手剪头发，书呆子式的苍白消退了不少，也不像从前那样任性乖戾了。假如今天他和她是初次见面，他们都被安排在二十四号桌，作为陌生人彼此介绍的话，会是什么感觉？可以肯定的是，今天到场的所有人之中，他恐怕只想和她一个人说话。想到这里，他端起酒杯，把椅子向后一推。

正在这时，有人拿餐刀敲了敲酒杯，发言的时间到了。依照传统，新娘的父亲喝得烂醉，发表了一通粗野的感言，伴郎也清醒不到哪里去，毫无幽默感，甚至忘记了提及新娘。爱玛越喝越觉得无精打采，开始想象她在主楼的酒店房间是什么样子的，那里应该有干净的白色睡袍、仿古四柱床、让人兴奋得尖叫的宽敞淋浴房，还有一个人根本用不过来的无数毛巾。仿佛要帮她下定决心似的，乐队开始调音，贝斯手弹起了《又干掉一个》里面的重复乐段，爱玛觉得该给这一天画个句号了，于是拿上自己的那份婚礼蛋糕——装在特制的天鹅绒束口袋里——朝她的房间走去，打算睡个好觉。

“打扰啦，我是不是在哪里见过你呀？”

声音从背后传来，一只手搭上她的胳膊。德克斯特出现在旁边，低头看她，醉醺醺地咧着嘴，手里擎着一瓶香槟。

爱玛把她的酒杯递了过去。

“有可能吧，我觉得。”

在众人的尖叫声中，乐队开始演奏，所有人的注意力都转移到了舞池，马尔科姆和蒂莉跟随他们最爱的歌曲《棕眼睛姑娘》吃力地扭动，像是得了风湿病，举着四根大拇指乱挥。

“老天爷，我们什么时候开始像老头老太太那样跳舞了？”

“你是说你自己吧。”德克斯特在一把椅子上坐下。

“难道你会跳？”

“你不记得了吗？”

爱玛摇摇头。“我说的可不是在台上跟着口哨乱扭，还脱衣服那种，我是说正经跳舞。”

“我当然会跳。”他拿起她的手，“需要证明吗？”

“等会儿吧。”他俩现在必须喊着说话，周围实在太吵了。德克斯特站起来，牵着她的手。“咱们去别的地方吧，就你和我。”

“去哪？”

“不知道，这里就是个迷宫。”

“迷宫？”片刻之后她站了起来，“你怎么不早说？”

他们带着两个酒杯，悄悄钻出帐篷，溜进夜幕之中。户外依旧温热，蝙蝠在暗沉黏滞的暑气中盘旋翻飞，两人挎着胳膊穿过玫瑰园，朝迷宫走去。

“感觉怎么样？”她问，“旧情人投进另一个男人的怀抱。”

“蒂莉·基里克不是旧情人。”

“噢，德克斯特……”爱玛慢慢地摇了摇头，“你什么时候才能接受教训？”

“我不明白你在说什么。”

“你们不是有过一腿吗？我想想……1992年12月，克莱普顿那个到处是炸洋葱味的公寓？”

德克斯特畏缩了一下。“你怎么知道这些事的？”

“我出门去伍尔沃斯的时候，你们俩用我最高级的橄榄油互相按脚，我回去时发现她在哭，我最好的地毯上、沙发上、厨房桌子上和半面墙上全都是橄榄油脚印，我是仔细检查过证据之后才得出这个结论的。啊，对了，你还把避孕工具丢在厨房垃圾桶的最上面了，干得真棒呀。”

“是吗？对不起。”

“而且她还亲口对我承认了。”

“她说了？”他摇着头说，一副遭到出卖的表情，“应该保密的！”

“女人就爱讲这种事，发誓保密也没用，迟早说出去。”

“我以后会注意的。”

他们已经来到迷宫的入口，它由精心修剪的女贞树树篱围成，足有三米高，入口处有一扇沉重的木门，爱玛停住脚步，握住铁质把手。“真的要进去？”

“不会太难走吧？”

“迷路了怎么办？”

“那就看星星什么的分辨方向。”门吱吱呀呀地敞开了，“向左还是向右？”

“右。”爱玛说，他们踏入迷宫。高大的树篱底部亮着彩灯，温暖的叶片散发着浓重的夏日气息，如同沁出的油珠一般四处弥漫。“怎么没看见西尔维？”

“她没事，被卡勒姆迷住了。他可是魅力四射的爱尔兰情圣。还是给他们俩留点空间吧，我是没法和他比了，太累人了。”

“他是成功人士，你知道。”

“大家都这么说。”

“小龙虾。”

“我知道。他还给我一份工作呢。”

“遛小龙虾？”

“不知道。他想和我谈谈这些个‘机会’，还说生意就是跟人打交道，谁知道他什么意思。”

“那《极限运动》怎么办？”

“啊，”德克斯特笑了，一只手揉了揉头发，“这么说你看过啦？”

“一集都没落下，你知道吧，我就喜欢凌晨看越野自行车比赛，我最喜欢的就是你说‘牛逼’的时候……”

“他们让我这么说的。”

“‘牛逼’和‘赞’。‘这些经典动作太赞了……’”

“我以为没人看呢。”

“那可不一定。左还是右？”

“左吧。”他们默默地向左走出一小段，乐队正在演奏《迷信》，声音模模糊糊地传进耳朵里，“你的书写得怎么样了？”

“噢，还可以，写的时候感觉还行，不过我大部分时间都在吃饼干。”

“斯蒂芬妮·肖说他们给你付定金了。”

“没多少钱，只够花到圣诞节。走一步看一步吧。大概还得回去做全职老师。”

“这本书是讲什么的？”

“还不确定。”

“肯定是关于我的，对不对？”

“没错，德克斯特，整本书都是关于你的，名字就叫《德克斯特德克斯特德克斯特》。右还是左？”

“试试往左走。”

“其实是本童书。青少年。小男孩。友情什么的。讲的是校园剧《雾都孤儿》的排演，我几年前带着学生演过这部剧，是个喜剧。”

“不管怎么说，开始写书之后你的气色好多了。”

“是吗？”

“那当然。有的人看起来更好，有的看起来变糟了。你绝对是看起来更好的那一类。”

“米菲·布坎南说我的婴儿肥不见了。”

“她那是嫉妒。你看起来棒极了。”

“谢谢，你也想让我这么夸你吗？”

“那要看你自圆其说的本事是否高明了。”

“反正你挺高明的。向左？”

“好的。”

“你现在比玩摇滚的那些年强多了，就是主持《喝酒聊天》那一类节目的时候。”他们又默默地走了一段，爱玛再次开口，“我那时挺担心你的。”

“是吗？”

“大家都为你担心。”

“只是一个阶段而已。每个人都有那样一个阶段，对吧？有点疯狂。”

“真的？我可没有。嘿，你不会还戴着那种平顶帽吧？”

“我好多年不戴帽子了。”

“真是个好消息。我们当时还想劝劝你呢。”

“你知道这是怎么回事，就是图个乐，先是软帽，后来又不知不觉喜欢上了平顶帽、软毡帽、圆顶礼帽……”

又到了一个岔路口。“右还是左？”她问。

“不知道。”

他们向两边张望着。“真神奇，不是吗？很快就变得没有意思了。”

“我们坐一会儿吧，去那边？”

篱笆墙中嵌着一条小小的大理石凳，下面亮着一盏蓝色的荧光灯，两人坐在凉爽的石面上，添满酒杯碰了碰，撞了撞肩膀。

“上帝，我差点忘了……”德克斯特把手伸进裤子口袋，非常小心地掏出一块折叠起来的餐巾，像魔术师那样托在手里，一个角一个角地展开：原来是两根皱巴巴的烟卷，鸟蛋一般包在餐巾里面。

“卡勒姆给的。”他低声说，“来一根吗？”

“不，谢谢。很多年没碰了。”

“你真棒。我也戒了，至少对外是这么说的。不过我觉得这里很安全……”他点燃了违禁品，装模作样地抖着手，“她找不到我……”爱玛笑了。香槟和独处使他们心情舒畅，都有点多愁善感地怀念起旧日时光，很符合婚礼的氛围。两人隔着烟雾相视一笑。“卡勒姆说我们是‘特醇万宝路的一代’。”

“上帝，那也太没劲了吧。”爱玛嗤之以鼻，“一个香烟牌子就能代表一代人？我觉得不至于。”她微笑着看向德克斯特。“所以，你过得怎么样？”

“很好，理智多了。”

“厕所隔间里打炮对你失去吸引力了？不是苦中作乐吗？”

他笑出声来，看了看烟头。“那时候我只是想发泄而已。”

“现在发泄完了吗？”

“差不多吧。”

“因为遇到了真爱？”

“这是一部分原因。而且我都三十四了，到了这个年纪就没法为自己开脱了。”

“开脱？”

“嗯。二十二岁的时候，就算你搞砸了，也可以说，没关系，反正我才二十二，二十五……哪怕二十八岁的时候都还可以这么说。但‘我才三十四’这种话怎么说得出口？”他呷了口酒，向后倚进树篱里，“每个人的生活都面临着一个核心难题，我遇到的题目是：能不能在建立了坚定、成熟的真爱关系的同时，依然有人邀请我三人行。”

“答案是什么，德克斯？”她严肃地问。

“答案是不能。当我想明白这一点，一切都变得简单了。”

"没错。滥交没法给你暖被窝。"

"也不会拉老年人入伙。"他又呷了一口酒,"无论如何,起初并没有人邀请我,是我自甘堕落,搞砸了一切……我的事业、我和妈妈的关系……"

"……其实不能这么说……"

"……也破坏了我所有的友谊。"为了强调,德克斯特靠在她胳膊上,她也靠在他身上,"我只是想,应该干点正事了。现在我遇到了西尔维,她很棒,真的,她能督促我走正路。"

"她是个可爱的女孩。"

"没错,没错。"

"很漂亮,也很安静。"

"有时候有点吓人。"

"她像莱妮·里芬施塔尔,可爱又温暖。"

"莱妮什么?"

"没什么。"

"她根本没有一点儿幽默感。"

"说不定反而是好事,幽默感其实没那么重要。"爱玛说,"整天插科打诨也很无聊,比如伊恩。其实伊恩不懂幽默。最好还是有个你真心喜欢的人,知道怎么才能把你逗笑。"

他想象不出西尔维逗他笑的样子。"有一次她告诉我,她从来不笑,因为她不喜欢自己笑的样子。"

爱玛轻轻笑了一声。"那她可以说'哇哦'。不过你爱她,对吧?"

"我崇拜她。"

"崇拜。嗯,那样更好。"

“她妙极了。”

“是啊。”

“她也真的为我扭转了局面。我不嗑药酗酒了，也不抽烟了。”她瞥了一眼他手里的酒瓶和嘴里的烟，他微笑道：“特殊情况。”

“所以真爱终于找到了你。”

“算是吧。”他为她斟满酒杯，“那你呢？”

“噢，我很好，很好。”她站了起来，似乎不想多说，“咱们继续走吧？左还是右？”

“右。”他叹了口气，不情愿地站起来，“你和伊恩还见面吗？”

“好几年没见了。”

“有喜欢的人吗？”

“别来这套，德克斯特。”

“什么？”

“向单身女人施舍同情。我很满意自己的生活，谢谢你。而且我拒绝别人按照有没有男朋友、有什么样的男朋友来给我下定义。”她的语气变得真诚起来。“当你下定决心不再为这种事担忧，不再为约会、恋爱之类的东西患得患失，你就能自由地过好现实生活。我也因此有了自己的事业，我爱它，我还有一年的时间实现目标，虽然报酬不多，但是我自由了。”她顿了顿，“还有游泳！我经常游泳。游啊游，一英里接着一英里。天啊，我真他妈的讨厌游泳。左转吧。”

“你知道吗，我也有同感。不是关于游泳的，我觉得不用再约会真的意味着自由。跟西尔维在一起后，我一下子解放出大量的时间和精力，还有精神空间。”

“你是怎么利用这些精神空间的？”

“主要是玩《古墓丽影》。”

爱玛哈哈大笑，随即又沉默地走了一小段，担心她看起来并没有那么自我满足和从容不迫，达不到自己期望的效果。

“无论如何，我其实并不是完全厌倦了爱情，也不缺少爱的能力，偶尔也有心动的时刻，比如我和一个叫克里斯的家伙有过一段，他自称牙医，实际却是牙医的助理。”

“你和这个克里斯后来怎么样了？”

“吹了呗。早该吹了。我敢肯定，他一直在打我牙齿的主意，撺掇我用牙线。爱玛，牙线。弄得约会像是去医院做检查，压力太大了。在他之前还有戈达明先生。”她打了个寒颤，“戈达明先生，真可怕。”

“戈达明先生是谁？”

“下次再说吧。左还是右？”

“左。”

“不管怎么说，要是我哪天真的想结婚，不是还有你给的退路嘛。”

德克斯特停住脚步。“什么退路？”

“还记得吗，你说过，我要是四十岁还单身，你就和我结婚？”

“我说过吗？”他畏缩了，“怎么有种在施舍的感觉。”

“我那时也是这么想的。不过别担心，这种承诺没有法律效力，我不会赖上你的。而且还有七年呢，时间很充裕……”她继续向前走，但德克斯特依旧站在原地，像个小男孩那样揉着脑袋，仿佛要承认自己打破了最好的那个花瓶。

“我恐怕是要收回这条承诺了。”

她停下来，转身看着他。“哦，真的吗？为什么？”其实她已经猜到了一部分。

“我已经定了。”

爱玛非常缓慢地眨了一下眼。“定了什么？”

“订婚，跟西尔维。”

过了片刻，也许是半秒钟之后，他们各自露出反映自己真实感受的表情，紧接着爱玛便微笑起来，然后是大笑，双臂搂住他的脖子。“啊，德克斯特，太棒了！恭喜！”她凑上去亲他的脸，他恰好转过头来，于是两个人的嘴角蹭了一下，尝到了彼此嘴唇上的香槟酒味。

“你高兴吗？”

“高兴？我太伤心啦！不过说真的，这真是个难以置信的好消息。”

“你真的这么想？”

“不光难以置信，而且……牛逼！特别牛逼，特别赞。经典！”

他退后一步，摸着外套口袋。“其实，我把你拉过来就是为了这个。我想当面把这个交给你……”

一只深丁香色的厚信封。爱玛小心翼翼地接过来，凝视着里面：信封内侧衬着薄棉纸，请柬的边缘做了手撕效果，看着像莎草纸或者羊皮纸。“哇，这个……”爱玛翘起指尖托着它，好似支撑着一张桌面，“……这才是我理想中的婚礼请柬。”

“难道不是吗？”

“简直是件高级文具。”

“八镑一份。”

“比我的车还贵。”

“闻一闻，来……”

“闻？”她小心地把它举到鼻子前面，“有香味！你的婚礼请柬是香的？”

“应该是薰衣草味。”

“不，德克斯——这是钱。是钱的味道。”她小心地打开卡片读起来。他在一旁看着，回想起她用指尖梳理刘海的样子。“‘莱纳尔·柯普先生和夫人邀请您参加他们的女儿西尔维和德克斯特·梅休先生的婚礼……’真不敢相信，这都印成了铅字。9月14日，星期六，等一下，这才……”

“七周以后……”他继续盯着她的脸，想看看这张漂亮的脸上会有什么反应。

“七周？我以为这种事会先准备好几年吧？”

“通常是那样的，但我们只能先上车后买票了。”

爱玛皱起眉头，有点走神。

“邀请了三百五十位客人，还有凯利舞会。”

“你是说……”

“西尔维好像怀孕了。不，她就是怀孕了。有宝宝了。”

“噢，德克斯特！”她再次转过脸来对着他，“你知道孩子的爸爸是谁吗？我开玩笑呢！恭喜啊，德克斯。天啊，你的重磅炸弹真是一个接一个，能不能慢点儿扔？”她双手捧着他的脸。“你要结婚啦？”

“是！”

“……还要当爸爸啦？”

“我知道！我他妈的要当爹了！”

“批准了吗？我是说，他们同意了吗？”

“显然是吧。”

“你还留着那根烟吧？”她问，他把手探进口袋里给她找烟，“西尔维什么反应？”

“她很高兴！我是说，她担心这下子自己会显胖。”

“嗯，这倒是有可能……”

他替她点烟。“……但她希望这么走下去，结婚、生孩子，开始新生活。她不想三十多岁了还是一个人……”

“像我这样！”

“没错，她不想到头来和你一样！”他抓起她的手，“当然，我不是这个意思。”

“我知道，我开玩笑的。德克斯特，恭喜。”

“谢谢，谢谢。”他停顿片刻，“给我抽一口，好不好？”他边说边从她嘴里把仅剩的那半截烟抽出来，叼进自己嘴里。“来，看看这个……”他从钱包里拿出一张脏兮兮的方形纸，拿到荧光灯下面，“这是十二周的扫描，不可思议吧？”

爱玛接过纸片，尽职尽责地盯着。也许只有做父母的才能看出这种超声扫描图美在哪里，但爱玛以前见过这类东西，知道该如何反应。“漂亮。”她惊叹道，尽管明知这和他口袋里的任何一张宝丽来照片没什么两样。

“瞧……这是它的脊柱。”

“真不错。”

“还能看出小手指头呢。”

“哇……男孩还是女孩？”

“女孩，我希望。也可能是男孩。无所谓。不过你觉得这是好事吧？”

“绝对的。太妙了。该死，德克斯特，先让我缓一缓！”

她再次拥抱他，擎起胳膊搂着他的脖子，觉得酒劲上了头，既感慨又悲伤，仿佛有什么东西走到了尽头。她想倾诉一下现在的心情，但想想还是用开玩笑的语气说出来更妥当。

“虽然你把我未来的幸福给毁了，但我还是为你高兴，真的。”

他扭过头来看着她，两人之间忽然有什么东西开始蠢蠢欲动，在他的胸口不安分地震颤。

爱玛把手按在那个位置。“你的心跳出来了？”

“是我的手机。”

她退后一步，看着他从外套内袋里取出手机，瞥了一眼屏幕，醒酒般地强行晃晃脑袋，面有愧色地把烟还给爱玛，仿佛那是一把冒着烟的手枪，又用极快的语速对自己说：“不要听着像喝醉了不要听着像喝醉了。”然后挤出电话推销员式样的微笑，接起电话。

“你好，亲爱的！”

爱玛能听见西尔维的声音：“你在哪？”

“我有点迷路了。”

“迷路？你怎么会迷路？”

“嗯，我在迷宫里，所以……”

“迷宫？你去迷宫干什么？”

“就是……你知道……逛逛。我们以为会挺好玩。”

“好吧，你倒是玩得挺开心，德克斯，我却被困在这里听几个老家伙说什么新西兰……”

“我知道，我早就想出去了，只不过……你知道……这里就是个迷宫啊！”他咯咯地笑着，电话那头却沉默了，“喂？你还在吗？听得见吗？”

“你是不是跟什么人在一起，德克斯？”西尔维低沉地问。

他瞥了爱玛一眼，她还在装模作样地盯着超声扫描图看，他想了想，然后背过身去扯了个谎：“我们一大帮人都在这儿呢，再试十五分钟，不行就挖一条地道，要是还出不去，就得吃人肉了。”

“谢天谢地，卡勒姆来了，我去找卡勒姆说话了。你快点，好吗？”

“好，我正在努力呢。再见，亲爱的，再见！”他挂掉电话，“我听起来像喝醉了吗？”

“一点儿都不像。”

“我们现在必须离开这里。”

“我没意见。”她茫然无助地左右张望，“我们应该沿路留点记号什么的。”仿佛是在回应她的话，只听先是“嗡”的一声，接着又响起“咔嗒咔嗒”的声音，照亮迷宫的灯泡一个接一个地全灭了，两人陷在黑暗之中。

“太棒了。”德克斯特说。他们一动不动地在黑暗里站了一会儿，等待眼睛慢慢适应。乐队演奏起了《天上下着男人雨》，两人竖起耳朵捕捉着断断续续的音乐声，仿佛可以据此辨别方向。

“我们得赶紧回去，”爱玛说，“趁着天上还没下男人雨。”

“好主意。”

“不是有个窍门吗？”爱玛说，“我记得好像只要一直把左手按在迷宫的墙上不拿开，最后就能走出去。”

“那咱们试试吧！”他把最后一点香槟倒在两只杯子里，然后将空酒瓶放在草地上。爱玛脱下高跟鞋，指尖按在树篱上，起初有些小心翼翼，他们开始沿着昏暗的树叶走廊向前走。

“所以你会来吗，我的婚礼？”

“当然会。但我没法保证不在仪式上捣乱。”

“说这话的应该是我！”他们在黑暗中默契地一笑，又向前走了一小段。

“老实说，我得请你帮个忙。”

“拜托，拜托，可别让我做伴郎，德克斯。”

“不会啦，只不过我想了很长时间都没写出一篇发言稿，或许你能帮帮我？”

“不！”爱玛笑道。

“为什么？”

“我来写的话感情肯定不到位，你只要把真情实感写出来就好了。”

“唉，我也不知道这样能不能行。我还要感谢承办宴席的人。顺便说一句，我现在非常紧张。”他往暗影深处瞥了一眼，“你的办法有用吗？我们好像在往深处走。”

“相信我。”

“无论如何，我不是让你写一整篇，只是润色一下……”

“对不起，我帮不了你。”他们来到一个三岔路口。

“我们刚才肯定来过这里了。”

“相信我，继续走。”

他们默默地走着，远处的音乐无缝切换到了普林斯的《1999》，为来宾加油打气。“我第一次听到这首歌时，”爱玛说，“还以为是科幻小说。1999。悬浮汽车、胶囊食物、月球度假。现实却是我依然开着辆破菲亚特熊猫，什么也没变。”

“除了我，我成了拖家带口的男人。”

“拖家带口。天哪，你不害怕吗？”

“有时候也怕。可是你再一看，连某些白痴都能把孩子养大，所以我不断告诉自己，既然米菲·布坎南都能做到，那又有什么难的？”

“你可不能把孩子带到鸡尾酒吧去，对吧？小孩子特别容易学坏。”

“好吧。我要学会爱上在家待着。”

“但是你开心吗？”

“嗯？我挺开心的。你呢？”

“越来越开心，非常开心。”

“非常开心，嗯，开心不是坏事。”

“开心是我们最大的指望。”她的左手指尖划过一尊雕像的表面，它看上去挺眼熟，爱玛终于知道他们的位置，右转再左转就是玫瑰园，穿过玫瑰园就能回到派对，回到他的未婚妻和他们的朋友身边，再也没有时间说话了。她突然感到一阵彻骨的悲哀，于是停下脚步，转身握住德克斯特的双手。

“我能说点什么吗？趁我们回去之前？”

“说吧。”

“我有点喝醉了。”

“我也是，没关系。”

“就是……我想你，你知道的。”

“我也想你。”

“可我是非常非常想，德克斯特。我有很多话想对你说，你却不在……”

“我也是。”

“我有点内疚，就那么跑了。”

“是吗？我不怪你。我有时候确实有点儿……让人讨厌。”

“不只是有点儿，简直非常讨厌……”

“我知道……”

“自私、自大、无聊……”

“没错，你早就说过……”

“可即使这样，我也应该宽容一些，因为你妈妈还有各种各样的事……”

“这些都不是借口。”

“嗯，没错，但它们都会给你一定的打击。”

“我还留着你给我的那封信。写得很好，我很喜欢。”

“不过，我还是该更努力地和你保持联系，在你受打击的时候，作为朋友必须支持你，对不对？”

“我不怪你……”

“可就算是这样……”她尴尬地发现自己居然流泪了。

“嘿，嘿，怎么了，爱姆？”

“对不起，喝多了……”

“过来。”他伸出胳膊搂住她，脸颊贴在她裸露的脖颈上，嗅到了洗发水和湿绸子的味道，她的气息喷在他的脖子上，也嗅到了他身上的须后水味和汗味，还有酒味和西装的味道。他们就这样站了一会儿，她终于平静下来，开口说道：

“我告诉你那是什么感觉。就是……我见不到你的时候，每天都会想到你，真的是每天，以各种方式想到……”

“我也一样……”

“……哪怕只是想着‘德克斯特能看到这个就好了’或者‘德克斯特在哪里呢’‘天哪，德克斯特真是个白痴’，你明白我的意思。今天见到你，我以为我最好的朋友回来了，我为所有这些，为你的婚礼和宝宝感到高兴，德克斯。可我觉得我又失去了你。”

“失去……怎么会？”

“你知道会发生什么，你有家庭了，有不一样的责任了，也就跟其他人疏远了……”

“没有必要……”

“不，这是真的，我很清楚。你的生活重心会发生变化，等你在产前培训班认识了那些年轻的准爸妈的时候，就会明白的，而且你晚上得起来照顾孩子，整天累得要死……”

“其实吧，我们打算生一个养起来不那么麻烦的宝宝，把这样的孩子往房间里一扔，给他一把开罐器和一只小煤气炉就能养活。”他感到她贴在自己胸前笑了起来，那一刻，他觉得世上最好的事莫过于把爱玛·莫利逗笑，“绝对不会那样的，我保证。”

“真的？”

“当然。”

她后退一步看着他，“你发誓？不会再消失了？”

“只要你不消失，我就不会。”

他们的嘴唇碰在一起，随即紧紧相贴，睁着眼睛一动不动，时间就此凝固，美好而迷茫。

“几点了？”爱玛问，慌张地别开脸。

德克斯特用力扯了一下袖口，看了看表。“快半夜了。”

“好！我们快走吧。”

他们默默地走着，不确定刚才发生了什么，也不知道接下来会发生什么。再拐两个弯就是迷宫的出口，就能回到派对上。爱玛正要推开橡木大门，他却拉住她的手。

“爱姆？”

“德克斯？”

他想拉着她回到迷宫里，他会关掉手机，跟她在里面待到派对结束，一起迷路，聊聊发生过的一切。

“又是朋友了？”最后他说。

“又是朋友了。”她放开他的手，“咱们去找你的未婚妻吧，我想恭喜她。”

第十四章
成为父亲

2000年7月15日，星期六

萨里，里士满

贾斯敏·艾莉森·维奥拉·梅休出生在新千年的第三天深夜，与新世纪同岁，体重恰好是六磅六盎司，小巧而健康。在德克斯特看来，她美得难以形容，他知道自己愿意为了她牺牲性命，同时又非常相信这样的情况不可能发生。

那天晚上，坐在医院低矮的塑料椅子上，紧紧抱着露出深红色小脸的小襁褓，德克斯特·梅休郑重地下定决心：从现在开始只做正确的事，除了满足基本的生理和性方面的需求，他今后的所有言行都只为了女儿，绝对不能污染她的眼睛和耳朵，永远不做任何可能让她痛苦、焦虑或者尴尬的事情，绝对不能再让他的生活中出现丢脸的事。

这项庄严的决定只维持了大约九十五分钟——他坐在厕所隔间偷偷抽烟，打算把呼出来的烟喷到矿泉水瓶里面，没想到漏出来一点，触发了烟雾报警器，吵醒了最需要睡眠的妻子和女儿。别人把他从厕所里揪出来的时候，他还紧握着那个旋紧了盖子、灌满灰黄色烟雾的瓶子。疲惫的妻子眯缝起眼睛看着他，显然在说：德克斯特根本没做好准备。

随着新世纪的到来，两人的关系日益紧张，他发现自己失业了，而且找不到新的工作。《极限运动》的播出时间被无情地推后，越来越接近黎明时分，以至于逐渐无人问津——事实证明，无论节目里的各种动作多么牛逼、赞和经典，连越野自行车手都没法在工作日熬到那么晚，这个苟延残喘的节目最终不了了之，原本正在享受陪产假的德克斯特也不知不觉地加入到失业者的行列。

搬家暂时转移了注意力。经过一番挣扎，他把贝尔塞兹公园的单身公寓高价租了出去，又在里士满租下一栋整洁的排屋，听说这个地段的升值潜力很大。德克斯特也曾抗拒过，不甘心才三十五岁就要搬到萨里郡，最终为了生活质量做出妥协：这儿有好学校，交通便利，还有游荡在公园里的小鹿，而且靠近她的父母和双胞胎兄弟的家。萨里胜出。五月份，他们启动了一项没完没了的无底洞工程：抛光房子的所有木质表面、敲掉所有的非承重墙体。马自达跑车也被他低价出售，换来一辆二手家用面包车，车厢里还有前一家人留下的呕吐物的味道，始终挥之不去。

对梅休一家来说这是重要的一年，然而德克斯特发现安家筑巢的工作远不及他想象中的有趣。他曾经把家庭生活想象成建房互助会广告里的样子：一对魅力十足的年轻夫妇，身穿蓝色工作服，手持油漆滚筒，从旧茶叶柜里拿出瓶瓶罐罐，然后一屁股坐在一张古老的大沙发上。他想象过牵着毛茸茸的宠物狗在公园散步，疲惫却又乐呵呵地给它们准备晚餐。在不久的将来，他也会有岩石砌成的泳池、海滩上的篝火、漂流木烤制的鲭鱼。他会发明别出心裁的游戏，摆上货架销售，西尔维会光腿穿着他的旧衬衫，还有针织衫，他会经常穿针织衫，也为自己供养的家人们准备。

现实恰恰与想象相反，充斥着争吵、挖苦和隔着灰泥扬尘的怒目相视。西尔维越发频繁地往父母家跑，名义上是为了避免打扰装修，实际则是回避无精打采、一无是处的丈夫。她偶尔也会打来电话，建议他去见见他们的朋友、小龙虾大亨卡勒姆，接受他给的工作，但德克斯特拒绝了。也许他的主持生涯还能东山再起，他还有可能成为制片人，或者重新参加培训，成为摄影师或者编导，与此同时他还能帮装修工人干活，节约人力成本。目前他终日在家泡茶吃饼干，学了点波兰语，玩PS游戏，用游戏声对抗地板磨砂机的轰隆声。

从前他一直想知道上了年纪的电视人去了哪里，如今有了答案。行业内的见习编导和摄影师都只有二十四五岁，而他又缺乏担任制片人的经验，他的梅亨电视有限公司从来不是一家真正的企业，更像是他无所事事的借口，这个纳税年度结束时，为了削减会计成本，它不得不宣告歇业，当初满怀信心订购的二十令企业信笺也被丢到了阁楼上。生活中唯一的光亮来自与爱玛共度的时光，本应跟工人杰兹和莱希学灌浆的他溜出家门，和她去看电影。然而，某个周二的下午，走出电影院来到阳光下的时候，他的郁闷积累到了难以忍受的程度。他不是曾经发誓要做个好父亲吗？必须负起责任了。六月初他终于妥协，去见卡勒姆·奥尼尔，加入了“天然食材”的大家庭。

因此，这一年的圣斯威逊节，德克斯特·梅休穿着燕麦色的短袖衬衫、打着蘑菇色的领带，监督维多利亚车站新开的分店接收当天送来的一大批芝麻菜。他点数着盛菜的箱子，运货的司机拿着一块记录板站在旁边，睁大眼睛盯着他，德克斯特本能地意识到接下来会发生什么。

“你以前是不是上过电视？”

来了……

“很久以前了。”他轻松地回答。

“叫什么来着？《喝酒聊天》？”

别抬头。

“那是其中之一。我要在这张收据上签字吗？”

“你是不是和苏琪·梅多斯约会过？”

微笑，微笑，微笑。

“我说过那是很久很久以前的事了。一箱、两箱、三……”

“现在到处都能看见她，对不对？”

“六、七、八……”

“她真漂亮。”

“她人很好。九、十。”

“跟她约会什么感觉？”

“太吵了。”

“那……你怎么了？”

“生活。这就是生活。”他从他手里拿过记录板，“在这儿签字，对吗？”

“没错。签在这儿。”

德克斯特签完字，把手伸进最上面那只箱子里，抓出一把芝麻菜尝鲜。“芝麻菜……相当于过去的生菜。”卡勒姆喜欢这么说，德克斯特却觉得它发苦。

“天然食材”的真正总部位于克勒肯维尔的一处仓库，布置得简洁现代，有果汁机、豆袋椅、男女通用的洗手间、高速互联网和弹球机，墙上挂着几张安迪·沃霍尔风格的巨幅油画，主角是奶牛、鸡和小龙虾。建筑师给这个一半像是工作场所、一半像是青少年卧室的地方制作了一块写有“梦幻空间”字样的招牌，用的是赫维提卡体小写字母，而不是常见的“办公室”。然而德克斯特必须先学会规矩才能进入“梦幻空间”，卡勒姆要求他的所有高管都必须深入一线，从头做起，于是德克斯特被安排实习一个月，担任帝国最新前哨的影子经理。过去的三周，他清洗榨汁机、戴着发网做三明治、磨咖啡豆、招呼客人，他惊讶地发现自己竟然还挺适应，原来真的不过如此，就像卡勒姆说的那样，生意就是跟人打交道。

最糟糕的不过是被人认出来，一旦发现为自己端汤的是曾经的电视主持人，顾客们的脸上会闪过一丝同情，尤其是那些三十多岁的同龄人，仿佛失去了名气——哪怕只是一点点——再加上年龄增长和身材变胖，就算得上某种程度的行尸走肉了。人们会像打量锁在铁链上的囚犯那样盯着收银机后面的德克斯特。“你比电视上显得矮。”他们有时会说，没错，他现在确实觉得自己变矮了。“但是没关系。”把果阿风味的小扁豆汤端给顾客时，他很想这么说，“这样挺好的，我很平和，我喜欢这里，只是暂时的，我在学做生意，养家糊口。你想来点面包配汤吗？全麦还是杂粮的？”

“天然食材”的早班从早晨六点半持续到下午四点半，盘点过后，他和周六出门采购的人一起登上前往里士满的火车，下车后无聊地步行二十分钟，抵达维多利亚式排屋一条街，那里的房子从里面看比从外面看大得多，最后回到自己家——考利克小院。穿过花园小径（他怎么会有花园小径？）的时候，看到杰兹和莱希正在关大门。他认为即使是跟装修工说话，也应该采用和蔼亲切的东区口音，哪怕对方是波兰人。

“Cześć! Jak się masz?[10]”

“晚上好，德克斯特。”莱希随口答道。

“梅休太太，她在家吗？”为了表示亲切，必须这样调整语句。

“是的，她在家。”

他压低声音：“今天，她们怎么样？”

“有点……累，我觉得。”

德克斯特皱起眉头，滑稽地吸了一口气。“那么……我该担心吗？”

“也许吧。”

“给……”德克斯特从内侧口袋里拿出两条“天然食材”的蜜枣燕麦棒递给他们，“偷来的，别告诉任何人，好吗？”

“好的，德克斯特。”

“Do widzenia.[11]”他跨上前门台阶，掏出钥匙，明白房子里的某个地方可能有人在哭，犹如轮班上演的剧目。

贾斯敏·艾莉森·维奥拉·梅休在走廊里等他，一块塑料防尘膜铺在刚撬去地板的地面上，她不太稳当地坐在上面，小巧完美的五官均匀地分布在椭圆形的小脸上，简直是母亲的缩影。强烈的爱意混杂着卑微的恐惧，再次向他袭来。

“你好，贾斯，对不起，我回来晚了。”他一把抱起女儿，双手抄着她的肚子，举过头顶，“今天过得怎么样，贾斯？”

---

10. 波兰语，意思是“嗨！你好”。

11. 波兰语，意思是“再见”。

起居室传来一个声音："我希望你别这么叫她。她叫贾斯敏，不叫贾斯，听着像'爵士'。"西尔维躺在盖了防尘膜的沙发上看杂志，"爵士·梅休，真难听，像女同性恋放克乐队里面吹萨克斯的。哼，爵士。"

他把女儿扛在肩膀上，站在门口。"贾斯敏的昵称就是贾斯。"

"名字是我们一起给她取的。我知道会这样，只是想说我不喜欢。"

"好吧，我不再这么叫我女儿了。"

"很好。"

他站在沙发一头，慢慢地瞥了一眼手表，心想：**新的世界纪录诞生了！回家四十五秒就犯错了！**这两句里的自怜和敌意融合得恰到好处，他很喜欢，正要大声说出来，却看见西尔维皱着眉头坐起来，眼睛湿湿的，抱着膝盖。

"对不起，甜心，我今天过得很糟糕。"

"怎么了？"

"她根本不想睡觉，从早晨五点到现在一直醒着。"

德克斯特一只拳头按在屁股上。"好了，甜心，你如果按照我说的，给她喝无咖啡因的咖啡……"然而他不是一个擅长开这种玩笑的人，西尔维无动于衷。

"她一直在哭，抱怨了一天，外面太热，家里又太无聊，杰兹和莱西到处敲敲打打，我的心情很差劲。"他坐下来搂住她，亲亲她的前额，"我发誓，要是还得去那个该死的公园遛弯，我就尖叫。"

"很快就不用啦。"

“我绕着那个湖走了不知道多少圈，从秋千走到湖边，再从湖边绕回来。你知道我今天什么时候最高兴吗？我以为尿片用完了，正打算去怀特罗斯买一些，突然又找到了四片，可把我高兴坏了。”

“下个月就能回去上班了。”

“感谢上帝！”她往他身上一倒，枕着他的肩膀，叹了口气，“也许今晚我不该去。”

“不，你必须去！你都盼了好几个星期了！”

“我真的没有心情……女生派对。我的年龄不适合女生派对了。”

“胡说……”

“我也担心……”

“担心什么？我吗？”

“把你一个人留在家里。”

“嘿，我三十五了，西尔维，又不是没一个人在家里待过。再说还有贾斯照顾我呢，我们都会乖乖的，对吧，贾斯？噢，是贾斯敏。”

“你确定？”

“绝对。”她不相信我，他想，她以为我会喝酒。可我不会的。不会的。

女生派对是为即将结婚的瑞秋举办的，瑞秋是她妻子的朋友中最瘦也最刻薄的那个，已经为参加派对的人订好了过夜的酒店套房，雇了个英俊的鸡尾酒侍者，包下一辆豪华轿车和一间餐厅，在夜总会订了张桌子，连第二天的早午餐也安排好了，为了避免产生随性随意的突发奇想，一切经由电子邮件这种蛮横的方式确认。西尔维直到第二天下午才能回来，这还是德克斯特第一次留下来看家。她站在浴室里化妆，同时监控着跪在地上给贾斯敏洗澡的德克斯特。

“八点抱她上床睡觉，好吗？还有四十分钟。”

“好的。”

“配方奶粉足够喝了，我还做了蔬菜泥。”蔬菜泥——她说这个词时的腔调真讨厌，“在冰箱里。”

“蔬菜泥在冰箱里，知道了。”

“要是她不喜欢，柜子里还有外面买的成瓶的，不过只能应急。”

“薯片呢？我可以喂她薯片，对吧？把盐粒刷掉就……”

西尔维“啧”了一声，摇摇头，开始涂口红。“托住她的头。”

“……咸干果呢？她足够大了，可以吃了吧？一小碗花生怎么样？”他试探地回头望去，盼着也许能看到她的微笑，没想到又被她惊艳了——这是经常的事，因为她实在太美。简单而优雅的黑色短裙配高跟鞋，刚洗过的头发依旧湿漉漉的。他从贾斯敏的浴缸里抽出一只手，握住她的小腿。“你太漂亮了，顺便说一句。”

“你的手是湿的。”她向后一撤。他们六个星期没做爱了，他预料到她产后可能变得冷漠易怒，可持续的时间有点久，而且有时候她看他的眼神里有一种……不，不是轻蔑，而是……

“但愿你今天晚上就能回来。”他说。

……是失望，没错，失望。

“当心贾斯敏……托住她的头！”

“我知道自己在干什么！”他突然叫道，“看在上帝的分上！”

那种眼神又出现了，毫无疑问，如果结婚时能开收据，西尔维会毫不犹豫地把他退掉——这件货有问题，不是我要的。

门铃响了。

“出租车来了，有急事就打我的手机，别往酒店打，好吗？”她弯腰啄了啄德克斯特的头顶，然后给她女儿一个更加真心实意的吻，“晚安，宝贝。帮我看着爸爸……”看到妈妈走出浴室，贾斯敏皱起眉头，噘着嘴巴，眼里透出惊惶。德克斯特见状笑出了声。“你要去哪里，妈妈？”他小声说，“别把我留给这个白痴！”楼下的大门终于关上了，他终于可以自由地做回白痴了。

一切都是从厨房里的电视机开始的。德克斯特手忙脚乱地试图把贾斯敏绑在高脚椅上，惹得女儿哭叫起来。她这么做本来是为了吸引西尔维的注意，可现在那扭曲的小脸、声嘶力竭的尖叫、力量惊人的踢打又是为了什么？德克斯特只有一个想法：*赶紧学会说话吧，好吗？学点该死的人话，让我知道哪里做错了。*她什么时候才能说话？再过一年？十八个月？太可怕了，简直是荒谬的设计错误，为什么不在别人最需要知道她的意图时让她掌握语言技能呢？人一生下来就应该会说话的，不用侃侃而谈，也不需要巧舌如簧，能传达基本的信息就够了。*爸爸，我打嗝了。我不喜欢这个活动中心。我肚子疼。*

终于把女儿放进椅子里，她开始一会儿尖叫一会儿哼唧，他瞅准她张开嘴巴的机会，把食物倒进她的嘴里，然后用勺子刮掉她嘴边的蔬菜泥，好像蘸水刮胡子。为了安抚她，他转身打开了柜台上的小型便携电视，西尔维不喜欢它。现在是周六的黄金时段，他不可避免地看到了正在演播中心主持全国乐透开奖直播的苏琪·梅多斯，屏幕上的她朝他微笑着，他觉得自己的胃有些嫉妒地抽搐起来，不由得嗤笑一声，摇摇脑袋，刚要换个频道，却发现贾斯敏奇迹般地安静下来，纹丝不动地注视着电视里他那位不停“哇哦”的前女友。

“看，贾斯敏，这是爸爸的前女友！她的声音大不大？是不是个大嗓门的姑娘？嗯？”

如今的苏琪名利双收，很受公众喜爱，即使他们从来没有过真正的感情，也没什么共同点，但看到昔日的女朋友，他还是伤感起来，那时他不到三十岁，狂野不羁，照片时常出现在报纸上。苏琪今晚会做什么呢？他想。“也许爸爸应该一直黏着她。”他背信弃义地大声说道，回想起那些在黑色出租车和鸡尾酒廊里度过的夜晚，酒店吧台、铁路拱门……不用戴着发网给地中海风味面饼填馅儿的那些年里的星期六。

贾斯敏又哭起来，因为她的眼睛不知怎么沾了红薯，他帮她擦干净，忽然很想抽支烟。为什么不抽呢？过了这样的一天，难道不能慰劳一下自己？他的背在疼，大拇指贴着块蓝色的膏药，手上一股小龙虾和陈咖啡的味道……特别需要尼古丁的抚慰。

两分钟后，他已经套上了婴儿背带，这个如同喷气背包的装置让他像个顽皮的男孩那样有点小小的激动。他把哭泣的贾斯敏束在胸前，沿着绿树成荫却沉闷至极的街道，径直前往那条无聊的小购物街，他怎么能在星期六的晚上来萨里的购物街？这儿连里士满都算不上，是郊区的郊区，他又想起了苏琪，她现在很可能在城里跟那些漂亮的女性朋友们在一起，也许等贾斯敏睡着了，他该给她打个电话，问候一声。喝一杯，给老朋友打个电话，有什么不合适的？

他激动地推开卖酒商店的大门，迎面就是一堵高高的酒墙。自从妻子怀孕，家里就有了不能放酒的规矩，免得他每天都敞开了随便喝。“我受够了。”西尔维说，“每个星期二晚上，我都得在沙发上干坐着，你却一个人在外面喝得醉醺醺的。”在这样的攻势下，他或多或少地戒了酒。可今天来都来了，面对这么多的好东西，不享受一下简直是傻瓜。烈酒、啤酒、白葡萄酒、红葡萄酒……他照单全收，保险起见，再加两瓶上好的波尔多、二十支一包的香烟，然后又一不做二不休地去了泰国外卖餐厅。

不久，太阳落山，贾斯敏趴在他胸前睡着了，他快活地沿着赏心悦目的小街走向装修完成后就会变得整洁美丽的家。回家之后，他等不及放下孩子就钻进厨房，笨拙地弯着胳膊绕过襁褓，打开酒瓶倒了一杯，像个跳芭蕾的。他怀着庄重的仪式感盯着酒杯，一饮而尽，心想：要是酒别这么好喝，我恐怕早就戒掉了。他闭上眼睛，靠在台面上，感到绷紧的双肩缓缓地放松下来。过去酒精于他而言是一种刺激，用来提神醒脑，但现在他已经和世界上所有喝酒的父母一样，傍晚时分拿酒来镇定安神。他感到冷静了许多，于是把熟睡的孩子放在沙发上那个靠垫铺成的小窝里，来到郊区氛围浓厚的小花园：一条旋转晾衣绳被一袋袋木料和水泥包围。婴儿背带依然挂在他身上，肩带松松地搭着，如同一只枪套，让他看起来像个下了班的刑警——来自谋杀专案组，疲惫又浪漫，忧郁而危险，目前正在萨里郡做兼职保姆，要是能叼根烟就更像那么回事了。两周以来的第一支，他虔诚地点上，用力吸进美味的第一口，甚至都能听到烟草的噼啪声。燃烧的叶子和汽油味，1995年的味道。

他的大脑逐渐放空，暂时忘记了白天的色拉三明治和燕麦饼，开始对这个夜晚燃起憧憬，作为疲惫不堪的父母，在目前的状态下，也许他很快就能涅槃重生，获得平和与安宁。他把烟蒂按进一堆沙子里，进屋抱起贾斯敏，踮着脚尖来到楼上她的房间，拉下百叶窗，像个撬保险箱的惯犯那样，开始无声无息地给她换尿布。

然而刚把她放在尿垫上她就醒了，变本加厉地哭起来。他张着嘴喘气，尽快给她换完。养孩子的好处之一就是不再反感婴儿的排泄物，虽然不是什么好玩的东西，但至少平淡无害。他姐姐甚至宣称，可以“把它烤了吃掉”，说不定还有香味呢。

即便如此，你也不会愿意让它钻进指甲缝里，更何况孩子开始喝配方奶粉、吃固体食物之后，便便的性状也会向成年人靠拢。贾斯敏拉出了一坨像是半磅花生酱的东西，不知怎么，这团东西还被她抹到了背上。他空腹喝了酒，头有点晕晕的，只能强撑着把脏东西擦干净，用掉半包婴儿湿巾，等到收拾完的时候，他的一日自由行也即将结束。他把依然热乎乎的尿片塞进散发着化学气味的尿布袋，一起丢进垃圾桶，发现盖子上竟然积了一层恶心的污垢。贾斯敏还在哭嚎，他把终于变干净的女儿抱起来，扛在肩上，踮起脚尖跳来跳去，直到小腿肚子都跳疼了，才让她奇迹般地恢复平静。

他来到婴儿床边，可刚放下孩子她就开始尖叫，一抱起来又安静了，三番五次屡试不爽，如此蛮不讲理的“规律”把他折腾得十分狼狈。他的春卷都凉了，红酒一直开着盖，这个小房间里却还是一股热乎乎的屎味儿。看来所谓“无条件的爱”始终只能挂在嘴边上，因为他现在就想加几个条件。“好了，贾斯，要守规矩哦，乖乖的，爸爸早晨五点钟就起床了，一直忙到现在呢，还记得吗？”她再次安静下来，温暖的呼吸平稳地喷在他的脖子上，于是他再次尝试把她放到床上，动作缓慢，似乎在跳某种荒诞的林波舞，小心地把孩子的身体由垂直变为水平。他依然套着喷气背包一般的婴儿背带，不过现在把自己想象成了拆弹专家，轻轻地，轻轻地，轻轻地。

她突然又哭起来。

他不顾一切地关上门，小跑着来到楼下。要冷酷无情一些，书上就是这么说的。假如女儿能说话，他会这样对她解释：**贾斯敏，我们两个都有必要保留一些私人时间**。他看着电视吃东西，然而难以对宝宝的哭叫置若罔闻，人们管这个叫“受到控制的哭泣”，可他自己却失去了控制，心中不禁涌起维多利亚时代的愤慨：多么不负责任的妻子才会把孩子丢给父亲看管？她怎么敢？他调高电视机的音量，想再倒一杯葡萄酒，却吃惊地发现瓶子空了。

没关系，世界上就没有牛奶不能解决的育儿问题。他又冲了一些配方奶粉，爬上二楼，脑袋有点晕，耳朵里响着血液的流动声。他把奶瓶塞到孩子手里，那张凶残的小脸立刻变得温柔了一点，但她紧接着又扯着嗓子哭起来，原来他忘记了拧上瓶盖，热乎乎的配方奶浸湿了被褥和床垫，还溅到孩子的眼睛和鼻子上，她现在开始尖叫了，真的是尖叫，这根本不奇怪，谁让老爹偷偷溜进她的房间，把半品脱热奶浇在她脸上呢。他慌忙寻找抹布，不想却从一堆干净衣服里抓出了她最好的羊绒衫，给孩子擦拭头发和眼睛里的配方奶，不停地亲吻她，同时咒骂自己：“白痴白痴白痴对不起对不起对不起……”另一只手收拾着她浸了奶的被褥、衣服和尿片，把它们全都扔在地上。现在他又庆幸女儿不会说话了，否则会被她数落：“瞧你这个白痴，连个婴儿都不会照顾。”他回到楼下，又冲了一些奶粉，然后单手抱着她上楼，在昏暗的房间里喂她，直到她的脑袋又靠上他的肩膀，安静地睡着了。

他轻轻关上门，做贼似的蹑手蹑脚走下光滑的木质楼梯，厨房里的第二瓶葡萄酒还开着盖，他又倒了一杯。

已经快十点了。他想看看电视，现在播出的是一个叫《老大哥》的节目，但他看不明白，而且觉得自己像个坏脾气的老古董，想要用过时的眼光批判电视行业的现状。“我没看懂。”他大声说，于是又开始放音乐，整张专辑的目的似乎是想把听者的家变成欧洲精品酒店的大堂。他尝试着读西尔维丢弃的杂志，然而现在连这些东西都超出了他的理解范围。他打开游戏机，可《合金装备》《雷神之锤》《毁灭战士》甚至《古墓丽影》的最高得分纪录都无法给他带来内心的安宁。他需要成年人的陪伴，与不只会尖叫、哭泣和睡觉的人交流。他拿起电话。他显然醉了，一醉就犯老毛病：想对有魅力的女人说傻话。

斯蒂芬妮·肖买了新的吸奶器，最高级的款式，芬兰进口，在她的衬衣里呼呼地响着，像个小型舷外马达。他们几个坐在沙发上，打算看《老大哥》。

爱玛原以为今晚是场晚餐聚会，来到白教堂区之后才发现斯蒂芬妮和亚当都累得不想做饭，恳请她不要介意。于是三个人坐在客厅看电视、聊天，吸奶器呼啸个不停，硬生生地在客厅里营造出挤奶棚的氛围。这是她成为教母之后的又一个重要的夜晚。

爱玛不想再谈论婴儿的话题，当然，起初还挺新鲜，看到朋友们的容貌特点集中在一张小脸上，确实给她一种十分有趣和动人的感觉，而且见证他人的喜悦也会带来快乐。

但是欢乐其实并没有那么多，这一年里，她似乎每次出门都会见到新生儿。当她看到别人在假期过后生下砖头大小的宝宝时，都会感到同样的恐惧：太好了，恭喜你们，日子过得不错，但是跟我有什么关系？每当朋友对她讲述生产的痛苦与欢乐、用了什么药物、硬膜外麻醉是什么感觉的时候，爱玛总会做出一副着迷的表情。

然而，新生命的奇迹与做父母的体验是无法传递的，爱玛不想谈论睡眠被打断的痛苦，他们难道事先没有听说过吗？她也不想评价婴儿的笑容或者孩子是否像母亲，抑或是一开始长得像父亲，后来嘴巴开始变得像母亲了。还有，大家为什么都对手的大小那么着迷？小手和小手指甲难道也值得大惊小怪？从某种意义上来说，婴儿长了一双大手才更需要注意。“瞧这孩子蒲扇一样的大手！”这才真正值得惊叹吧？

“我要睡着了。”斯蒂芬妮的丈夫亚当说道，他坐在扶手椅上，拿拳头撑着脑袋。

“也许我该走了。”爱玛说。

“不！留下！”斯蒂芬妮说，却没说理由。

爱玛又吃了块薯片。朋友们都是怎么了？他们原本爱笑爱玩又喜欢交际，现在却被迫度过太多个无趣的夜晚，就像眼前这一对面色苍白、眼神空洞的夫妇，困在臭气熏天的房间里，把孩子越长越大而不是越长越小当成奇迹看待。每当看到婴儿爬来爬去，爱玛会做作地尖声欢呼，仿佛爬行的能力并非与生俱来，但她早就厌倦了这一切。他们还期待什么？孩子会飞吗？婴儿头顶的气味也无法提起她的兴趣，她闻过一次，像是手表带子的背面。

手机在包里响起来，她拿出来，瞥见了德克斯特的名字，却不打算理会。不，她可不想大老远地从白教堂区赶到里士满，去看他怎么吹摆在小贾斯敏肚子上的覆盆子。她尤其厌烦男性朋友无聊地扮演奶爸的这一套，他们尽管厌烦却又要表现出好脾气，疲惫不堪还得穿上平时的夹克和牛仔裤，挺着啤酒肚，一脸骄傲、自以为是地把孩子抛向空中。他们是勇敢的开拓者，历史上第一批被婴儿的尿液浸湿了条绒裤子、被他们的呕吐物弄脏了头发的男人。

当然，她绝对不能把这些话大声说出来。作为女性，如果觉得婴儿——更具体地说是与婴儿相关的话题——很无聊的话，多少会被视为不正常，被大家当成刻薄、妒忌、孤僻的人。不过每个人都告诉她，她是多么的幸运，能享受充足的睡眠和自由的闲暇时间，可以随时约会、去巴黎，这套说辞同样让她反感，听起来像是在安慰她，她讨厌这种施舍般的同情。更何况她不打算去巴黎！她尤其厌烦朋友、家人和影视剧把生物钟当作笑话来谈论，英语中最愚蠢无知的单词就是“单身”，紧随其后的是“巧克力上瘾犯”。她反对周日的报纸增刊上所提倡的一切生活方式，她当然明白其中的考量和实际需求，然而完全爱莫能助，没错，她偶尔也会想到自己身穿蓝色病号服、大汗淋漓地痛苦分娩的样子，但拉着她的手的那个男人面孔始终是模糊的，这是她刻意不去细化的幻想。

假如真的有这么一天，她也会爱自己的孩子，痴迷于孩子的小手甚至小脑袋的味道，还会跟别人讨论硬膜外麻醉、睡眠不足、小儿急腹症之类的大小琐事。也许有一天，她还会低声软语地哄双胞胎睡觉，但在此之前，她希望保持距离，冷静而超然地看待这一切。既然如此，第一个敢叫她“爱玛阿姨”的，必定会当面挨她一拳。

斯蒂芬妮的吸奶工作终于完成，她把乳汁拿给亚当看，还举到灯光底下研究，像是在鉴赏红酒。他们一致认为这个小吸奶器很棒。

“轮到我了！”爱玛说，但没有人笑，楼上的宝宝这时也醒了。

“还应该发明一样东西，”亚当说，“那就是氯仿婴儿湿巾。”

斯蒂芬妮叹了口气，拖着脚上楼去，爱玛决定趁机告辞，回家熬夜写作。手机又响了，德克斯特发来一条短信，要她大老远地赶到萨里郡陪他。

她直接关掉手机。

“……我知道路很远，但我可能是产后抑郁了。打个车过来吧，我付钱。西尔维不在家！其实她在不在都一样，我知道，可是……家里还有空闲卧室，如果你想过夜的话。无论如何，收到信息后给我打电话。再见。”他迟疑了一下，又说了声“再见”才挂断。毫无意义的留言。他眨眨眼，甩甩头，倒了更多的酒，打开通讯录，来到S一栏，找到苏琪的号码。

起初无人接听，他感到一阵解脱，打给前女友毕竟不会有什么好处。他正要挂断，却忽然听见一声与众不同的吼叫。

“你好！”

“嘿，你好！”他挤出尘封已久的主持人式的微笑。

“你是哪位？”她喊道，对面很热闹，像是在餐厅里开派对。

“燥起来吧！”

“什么？你是谁？”

“你猜猜！”

“什么？我听不清楚……”

“我说，你猜猜我是谁！”

“我听不清，你是谁？”

“你猜猜我是谁！”

“谁？”

“我让你猜猜我是……”算了，越来越不好玩了，于是他说，“我是德克斯特！”

对面顿了顿。

“德克斯特？德克斯特·梅休？”

“你认识几个德克斯特，苏琪？”

“不，我知道你是哪个德克斯特，我只是，嗯……哇哦！德克斯特！你好，德克斯特！等一下……”他听见椅子的摩擦声，仿佛看到苏琪旁边的人迷惑地看着她离开餐桌，进入走廊。“你怎么样，德克斯特？”

“我很好，很好，我只是想打电话告诉你，今晚在电视上看到你了，我想起过去的日子，所以打个电话问候一声。顺便说一句，你看起来棒极了。在电视上。我喜欢那个节目。形式很棒。”形式很棒？你这个马屁精，“所以，你怎么样，苏琪？”

“噢，我很好，很好。”

“到处都能看见你！干得漂亮！真的！”

“谢谢你。谢谢。”

一阵沉默。德克斯特的大拇指摩挲着关机键。挂了吧。假装断线。挂了吧，挂了吧，挂了吧……

“过了差不多……五年了吧，德克斯！”

“我知道，我刚才想起了你，因为在电视上看到你了。你看起来真的很棒，你还好吧？”别再说这些了，你刚才已经说过了。集中精神！“我是说，你在哪儿呢？听着很吵……”

“一家餐厅。我在吃晚饭，跟一帮伙计。”

“有我认识的吗？”

“我想没有。他们是新朋友。”

新朋友。这话里面是否有敌意？“嗯，好吧。”

“嗯。你在哪儿，德克斯特？”

“哦，我在家里。”

“家里？周六晚上？这可不像你！”

“好吧，你知道的……”他想告诉她自己结婚了，有个孩子，住在郊区，但又觉得这样一说更没劲了，于是没再出声。沉默持续了一段时间，他发现自己的棉线衫上有块鼻涕，而自己曾经穿着这件衣服去过帕恰，另外他的指尖上也出现了新的味道，像是脏尿片和鲜虾脆饼的可怕混合体。

苏琪说话了：“我们的主菜上来了……”

“哦，好吧。我就是想起了过去，想着也许见见你会很不错！比如吃个午饭、喝喝酒什么的……”

背景的音乐声变小了，苏琪似乎挪到了某个僻静的角落里，她的语气变得冷酷了：“你知道吗，德克斯特，我不觉得这是个好主意。”

“哦，好吧。”

“我是说，我已经五年没见你了，发生这种情况通常是有原因的，对不对？”

“我只是想……”

“我的意思是，你对我本来就不怎么样，根本不感兴趣，一天到晚醉醺醺的……”

“噢，不是这样的！”

“你他妈的连忠于我都做不到，见一个睡一个，打杂的、女招待什么的都被你睡遍了。所以我不明白你今天抽了什么疯，像个老朋友那样给我打电话，还扯什么‘过去的日子’，坦白说，我们过去那六个月，简直恶心透顶。”

“好了，苏琪，你说得很对。”

“不管怎么说，我现在跟另一个人在一起了，一个真正的好男人。我很开心。其实他现在正在等着我。”

“我不是，我只是……上帝，好吧，行了，算了吧！”贾斯敏的哭声沿着光滑的木楼梯传到楼下。

“什么声音？”

“孩子。”

“谁的孩子？”

“我的。我有女儿了。宝贝闺女，七个月大了。”

对面又是一阵沉默，长到让德克斯特肉眼可见地蔫了下去。然后，他听见苏琪说：

“那你还觍着脸叫我出去？”

“我就是，你知道，想见见你这个朋友。”

“我有朋友。”苏琪十分平静地说，“我想你该去看看你的女儿了，对吧，德克斯？”她挂了。

他呆坐着听了一段时间的忙音，然后放下手机，盯着它看了一会儿，忽然猛地甩了甩头，像是挨了一记耳光。他确实挨了耳光。

“好吧，还不错。”他嘟囔道。

打开通讯录，编辑联系人，删除联系人。“确定删除？”手机问。妈的，当然，删删删，删掉她，没错！他猛戳按钮。“联系人已删除。”手机说。可这还不够，怎么没有“联系人连根拔除”“联系人彻底蒸发”的选项？这才是他需要的。贾斯敏的哭声达到了第一轮的峰值，他猛地站起来，把手机往墙上一摔，壁纸上出现一道大黑印，他不解恨地捡起手机甩出去，又在上面留了一道黑印。

该死的苏琪，该死的自己。蠢蛋。他冲了一小瓶奶，拧紧盖子，把瓶子放进口袋，端起酒杯，跑上楼梯。贾斯敏的哭声已经变得极其嘶哑，喉咙就像撕裂了一样，他冲进房间。

“他妈的，贾斯敏，闭嘴，好吗？！”他吼道，随即又惭愧地扇了自己一巴掌，因为女儿正睁大了眼睛坐在小床上，满脸的忧伤。他抱起她，背对墙壁坐下，胸口贴着她的脸，试图缓解她的哭闹，又让她躺在腿上，极为温柔地抚摸她的额头，依然不起作用，他又开始轻轻拍打她的后脑勺，难道就没有止住哭泣的穴位吗？她的拳头愤怒地松开又握紧，于是他开始揉搓她的掌心，可他肥大的手指无论按在哪里都无济于事。也许她是哪里不舒服，他想，或者想找妈妈。没用的父亲，没用的丈夫，没用的男朋友，没用的儿子。

可要是她真的不舒服，那该怎么办？有可能是急腹症，他想，也可能是在长牙，长乳牙了？他开始焦虑，该不该去医院？

也许吧，可他喝了这么多，怎么开车？没用的男人。窝囊废。一无是处。“快点，集中精神。”他大声自言自语。架子上有些药，包装上标着“可能引起嗜睡”——怎么会有这么优美的英文？以前他觉得“我能借你的T恤穿穿吗”这句话很美，而现在他心目中的第一名绝对是“可能引起嗜睡”。

他把贾斯敏放在腿上颠来颠去，直到她略微安静下来，才把满满一勺奶送到她的唇边，过了很久，他才判定五毫升的奶全被咽下去了。接下来的二十分钟，他开始精神错乱般地表演卡巴莱舞，狂躁地扭来扭去，对着她学动物叫，把自己能发出的所有滑稽声音全都试了一遍，忽高忽低地用各种口音请求她不要出声，赏个脸睡一会儿。他拿起一本图画书翻给她看，敲打着纸页，喊着：“鸭子！奶牛！呜呜小火车！看看这只好玩的小老虎！快看！”他疯疯癫癫地演起木偶戏，举着一只塑料猩猩反复唱《巴士上的轮子》，然后拿起天线宝宝表演《老麦克唐纳》，又找出一只毛绒小猪，突然给她来了一首《最佳状态》。再后来，他们钻进宝宝健身房的小拱门里一起锻炼，他把手机塞进她的小手，让她按键，往键盘上流口水，听语音报时，终于，谢天谢地，她安静了一些，哭叫变成哼唧，但依然不肯睡觉。

房间里有台费雪儿童CD机，做成矮墩墩的蒸汽火车头的样式，他踢开地上的书和玩具，按下播放键。《儿童放松经典音乐》响起，这是西尔维“婴儿全面脑控”计划的一部分。小喇叭里传出《糖梅仙子之舞》。“旋——律——”他喊道，调高音量，在房间里跳起狂热的华尔兹，贾斯敏紧紧贴在他胸前，开始伸懒腰，小拳头一松一紧，头一次没有皱着眉头看她的爸爸，有个瞬间，他看到朝他微笑的分明是自己的脸。她咂巴着嘴唇，睁大了眼睛，笑出了声。“这才是我的好姑娘！”他说，“我的小美女。”他来了精神，想到一个主意。

他让贾斯敏骑在自己肩上，一路碰撞着门框跑进厨房，因为书架还没装起来，那里暂时存放着三大纸箱的CD，是他的全部家当，足有好几千张，主要是免费的赠品——当年的他也曾有过影响力。这一幕让他想起当DJ的日子，戴着可笑的大耳机在苏活区闲逛。他跪下来，一只手在盒子里翻弄，他想做的并非哄贾斯敏入睡，而是让她醒着，一起开场派对，就他们两个，比霍克斯顿的任何一家夜总会都劲爆，去他妈的苏琪·梅多斯，他要为自己的女儿做DJ。

他兴冲冲地在CD堆里掏来掏去，如同地质考古，层层叠叠的唱片代表着十年来的潮流，挑出来的CD摞在地板上：迷幻爵士、碎拍、七十年代放克、迷幻浩室……还有后来的深度浩室、渐进浩室、电子乐、大节拍、巴利阿里以及一系列带有“清凉”“驰放”字眼的曲目汇编，甚至还有几张架子鼓和贝斯的专辑……林林总总，不一而足。浏览自己的旧收藏本应是一种享受，可他却惊讶地发现自己连面对艺术品时也会紧张焦躁，不由自主地想起那些在单身公寓与陌生人开派对的不眠之夜：气氛偏执而疯狂，跟那些如今早就失去联系的“朋友”进行着意义不明的愚蠢对话……总而言之，现在听到舞曲只会让他焦虑——他想，这一定就是变老的感觉。

然后他看到了一张CD侧面的贴条，上面有爱玛的字迹，去年八月他三十五岁生日时，她用那台华而不实的新电脑剪辑制作了这张专辑，在他婚礼之前作为生日礼物送给了他。专辑的名字叫做《十一年》，自制的封面上印着一张模糊的照片，是爱玛那台廉价家用打印机的产品，但依稀可以看出他们两个坐在一个山坡上，那里是俯瞰爱丁堡的火山“亚瑟王座”的巅峰。一定是毕业后的那个早晨拍的，得有十二年了吧？照片里，穿白衬衫的德克斯特靠在一块大石头上，嘴里叼着烟。爱玛坐在不远处，膝盖抵着胸口，穿着李维斯501牛仔裤，裤腰紧勒着身体，比现在胖一些，头发染过了，遮住眼睛的凌乱刘海让她略显笨拙。她翘起一边的嘴角，抿着嘴微笑——看来自那时起她就用这副表情拍照了，德克斯特凝视着她的脸，笑出声来。他把照片拿给贾斯敏看。

“瞧瞧这个！她是你的教母，爱玛！看看你爸当年多苗条！看——这是颧骨，爸爸那时候还有颧骨呢。”贾斯敏无声地笑着。

回到贾斯敏的卧室，他把她安置在角落，从盒子里取出CD，里面还塞着一张写了字的明信片，是他去年收到的生日贺卡。

1999年8月1日。送你一份自制的礼物。不要忘记提醒自己：思想才是最重要的，思想才是最重要的。这张可爱的CD是我从磁带转录的，来自多年前我送你的音乐合辑，没收录你那些驰放垃圾，都是好歌。希望你喜欢。生日快乐，德克斯特，祝贺你多喜临门——成为丈夫和父亲！你会做得非常出色。

很高兴你能回来。记住，我非常爱你。

你的老朋友

爱玛 ❤

他微笑着把CD塞进“蒸汽火车头”播放器里。

第一首是“大举进攻”乐队的《未泯的同情心》，他抱起贾斯敏，脚不离地，膝盖一弯一弯，在女儿耳边叽叽咕咕。曾经的流行乐、两瓶酒、睡眠不足——这一切让他头重脚轻、多愁善感起来。他把蒸汽火车的音量调到最大。

然后是史密斯乐队的《光明永不灭》，尽管并非特别喜欢这支乐队，他还是随着乐曲摇晃着，垂着头，仿佛又回到了二十岁在学生迪斯科舞厅发酒疯的日子。他大声地唱了起来，场面虽然尴尬，可他毫不在乎。在这栋排屋的小小卧室里，伴着玩具火车里的音乐和自己的女儿共舞，他忽然感到强烈的满足，不只是满足——而且还兴高采烈。他转着圈，一脚踩在一只木头玩具狗上，像街头醉鬼那样打了个趔趄，急忙伸出手来扶墙站好。哇哦，站稳了，小子。他大声说，低头看看贾斯敏，她没事，还在笑着——他自个儿的小美人、漂亮女儿。有一道光，它永远不会熄灭。

下一首是《轻轻走过》，他小时候母亲经常放这首歌。他记得艾莉森在起居室跟着旋律跳舞，一手拿烟，一手端酒。他把贾斯敏放在肩上，感觉她的气息吹着自己的脖子，握住她的一只小手，踢开地上的杂物，跳起老式的慢舞。疲惫和红酒让他突然很想和爱玛说说话，告诉她他在听什么。乐声渐息，手机如同得到感应一般响了起来，他在一堆玩具和书本里面翻找，也许是爱玛回电话了。然而屏幕上显示“西尔维”，他骂了一句，可是不得不接。清醒清醒清醒，他告诉自己。他靠着婴儿床，把贾斯敏搁在腿上，接起电话。

“你好，西尔维！”

就在这时，蒸汽火车头的喇叭里突然响起“公敌”乐队的《挑战权威》，他急忙戳弄起上面笨重的按钮。

“什么声音？”

“一点音乐，贾斯敏和我在开小派对呢，是不是，贾斯？我是说贾斯敏。”

“她还没睡？”

“恐怕是吧。”

西尔维叹了口气。“你都干了什么？”

我抽了烟，喝醉了酒，喂了孩子，给前女友打了电话，弄乱了房子，跳着舞自言自语。差点像街上的醉鬼一样摔个嘴啃泥。

“哦，就是老实待着，看看电视，你呢？玩得开心吗？”

“还好。当然大家都喝醉了……”

“除了你。”

“我太累了，不能喝酒。”

“怎么那么安静，你在哪里？”

“酒店房间，我正要躺一会儿，然后再去第二轮。”德克斯特边听边收拾房间——浸了牛奶的床单、散落的玩具和书、空酒瓶和油腻的杯子。

“贾斯敏怎么样？”

“她在笑，是不是，贾斯敏，小甜心？妈妈给咱们打电话呢。”他尽职地把听筒送到贾斯敏耳边，她却一声不吭，看来大家都觉得没意思，于是他只好把手机拿开，“还是我来和你说吧。”

“看来你应付得不错。”

“那当然。你还信不过我吗？”停顿了片刻，他说，“你该去派对了。”

“也许吧，咱们明天见。大约在午饭的时候，我差不多……十一点回家。”

“好，晚安。”

“晚安，德克斯特。”

“爱你。”他说。

“我也爱你。”

她正要挂电话，他却觉得有件事不得不说：“西尔维？西尔维？你还在吗？”

她又把电话放回耳边。“嗯？”

他咽了咽口水，舔舔嘴唇。“我只是想说……我知道我现在还不是很称职……作为父亲和丈夫，但是我正在努力，正在尝试，我会变好的，西尔，我保证。”

她似乎在咀嚼这些话的意思，片刻之后才开口：“德克斯，你做得不错。我们只是……在慢慢摸索，就是这样。”

他叹了口气，不知怎么，他希望听到的不止这些。“你还是去派对吧。”

“明天见。”

“我爱你。”

“我也是。”

她挂了电话。

房间里异常安静。他坐了整整一分钟，血液和红酒在脑袋里呼啸着流过，女儿已经在他腿上睡着了。有那么一瞬，他感到一阵恐惧和孤独，连忙一甩头将它们赶走，然后起身抱着熟睡的女儿，鼻子贴着她的脸，她现在四肢舒展，像只小猫。他嗅着她的味道：甜甜的奶香。这是他的骨肉。骨肉。这个词当然很老套，可他时常会在她的脸上捕捉到自己的影子，简直难以置信。不管是好是坏，她是我的一部分。他温柔地把她放进婴儿床里。

然后他踩到一只像燧石那样又尖又硬的塑料猪，扎疼了脚后跟，他骂骂咧咧地关掉了卧室的灯。

向东十英里外的泰晤士河下游，威斯敏斯特的一家酒店里，他的妻子赤身裸体地坐在床边，无力地握着手机，无声地哭了起来。浴室里传来淋浴的流水声。西尔维其实也不喜欢自己哭泣的样子，所以当水声一停，她就迅速抬手擦干眼泪，把手机丢进地上的一堆衣服里。

“一切还好吗？”

“噢，你知道的。不怎么样。他听起来醉得厉害。”

“我敢说他没事。”

“不，他真的喝醉了。听声音很奇怪。也许我该回家了。”

卡勒姆系好睡袍的带子，走进卧室，弯腰亲吻她裸露的肩膀。

“我说了，他肯定没事。”她不作声，于是他坐下来再次吻她，“别想了，开心点。你要再喝一杯吗？”

“不。”

“那就躺一会儿？”

“不，卡勒姆！”她甩开他的胳膊，“看在上帝的分上！”

他克制着没再多说，转身回浴室刷牙去了，对这个夜晚的期望烟消云散。他有种可怕的预感，觉得她会说出“这不公平，我们不能继续下去，也许我该告诉他”之类的话。他愤愤地想，我已经给那个家伙一份工作了，这还不够吗？

他吐掉嘴里的水，回到卧室，一下子倒在床上，拿过遥控器，气冲冲地一个接一个地换台。西尔维·梅休夫人则坐在床上，看着窗外泰晤士河沿岸的灯火，不知该如何面对丈夫。

第十五章
珍·茜宝

2001年7月15日，星期日

巴黎，贝尔维尔

他从滑铁卢出发，7月15日十五点五十五到达。

爱玛·莫利准时来到巴黎北站的出站口，汇入人群，他们中有手捧花束的急切恋人，有不耐烦的正装司机，汗涔涔地举着手写的接站牌。要是举一块写着德克斯特名字的牌子，会不会很好笑？她暗忖。也许可以把他的名字拼错？可能会把他逗笑，但值得费这个事吗？何况火车已经进站，等候的人群一拥而上，期待地围在门口。一段漫长的停顿过后，大门这才嘶叫着缓缓开启，乘客们涌上月台，爱玛跟在他们的亲朋好友、恋人和司机一干人等后面，与大家一道探身张望。

她摆出得体的笑容。上次见到他时，他们说过一些话，也发生过一些事。

德克斯特坐在静止列车的最后一节车厢里，等待其他乘客离去。他没有行李箱，只有一个小小的过夜旅行袋，放在旁边的座位上。面前的桌子上摆着一本色彩鲜艳的平装书，封面有幅卡通素描，画的是一个女孩的脸，上方是书名《大朱莉·克里斯柯尔对抗全世界》。

火车开进巴黎郊区时他就读完了这本书，这是他几个月来读完的第一本小说。他本来还为此沾沾自喜，却发现这本书的目标读者是十一到十四岁的青少年，顿时泄了气。等待车厢清空的工夫，他再次翻开封底，凝视着内侧的作者黑白照，似乎要把她的脸刻在心里。她穿着一件看起来很贵的纯白衬衫，有点别扭地坐在一把曲木椅子的边缘，一手捂嘴，似乎很想笑。这样的表情和姿态都是他所熟悉的，他微笑着把书收好，拿起旅行袋，随同最后几位乘客走向月台。

上次见到她时，他们说过一些话，发生过一些事。这次他会告诉她什么？她又会说什么？是还是不？

她边等他边玩头发，希望它能长得长一些。来巴黎不久，她就拿着字典，鼓起勇气走进一家理发店——店名就叫“理发师”——修剪头发。虽然有点不好意思说出来，但她很想剪一个珍·茜宝在电影《筋疲力尽》里面的发型，在巴黎当小说家，总得像模像样才行。现在已经过了三周，照镜子时她不再想哭了，不过手还是会不由自主地滑到头上，仿佛想要调整假发。她不自在地低头看看衬衫的纽扣，这件崭新的鸽灰色衬衫是她当天上午刚刚在格林内尔街的一家商店——不，是精品店——买的，如果只解开两颗扣子会显得拘谨，三颗又有些暴露，最后她还是松开了第三颗纽扣，咂了咂舌头，看向下车的乘客。人群逐渐稀疏，她开始怀疑他是不是没赶上火车，就在这时，他出现了。

他看上去憔悴疲倦，胡子拉碴，不太符合他惯常的风格，倒像个囚犯，让人感觉这趟旅程似乎危机重重。然而一看见她，他就露出微笑，加快了步伐，她也笑了，可手脚却不知道该怎么放，眼睛也不清楚该往哪里看。两人之间的距离似乎还很遥远，大概足有五十米，难道她要一直面带微笑地盯着他？还有四十五米，她低下头，接着又抬起头，望向房梁，四十米，她又看了看德克斯特，随即低头看着地面。三十五米……

走过这段漫长距离的时候，他惊讶地发现八周以来她变了许多，头发剪得很短，仿佛只剩下一道刘海，脸也晒黑了，是他记忆中她夏天的肤色；更会穿了，高跟鞋、漂亮的深色裙子、浅灰色衬衫，扣子松开得有点多，露出褐色的皮肤和脖子下方的那片三角形的雀斑；手似乎不知道该怎么放，眼睛也不知道往哪看，弄得他也开始觉得不自在。十米。他该说点什么？怎么说？说是还是说不？

他加快脚步，终于和她拥抱在一起。

“你不用来接我。”

“我当然得来接待你这个游客。”

“我喜欢这个。”他拿大拇指蹭了一下她短短的刘海，“有个词就是形容这种风格的，对吧？”

“男人婆？”

“帅气，你看起来很帅气。”

“不像男人婆？”

“绝对不像。”

“你应该看看两个星期之前我的发型什么样，我看起来像个死刑犯！”他面无表情。“第一次去巴黎理发店，太可怕了！我坐在椅子上，心里一直在念叨：‘Arrêtez-vous，Arrêtez-vous！[12]’有

12. 法语，意思是“停下”。

意思的是，巴黎人也会问你假期过得怎么样！我还以为他们只会探讨当代舞蹈、‘人能否获得真正的自由’这样的哲学问题呢！谁知，他们却问我：‘假期过得很不错吧？今晚去哪儿玩？’”他依然无动于衷，也许她说得太多了，冷静点儿，少啰嗦，Arrêtez-vous。

他摸了摸她脖颈后面的短发茬。“嗯，我觉得这样很适合你。”

“我也不确定这种发型和我的脸配不配。”

“很配，非常协调。”他抓住她的小臂，一下子把她拉到怀里，“你就像化装舞会上最神秘的巴黎女郎。”

“也可能是应召女郎。”

“那也得是高级应召女郎。”

“那样就更好了。”她拿指关节敲了敲他下巴上的胡茬，“你打算化装成什么样？”

“离了婚想要自杀的失败者。”这话一点都不诚恳，他刚说出来就后悔了。还没走出月台就开始煞风景。

“嗯，至少你不痛苦。”她连忙找话来安慰他。

“你想让我现在就坐车回去吗？”

“暂时还不用。”她拉起他的手，“来，咱们走吧，好吗？”

他们走出北站，来到令人窒息的雾气之中，这是个典型的巴黎夏日，潮湿闷热，乌云密布，似乎随时能下雨。“我们先去运河附近找一家咖啡馆，步行十五分钟，可以吗？然后再走十五分钟就到我的公寓了，得先提醒你，那儿没什么特别的，橡木地板、大落地窗、大窗帘子就别想了，就是个带院子的两室户。”

“阁楼。”

“没错，阁楼。”

“作家的阁楼。”

爱玛事先做了准备，设计了一条能在东北区的尘土和车流中看到最多美景的路线。我夏天要到巴黎去。写作。早在四月份她就萌生了这个看起来几乎有点做作和幼稚的想法，可总有些已婚夫妇说她可以想去巴黎就去巴黎，她已经听烦了。伦敦在她看来就是个巨大的托儿所，所以为什么不离开别人的孩子一段时间，来一场冒险呢？于是她也来到这个萨特和波伏瓦、贝克特与普鲁斯特的城市，写青少年小说，取得商业的成功。为了避免让人觉得自己是来装样子的，她尽可能选择远离游客的地方定居，例如劳工阶层聚集的第十九区，位于贝尔维尔和梅尼蒙当的交界处，没有旅游景点，地标建筑也很少……

“……不过那里真的很有活力，低消费，文化多元，还有……上帝，我想说非常‘现实’。”

“什么意思，粗野？”

“也不是，就是……是真正的巴黎，我说起话来像个学生，对吧？三十五岁了，住两居室小公寓，就像出来游学的。”

“我觉得巴黎适合你。”

“没错。”

“你看起来很棒。”

“是吗？”

“你变了。”

“没有，没真的变。”

“不，真的变了。更漂亮了。”

爱玛皱起眉头，目不斜视，他们又前进了一段，快步走下圣马丁运河的石阶，岸边有个小酒吧。

“看起来像阿姆斯特丹。”他淡淡地说，拉出一把椅子。

“其实这是条古老的工业河道，通向塞纳河。”仁慈的上帝，我听起来像个导游，“流经共和国广场下方、巴士底狱，最后注入塞纳河。”放松点儿，他不过是个老朋友，还记得吗？就是个老朋友。他们坐了一会儿，凝视着水面，她很快便后悔选了这么个让人拘束的风景胜地，太可怕了，简直像相亲。她开始努力寻找话题。

“那么，我们喝点葡萄酒，还是……”

“最好不要，我差不多戒了。”

“噢，真的？多久了？”

“一个月左右，也没参加戒酒会，就是躲着它走。”他耸耸肩，“那玩意儿就没给我带来过什么好事，戒了也无所谓。”

“噢，好——吧。那我们喝咖啡？”

“就一杯咖啡吧。”

来了个深色皮肤大长腿的漂亮女招待，德克斯特甚至头都没抬。太不对劲了，爱玛暗忖，他怎么不朝女招待抛媚眼了呢？她故意卖弄地用法语点单，德克斯特挑挑眉毛，她尴尬地笑了笑，说：“我上课学的。”

“听出来了。”

“她肯定听不懂我说的，很可能端来一只烤鸡！”

德克斯特没有作声，拿拇指指甲碾磨着金属桌面上的糖粒。她再次试探着聊起无关痛痒的话题。

“你上一次什么时候来的巴黎？”

“大约三年前，我妻子和我来这里度了个短假，在乔治五世酒店住了四个晚上。”他把一块方糖弹进运河，“真他妈的浪费。”

爱玛张开嘴又合上，不知该怎么接话，她已经说过“至少你不痛苦”了。

德克斯特却用力眨眨眼睛，晃晃脑袋，推了推她的手。“所以我觉得，接下来的几天你可以带我转转景点，我就随便逛逛，发表几句白痴评论。”

她微笑着推了推他的手。“别担心，你遇到的那些事都已经过去了。”片刻之后，他伸手盖住了她的手，她又把手盖在他的手上，他立刻回击，两人一来一往地玩闹起来，如同小孩做游戏，也像是在表演，紧张而拘束。她觉得尴尬，装模作样地去了洗手间。

狭小憋闷的空间里，她怒视着镜子，扯着刘海，似乎想拽下更多的头发来。她叹了口气，告诉自己要冷静。发生过的那件事不过是个意外，没什么大不了的。他只是个很老很老的朋友。她怀着对表演的敬意冲了厕所，回到午后的阴霾和闷热之中。德克斯特面前的桌子上出现了一本书，她谨慎地向后一靠，伸出手指戳着它问：

“这是从哪来的？”

“我在火车站买的，那儿有一大堆呢。到处都能看见它，爱姆。”

“你看过了？”

“到第三页就看不下去了。”

“一点都不好笑，德克斯。”

“爱玛，我觉得它很棒。”

“就是本给小孩看的傻乎乎的书。”

“不，真的，我为你骄傲。虽然我不是十几岁的小女孩，但它能把我逗笑。我一口气把它读完了。《霍华德之路》某些人却读了十五年。”

“你是说《霍华德庄园》吧，《霍华德之路》好像不是一本书。”

“管他呢。我从来没这么痛快地读完一本书。”

“哦，因为字很大。”

“这也是我最喜欢它的地方，真的，字很大，还有图。插图太有意思了，爱姆。我不知道该怎么形容。”

“嗯，谢谢你。”

“而且它让人兴奋，非常有趣，我太为你骄傲了，爱姆。老实说……”他从口袋里掏出一支笔，“我想让你给这本书签个名。”

“别无聊了。”

“不，你必须签，你是……”他读着封底的评论，“……‘自罗尔德·达尔以来最令人兴奋的童书作家’。”

“这是出版商九岁的侄女说的。”她说，他拿笔戳了她一下，“我不会签的，德克斯。”

“不，你一定要签。”他站起来，也装模作样地准备去洗手间，“书就放在这里，你得往上面写点什么，专门写给我的，加上今天的日期，等你成了大作家，我可以拿它换钱花。”

德克斯特站在狭窄恶臭的隔间里，琢磨着自己还能拖到什么时候，他们迟早需要好好谈一谈，结束目前的东拉西扯，直奔主题。他煞有介事地冲了厕所，洗了手，在头发上擦了擦，然后来到人行道上，爱玛刚刚把书合起来。他想看看写了什么，她却伸手按住了书封。

“别当着我的面打开，拜托。”

他坐下来，把书放进包里，她朝桌子欠了欠身，仿佛打算继续说正事："那么，我得问问，最近怎么样？"

"噢，好极了。九月份办完离婚手续，就在结婚纪念日之前。接近两年的幸福生活结束啦。"

"你跟她好好谈过吗？"

"有什么用？我的意思是，我们已经不会再大呼小叫和扔东西了，现在只会说'是''不''你好''再见'。反正我们结婚以来差不多就只说过这些话。你听说了吗，她们现在搬到卡勒姆家去了，就是他那座可笑的马斯韦尔山豪宅，我们还常去那里参加晚餐派对呢……"

"是的，听说了。"

他目光锐利地看着她。"听谁说的？卡勒姆？"

"当然不是！就是，你知道……大家都这么说。"

"大家都为我难过。"

"不是难过，只是……关心。"她说，他厌恶地皱起鼻子，"这不是坏事，德克斯，有人关心你。你和卡勒姆谈过了吗？"

"没有。他找过我，不停地留言，像什么都没发生过。'好啦，哥们儿，给我们打个电话吧。'他觉得我们该出去喝个啤酒，'把事情说开。'也许我应该去的。严格来说，他还欠我三个星期的工资。"

"你现在有工作吗？"

"没有。我们把里士满那座该死的房子租出去了，还有那套公寓，我现在靠房租过活。"他喝光杯底的咖啡，盯着运河，"我不知道，爱姆。十八个月前我还有家庭，有工作——虽然算不上什么事业，但我有机会，别人愿意给我机会。我还有辆面包车、萨里郡的漂亮小房子……"

“你讨厌那玩意儿。”

“我不讨厌。”

“你讨厌面包车。”

“好吧，没错，我是讨厌它，但好歹也是我的。现在倒好，我一下子跑到基尔伯恩，搬进一个客厅卧室不分的破房子里，带着离婚分到的半副家当，除此之外……什么都没有，只剩我自己，还有一堆酷彩锅。我的生活已经完蛋了。”

“你知道我觉得你该怎么做吗？”

“什么？”

“也许……”她深吸一口气，按住他的手指头，“也许你应该求卡勒姆把那份工作还给你。”他瞪起眼睛，把手一抽。

“开玩笑！我开玩笑呢！”她哈哈大笑。

“我都这么惨了，你还能笑得这么欢，爱姆。”

“我没感觉好笑，只是觉得自怨自艾不是办法。”

“这不叫自怨自艾，我只是在说事实。”

“‘我的生活已经完蛋了’？”

“我的意思是……我不知道，只不过……”他望着运河，夸张地叹了口气，“年轻的时候什么都有可能，现在什么都行不通了。”

爱玛的现状却恰好相反。她只是简单地回应道：“也许没有那么糟。”

“所以说还有积极的一面？老婆和最好的哥们儿跑了……”

“他不是你‘最好的哥们儿’，你们都多少年没说话了，我只想说……好吧，首先，你只是暂时住在基尔伯恩的小套间，很快就能搬回以前的公寓——西汉普斯特德的两居室，条件好极了，非常完美，我做梦都想住进这样的房子呢。”

“可再过两个星期我就三十七了！中年人了！”

“三十七也还是三十多岁！而且你虽然现在没工作，但也不至于领救济金，还能收收房租，在我看来简直太幸运了。很多人都会在中年改变人生轨迹，况且你的悲惨只是暂时的，没离婚的时候也没见你有多开心，德克斯。我知道，像‘我们从来没好好说过话、从来没快乐过、没一起出过门……’这种抱怨我已经听了不少。虽然有点难，但你迟早得把它当成一个新的起点、新的开始。你还有很多事可以做，只需要下定决心……”

“还能做什么？”

“我不知道……媒体？再试试做主持人？”爱玛说，德克斯特哀叫一声。“好吧，也许可以做做幕后工作？制片人、导演什么的？”德克斯特皱起眉头。“对了，当摄影师！你以前不是整天念叨摄影的事吗？还可以试一下餐饮行业，就算这些都不行，你不是还有个人类学的二等学位保底嘛。”她拍拍他的手背表示强调，“人类永远需要人类学家。”他露出微笑，又忽然想起自己不该笑。“你是个健康、有能力、财务稳定、比较有魅力的父亲，还不到四十岁。你……还不错，德克斯。你只需要找回自信就可以了。”

他叹了口气，望着运河。“这是励志演讲吗？”

“没错，你觉得怎么样？”

“我还是想跳进运河里。”

“也许我们该走了。”她把钱放在桌子上，“我的公寓就在那边，走二十分钟就到了。我们可以步行，也可以打车……”她站起来，德克斯特却没动。

“最糟糕的是，我真的很想贾斯敏。”他说，爱玛又坐下了，“我都快疯了，更何况我从来都不是个好爸爸。”

“噢，别这样……”

“不，爱姆，我就是很没用，一无是处。我讨厌那个家，不想待在那里。一直以来我们都在假装完美家庭，我总觉得这是个错误，不是给我准备的，还不如继续像以前那样浑浑噩噩，周末不着家、熬夜、寻欢作乐。要自由不要责任。现在这些自由都回来了，我却只能对着一个个装家当的箱子，惦记我的女儿。”

“可你还能见到她。”

“两个星期才能见一次，过个夜就得走。”

“你可以多见她几次，要求更多时间……”

“我会的！可即使到了现在，她妈妈每次回去的时候，她还会露出恐惧的眼神，好像在说：‘别把我留给这个悲惨的变态！’我给她买了很多礼物，每次她来都有一大堆，每次都像圣诞节的早晨，因为假如不坐在一起拆礼物，我不知道还能跟她做什么，这是最可悲的地方。不拆礼物的时候她会哭着要妈妈，其实她的意思是妈妈加上那个混蛋卡勒姆。而且我都不知道该给她买什么，每次见面时她都和上次不一样，十天不见就像变了一个人！我的意思是，她竟然会走路了！看在上帝的分上！我竟然没见证她学会的那一刻！怎么能这样？我怎么会错过？我是说，这难道不是我的责任吗？我也没做什么出格的事，就突然……”他的声音颤抖了片刻，很快改为愤怒的语气，继续往下说，“……那个王八蛋卡勒姆却一直跟她们在一起，在马斯韦尔山那个鬼地方的破房子里……”

然而怒火还不足以让他不破音，他突然闭上嘴巴，两手一左一右按在鼻子两侧，瞪大眼睛，仿佛在强压一个喷嚏。

“你还好吗？”她说，手搭在他的膝盖上。

他点点头。“我不会整个周末都这样的，我保证。”

“我不在乎。”

“我在乎。这样……太丢脸了。”他突然站了起来，拎起旅行袋，“拜托，爱姆。咱们聊点别的吧，跟我说说你的事儿吧。”

他们沿着运河前行，绕过共和国广场，然后向东拐上圣丹尼市郊路。她一路上谈论着自己的工作：“第二本是续集，需要充分发挥想象。我现在写了四分之三。朱莉·克里斯柯尔参加了学校组织的巴黎旅行，爱上一个法国男孩，进行了各种各样的冒险，惊喜不断。这就是我来这里的理由，‘出于研究目的’。”

“第一本卖得好吗？”

“据说挺好的。所以他们才付定金，要我再写两本。”

“真的？两部续集？”

“恐怕是的。《朱莉·克里斯柯尔系列》是他们所谓的独家授权作品，利润都在这里面。马上就有自己的品牌了！我们正在和电视行业的人洽谈，要根据我的插图制作一部少儿动画。”

“你在跟我开玩笑吧！”

“是啊，不可思议，对吧？我已经进入媒体圈了，现在是助理制片人！”

“这是什么意思？”

“没什么。反正我不在乎。我喜欢这部作品，但更希望有朝一日写一本给成年人读的书。这是我一直以来的梦想，创作一部愤世嫉俗的一流小说，荒诞而永恒，揭示人的灵魂，而不是在迪斯科舞厅和法国男孩亲嘴那种幼稚故事。”

“也许这个青少年故事并没有那么肤浅吧？”

“也许吧，但也可能就是这么肤浅。起初你想通过语言改变世界，最后却发现能讲好几个笑话就已经很了不起了。上帝啊，听听我的祈求，赐予我艺术上的生命吧！”

他推推她。

“什么？”

“真为你高兴。”他用力搂了搂她的肩膀，“作家。大作家。你终于在做你一直想做的事了。”他们就这样勾肩搭背、笨手笨脚地朝前走，另一只手里的包不停地往他腿上撞，直到实在受不了了，他才放开她。

两人的心情渐渐舒畅，乌云开始消散，笼上一层暮色的圣丹尼市郊路如获新生，街上开始热闹起来，到处都是蓬勃的生机，有的地方简直成了露天市场。爱玛不时地偷眼打量德克斯特，像个焦躁的导游。他们穿过熙熙攘攘的贝尔维尔大道，继续沿十九区和二十区的交界东行。爬上山坡，爱玛指了指她喜欢的几个酒吧，谈论着当地的历史，伊迪丝·琵雅芙和1871年的巴黎公社、华人和北非人的社区。德克斯特心不在焉地听着，想着到了公寓会发生什么。**听着，爱玛，对于那件事……**

“……这里有点像巴黎的哈克尼区。”她说。

德克斯特露出令人恼火的微笑。

她推推他。“怎么了？！”

“也就是你才会在巴黎找出有点像哈克尼的地方。”

“有意思。反正我就是这么认为的。”

最后他们拐进一条安静的小巷，来到一个貌似车库大门的东西跟前，爱玛在一个面板上输了一串密码，肩膀顶开沉重的大门。他们走进一处凌乱破败的封闭庭院，头顶的四个方向都是公寓，锈迹斑斑的阳台上晾着衣服，破烂花盆里的植物在夕阳下显得蔫巴巴的。院子里回荡着此起彼伏的电视声，几个小孩在拿网球当足球踢。受到刺激的德克斯特差点打了个哆嗦。他曾经设想过爱玛住处的模样——有着方形的百叶窗，也许能看到绿树成荫的广场甚至巴黎圣母院，不过……现在这样似乎也能忍受，可以体验都市工业区的气息，要是再加上一点浪漫就更好了。

“我说过，不是豪宅。你恐怕得爬五楼了。”

她按下计时器上的电灯开关，他们沿着铸铁楼梯向上爬，陡峭的梯级盘旋上升，有几个地方似乎是与墙壁脱离的。爱玛忽然意识到德克斯特的眼睛正对着她的屁股，慌忙向后伸手，抚平裙子上并不存在的折痕。他们来到三楼的楼梯平台，计时恰好结束，电灯一下子灭了，两人在黑暗中停滞片刻，爱玛向后摸索着找到他的手，领着他往上走，最后来到一扇门外，在气窗透进来的昏暗光线中，他们相视一笑。

“到家了！”

她从包里拿出一大串钥匙，以复杂的手法开启门锁。过了一阵子，门终于开了，里面是个面积不大却令人惬意的小公寓：磨损的灰色地板，松垮的宽大沙发，整洁的小书桌俯瞰庭院，贴墙排列着装帧朴素的法文书，一水的淡黄色书脊。隔壁的小厨房桌上摆着新鲜的玫瑰花和水果，德克斯特可以透过另一扇门瞥见卧室。他们尚未讨论睡觉如何安排，但他发现公寓里只有一张铸铁大床，样式古雅繁琐，就像从农庄里搬来的。只有一间卧室、一张床——夕阳的余晖照进公寓，明晃晃地揭露了这个事实。他瞥了一眼沙发，想看看是不是折叠的。不是。只有一张床。他感到一股血流涌到胸口，突突直跳，当然这也许只是爬了太多楼梯的缘故。

她关上门，屋里更安静了。

“好了，我们到啦！”

“太棒了。”

“嗯，厨房在那边。”刚爬了楼梯，再加上紧张，爱玛觉得口渴，就从冰箱里拿出一瓶苏打水，大口喝起来，正在这时，德克斯特的一只手突然出现在她的肩膀上，紧接着他就来到她面前，开始亲她。她满嘴都是冒着气的饮料，只好紧紧闭着嘴，不让苏打水喷到他脸上，身体向后靠，指着自己鼓得像河豚的腮帮子，两手不停摇晃，含混地咕哝着，似乎在说“等一会儿”。

德克斯特拿出骑士风度，向后一退，等着她把饮料咽下去。“对不起。”

“没关系。就是吓了我一跳。”她用手背擦擦嘴。

“好了吗？”

“好了，可是德克斯特，我得告诉你……”

他不由分说，又开始亲她，笨拙而蛮横，她一下子靠在厨房桌子上，桌腿拖过地面，发出刺耳的摩擦声，她只得扭着腰躲过玫瑰花瓶，以免它掉下来。

“哎呀。”

“你先听我说，德克斯。”

“对不起，我只是……”

“你听我说件事。”

“我只是有点紧张……”

“我认识了一个人。”

他猛然向后退了一步。

“你认识了一个人。”

“一个男的。我在和这个家伙约会。”

“男的。好吧。嗯。那么。他是谁？”

“他叫让-皮埃尔，让-皮埃尔·杜索里埃。”

“他是法国人？”

“不，德克斯，他是威尔士的。”

“噢，我只是有点吃惊，没别的。”

“因为他是法国人，还是因为我竟然有男朋友？”

“不，只是……太快了，对不对？我是说，你来这里才几个星期，是不是连行李都没拆包，就……”

“两个月了！我已经来这里两个月了，一个月前认识的让-皮埃尔。”

“在哪认识的？”

“附近的小酒馆。”

“小酒馆。好吧。怎么搞的？”

“怎么搞的？”

“……怎么认识的？”

“好吧，嗯，我一个人在小酒馆看着书吃晚饭，这个家伙和他朋友也在那边，他问我看的是什么书……”德克斯特呻吟着连连摇头，仿佛名工巧匠嘲笑同行的手艺活上不了台面。爱玛不去理他，走进客厅。“不管怎样，我们就聊了起来。”

德克斯特跟了过来。“怎么聊，用法语？”

“是的，用法语。我们很合得来。现在我们……正在交往！”她放松地坐在沙发上，“嗯，现在你知道啦！”

“好吧，明白了。”他的眉毛挑起又落下，五官扭曲成一团，似乎既想发火又试图强颜欢笑，“好的，太好了。爱姆，真是个好消息。”

“不用同情我，德克斯特，好像我是什么孤独的老太太……”

“我没有！”他故作冷漠地望向窗外的院子，“那他是什么样的人，这个让……”

“让-皮埃尔，他人很好，非常英俊，非常迷人，还是个了不起的厨师，食物、红酒、艺术、建筑，没有他不懂的。你知道，他就是非常非常……法国。”

“法国？你是说他很粗鲁？”

“不……”

“脏？”

“德克斯特！”

“脖子上挂着串洋葱，骑着自行车……”

“天哪，你有时候真让人受不了。”

“那你到底是什么意思，‘非常法国’？”

“我不知道，就是很酷，慵懒，还有……”

“性感？”

“我可没说‘性感’。”

“你自己现在就很性感，又是摸头发又是松开衣服扣子的……”

“‘性感’这个词太傻了。”

“你们经常做爱吧，嗯？”

“德克斯特，你为什么这么……”

“瞧瞧你，脸红扑扑的，还有点出汗……”

“你不用这样……为什么要这样？”

“什么样？”

“这么……刻薄，好像我做了什么错事！”

“我没刻薄，只是觉得……”他顿了顿，别过脸去，额头抵在窗玻璃上向外看，“你应该事先告诉我，我好预订酒店。”

“你可以住在这儿！我今晚去和让-皮埃尔一起睡。”尽管他背对着她，她也看得出他在退缩，“在让-皮埃尔家过夜。”她向前倾倾身子，两手托着腮。“你本来以为今晚会发生什么，德克斯特？”

“我不知道。”他对着窗玻璃喃喃自语，“反正不是这样的。”

“好吧，对不起。”

“你觉得我为什么来见你，爱姆？”

“来休息一下，远离烦心事，看看风景！”

“我是来和你谈谈那件事的——你和我，终于在一起了。”他用指甲抠着窗缝里的油灰，“我本以为这对你来说是件大事。就是这样。”

“我们不就是睡过一次嘛，德克斯特。”

“三次！”

“我不是指做了几次，德克斯。我说的是过夜次数，我们就在一起待了一个晚上。”

“我认为这也值得探讨！可接下来我就听说你跑到巴黎来，就近找了个法国人……”

“我没‘跑’，我早就订了票！你为什么老觉得别人做什么都是为了你？”

“你可以先给我打个电话啊，来这里之前……”

“什么，还要征求你的同意？”

“不，就是看看我会有什么感受！”

“等等——你生气是因为我们的感受没得到验证？还因为你觉得我应该等你？”

“我不知道，”他咕哝道，“也许吧！”

“我的天，德克斯特，你不会是……吃醋了吧？”

“当然没有！”

“那你为什么拉着个脸生闷气？”

“我没生闷气。”

“那就看着我呀！”

他赌气地照做了，两臂交叉端在胸前，爱玛忍不住哈哈大笑。

“怎么了？怎么了？”他愤慨地问。

“你不觉得有点讽刺吗，德克斯？”

“怎么讽刺了？”

“你一下子变得这么传统……竟然专一起来了。”

他沉默半晌，转头望向窗外。

她放缓了语气说：“听着，那天咱们都有点喝多了。”

“我没喝那么多……”

“你的裤子都掉到鞋上了！德克斯！”她说，他依然没转身。“别站在窗户旁边，过来坐这里，好吗？”她赤脚踩上沙发，盘腿坐好。他用额头撞了两下窗玻璃，看也不看她，径直穿过房间，一屁股坐在她旁边，像个被老师撵回家的孩子。她把两只脚搁在他的大腿上。

“好了，你想谈谈那天晚上的事？那就谈谈吧。”

他一声不吭。她拿脚指头戳了戳他，等到他终于抬头看她，她才说："好了，我先说。"她深吸一口气。"我觉得那天你心情很低落，还有点喝醉了，跑去找我，就……发生了那件事。我猜这一切都是因为跟西尔维分手，你非常痛苦，从家里搬出来，见不到贾斯敏，你有点孤单，需要借个肩膀哭一哭。或者找个人睡一觉。这就是我的作用，肩膀和床伴。"

"你就是这么想的？"

"没错。"

"……你是为了让我感觉好一点才跟我上床的？"

"那你感觉好点了吗？"

"是，好多了。"

"嗯，我的感觉也很好。那不就行啦，咱们的办法还是很管用的。"

"……可这不是重点。"

"嗯，上床的理由千千万，总有更糟糕的。你应该知道。"

"那这种出于施舍的上床理由还不够糟糕吗？"

"不是施舍，是同情。"

"别逗我，爱姆。"

"我没有，只是……跟施舍没有关系，你知道的。不过……有点复杂。过来，好吗？"她又用脚指头捅了捅他，过了一会儿，他像一棵被砍倒的树，一头栽下来，枕着她的肩膀。

她叹了口气。"我们认识很久了，德克斯。"

"我知道，我只是认为这可能是个好主意。德克斯和爱姆，爱姆和德克斯，咱们两个。哪怕在一起试试，看看行不行。我原以为你也是这么想的。"

"我想过，曾经想过，上世纪八十年代末的时候。"

“那现在为什么不行呢？”

“因为太迟了，已经晚了，我太累了。”

“你才三十五！”

“我只是感觉我们在一起的时机已经过去了。”她说。

“不试试怎么知道？”

“德克斯特……我已经有别人了！”

他们静坐了片刻，楼下院子里传来孩子们的叫嚷和隐约的电视节目声。

“你喜欢他吗？这个家伙。”

“喜欢。我真的真的喜欢他。”

他伸手握住她的左脚，上面还沾着街上的尘土。“看来我出现的时机不对，是吗？”

“不，不是这样的。”

他审视着手里的这只脚——涂着红色的指甲油，不过裂开了，小脚指甲是歪歪扭扭的一个小疙瘩，几乎微不可见。“你的脚真恶心。”

“我知道。”

“你的小脚指头就像个小甜玉米粒。”

“那就别玩了。”

“所以那天晚上……”他大拇指按着她脚底的硬皮，“真的那么糟糕吗？”

她用另一只脚猛戳他的屁股。“别想着试探我，德克斯特。”

“不，说真的，告诉我。”

“没有，德克斯特，没那么糟糕，其实还算是我人生中比较难忘的一夜。但我还是觉得我们应该翻过这一页。”她把腿从沙发上拿下来，挪到他旁边，贴着他的大腿坐着，拿起他的一只手，枕在他的肩膀上。两人都盯着前方的书架，终于，爱玛叹了口气，说："你早干吗去了，真不明白……八年前你怎么不说？"

"不知道，也许是一直忙着……寻欢作乐吧，我觉得。"

她抬起头来，看着他的侧脸，"现在你不打算寻欢作乐了，就开始琢磨'那个老爱姆，给她个机会吧'？"

"我不是那个意思……"

"我可不是安慰奖，德克斯。不是你的备胎，不好意思，我觉得我还没有那么不值钱。"

"我也这么觉得，所以我来了。你是个奇迹，爱姆。"

过了一会儿，她忽地站起来，揪起一个坐垫，用力砸在他脑袋上，然后朝卧室走去。"闭嘴，德克斯。"

她经过时，他去抓她的手，却被她甩到一边。"你去哪？"他问。

"洗澡换衣服。总不能在这里坐一宿吧！"她在另一个房间里大喊，气冲冲地从柜子里拖出衣服，扔到床上，"反正再过二十分钟他就来了！"

"谁要来？"

"你觉得会是谁？我的新男朋友！"

"让-皮埃尔要来这儿？"

"嗯哼，八点钟。"她开始解衬衫上的小纽扣，随后又放弃了，烦躁地从头顶把衣服扯掉，往地上一甩，"一起去吃晚饭！咱们三个！"

他向后一倒，发出一声低沉悠长的哀嚎："啊——天哪，必须这样吗？"

“恐怕是的。早就安排好了。”她已经脱光了衣服，怒火中烧，对自己也对现状生气。“带你去我们相遇的那个餐厅！传说中的小酒馆！就坐在当初那张桌子旁边，手拉着手给你讲我们的故事！一定会非常非常的浪漫！”她摔上卫生间的门，在里面叫道，“一点都不尴尬！”

德克斯特听着花洒的声音，躺倒在沙发上，盯着天花板，为这段荒唐的旅程感到难堪。他以为自己找到了答案，以为他们能彼此拯救，可其实爱玛许多年前早已自我解脱，真正需要得到解救的恐怕只有他自己。

也许爱玛是对的，他可能只是感到寂寞而已。花洒关闭时，他听见古老的水管汩汩作响——又来了，那个可怕、可耻的词，孤独。最糟糕的是，他清楚这并非幻觉。他从未想到自己也会沦落到形单影只的地步。他三十岁生日时，来参加派对的人塞满了摄政街上的那家夜总会，等着进场的人排到了人行道上。他的手机卡曾经储存着过去十年结识的数百个联系人的信息，然而现在他唯一想要与之交谈的，就是此刻站在隔壁房间里的人。

这是真的吗？他又确认了一遍自己的想法，突然很想对她和盘托出，于是立刻站起来，走到卧室门口却又停下了。

他可以透过门缝看到她。她坐在二十世纪五十年代风格的小梳妆台前，短发湿漉漉的，穿着一件及膝的老式黑丝连衣裙，背部的拉链大敞着，能一直看到脊柱的尾端和肩胛骨下的阴影。她一动不动地坐着，挺拔而优雅，仿佛在等人帮她拉上拉链……这个姿态过于动人，亲密而令人满足，熟悉又不乏新鲜，他差点径直走进房间，整理好她的裙子，亲吻她脖子和肩膀之间的曲线，对她倾吐心意。

但他只是静静地看着她从梳妆台上拿起一本砖头般厚的法英词典，翻了几页突然停下，脑袋垂到胸前，双手按着额头，把刘海向后一推，愤怒地叫了一声。德克斯特被她抓狂的模样逗乐了，他以为自己的笑声很轻，她却朝门口这边瞥了一眼，他急忙向后退去，来到厨房，拧开水龙头，假装洗杯子。过了一会儿，他听到老式电话的铃声在卧室里响起，便关掉水龙头，偷听爱玛和这个让-皮埃尔的谈话——声音低沉，显然是情侣间的嘀嘀咕咕，用的是法语，他一个字都听不懂。

她挂掉电话之后，铃声又响了一下。过了一阵子，她来到过道里，站在他身后。“谁来的电话？”他明知故问。

“让-皮埃尔。”

“让-皮埃尔还好吗？”

“他很好，很好。”

“好的。那么，我该换衣服了。他什么时候过来？”

“他不来了。”

德克斯特转过身。

“什么？”

“我告诉他别来了。”

“真的？你是这么说的？”

他很想笑……

“我说我扁桃体发炎了。”

……不行，实在太想笑了，可他绝对不能笑，还没到时候。他擦干了手。“扁桃体发炎，法语怎么说？”

她捏住喉咙，哑着嗓子故作虚弱地说：“Je suis très désolé, mais mes glandes sont gonflées. Je pense que je peux avoir l’amygdalite.”

“L’amy...”

“L’amygdalite.”

“你的词汇量很大嘛。”

“嗯，你知道的。”她谦虚地耸耸肩，“离不开词典。”

他们相视而笑。她似乎想到了什么，三步跨过房间，捧起他的脸亲了上去，他双手放在她的背上，发现她的裙子还没拉上，裸露的皮肤凉爽湿润。他们就这样亲吻了一会儿，然后她专注地看着他，手依然捧着他的脸。“要是你敢再出去鬼混，德克斯特……”

“我不会。”

“我是认真的，要是你敢骗我、辜负我或者背着我搞小动作，我就杀了你，我对天发誓，我会把你的心吃了。”

“我不会那样做的，爱姆。”

“不会？”

“我发誓，我不会。”

她却皱了皱眉，摇了摇头，然后再次搂住他，脸贴在他肩膀上，发出近乎怒吼的声音。

“怎么了？”他问。

“没什么。噢，没什么。只是……”她抬头看着他，“我还以为我终于摆脱你了呢。”

“那是不可能的。”他说。

第四部

2002—2005
年近四十

“他们极少谈到相互之间的感情：在经历了这样考验的朋友之间，温柔动听的娓娓情话也许是不必要的。”

——托马斯·哈代《远离尘嚣》

第十六章
星期一早晨

2002 年 7 月 15 日，星期一

贝尔塞兹公园

收音机闹钟在七点零五分照常响起，天色明亮而晴朗，但他们俩依旧纹丝不动地躺在德克斯特的双人床上。他的胳膊搂着她的腰，两个人的脚踝缠在一起，这里是他在贝尔塞兹公园的房子，许多年前曾是他的单身公寓。

他已经醒了一段时间了，脑子里反反复复地演练着一套说辞，甚至刻意杂糅了两种语气：漫不经心和郑重其事。察觉到她动了一下，他立刻开腔道："我能跟你说件事吗？"他对着她的后脖颈说，眼睛仍旧闭着，声音像是刚睡醒的样子。

"说吧。"她有些警惕地说。

"真是不敢相信，我又有自己的公寓了。"

她背对着他，微笑道："好——吧。"

"我是说，你差不多天天在这里过夜。"

她睁开眼。"其实没必要。"

"不，我希望你留下。"

她转身面对他，看到他依然闭着眼。"德克斯，真的吗？"

"什么？"

“你要我当你的室友吗？”

他微微一笑，没有睁开眼睛，在被单底下抓着她的手捏了捏。“爱玛，你愿意做我的室友吗？”

“总算提出来了！”她嘟囔道，“德克斯，我就等你这句话呢。”

“所以，怎么样，答应了？”

“让我想想。”

“好吧，想好了告诉我，行吗？如果你没兴趣，我可以问问别人。”

“我说了我会考虑的。”

德克斯特睁开眼睛。他原本以为她会痛快地答应。“还有什么好考虑的？”

“就是……我也不知道。住一起这件事……”

“我们在巴黎就住一起。”

“我知道，可那是在巴黎。”

“我们现在也算是住一起。”

“我知道，我只是……”

“你别再租房了，等于把房租扔进下水道，现在的市价还那么高。”

“你说话的口气好像我的私人财务顾问。真浪漫。”她噘起嘴亲吻他，谨慎警惕的早安吻，“这不只是财务规划的问题吧？”

“这是主要原因。而且我觉得这样……很好。”

“很好。”

“你住在这里。”

“那贾斯敏呢？”

“她会习惯的。再说她才两岁半，说了也不算，对吧？也不关她妈妈的事。”

“会不会有点儿……”

“什么？”

“挤。我们三个挤在一起过周末。”

“会有办法的。”

“我在哪儿工作？”

“你可以趁我不在家的时候。”

“那你打算把情人们带到哪儿去？”

他叹了口气，有些厌烦这样的笑话。一年来，他对她忠诚得简直有点儿神经质。“我们下午去宾馆开房。”

他们再次陷入沉默，伴着收音机的噪声。爱玛闭上眼睛，试图想象自己打开纸箱，安置自己的衣服和书的情景。其实她更喜欢自己现在的公寓：霍恩西路上的一处略带波西米亚风格的阁楼，惬意随性。贝尔塞兹公园太中规中矩，而且故作时髦，虽然她已经搬来不少自己的书和衣物，尽最大努力改变这里的风格，德克斯特的这套公寓依然保留着累积多年的单身汉味道：游戏机、巨大的电视、豪华的大床。“每次打开碗橱，我都担心会有一大串女士衬裤之类的东西掉下来，把我埋在里面。”她说。既然他提出了邀请，她觉得自己应该有所回应。

“也许我们应该考虑一起买套房子，”她说，“大一点的。”他们再一次无意识地触及这个未曾讨论的重要问题。长久的沉默之后，她都怀疑他可能睡着了，却听到他说：

“好吧，咱们今晚谈谈。”

于是又一个工作日开始了，一如往日和将来。他们起床穿好衣服——爱玛只能从她带过来塞在柜子里的有限衣物中做出选择。他首先冲澡，然后趁她洗澡的时候去商店买报纸和牛奶。他读体育版面，她读新闻。吃过早餐——气氛通常轻松又安静——她从走廊上搬出自行车，和他一起出门，推着自行车去地铁站。每天上午八点二十五分左右，他们都会亲吻道别。

“西尔维下午四点送贾斯敏过来，”他说，“我六点回来。你不介意在家陪她吧？”

“当然不介意。”

“你会照顾好她？”

“没问题，打算带她去动物园。”

他们再次亲吻，然后各自上班。日子就这样一天比一天更快地流逝着。

工作。他又有工作了，而且是自己的生意，尽管对于一家位于海格特和拱门之间的住宅街上的食品咖啡店来说，“生意”这个词略有夸大之嫌。

开店的计划是在巴黎那个漫长奇怪的夏日中酝酿起来的，是爱玛的想法。当时他们坐在东北区肖蒙山公园附近的一家咖啡馆，把他的生活分解重组了一番。“你喜欢食物，”她说，“你了解葡萄酒。你可以按磅卖出非常好的咖啡、进口奶酪……所有现代人趋之若骛的畅销货。不是自命不凡，也没有故作时髦，只是开一家精品小店，夏天在外面摆几张桌子。”起初他瞧不起“店”这个字眼，也无法接受自己成为“店主”，甚至“杂货商”。不过，“进口食品专家”这个头衔让他心生期待，经营一家同时售卖食品的咖啡店或餐厅，他也能以企业家自居了。

九月下旬的巴黎终于光彩渐褪，他们坐上返程的火车，皮肤微微有些晒黑，一身新衣、挽着胳膊回到伦敦，仿佛是第一次来到这座城市，带着计划、决心和抱负。

朋友们理智而热情地肯定了他们的想法，仿佛一切都在预料之中。爱玛再次被介绍给德克斯特的父亲——“我当然记得你，你说我是个法西斯呢！”——他们提出开店的想法，希望得到他的资助。艾莉森去世后，他们私下达成过约定，到了合适的时机，德克斯特可以得到一笔钱，而现在正是时候。斯蒂芬·梅休虽然暗自担心儿子会把钱赔光，但为了让他远离电视圈，这是必须付出的一点代价。爱玛的出现也起到了一定的说服作用，德克斯特的父亲喜欢爱玛，甚至爱屋及乌地喜欢起了儿子，这还是许多年来的第一次。

店址是他们一起选的，原来是一家早已显得过时的录像出租店，架子上摆满了尘封的录像带，现在终于可以让它退出历史潮流了。在爱玛的鼓动下，德克斯特签下了十二个月的租约。那个漫长潮湿的一月，他们拆掉金属货架，把剩余的史蒂文·西格尔的录像带捐给了当地的慈善商店，剥去墙纸，把墙壁粉刷成乳白色，安上深色的木质镶板，从倒闭的餐厅和咖啡馆搜罗质量过得去的商用咖啡机、冷柜和玻璃门冰箱，这些失败的生意也在提醒他什么事情不该做，以及自己失败的几率有多大。

好在爱玛始终陪在他身边，推动他前进，让他相信自己在做正确的事。这个地区会越来越繁华，房产中介说，慢慢地吸引着年轻的专业人士到这里来，他们了解“工匠”这个词的价值，想要吃到法式油封鸭，不介意多花两英镑购买匠心独具的特制面包或者壁球大小的山羊奶酪。另外，虚荣的小说作者还可以跑到咖啡店里写书。

春季的第一天，他们坐在翻新了一部分的咖啡店门前的人行道上，晒着太阳为它起名字。列出来的备选项多半是些俗气的法语单词，比如Magasin（商店）、Vin（葡萄酒）、Pain（面包）之类，甚至还有巴黎的音译“巴黑”……他们最终决定叫它“贝尔维尔咖啡”，让巴黎第十九区的名字出现在伦敦A1区的南部。他注册了一家有限公司，是继梅亨电视有限公司之后他拥有的第二家公司，由爱玛担任秘书，她还是共同投资人，虽然出资不多，意义却不小——这笔钱来自前两本《朱莉·克里斯柯尔》的版权费。“朱莉”系列的改编动画片也已经进行到了第二季，正在筹划销售周边产品：铅笔盒、生日贺卡，甚至还出了本月刊。不可否认，爱玛现在已经过上了她母亲所谓的“小康生活”。提议出资的时候，爱玛清了半天嗓子，然后才紧张不安地表示她可以为德克斯特提供经济方面的援助，犹豫忸怩了半天之后，他接受了。

四月份店铺开张。最初的六个星期，他一直站在黑黢黢的木头柜台后面，看着人们走进来，好奇地四下打量，又走出去。但接下来消息就传了出去，顾客络绎不绝，生意开始向好，他不知不觉竟然雇上了员工。一切走上正轨，他甚至开始享受起这样的生活。

现在这里已经变得非常时髦，不过当然比他曾经的工作环境安静和平凡许多。他现在的名气仅限于当地，因为店里出售的精选药草茶。但在那些上完孕期培训班过来吃点心的准妈妈眼里，他依然是个能让人脸红心跳一阵子的帅哥。所以就某种程度而言，他几乎再次获得了成功。炎夏清晨的阳光把金属卷帘门上的沉重挂锁晒得发烫，他打开锁头，推起卷帘。打开店门的那一刻，他有什么感觉？满足？快乐？不，应该是幸福。多少年来，他第一次由衷地感到自豪。

尽管如此，潮湿漫长无聊的星期二依然避无可避，那时候他会有拉下卷帘门和所有百叶窗、一瓶一瓶喝光葡萄酒的冲动。好在今天晴朗温暖，晚上他就能见到女儿，未来八天和她形影不离，因为西尔维和那个王八蛋卡勒姆又要去度假了。不知受到何种神秘力量的影响，才两岁半的贾斯敏已经完全继承了母亲的自负和美丽，来店里玩的时候把店员们全都给迷住了。今晚他回家时，爱玛也会在那里等他。他多年来头一次感到或多或少的志得意满：他现在有心爱和渴望的伴侣，她还是他最好的朋友，他有个漂亮聪明的女儿，事业也不错——只要保持不变，一切都会很好。

两英里之外的霍恩西路，爱玛连续爬上几段楼梯，打开公寓门，一股凉飕飕的污浊气息扑面而来，这里已经四天没人住了。她煮了茶，坐在书桌前，打开电脑，盯着屏幕看了近一个小时。有很多事情要做——审读“朱莉·克里斯柯尔”第二季的剧本，为第三卷再写五百个词，配上插图，处理青少年读者的来信和电子邮件，这些信件热情真挚，也时常会提出一些让人困惑不安的问题，爱玛必须予以关注，比如孤独、校园暴力和恋爱。

可她却频频走神，考虑着德克斯特早晨的提议。去年在巴黎时他们就筹划过未来——假如他们未来真的在一起的话——核心是各过各的生活，住在各自的公寓，各交各的朋友。他们会尽力互相陪伴，彼此忠诚，但不拘泥于传统的相处方式：周末不会忙着看房，不会一起出入晚餐派对，情人节不送花……跳出夫妻、情侣和家庭模式的窠臼。他们都尝试过，却没有成功。

她曾以为这样的安排精明而现代，是一种全新的生活方式，然而“假装不愿意双方待在同一个屋檐下”简直是个不可能完成的任务，迟早会有一方做出妥协，可她没想到竟然是德克斯特。还有那个基本上没怎么谈过的问题，现在到了面对它的时候了——她会深吸一口气，直接说出那个词：孩子们。不，不是“孩子们”，别吓着他，最好是单数，她想要一个孩子。

他们其实含蓄地提到过这个问题，以一种拐弯抹角开玩笑的方式，他声称“也许等未来安定一些的时候”，可什么程度才算安定？问题始终存在，他们只能视而不见，她的父母每次来电话时、她和德克斯特做爱时（虽然不如在巴黎时那么放荡，但依旧频繁），问题都会凸显，让她晚上睡不着觉。假如把她凌晨三点担忧过的事情记录下来，就能拼接出她的人生轨迹，起初是为了谈恋爱，接着很长一段时间为钱操心，然后是职业生涯、与伊恩的关系，再然后是她的背叛。现在是这个。她三十六岁了，想要一个孩子，如果他不想要，也许他们最好还是……

什么？一拍两散吗？为了这个分手岂不是既矫情又没水平？连诉诸威胁都显得不可思议，至少现在不行。但她决定今晚就把这个问题摆到桌面上，不，今晚不行，贾斯敏在，不过要尽快，越早越好。

心不在焉地浪费了一个上午，午餐时间爱玛去游泳，在泳道里不停来回，奋力击水，却无法清空思绪。她头发没干就骑着自行车返回德克斯特的公寓，只见楼下停着一辆庞大中透着阴险的黑色四驱越野，匪气十足，挡风玻璃上映出两个人影，一个宽短，另一个高瘦——卡勒姆和西尔维，从他们张牙舞爪的动作来看，显然又在吵架，爱玛隔着马路都能听到声音。她蹬着车子慢慢靠近，看到卡勒姆龇牙咧嘴的表情，贾斯敏坐在后排，盯着一本图画书，似乎想把吵闹声过滤干净。爱玛敲了敲贾斯敏旁边的车窗玻璃，小女孩抬起头来，冲她咧嘴一笑，露出细小的白牙，随即向前挣动，想要摆脱安全带。

隔着车窗，爱玛和卡勒姆互相点了点头。即便经历了出轨、分居和离婚，大家也会以礼相待，然而敌我阵营早已划分，仇恨不共戴天，因此尽管相识近二十年，爱玛还是不能直接和卡勒姆说话。作为前妻，西尔维和爱玛之间营造了一种假惺惺的欢欣友好气氛，然而嫌恶与反感还是会像不远处的热浪那样时常闪现微光。

"对不起！"西尔维把两条大长腿伸出车外，"我们在行李带多带少方面意见有点不一致！"

"度假也会有压力的。"爱玛随口说道。贾斯敏已经离开安全座椅，爬进爱玛怀里，脸贴着她的脖子，小细腿圈住她的屁股。爱玛有点尴尬地微笑着，像是在说"我能怎么办"，西尔维也朝她笑笑，笑容十分僵硬，简直是用手指头捏出来的。

"爸爸呢？"贾斯敏对着爱玛的脖子问。

"他上班去了，很快就会回来。"

爱玛和西尔维又笑了笑。

"那儿怎么样？"西尔维没话找话，"咖啡店？"

"很好，很好。"

"好吧，很抱歉没去看他，替我跟他问好。"

又是一阵沉默。卡勒姆发动引擎，顺便用手肘捅了捅她。

"你们不进来坐坐吗？"爱玛明知故问。

“不了，我们该出发了。”

“这次又要去哪里？”

“墨西哥。”

“墨西哥。不错。”

“你去过？”

“没有，但我在一家墨西哥餐厅工作过。”

西尔维差点儿响亮地咂了咂嘴，这时卡勒姆大声喊道：“行啦！我还得避开晚高峰呢！”

贾斯敏又被抱回车上跟他们道别，接受了一番“要乖”“别看太多电视”之类的叮嘱。爱玛小心地把孩子的糖果粉色拉杆箱和卡通熊猫小背包搬进屋里，回来时看见贾斯敏正抱着一摞图画书，郑重其事地在人行道上等她。她长得漂亮优雅，完美无瑕，还透着一丝忧郁，跟母亲一模一样，完全不像爱玛。

“我们得走了，现在的登机手续简直像噩梦。”西尔维像收折叠刀似的收回双腿，卡勒姆眼睛盯着前方。

“嗯，好好享受墨西哥吧，还有浮潜。”

“不，不要浮潜，水肺潜水。浮潜是给小孩玩的。”西尔维说，无意识地提高了声调。

爱玛撇了撇嘴，说：“对不起。”水肺潜水！可别淹死！别淹死！西尔维挑起眉毛，噘着嘴巴，爱玛还能说什么呢？**我是说正经的，西尔维，请别淹死，我不想让你们淹死？**太晚了，伤害已经形成，虚幻的友谊破灭了。西尔维在贾斯敏的头顶啄了一下，猛地一摔车门，扬长而去。

爱玛站在原地，向贾斯敏挥手。

“好了，敏，你爸爸六点才能回来，你想干点什么？”

“不知道。”

“还早着呢，我们去动物园吧？”

贾斯敏用力点点头，爱玛有一张动物园的家庭套票，她领着贾斯敏进了动物园，再一次跟别人的女儿共度下午。

刚才的大黑车里，前梅休夫人双臂交叉抱在胸前，脑袋靠着茶色车窗玻璃，卡勒姆则对着尤思顿路的车流破口大骂。近来他们很少说话，只有大呼小叫，这个假期也和往常一样，是为了修补两人的关系。

过去的一年她过得不算好，卡勒姆显露出粗鄙刻薄的本性，所谓的“有干劲”和“野心勃勃”原来是夜不归宿的借口。她怀疑他有外遇，他似乎讨厌西尔维在他的家里待着，也不喜欢贾斯敏，从不把她当成孩子来体谅，甚至躲着她，有时候还会粗声大气地给她灌输奇怪的价值观：“一物换一物，贾斯敏，你拿什么跟我交换？”她才两岁半，看在上帝的分上。德克斯特虽然不称职也不负责任，但他至少是热忱的，有时过于热忱。卡勒姆却把贾斯敏当成手下的员工来对待，只不过她不用工作。西尔维的家人只是对德克斯特保有些许警惕，而对于卡勒姆，他们是极端地鄙视。

现在西尔维每次见到前夫都会看到他喜笑颜开的模样，仿佛在给自己的幸福生活打广告，像个被洗脑后整天面带神秘微笑的邪教徒。他会把贾斯敏抛向半空、驮着她，抓住一切机会展示他是个多么了不起的爸爸。还有那个爱玛，贾斯敏整天爱玛长、爱玛短，炫耀爱玛如何如何，是她最好最好的朋友。她会把在外面吃的意面带回家，粘在彩色卡片上，西尔维问她这是什么，她会说“爱玛”，然后没完没了地说她们去动物园的事。他们显然办了家庭套票。天哪，看看他们这一对得意洋洋的样子，德克斯和爱姆，爱姆和德克斯，真让人受不了。德克斯特无非是有家廉价的街角小店——卡勒姆的“天然食材”现在可是有四十八家分店呢——爱玛整天骑着辆自行车，腰越来越粗，从头到脚的学生气，长得也很吓人。西尔维觉得，爱玛从教母升级为继母，是早就算计好的阴谋，她大概一直窥伺在侧，然后见机行动。别淹死！不要脸的母牛。

卡勒姆又开始痛骂马里波恩路的交通了。西尔维想尽快再有个孩子，可怎么做到呢？接下来的一周，他们会去墨西哥潜水，住豪华酒店，但她知道这还远远不够。

第十七章
大日子演讲.doc

2003 年 7 月 15 日，星期二

北约克郡

度假小屋实际跟照片上的完全不一样，又小又黑，散发着典型的度假小屋的气息——空气清新剂的香精味和老旧橱柜的霉味，厚厚的石墙里似乎还留存着冬天的寒气，因此，即使在炎热的七月，房间里依旧阴冷潮湿。

不过这似乎无关紧要，它功能齐全，与世隔绝，哪怕窗户狭小，也能欣赏到北约克郡沼泽令人震撼的美丽。他们白天要么出门散步，要么开车兜风，造访昔日的海滨度假胜地，爱玛记得小时候远足曾经到过这些地方，那些尘封的小镇似乎永远停留在了1976年。今天是旅行的第四天，他们来到法利，沿着俯瞰壮美海湾的宽阔步道前行。学生还没放假，又是星期二，这里的游人不多，显得相当空旷。

“看见那边没有？我妹妹在那儿被狗咬过。”

“有意思，什么样的狗？”

“噢，对不起，我让你觉得烦了吗？”

“只有一点点。”

“好吧，还有四天，有你受的。”

下午，按照爱玛前一晚的安排，他们打算徒步前往一处瀑布，但在沼泽盯着地形测量图迷茫地研究了一个小时之后，他们决定放弃，去焦干的石楠丛中躺着晒太阳。爱玛带了一本观鸟指南和一副笨重的老式军用双筒望远镜，尺寸和重量可与柴油发动机媲美，此时她正举着望远镜，努力寻找目标。

“瞧那边，我觉得那是一只鸡鵟。”

“嗯。”

“快看，快点——就在上边。”

“没兴趣。我要睡了。”

“怎么能没兴趣？它很漂亮。”

“我还年轻，上了年纪的人才观鸟。”

爱玛笑了。“胡说八道。”

“这样闲逛已经够无聊的了，接下来是不是该听古典音乐了。”

“你太酷了，不适合观鸟……”

“再接下来是拾掇花园，然后你会跑到马莎百货买牛仔裤，还会想着搬到乡下去。咱俩互称‘亲爱的’。我都能预见到，爱姆。这是一条下坡路。”

她单肘撑起身子，靠过去亲他。“这又提醒我了，为什么要和你结婚？”

“现在后悔还来得及。”

“押金还能要回来吗？”

“恐怕不可能。”

“好吧，”她又亲了亲他，“让我考虑一下。”

他们准备十一月结婚，在结婚登记处办一场低调的小型婚礼，然后在当地最受欢迎的一家餐厅设宴，只邀请亲密朋友和家人参加。他们坚持认为这不算真正意义上的婚礼，更像是举行派对的借口。至于誓词，应该是世俗的，又要避免过于感性，所以一直没能写出来，两个人都觉得很尴尬，认为这样就像面对面宣读保证书。

"我们就不能用你给前妻写的那份誓词吗？"

"可你还是得答应听我的，对不对？"

"那你得发誓，永远不碰高尔夫。"

"你会跟我姓吗？"

"'爱玛·梅休'，比我原来的名字还难听。"

"你可以把我们的姓连起来。"

"莫利-梅休，听起来像科茨沃尔德的小村子，'我们在莫利-梅休村外面有一小片地'。"

他们就是这样迎接大日子的：表面上满不在乎，私下里既克制又兴奋。

约克郡的这一周是大日子来临前的最后一次度假机会，可爱玛要赶着交稿，德克斯特不放心扔下生意一个星期不管不问，但至少他们趁此机会拜访了爱玛的父母。她母亲特别重视这件事，像迎接王室成员那样招待他们：桌上布置了餐巾，而不是平时用的厨房纸，冰箱里备好了乳脂蛋糕和巴黎水。自从爱玛和伊恩分手后，苏·莫利似乎再也不会去爱了，然而德克斯特的出现让她更加兴奋，以极为怪异的方式和他打情骂俏，说话也撇腔拿调，像个风骚的语音报时钟表，德克斯特也尽职尽责地跟她眉来眼去，莫利家的其他人无言以对，只能低头盯着地砖憋笑。

苏却根本不在乎，仿佛长久以来的幻想成了现实：她的女儿终于嫁给了安德鲁王子。

看到家人们的反应，爱玛为德克斯特感到自豪。他朝苏眨着眼睛，逗弄她的表弟表妹，对她父亲养殖锦鲤和喜欢曼联队的爱好似乎真的很感兴趣。只有她妹妹玛丽安娜看起来怀疑德克斯特的魅力和真诚，玛丽安娜已经离婚，带着两个儿子，终日疲惫不堪，满腹牢骚，完全没心情庆祝另一场婚礼。当天晚上，她们洗餐具时聊起了这件事。

“真不明白妈妈为什么要用那种傻乎乎的声音说话。”

“她喜欢他。”爱玛拿手肘推推妹妹的胳膊，“你也喜欢他，对吧？”

“他挺好的。我喜欢他。不过我还以为他是个名人什么的呢。”

“很久以前也许是个名人，现在不是了。”

玛丽安妮嗤笑一声，没再说些有的没的。

他们决定不再寻找瀑布，转而驱车回到当地酒吧，边吃薯片边你来我往地打台球，一直待到傍晚。

“我觉得你妹妹不怎么喜欢我。”德克斯特为决赛布置着球桌。

“她当然喜欢你。”

“她几乎没搭理我。”

“她就是有点害羞，脾气也不太好，她就是那个样子。”

德克斯特微笑道：“你的口音。”

“怎么了？”

“一到这里，你的北英格兰口音就回来了。”

“是吗？”

“一上M1公路就开始了。”

“我无所谓，你呢？”

“我也无所谓。轮到谁开球了？”

爱玛赢得了比赛，他们在暮色中走回小屋，刚才空腹喝了啤酒，他们感到脑袋晕乎乎的，又有些兴致高涨。这是个工作假期，按照计划是白天两人一起休息，晚上爱玛工作，但这几天恰好是爱玛一个月中最有可能怀孕的时期，所以他们有责任充分利用这些机会。“什么，又来？”爱玛关上门亲吻德克斯特，他嘟囔道。

“你愿意不就行了。”

“啊，我当然愿意。就是觉得自己有点……像匹种马。”

“嗯，你就是。就是的。”

九点钟，爱玛在不怎么舒服的大床上睡着了。外面天还亮着，德克斯特躺着听了一会儿她的呼吸，望着卧室窗外那片紫色的沼泽。既然睡不着，他就从床上滑下来，穿上衣服，悄悄下楼来到厨房，奖励给自己一杯葡萄酒，思索起今晚原本的计划。他已经习惯了牛津郡的荒野，但眼前这种与世隔绝的环境却让他有些不安，连宽带上网都是奢望，旅行手册却把没有电视当成优点来宣传。寂静只能给他带来焦虑。他打开iPod，听起了塞隆尼斯·蒙克——最近他竟然不由自主地听了不少爵士乐——然后一屁股坐进沙发，砸出一片扬尘，拿起他的书。爱玛半开玩笑地买了一本《呼啸山庄》让他在旅途中读，可他现在几乎完全读不下去，于是打开笔记本电脑，盯着屏幕。

在一个名为“个人文档”的文件夹里，有个叫作“随机”的子文件夹，这个文件夹里有个只有40KB大小的文件，名字叫作“大日子演讲.doc”——新郎的发言稿。他对自己在上次婚礼时那一通愚不可及、语无伦次的半即兴发言至今记忆犹新，决定这一次痛改前非，并且提早开始准备。

目前，演讲稿的全文如下：

我的新郎致辞

我们经历了旋风一样的恋爱！……

我们是怎么相识的。虽然读的是同一所大学，但一直不认识，不过经常看到她。她的发型很可怕，总是给人一种怒气冲冲的感觉。大家想不想看看她那时候的照片？她觉得我是个花花公子。她爱穿粗布工装裤，不过这也可能是我想象出来的。最后我们终于认识了，她叫我爸“法西斯”。

我们断断续续地做着最好的朋友。我是个白痴，经常对眼前人视而不见。（俗气）

怎么描述爱姆。她有许多优点：风趣、聪明，舞跳得很好（假如她愿意的话），厨艺却很糟糕。音乐品位不错。我们会吵架，不过平时总在说说笑笑。她很漂亮，但有时候意识不到……她和贾斯的关系非常好，甚至跟我前妻也能处得来！吼吼哈哈哈哈。人人都喜欢她。

我们失去过联系。再讲点巴黎的事。

终于在一起了，近十五年旋风般的浪漫史，时间没有白费。朋友们都这么说。我从来没这么快乐过。

暂停，让客人们吐一阵子。

感谢第二场婚礼，这一次我做对了。感谢宴席承办人。感谢苏和吉姆让大家接纳我。我现在是半个北方人了……没来的朋友，我会给你们发电报的。很遗憾妈妈不能出席，她如果知道，一定会非常欣慰，因为她的愿望终于实现了！

为我美丽的妻子干杯……

这只是一个初稿，但结构已经有了。他热忱地填充修改起来，其间反复改换字体，从Courier到Arial到Times到新罗马，然后又改回来，变成斜体，统计字数，调整段落和间距，让整篇东西看起来更充实。

终于，他开始大声朗读，把句子当成音符，努力回忆着做电视主持人时的感觉。

“感谢大家今天的到来……”

这时，楼上传来地板的吱吱作响，他急忙合上笔记本电脑，轻轻把它塞到沙发下面，拿过《呼啸山庄》。

光着身子的爱玛睡眼惺忪地走下楼梯，下到一半又停下来，坐在梯级上，胳膊抱着膝盖，打了个哈欠，问道：“几点了？”

“差一刻十点，荒野时间，爱姆。”

她又打了个哈欠。“你可把我给累坏了，”她笑道，“种马。”

“穿件衣服去，好吗？”

“你在干什么？”她问。他举起《呼啸山庄》，爱玛笑了。“是‘没有生命，我活不下去！没有灵魂，我活不下去’还是‘没有爱，我活不下去’或者‘没有生命，我爱不下去’来着？不记得了。”

“我还没看到那里，那个叫耐莉的女的还在不停地唠叨。”

“会越来越好看的，我保证。”

“你再提醒我一下，这里为什么没有电视？”

“咱们得自娱自乐。回床上跟我聊聊吧。”

他站起来，穿过房间，倚在楼梯扶手上亲她。“答应我，别再逼我做爱。”

“那咱们还能干什么？”

“听起来可能有点怪异，”他有点羞怯地说，“我不介意玩拼字游戏。”

第十八章
中年

2004 年 7 月 15 日，星期四

贝尔塞兹公园

德克斯特的面孔发生了奇怪的变化。

两腮上方开始生出粗黑的毛发，与偶尔从眉间冒出来的几根灰色长毛连成一片，仿佛还嫌不够，耳孔周围和耳垂下方也出现了灰白的细毛……毛发如同水芹般一夜之间钻出来，只为了提醒他中年正在迫近——不，他已经到了中年。

还有他的美人尖，淋浴之后会变得特别明显，两侧的额角逐渐拓宽，同时分别向头顶进军，早晚将在那里汇合，宣告末日的到来。他用毛巾擦干头发，顺手把旁边的头发捋过来，遮挡稀疏的发际线。

他的脖子也未能幸免，双下巴已经出来了，像个小肉袋，是他的羞耻包，又像是穿了件肉色的翻领毛衣，他赤裸着站在浴室的镜子前，一只手搭在脖子上，似乎想把它塞回去。如同住在一座年久失修的房子里，每天早晨都会发现新的裂纹，夜里察觉到新的震动——身上的皮肉不知怎么逐渐脱离骨架，这是健身卡常年闲置的人的典型特征；他的啤酒肚初现雏形，最奇怪的是乳头也发生了令人憎恶的诡异变化，有好几件衣服已经不能穿了，比如紧身衬衫和罗纹羊毛衫，因为你会隔着衣服看到他的胸口有两个帽贝一样的凸起，像发育期少女的胸部。他连穿带兜帽的衣服都显得荒唐可笑了，就在上星期，他竟然入迷地听起了《园艺问答时间》，还有两周他就四十岁了。

他晃晃脑袋，告诉自己还没有那么糟，假如突然扭过头去看镜子，以特定的角度抬着头，吸着肚子，他看起来可能只有三十七岁。只是他依然足够虚荣，觉得自己还是当年那个帅哥，不过再也没人说他漂亮了，尽管他总觉得自己老了之后不至于这样，他希望像电影明星那样变老，变得瘦长结实、眼睛深陷、两鬓花白、老于世故，事实却是他像电视主持人那样老去——前电视主持人，还是个结婚两次、芝士食用过量的前电视主持人。

爱玛光着身子从卧室走进卫生间，他开始刷牙，这是另一种痴迷，他总觉得自己的嘴巴也变老了，仿佛再也不会干净了一样。

“我胖了。”他喃喃地说，满嘴泡沫。

“不，你没有。”她不那么有底气地说。

“真的——你瞧。”

“那就别吃那么多芝士。”她说。

“你不是说我没胖吗？”

“你觉得胖就胖了呗。”

“我也没吃那么多芝士，不过是新陈代谢变慢了而已。”

“那就做点运动，再去去健身房，跟着我游游泳。”

“我哪有时间？”他刚从嘴里抽出牙刷，她就安慰地亲亲他。“你看，我现在一团糟。”他嘟囔着说。

“我告诉过你，亲爱的，你的胸美极了。”她大笑着戳戳他的屁股，走进淋浴间。他漱了口，坐在浴室椅上看着她。

“今天下午咱们该去看看那套房子。”

爱玛的哀叫声盖过了水声。“必须去吗？”

“嗯，除了这一套，我反正不知道还能在哪找到……”

“好吧，好吧！我们去看看。”

她背对着他继续冲澡，他起身走进卧室穿衣服。他们又开始变得焦虑烦躁了，他告诉自己，这是因为急于找住处的缘故，现在这套公寓已经卖出去了，他们的大部分物品都寄存在仓库，除非尽快找到另一处房子，否则就得租住了，这就是导致两人紧张焦虑的罪魁祸首。

然而他知道事情并没有那么简单。爱玛看着报纸等水烧开，只听她突然开口道：

“我来例假了。”

“什么时候？”他问。

“就刚才。”她故作镇定地说。

“哦，好。”他说。爱玛继续煮咖啡，背对着他。

他起身搂住她的腰，轻轻亲吻她没擦干的脖颈。她的目光没有离开报纸。“没关系，我们可以再试，不是吗？”他说，把下巴抵在她肩膀上，这个姿势虽然迷人，却很不舒服，趁她翻报纸，他回到桌前。

他们坐下来看报，爱玛读时事新闻，德克斯特看体育版，两人之间的紧张和怒气一触即发。爱玛咂着嘴啧啧有声，摇晃着脑袋，露出她那副有时候非常惹人恼火的模样。探讨战争起源的《巴特勒答记者问》占据了报纸的头版头条，他感觉到她正酝酿着一段紧跟时事的长篇大论，于是努力盯着温网报道，然而……

“真奇怪，不是吗？战争都爆发了，竟然没人抗议？我是说，应该会有游行什么的，对吧？”

爱玛的语气激怒了他，让他想起许多年前的她——学生腔、自命清高和自以为是，但他还是不置可否地应了一声，希望能够应付过去。时间缓缓流逝，报纸依然在翻动。

“我是说，你以为会出现反对越战那样的运动，可实际上什么都没有，只有一次游行，然后所有人都耸耸肩膀回家了，连学生都不抗议了！”

“这件事跟学生有什么关系？”他自以为足够温和地说。

“这是传统，不是吗？学生向来是积极参与政治的，假如换成我们，我们就会去抗议。”她继续看着报纸，“反正我会。”

她在刺激他。好吧，既然她想要。“那你怎么不去？”

她目光锐利地看着他。“什么？”

“抗议啊，你不是反应那么强烈嘛。”

“我就是这么想的，也许我真应该去！这正是我的立场！要是大家能团结起来……”

他继续看报纸，打算沉默以对，可是没奏效。“也许这是因为大家都无所谓。”

“什么？”她看着他，眯起眼睛。

“战争，要是人们真的厌恶它，肯定会抗议，但也许大家愿意看到他完蛋，我不知道你发现没有，爱姆，他可不是什么好人……”

“愿意看到萨达姆完蛋，和反战并不冲突。”

“这就是我的观点，有些模棱两可，对吧？”

“什么，你认为这是一场公平的战争？”

“不是我，是大家。”

“那你呢？”她合上报纸，他切切实实地感到了不自在，“你怎么看？”

“我怎么看？”

“你怎么看？”

他叹了口气。现在为时已晚，回不了头了。“我只是觉得，很多左派明显反对战争，但那些被萨达姆谋杀的民众恰恰是左派应该支持的。”

“比如哪些人？”

“工会主义者、女性主义者、同性恋。”他该不该把“库尔德人”也加上？这样对不对？他决定试试。“还有库尔德人！”

爱玛义正词严地“哼”了一声，开口道：“哦，那你觉得我们打这场战争是为了保护工会主义者？你以为布什发动侵略是因为担忧伊拉克女性和同性恋的困境？”

“……还有伊朗、俄罗斯、北朝鲜和沙特阿拉伯！你总不能反对全世界吧。”

“为什么不能？你过去不就这样吗？”

“那不是重点！”

“是吗？我刚认识你的时候，你可是整天抵制这抵制那的，你总不能连吃块该死的玛氏巧克力都得搬出一大套‘个人责任’的理论来吧！你变得这么自鸣得意，可不能怨我。”

他露出一抹满足的傻笑，低头继续看荒唐的体育新闻，爱玛觉得自己的脸热起来。“我没变得……别转移话题！关键在于，宣称这场战争是为了人权或者大规模杀伤性武器之类的东西，这是很可笑的！战争的目的只有一个，那就是……”

他呻吟一声。她肯定要说“石油”，拜托了，拜托别提“石油”。

“……跟人权没关系，完全是为了石油！”

“那不是很好的理由吗？”他站起来，故意使劲儿让椅子跟地面摩擦，“还是说你不需要石油，爱姆？”

他感觉最后一句话铿锵有力，然而争吵已经让这套单身公寓突然变得狭小杂乱，使他难以抽身。爱玛当然也不会放过这种蠢话，她跟着他走进过道，可他已经在那里等着她了，猛然转身面对她，把两人都吓了一跳。

“我告诉你这究竟是怎么回事，你例假来了，因为这个生气，就拿我撒气！我可不想在吃早餐的时候听什么长篇大论！”

“我没长篇大论。”

“那就是吵架。”

“我们没吵架，只是在讨论。”

“是吗？我可是在吵呢……”

“冷静点，德克斯……”

“打仗又不是我的主意，爱姆！也不是我发动的侵略，很抱歉，我的反应不如你强烈，也许我该像你那样，说不定以后会的，但这次没办法。我也不知道为什么，也许因为我太蠢。”

爱玛吃了一惊。“这是什么话？我没说你……”

“可你就是把我当蠢人对待的，要么把我当成了右翼的疯子，就因为我没对战争发表陈词滥调。我发誓，要是哪天参加晚餐派对的时候，再有人说什么‘都是为了石油’，我就……也许这是事实，但那又怎么样？要么出来抗议，要么别用石油，否则就接受现实，然后他妈的闭嘴！”

“你竟然敢让我……”

“不是！我没让你……噢，算了吧。”

他从她那辆该死的自行车旁边挤过去，磕磕绊绊地穿过走廊，钻进卧室，百叶窗依然没拉起来，床也没整理，地上丢着湿毛巾，屋里飘荡着两人昨夜的体味。他开始摸黑找钥匙。爱玛在门口看着他，脸上挂着令人恼火的关切，他的目光回避着她。

“你为什么这么不情愿谈论政治？”她平静地说，仿佛把他当成了闹脾气的孩子。

“不是不情愿，只是……觉得烦。”他拖出洗衣篮里的脏衣服翻找，检查裤子口袋，“我发现政治很无聊……啊，终于说出来啦！好爽！”

“真的？”

“真的。”

“连上大学的时候也是这样？”

“尤其是上大学的时候！我当时还假装对政治感兴趣来着，因为那时候大家都这样。我凌晨两点听着乔尼·米切尔的歌，旁边总有爱表现的小丑在叽叽歪歪地讨论什么种族隔离、核裁军、物化女性之类的话题，我就想，他妈的，烦死了，就不能聊点家庭啊、音乐啊或者性什么的……跟人有关的事吗？”

“可政治就是跟人有关的！”

“那又有什么意义呢，爱姆？根本没意义，不过是没话找话……”

“那意味着我们可以谈很多事情！”

“是吗？我只记得在那个黄金年代，很多人喜欢炫耀，大部分是男的，吹嘘什么女性主义，因为这样他们就能钻进女孩的裤裆，还美其名曰正视什么染血的事实、曼德拉先生多么多么好、核战争太邪恶、世界上还有人在挨饿，实在是烂透了……”

“别人可没这么说！”

“现在他们还这么说呢，只不过染血的事实变了，换汤不换药，现在成了全球变暖和布莱尔卖国！”

“你不同意吗？”

“我当然同意！同意！我只是觉得，要是有个我们认识的人出来评评理会更好，更让人耳目一新，比如说布什其实没那么蠢，感谢上帝，还有人愿意站出来对抗萨达姆那个法西斯独裁者，顺便说一句，我爱我的大汽车。就算这些都不对，至少我们有话可谈！起码他们不会自吹自擂，也能多少给大规模杀伤性武器、学校教育和该死的房价带来一些改变！”

“嘿，你也开始谈论房价了！”

“我知道！我也他妈的嫌自己烦！”他把前一天的脏衣服往墙上扔，叫嚷声在室内回荡。他们俩都站在阴暗的卧室里，百叶窗还没拉上去，床依然没整理。

“那我让你烦了吗？”她轻声问。

“别傻了！我可没那么说。”他忽然疲惫地瘫坐在床上。

“我到底惹你心烦了没有？”她说。

他弓着腰坐在床垫边缘，两手捂脸，透过指缝呼气。“我们才试了十八个月，爱姆。”

“两年。”

“就算两年吧。我不知道，我只是讨厌……你看我的眼神。”

“什么眼神？”

“怀不上孩子全都怨我。”

“我没有！”

“给人的感觉就是这样。”

“对不起，我道歉，我只是……失望。我真的很想要，就这样。”

“我也想！”

“是吗？”

他看起来很受伤。“当然了！”

“可你一开始不想要。”

“我现在想了。我爱你。你知道的。”

她穿过房间，来到他身边，他们拉着手、弓着背在床边坐了一会儿。

“来吧。”她向后一仰，倒在床上，他也跟着躺下，两条腿晃晃悠悠地搭在床边，一道朦胧的光束从百叶窗缝里漏进来。

“对不起，我不该拿你撒气。”她说。

“我也对不起，因为……我不知道该怎么说。”

她拿起他的手，在手背上亲了一下。“你知道吗，我觉得我们该去做个检查，找家不孕不育诊所什么的，咱俩都去。”

“咱们没问题。”

“我知道，就是去确认一下。”

“两年也不算太长，为什么不再等六个月？”

“可我觉得自己没法再等六个月了。”

“别说疯话。”

“明年四月我就三十九了，德克斯。”

“再过两星期我就四十了！”

“就是啊。”

他缓缓吐了口气，仿佛看见了一只只小试管、压抑的诊所隔间、护士“啪”的一声戴上橡胶手套……还有自慰用的色情杂志……“好吧，我们去做检查。”他扭头看她，“可是不是需要预约？”

她叹了口气。“我猜应该是吧。为了保护隐私。”

过了一会儿，他开口道：“天哪，真没想到你也会说这种话。”

“是啊，我也没想到，”她说，“没想到。”

他在一种脆弱的平静中做好了上班的准备，尽管荒唐的争吵让他迟到，好在贝尔维尔咖啡店运转得相当顺利，自从聘用了一位名叫玛蒂的精明可靠的经理，他们就建立了愉快的合作关系，偶尔也会稍微调调情，他再也不用一大早去开门了。爱玛陪他下楼，两人带着阴郁又难以形容的心情迎来了新的一天。

“那套房子在哪？”

“基尔本，我会把地址发给你，看照片还不错。”

“看照片都挺不错的。”她喃喃地说，发觉自己的声音阴沉暗哑。德克斯特选择了沉默。过了一会儿，她终于搂住德克斯特的腰，紧紧抓着他。“我们今天表现不是很好，对吧？也许该怪我，对不起。”

“没关系，今晚咱们待在家，你和我。我给你做晚饭，也可以出去吃，看看电影什么的。”他把脸贴在她的头顶，“我爱你，问题会解决的，好吗？”

爱玛静静地站在门口，按理说她应该告诉他“我也爱你”的，但她还是想再闹一点小脾气，决定晚上再跟他和好。也许等天气放晴，他们可以像往常一样去樱草山坐坐。最重要的是他会等着她，一切都会好的。

“你该走了，”她靠在他肩膀上说，“玛蒂该嫌你迟到了。”

“别消遣我。”

她咧嘴笑着，抬头看他。“晚上我心情就好了。”

“到时候我们做点开心的事。”

“开心。”

“我们依然很开心，不是吗？”

“当然。”她说，和他吻别。

他们确实很开心，不过现在是另一种形式的开心了。所有的渴望、痛苦和激情被持续不断的愉悦和满足感取代，偶尔还会来点刺激，这样的转变令人高兴。如果说她此前的生活兴高采烈，那么现在的日子就是更加稳定而平缓的。

她有时也会怀念那些曾经强烈的情感，不只是他们的爱情，也包括早年的友谊。她记得自己时常写信到深夜，动辄十多页纸，满怀疯狂与激情，感叹号和下划线随处可见，字里行间尽是朦胧的感伤和难以掩藏的情意。有一段时间，她还每天都寄明信片，睡前一小时通电话。那时在达尔斯顿的公寓或是他父母家里，他们彻夜长谈、听唱片，直到太阳升起。他们也曾在新年第一天去河里游泳，下午跑到唐人街的地下酒吧喝苦艾酒，所有这些时光都保留在笔记本、信件和大叠的照片里，难以计数。二十世纪九十年代初，他们几乎遇到照相亭就钻进去合影，因为并不确定彼此的陪伴会像后来那样理所应当。

然而只是坐在一起聊天就够了吗？现在谁还有那么多的时间、兴致和精力熬夜倾谈到天亮呢？而且又该谈些什么？房价吗？她过去曾经盼望深夜接到他的电话，可现在如果半夜听到铃声响起，那肯定是出事了。将近二十年来，他们积攒了几个鞋盒的照片，对彼此的面孔熟悉至极，拍照也似乎再无必要。另外，这个时代和这个年纪的人谁还会写长信呢？真的存在值得一个人那么在乎的东西吗？

有的时候她也好奇，二十二岁的自己会如何看待今天的爱玛·梅休。自私？妥协？像大多数中产阶级那样，为了买房、出国旅游、去巴黎购物和做得起昂贵的发型而出卖自己？还是终归逃不过传统的束缚？跟丈夫姓、渴望家庭生活？即便如此，二十二岁时的爱玛·莫利也不是什么标新立异的人物：自命不凡、脾气暴躁、懒惰、爱好说教和评头论足。自我怜悯、自以为是、自高自大……唯独缺少自信这一项她始终最为需要的品质。

不，她觉得这才是现实生活，假如没有曾经的好奇和热情才是不对劲，而到了三十八岁，又不能还像二十二岁那样狂野无畏地对待友谊和爱情，像当时那样坠入爱河，写诗，听着流行歌曲掉眼泪，把别人拖进照相亭，花一整天时间剪辑磁带，问人家是否愿意跟你睡一张床，只是为了有个伴……这些放到现在都是不合适的。如果今天你还跟别人引用鲍勃·迪伦、T. S. 艾略特，或者天杀的布莱希特，对方很可能会露出礼貌的微笑，身体却悄然后退，谁又能为此责怪他们呢？三十八岁了，不能再指望依靠某一首歌、一本书或者一部电影改变人生，否则就是荒唐可笑。不，一切都变得平和安定了，生活的背景音乐已然切换成友好亲昵的轻声哼唱，令人舒适满足，再也没有刺激的起起落落，也很难交到新的朋友，维持至今的大都是五年、十年、二十年前结识的老朋友，他们不会再幻想一夜暴富，也不太可能瞬间破产，只求多享受几年健健康康的日子。一切都卡在不上不下的中间位置：中产阶级、人到中年，连开心都是恰如其分、点到为止的。

最终，她爱着一个人，也相信自己被对方所爱。就像有时候在派对上那样，如果有人问爱玛，她和丈夫是如何相遇的，她会回答："我们是一起长大的。"

于是他们各自照常工作。爱玛坐在窗前的电脑旁，俯瞰绿树成荫的街道，写着《朱莉·克里斯柯尔》的第五部，也是最后一部。讽刺的是，小说的女主人公怀孕了，必须在做母亲和上大学之间做出选择。写作进展得不太顺利，基调过于沉闷内省，笑话也讲不起来。她急于收尾，又不确定下一步该做什么，以及自己能做什么，也许写一本面向成人的书？严肃一点的，适当探讨一下西班牙内战，或者不久的将来，风格近似玛格丽特·阿特伍德，总之是能让年轻时的自己敬佩的作品。无论如何，这只是大致的方向，首先需要收拾公寓、煮茶、付账单、洗衣服、把CD放回盒子里、再煮一些茶，最后打开电脑，逐渐沉浸其中。

咖啡店里，德克斯特跟玛蒂调笑了一阵子，然后坐在狭小的储藏间，闻着浓郁的芝士味儿填报本季度的增值税退税表，可当天早晨的小冲突带来的郁闷和内疚依然笼罩着他，他实在无法集中精神，于是拿起了电话。从前总是爱玛打电话来和解，但婚后的八个月以来，两人似乎对调了位置：一旦知道她不开心，他似乎什么都做不下去。他拨了号，想象她坐在书桌前望向手机，看到屏幕上是他的名字就关了机，不过他宁肯如此——无人应答才好痛快彻底地伤心一场。

"是我，正在填退税表。我一直想着你，想让你别担心。已经安排好了，五点去看房。我会发短信告诉你地址，嗯，谁知道呢，看看再说吧。是栋老房子，房间很大，有吃早餐的吧台，我知道你一直想着要一个。就这样。还是想说我爱你，别担心。无论你在顾虑什么，都别去想了。就这些吧。五点见。爱你。再见。”

按照惯例，爱玛会工作到两点再吃午餐，然后去游泳。七月里她有时喜欢去汉普斯特德希斯的女子游泳池，但阴沉的天色让她十分不安，于是鼓起勇气去了青少年扎堆的室内游泳池。二十分钟的时间里，她闷闷不乐地在玩深水炸弹、躲猫猫和调情的半大孩子们中间迂回行进，看着他们像疯子一样享受着学期结束带来的自由。然后她坐在更衣室里，微笑着听完德克斯特的留言，记下房子的地址，给他回电话。

“嗨，是我。我现在就出发，等不及看到早餐吧台了。可能会迟到五分钟。谢谢你的留言，我想说……对不起，今天早晨我不该发那么大的火，不该为了那些蠢问题跟你吵。你没有错。我当时有点激动。重要的是我非常爱你。所以，你赢啦，运气真好！就到这里吧。再见亲爱的。再见。”

体育中心外面，乌云越发黑暗，最终裂成碎片，落下大颗肥硕温热的灰色雨滴。她咒骂着天气和湿乎乎的自行车座位，骑上车子，准备横穿伦敦北部，赶往基尔本。她在迷宫般的住宅区街巷中灵活穿梭，朝列克星敦路前进。

雨变得更大了，城市特有的棕色油腻雨滴倾泻而下，爱玛身体前倾，屁股离开座位奋力蹬车，因为头是低着的，她只模模糊糊地看到左侧的路面从自己面前一擦而过，身体不太像是在飞，而是仿佛被提起来再丢出去。当她脸朝下趴在湿滑的路肩上时，本能的反应是去找自行车，不知怎么，它已经从她身下消失了。她试图挪动脑袋，却无能为力，又想摘下头盔，因为人们现在围过来看着她，脸凑得很近，她觉得自己戴着自行车头盔的模样一定很傻，可蹲下来看她的那些人似乎很恐惧，不停地问她是不是还好，其中一个甚至哭了起来，她这才意识到自己并不怎么好。雨水砸在脸上，她却只能眨眨眼睛。这下子铁定要迟到了，德克斯特得等上一会儿了。

她非常清楚地想到两件事。

首先是她九岁时穿着红色泳衣去海滩，她不记得是哪里的海滩了，也许是法利，也许是斯卡布罗。她和父母在一起，他们举着她，对着相机镜头摇来晃去，晒黑的脸上笑容绽放。然后是德克斯特，他站在新房子门口的台阶上躲雨，不耐烦地看表；他不知道我在哪里，她想，他会担心的。

然后爱玛·梅休就死了，她的所思所想、所有的感受全都永远消失了。

第五部

三个纪念日

她用一个哲学家的思想去回忆一年中从头到尾的日子；……回想起自己降生为人的那一天；还回想起那些因为与她有关的事件而变得特别的日子。有一天下午，她在对着镜子观看自己的美貌的时候，突然想到还有另外一个日子，对她来说比其他的日子更为重要；那就是她自己死去的日子，那个时候，她所有的美貌就要化为乌有了；这一天悄悄地躲在一年的所有日子里，谁也看不见它，她每一年都要遇见它一次，但它却不露痕迹，一声不响；但是这一天又肯定不会不在这一年里。这个日子是哪一天呢?

——托马斯·哈代《德伯家的苔丝》

第十九章

1988 年 7 月 15 日，星期六

爱丁堡，兰基勒街

她再次睁开眼睛，那个瘦削的男生还没走，不过现在他正背对着她，摇摇晃晃地坐在那把旧木头椅子的边缘穿裤子，尽可能小心地不弄出动静来。她瞥了一眼收音机闹钟：九点二十。他们睡了大概三个小时，现在他打算偷偷溜走。他一手按着裤子口袋，免得里面的零钱叮当作响，然后站起来，套上昨晚那件白衬衫。她留恋地瞥了一眼他修长的棕色脊背，太帅了，简直帅得让人生气。她非常希望他留下来，几乎像他急于离开那般迫切，所以最终决定还是说点儿什么比较好。

“你要走啦？连个招呼都不打吗？”

他像做了坏事被当场抓到那样猛然转身。“我不想吵醒你。”

“为什么？”

“因为你睡得很香。”

他们都知道这是个蹩脚的借口。“好啦，好啦，我明白了。”她听到自己这样说，语气既可怜又恼火。别让他觉得你在乎，爱姆。酷一点儿。假装你已经厌烦了。

“我想给你留张便条来着，不过……”他打了个手势，表示没找到笔，却没发现书桌上摆着个塞满了笔的果酱罐子。

她从枕头上撑起脑袋，一只手托着腮。“没关系，你想走就走吧，不过是萍水相逢，怎么说呢……苦乐参半吧。”

他坐在椅子上，继续系扣子。“爱玛？”

“嗯，德克斯特？”

“我过得很愉快。”

“我能从你找鞋的样子看出来。”

“不，我是认真的。”德克斯特身体前倾。“我们终于有机会聊一聊了，我真的很高兴……在这么久之后。”他皱起脸来思索措辞，“你非常非常可爱，爱姆。”

“好吧，好吧，好吧……”

“不，你真的很可爱。”

“你也很可爱，现在你可以走了。”她僵硬地冲他笑笑，他忽然大步穿过房间，朝她走来，她期待地对着他仰起脸，却看到他弯腰去够床底下的袜子。他显然已经注意到了她的动作。

“袜子在床下。”他说。

“嗯。”

他拘束地坐在床边穿上袜子，假装轻松愉快地说：“今天是个大日子！我要开车回去啦！”

“去哪儿？伦敦吗？”

“牛津郡，我父母住那边。至少大部分时间是。”

“牛津郡。非常好。”她说，两人之间的亲密感的蒸发速度如此之快，她觉得措手不及，语气也不自在起来。昨晚说了和做了那么多事，现在却像排队等公交的陌生人。她真不应该睡着了的，简直像打破了魔咒，假如一直醒着，现在他们也许还在接吻。无论如何，一切都结束了，她不知不觉地问：“需要多长时间，开车到牛津郡？”

“七八个小时。我爸很会开车。”

“啊哈。”

“你不回……”

“利兹。不，我留在这里过暑假。我说过的，你不记得了吗？”

“对不起，我昨晚真是喝多了。”

“这个嘛，法官大人，只是辩方的一面之词。”

“我可没在找借口……”他转头看她，“我惹你生气了吗，爱姆？”

“爱姆？爱姆是谁？”

“那就爱玛吧。”

“我没生气，我只是……希望你能叫醒我，而不是偷偷摸摸溜走……”

“我打算给你写张便条来着！”

“那你打算在这张珍贵的便条上写点什么呢？”

“我会写‘你的钱包我拿走了’。”

她笑出声来，是那种刚起床时的低沉哼笑，从喉咙后部发出来的。她的笑容有让人目眩神迷的地方，沿着嘴角弯出一对深深的圆括号，嘴唇紧抿，仿佛欲言又止，让他几乎后悔刚才说了谎。他没打算中午离开，父母会留下来带他出去吃饭，明天一早才回家。这种出于本能的谎言只是为了干净迅速地逃离，可他现在俯身吻着她，又开始琢磨起如何收回刚才的谎言来。她的嘴巴很柔软，自然地倒在床上，那里依旧散发着酒气、她的体温和织物柔顺剂的味道，他决定今后一定要更坦诚一些。

她身子一滚，躲开了他的吻。“去个厕所。”她抬起他的胳膊钻了出去，站起身来，两根手指钩了钩内裤的松紧带，把布料扯平，让它盖住屁股。

“这里有电话吗？”他看着她光脚穿过房间。

“在走廊里，是新式的，蒂莉觉得它很好玩儿。你自便吧。别忘了留下十便士。”说完她就进了门厅，朝卫生间走去。

浴缸正在注水，她的室友又要泡澡了，而且一泡就是一天。蒂莉·基里克穿着睡袍等候爱玛，雾蒙蒙的大红框眼镜后面，两只眼睛瞪得滚圆，嘴巴令人反感地摆成一个圈。

“爱玛·莫利，你这匹黑马！”

“什么？”

“你带人回来了？”

“也许吧！”

“难道是那个……”

“不就是德克斯特·梅休嘛！”爱玛坦然地说，两个女孩没完没了地嘻嘻哈哈起来。

德克斯特在走廊里找到了电话，它被做成了汉堡包的样子，十分逼真。他站在那儿，举起芝麻面饼模样的听筒，满意地关注着卫生间里的动静，每当意识到人们在谈论自己，他都会洋洋得意。只听石膏隔断的另一侧传来奇怪的对话：你们那个了吗？没有！那发生了什么？我们就是聊了聊……什么的。什么什么的？什么是什么意思？没什么！他留下来吃早餐吗？不知道。一定要让他留下来吃早餐。

德克斯特耐心地望着卫生间的门，等到爱玛重新出现，他才开始拨号：123，这是报时台的号码。他把“面饼”听筒紧贴在耳朵上，对着牛肉饼模样的话筒开始表演。

“……阿卡瑞斯表为您报时，现在是九点三十二分二十秒。”

装模作样地等了三秒，他开口道：“嗨，妈妈，是我……是，昨天有点喝多了！”他自以为讨人喜欢地挠挠头皮，“……不，我在一个朋友家过的夜……”说到这里，他瞥了一眼穿着T恤和内裤在周围晃荡、假装浏览信件的爱玛。

“……阿卡瑞斯表为您报时，现在是九点三十三分……”

“嗯，是这样的，我这边有点事，能不能晚一点回家，明天一早再走，今天就算了？……我只是觉得那样的话爸爸开车更轻松……我不介意你们……爸爸在旁边吗？那就问问他吧。”

他根据电话报时掐算着秒数，在第三十秒时朝爱玛极为亲切地笑了笑，她也对他笑笑，心想：这家伙挺不错的，为了我特地改变计划。也许我看错他了，他可能没有我想象的那么白痴，有时候还蛮正常的。

“对不起！”他用嘴型无声地说。

“我不希望你为了我改变计划。”她歉意地说。

“不，我愿意。”

“真的，如果你必须回家……”

“没关系，这样更好。”

“……阿卡瑞斯表为您报时，现在是九点三十四分。”

他举起一只手，示意她噤声。“嗨，妈妈？……”然后顿了顿，酝酿一下情绪，但不要太夸张，“真的？好吧，太好了！好的，待会儿我回公寓找你们！好，再见。再见。”他把“面饼”扣回到“牛肉饼”上，站在原地，和她相视而笑。

“电话真不错。”

“不好用，对吧？每次拿起它来我都想哭。”

“你还想要那十便士吗？”

“不要啦，我请客。”

“嗯！”

“嗯，”爱玛说，“我们今天干点什么呢？”

第二十章
一周年纪念日，庆祝

2005 年 7 月 15 日，星期五

伦敦和牛津郡

快乐、快乐、快乐——快乐起来就是答案。继续前进，不要给自己停留的时间，别东张西望，别胡思乱想，因为诀窍就是远离伤感、拥抱玩乐，把今天，一周年的忌日，看成一次庆典。庆祝她的生命，庆祝所有的美好时光和记忆。欢笑，你只需要欢笑。

因此他不顾经理玛蒂的抗议，从咖啡店收银机里拿了两百镑现金，邀请三位员工——玛蒂、杰克和皮特一起进城，别具一格地迎接这个特殊的日子。这毕竟也会是她的心愿。

所以，今年的圣斯威逊节刚刚开始，他就出现在卡姆登的一处地下酒吧，一手端着第五杯马提尼，一手夹着烟——为什么不呢？为什么不找点乐子，庆祝她的生命呢？他含含糊糊地对朋友们解释道，他们有些无奈地朝他微笑，慢慢呷着杯子里的饮料，简直让他后悔带他们来。这几个家伙实在太没劲了，垂头丧气地跟着他在几个酒吧之间穿梭，哪里像什么好哥们儿，倒不如说是医院的陪护，小心翼翼地迎合他，保护他不往别人身上撞，或者从出租车里掉下来摔破脑袋。好吧，他受够了。他需要释放，需要尽情享受，经历了过去的一年，他有资格纵容自己。想到这里，他提议大家一起去他曾经去过的一个脱衣舞俱乐部。

“算了吧，德克斯。”玛蒂平静地说，他觉得很意外。

“噢，得了吧，玛蒂！为什么不去呢？”他说，胳膊圈着她的肩膀，“她也会这么希望的！”说到这里他笑起来，再次举起酒杯往嘴边送，却失去准头，把酒洒在了鞋面上。

“会让人笑话的。”玛蒂伸手去拿她的外套。

“玛蒂，你这个胆小鬼！”他喊道。

“我真觉得你该回家了，德克斯特。”皮特说。

“才刚到半夜！”

“晚安，德克斯，回见。”

他跟着玛蒂来到门口，想让她找点乐子，可她好像快要哭了，心情明显很糟糕。

“别走，再喝一杯！”他央求地拉着她的手肘。

“你们自己慢慢喝，好吗？拜托了！”

“别把我们男的丢下嘛。”

“我必须得走。明天早晨还要去开门，没忘吧？”她转过身来，充满关怀和同情地握住他的两只手，“当心点儿……好吗？”

可他不想要什么同情，只想再喝一杯，于是猛地甩开她的手，扭头走回吧台，从容地点起酒来。就在一周前，公共交通系统遭到炸弹袭击，不知名的杀手正伺机而动，随时可能滥杀无辜，搞得满城人心惶惶，仿佛遭到了围攻。大家不敢出门，街上冷清极了，所以德克斯特毫不费力地拦下一辆出租车，载着一行人前往法灵顿路。他头靠着车窗玻璃，听临阵退缩的皮特和杰克以明早还要上班为借口要求回家。“老婆孩子还在家里等我呢！”皮特故作轻松、实为恳求地说，犹如被绑架的人质，哀求德克斯特放过他们。德克斯特感觉自己的凝聚力正在瓦解，然而无力挽回，于是他让出租车停在国王十字车站，放他们自由。

“一起回家吧，德克斯，哥们儿？好不好？”杰克透过车窗望着他，脸上带着乏味的关切。

“不，我没事。”

“你可以去我那边过夜，”皮特说，“睡沙发。”但德克斯特知道他不是认真的，皮特早就说他有老婆孩子，怎么会把德克斯特这个怪物请进自己家？他会瘫在沙发上昏睡不醒、散发臭气，在皮特的孩子们准备上学的时候哭个不停。哀伤再次把德克斯特·梅休变成了白痴，何苦连累他的朋友？今晚还是跟陌生人待在一起的好。于是他跟他们挥手告别，让出租车拐进一条昏暗狭窄的小巷，开往尼禄夜总会。

夜总会外面有一圈黑色的大理石柱子，像是殡仪馆的工作人员在开会。他连滚带爬地钻出车外，担心保安不会放自己进去，但实际上他是他们的完美顾客：衣冠楚楚，醉得稀里糊涂。德克斯特谄媚地朝其中那个板寸头大个子保安咧嘴笑着，递上现金，一路畅通无阻地穿堂入室，来到主厅，他抬脚踏入黑魆魆的房间。

就在不久之前，造访脱衣舞夜总会的行为还一度被视为后现代的时髦之举，既有讽刺意味，又充满刺激，可今晚却并非如此——今晚的尼禄夜总会就像二十世纪八十年代航班的商务舱候机室，到处是银晃晃的镀铬装饰，再加上低矮的黑色皮沙发和塑料盆里的植物，透着一股郊区风格的颓废劲儿。后墙上有幅手法业余的壁画，不知借鉴了哪本儿童读物，画的是一群奴隶女孩，捧着装满葡萄的托盘。塑料材质的罗马柱随处可见，从各种意想不到的角落里冒出来，笼罩在令人厌恶的橙红色灯光之下，脱衣舞者、舞蹈演员和艺人们围绕着一张张低矮的咖啡桌，跟随张扬的蓝调音乐，以五花八门的风格各显神通：懒洋洋的吉格舞、无精打采的哑剧、吓人的高踢腿……表演者们要么全裸，要么近乎全裸。底下坐着看的是一大群男人，多半身穿西装，领带松开，瘫在滑溜溜的卡座里面，脑袋无力地向后耷拉在靠背上，仿佛脖颈已经被人拧断：一看就是德克斯特的同类。德克斯特环视四周，眼珠乱转，傻呵呵地咧着嘴笑，感受着酒精与毒品麻痹下欲望和羞耻相混杂的颓靡气息。他扶着油腻的镀铬栏杆，踉踉跄跄走下楼梯，在表演台之间迂回穿行，抵达吧台，那儿有个板着脸的女人，告诉他不能点单杯酒，只能要一整瓶，伏特加或者香槟，每瓶一百英镑。他对着这位明晃晃抢钱的女强盗嗤笑一声，挑衅地挥舞胳膊交出信用卡，似乎打算瞧瞧他们还能坏到什么程度。

他拿着一瓶香槟——波兰牌子，是女强盗从一桶温水里拎出来给他的——和两个塑料杯来到一处黑天鹅绒卡座，点起一支烟，开始闷头灌酒。所谓的“香槟”像是煮过的苹果味糖水，一点儿气泡也没有，不过没关系，朋友们都走了，没人会从他手里抢走酒杯，或是絮絮叨叨地说个不停，让他分心。第三杯下肚之后，他逐渐体会到“糖水”的妙处：时间仿佛变得有了弹性，忽快忽慢，意识断断续续，时而一片空白，时而模糊不清，就在他感到自己快要滑入睡眠甚至失去知觉的时候，一只手搭上了他的胳膊，面前出现了一个瘦削的女孩，穿着条很短的红裙子，一头金色长发，不过发根染成了黑色，足有两厘米长。“介意我喝一杯香槟吗？”她说着便滑进卡座，厚厚的粉底也掩盖不了糟糕的肤质，说话带南非口音，一下子让他找到了赞美她的由头——“你的口音真可爱！”他的叫嚷声盖过了音乐声。她皱起鼻子吸了吸气，说自己叫芭芭拉，听语气像是随口编的。她的胳膊骨瘦如柴，胸部很小，他坦然地盯着那里，但并没有引起她的不悦。她的身材像个跳芭蕾的。“你是跳芭蕾的？”他问，她却耸了耸肩，“哼”了一声。他立刻觉得自己真心喜欢上了芭芭拉。

“你来这儿干什么？”她直率地问。

“来庆祝纪念日！”他回答。

“恭喜。”他心不在焉地说，给自己倒了点香槟，举起酒杯。

“你不问问我是什么纪念日吗？”他说。但他的口齿肯定不太清楚，因为她让他重复了三次还是没听明白，于是他索性说：“我老婆去年的今天出了车祸。”芭芭拉紧张地笑了笑，开始东张西望，似乎后悔在这里坐下，尽管应付醉鬼是她的职责之一，可这一位明显与众不同，竟然出来庆祝一场事故，还唠唠叨叨地说什么都怪那个司机开车不看路，又讲起打官司的经过，她听不懂，也不愿意弄懂。

“你想让我为你跳支舞吗？”她说，似乎只是为了转移话题。

“什么？”他猛然凑近她，“你说什么？”他呼出的气很难闻，唾沫溅到了她脸上。

“我说，你想让我为你跳支舞吗？让你开心一点？你看起来需要振作振作。”

“现在不用，也许等会儿吧。”他拍拍她的膝盖，发觉那儿很硬，像是楼梯扶手。他又开始嘟嘟囔囔、语无伦次地诉苦——才三十八岁，正想着要个孩子，司机没赔钱也没坐牢，这个王八蛋这会儿在干什么，他害死了我最好的朋友，祝他也活不过三十八岁，正义在哪里，我该怎么办，芭芭拉你快告诉我，我该怎么办？他忽然停了下来。

芭芭拉正低头看着自己的两只手，它们虔诚地搭在膝盖上，就像在祈祷，有那么一会儿，他还以为自己的故事深深地打动了这个美丽的陌生人，也许她正在为他祷告，甚至还哭了——他让这个可怜的女孩流了眼泪，他心中突然对她涌起深切的温情，按住她的手表示感激，这才意识到她是在发短信——他给她讲爱玛的事，她却把手机搁在腿上发短信。他火冒三丈，温情变成强烈的反感。

“你在干什么？”他颤声问。

“什么？”

他咆哮起来：“我说，你他妈的在干什么呢？”他野蛮地扫开她的手，手机被他打落在地。“我在和你说话呢！”他叫道，可她也不示弱，大声骂他是疯子、神经病，随即叫来了保安。先前在门口对他相当友好的那个大块头山羊胡保安凶狠地拿粗壮的胳膊圈住德克斯特的肩膀，另一条胳膊箍住他的腰，像抱孩子那样抄起他来往外走，众人纷纷扭过头来，饶有兴致地看热闹。德克斯特冲着身后不停叫骂：你这头笨母牛，你懂个屁……却瞥见芭芭拉两只手同时对他竖中指，嘲笑他。保安一脚踹开防火门，把他扔在街上。

“我的信用卡！你们他妈的拿了我的信用卡！”他吼道，然而像其他人一样，保安只是嘲笑着他，关上了门。

德克斯特怒火中烧地径直离开人行道，来到马路中央拦车，西行的众多黑色出租车却不肯为他停留，没人愿意接待这个摇摇晃晃的醉鬼。他深吸一口气，回到人行道，靠在墙上检查口袋，钱包不见了，公寓和汽车的钥匙也没了，钱包里有驾照，上面印着他的地址，所以对方肯定知道了他住在哪里，看来必须换锁了。中午西尔维就会带着贾斯敏过来。他踹了一下墙，脑袋枕在砖头上，又摸索了一遍口袋，终于在裤袋里找到一张揉成一团的二十镑纸钞，已经被他自己的尿泡湿了。二十英镑足够让他安全回家，他可以叫醒邻居，拿到备用钥匙，睡上一觉，忘记今晚的不快。

二十英镑还可以让他到市中心去，再喝上一两杯。回家还是买醉？他强迫自己站直，叫了辆出租车，直奔苏活区。

伯威克街旁边的小巷里，他推开一扇不起眼的红色的门，走进自己十到十五年前经常光顾的那家非法夜总会，这里是他无处可去时的去处，没有窗户，昏沉肮脏、乌烟瘴气，里面的人都喝“红带”罐装啤酒。他一路跌跌撞撞、扶靠着众人的身体穿过房间，来到充当吧台的塑料桌前，却发现仅剩的一点钱也没了，纸钞给了出租车司机，找回来的零钱不知道落在了哪里。他只好像以前经常干的那样，拿起离自己最近的啤酒，一饮而尽，然后踉踉跄跄地走回房间，无视被他撞到的人投来的愤怒目光，抓起沿路的那些疑似无人照看的易拉罐就往嘴边送，喝个一干二净。最后他汗涔涔地缩进一个角落里，脑袋抵着一只音箱，闭着眼睛，任由嘴里的酒顺着下巴流到衬衣上。斜刺里突然伸来一只手，按住他的胸口，把他推进角落深处，他听见有人质问他知不知道自己在干什么，怎么敢偷别人的酒，于是睁开眼睛：说话的原来是个红眼睛老头，蛤蟆一样蹲在地上。

“你弄错了，那是我的酒。”德克斯特狡辩道，随后自己都想笑，因为他的谎言实在没有说服力。老头咆哮起来，露出黄色的牙齿，晃着拳头。德克斯特意识到这正是他想要的：挨揍。“放开我，你这个又老又丑的王八蛋。”他含混地说，接着他的眼前便模糊起来，耳朵嗡嗡直响，他双手捂脸躺倒在地，老头抬脚猛踢他的肚子，拿脚跟踹他的脊背，德克斯特尝了好几口肮脏地毯的味道，又突然身体悬空，面孔朝下——六个人抓着四肢把他举了起来，像读书时开生日派对，同学们举着他扔进泳池那样，他们抬着他穿过走廊和一家餐厅的厨房，来到一条小巷，把他丢在几个塑料垃圾桶中间。他大笑着滚到坚硬污秽的地面上，感受着嘴里铁锈味的血水，心想，好吧，这也是她希望的，这也是她希望的。

2005年7月15日

你好，德克斯特！

希望你不要介意我给你写这封信。网络时代还写信，是不是挺奇怪的？可我觉得这样更合适：我想坐下来做点事，记录这一天，写信似乎是最好的选择。

你过得怎么样？一切还好吗？我们在葬礼上只聊了几句，我不忍心打扰你，你看起来显然很难过。太残酷了，不是吗？我今天一整天都想着爱玛，想必你也一样。我总是不知不觉地想起她，可今天特别难熬，我知道你也会有同感，但我还是想啰嗦几句，写信告诉你我的想法（其实没什么价值）。

许多年前爱玛离开了我，我以为我的生活完蛋了，最初的几年确实如此。老实说，我那会儿有点疯疯癫癫的，但是后来我在打工的商店遇到一个女孩，第一次约会我就带她去看我表演喜剧，然后她对我说："请不要再继续错下去了，你是个非常非常糟糕的喜剧演员，最好放弃演喜剧，做回自己。"就在那一刻，我爱上了她。现在我们已经结婚四年了，有三个很了不起的孩子。（一年一个！哈哈。）我们住在繁华的汤顿城区，靠近我父母家。（免费保姆！）我如今在一家大保险公司的客户咨询部门上班，你大概会觉得这工作挺无聊，不过我很擅长，我们的生活也充满欢笑，一切都表明我很幸福。我有一个儿子、两个女儿。我知道你也有个孩子，够我们忙的，对吧？

可我为什么要告诉你这些呢？我们一直不是什么特别好的朋友，你很可能并不关心我的情况，但我自有我的理由——

爱玛离开我后，我以为我完蛋了，好在并没有，因为我遇见了我妻子雅基。现在你也失去了爱玛，再也不能让她回来，我们都不能。我只想告诉你，不要放弃。爱玛始终爱着你，非常非常爱。那些年里，这个事实一直让我活在极大的痛苦和嫉妒之中。我曾经偷听你们打电话，看着你们一起参加派对，有你在身边，她总是那么快乐、那么光彩夺目，和我在一起时就完全做不到。说来惭愧，我还偷看过她的笔记本，里面全都是你，还有你们的友谊，然而那时我觉得咱俩谁都配不上她，她永远都会是我们认识的最聪明、最善良、最有趣、最忠诚的人，她不该那样早早地离开我们。

所以就像我说的，我认为你配不上她，但通过和爱玛的短暂联系，我意识到你已经有了很大的变化，你以前是个混蛋，后来不是了，我还了解到，你们终于走到一起的这几年里，你让她非常非常开心，她又能发光了，不是吗？为此我感谢你，希望你别再难过，哥们儿，祝你今后一切顺利。

抱歉，这封信可能有点矫情，这样的纪念日对你我和她的家人来说都很难熬，尤其是你。我恨这个日子，以后无论发生什么都永远讨厌这一天。今天我的心与你同在。我知道你有个美丽的女儿，希望你能从她身上得到安慰和快乐。

好了，必须停笔了！好好生活，开心享受每一天，抓住当下——我觉得这就是爱玛的心愿。

致以最好的祝福（好吧，还有爱）
伊恩·怀特海德

“德克斯特，你能听见我说话吗？老天爷，你都干了些什么啊？听见了吗，德克斯？睁睁眼，好吗？”

他醒过来的时候，看见西尔维在旁边，自己不知怎么躺在家里的地板上，卡在沙发和桌子之间，她正笨手笨脚地想把他从这个狭小的空间拉出来。他的衣服又湿又黏，一定是睡着时吐过了。西尔维双手托着他的腋窝，喘着粗气，咕咕哝哝地拉扯着他，他惊讶又惭愧，却没有力气动弹。

“噢，西尔维，”他挣扎着配合她，“对不起，我又搞砸了……”

“先坐起来，好吗，亲爱的？”

“瞧我这副熊样，西尔维，真是丢人现眼。”

“你会没事的，睡一觉就好了。噢，别哭，德克斯特。听我说，好吗？”她跪下来，手捧着他的脸，温柔地看着他，他们结婚时他都很少见到她露出这样的表情，“先收拾干净，然后上床睡觉，好吗？”

他朝她身后一瞥，看到一个人影在走廊里焦急地游荡，那是

他的女儿。他呻吟着，觉得自己可能又要呕吐，突然感到一阵强烈的羞愧。

西尔维跟随他的目光望去。“贾斯敏，甜心，你去另一间屋等着，好吗？”她尽可能平静地说，“爸爸有点不舒服。”贾斯敏没动。“听见没有，去隔壁！”西尔维不禁提高了嗓门。

他很想说点什么安慰贾斯敏，然而嘴巴肿得厉害，只能灰心丧气地躺倒。“别动。”西尔维说，“待在这儿。”然后她走出房间，领着女儿离开。他闭上眼睛等着，祈祷这一切赶紧过去，门厅里传来打电话的声音。

他再次清醒过来，发现自己有点别扭地蜷缩在一辆车的后座，身上盖着条格子呢毯子。他又把毯子往身上裹了裹，天气虽然暖和，他却抖个不停。毯子是旧的，他认出这是家里的野餐毯，再加上嗅到了陈旧的紫红色车厢内饰的气味，他回想起全家出门度假的日子。他有些吃力地抬头望向副驾驶座的窗外。他们已经上了高速路，收音机里播放着莫扎特的音乐，他看见了父亲修剪得一丝不苟的银发，只有耳孔里钻出来的细绒毛显得不那么整齐。

“我们这是去哪儿？”

“我带你回家，回家睡觉。”

父亲劫持了他。他本打算抗争一下：送我回伦敦，我没事，我又不是小孩。可座椅的皮革温暖着他的脸，他连挪动的力气都没有。他又颤抖起来，于是把毯子拉到下巴，睡着了。

他被车轮碾在砾石车道上的声音唤醒，眼前是庞大坚固的自家宅院。“进来吧。”父亲像职业司机那样打开车门。“别喝茶了，喝点汤吧！”说着他便朝房子里走去，故作轻松地抛着车钥匙，假装什么都没发生。德克斯特对此非常感激。他弓腰驼背、哆哆嗦嗦地从车里爬出来，甩掉肩膀上的毯子，跟着父亲走进室内。

在楼下的小浴室里，他对着镜子检查脸上的伤：下嘴唇红肿破溃，一侧脸颊有一大片黄褐色的淤青。他试着扭动肩膀，感到后背很疼，肯定拉伤了肌肉。他又看看舌头，发现上面长了溃疡，两侧有齿痕，舌苔又灰又厚。他用舌尖舔了舔牙齿，近来他总觉得无论怎么刷牙嘴里都不干净，现在更是闻到了从镜面反弹回来的口臭，依稀有股屎味儿，似乎有什么东西正在他的体内腐烂。他的鼻子和脸颊上都有破裂的毛细血管。他现在找到了酗酒的新理由，夜里和白天都喝，体重增加了很多，脸圆胖起来，皮肤松弛，两个眼睛总是红通通、湿乎乎的。

他脑袋抵着镜子，吐着气。跟爱玛在一起的这些年里，他有时会百无聊赖地设想，假如没有她，生活会怎么样？这并非病态，而是务实的猜测，所有相爱的人不都会这样想吗？如果没有她，他会变成什么样？如今这个问题的答案就写在镜子里：丧失并未赋予他悲剧英雄般的气概，只让他变得更加愚蠢平庸，失去美德和目标，成为一个粗鄙孤独的中年醉鬼，在悔恨与耻辱中沉沦。他忽然回忆起一个自己不忍正视的画面：当天早晨，父亲和前妻帮他脱掉衣服，扶着他走进浴室。再过两周他就四十一岁了，竟然还要父亲帮他洗澡。他们还不如直接送他去医院洗胃，这样至少能保留些许尊严。

他听见父亲在走廊里打电话给姐姐，对着话筒大喊大叫。他坐在浴缸边缘，声音清清楚楚传进耳朵里，根本无需刻意偷听。

“他想把自己家的门踹开，吵醒了邻居，他们让他进了屋……

西尔维发现他躺在地板上……他喝得是有点多……破了点皮，还有淤伤……不知道怎么弄的。不管怎么样，我们给他洗干净了，明天早晨他就没事了，你想来打个招呼吗？”德克斯特在浴室里祈祷姐姐说“不”，恰好他姐姐也不愿意过来。“好吧，凯西，那么明天一早给他打个电话吧，好吗？”

确定父亲已经走开之后，德克斯特来到门厅，悄悄走进厨房，拿了个灰扑扑的大玻璃杯，接了杯温热的自来水，边喝边望向夕阳下的花园。泳池的水已经排干，松松地盖着蓝色的油布，网球场杂草丛生。厨房里也有股发霉的味道。这座大宅子里的房间一个接一个地惨遭废弃，他父亲只在厨房、起居室和卧室活动，但即使只有这几个房间，对他而言也显得大了。姐姐说，父亲有时候会睡在沙发上。出于关切，他们曾经劝他搬到别处，在牛津或者伦敦买个更容易打理的小公寓，父亲却听不进去。“你们要是不介意，我打算死在自己的房子里。”他说，如此动情的宣言实在很难让人反驳。

“觉得好点了？”父亲出现在他身后。

“好了一点点。”

“那是什么？”他冲着德克斯特杯子里的液体点点头，“杜松子酒？”

“水。”

“那就好。我们今晚喝汤吧，因为今天是个特殊的日子。你能喝下一罐吗？”

“我想可以。”

他举起两个汤罐头。“咖喱肉汤还是奶油鸡汤？”

于是两人在霉味弥漫的大厨房里忙碌起来。不过是热两罐汤，这一对鳏夫竟然把厨房弄得一团乱。自从独居以来，他父亲的伙食就恢复到当年白手起家创业时的水平：烤豆子、香肠、炸鱼条，据说他甚至还给自己做过一锅鱼汤冻儿。

门厅里的电话响了。“你去接吧，好吗？”父亲压碎黄油，往白面包片上抹。德克斯特犹豫着。“它又不会咬你，德克斯特。”

他走进门厅，接了起来。是西尔维。德克斯特坐在了楼梯上。他前妻现在一个人住——跟卡勒姆的关系终于在去年圣诞节之前走到尽头。他俩过得都不开心，再加上都想保护贾斯敏免受影响，竟然诡异地越走越近，几乎成了朋友，这还是他们结婚又离婚以来的第一次。

“你感觉怎么样？”

“哦，你知道的，有点尴尬。抱歉。”

“没关系。”

“我似乎记得你和爸爸把我弄进了浴缸。”

西尔维笑了。“他一点儿都不打怵，他说：‘他还有什么我没见过的地方吗！’”

德克斯特露出微笑，同时皱起眉头。“贾斯敏还好吗？”

“我觉得是，她挺好的。她会好的。我告诉她你是食物中毒。”

“我会补偿她的。再说一遍，我很抱歉。”

“有些事总是难免的，不过千万别有下一次了，好吗？”

德克斯特含糊地应道：“不会的， 嗯，瞧着吧……”然后顿了顿，“我得挂了，西尔维，汤都快烧干了。”

“星期六晚上见，对吧？”

“到时见。替我亲亲贾斯敏。很抱歉。”

他听见西尔维在调整听筒。“我们都爱你，德克斯特。”

“我不配。”他喃喃地说，窘迫万分。

“也许吧，不过我们还是爱你。”

过了一会儿，他放下电话，来到电视机前找父亲——他正喝着配比失调、淡如白水的柠檬大麦茶。为了看电视方便，他们没用普通的托盘喝汤，而是在腿上搭了块特制的垫板——新发明的产品，他母亲或许永远不会让这种玩意儿出现在家里面。汤烧得犹如熔岩般烫嘴，疼得他裂口的嘴唇簌簌直跳，他父亲买来的切片白面包上的黄油没抹匀，撕碎后丢在了汤里，看起来像油灰色的糨糊。尽管如此，汤还是挺好喝，厚厚的黄油完全融化进浓稠的汤汁里面。他们边喝边看《伦敦东区》，这是他父亲最新的消遣。演职员表开始在屏幕上滚动的时候，父亲把垫板搁在地板上，按下遥控器上的静音键，转头看着德克斯特。

“这么说，每年都要来这么一场庆祝？”

“我还不知道。”他回答。父亲扭过脸去，看着静了音的电视。

“对不起。”德克斯特说。

“为了什么？”

“哦，今天是你们把我扶进浴缸的，所以……”

“没错，我当然不想再干这种事，假如你不介意的话。”电视仍然静音，他父亲不停地换着频道，“不管怎么样，你很快也会帮我做这种事的。”

“天哪，但愿不要。”德克斯特说，“不能找凯西吗？”

父亲笑着瞥了他一眼。“我真的不想和你深谈，你呢？”

“我也不想。”

“那就长话短说，我认为你得努力好好生活，就当爱玛还在。你不觉得这样最好吗？”

“我不知道自己能不能做到。”

“好吧，反正你得试试。”他父亲伸手去拿遥控器，“你想想，过去的十年我是怎么过的？”他终于找到了自己想看的节目，于是靠进椅子里，“啊，《警务风云》。”

他们在夏日傍晚的天光下坐着看电视，周围的墙上挂满了家庭照片，德克斯特尴尬地发现自己又哭了，不过声音很小，他悄悄地抬起一只手，遮住眼睛。然而父亲已经听到了他的抽泣，斜着眼睛望过来。

“你还好吧？”

“对不起。”德克斯特说。

“不会是我做的饭有问题吧？”

德克斯特笑着抽抽鼻子。“我好像还是有点醉。”

“没关系，”他父亲又扭回头去，继续看着电视，“《无声的证言》九点钟开播。”

第二十一章
亚瑟王座

1988 年 7 月 15 日，星期六

爱丁堡，兰基勒街

德克斯特在发了霉的破旧浴室里洗过澡，穿上前一晚的衬衣，它上面还有汗水和香烟的味道，于是他又套上夹克，不让气味散发出来。他往食指上挤了点牙膏，刷起牙来。

他来到厨房找爱玛·莫利和蒂莉·基里克吃早饭。餐桌上方挂着特吕弗的《祖与占》巨幅海报，油腻腻的，几乎挡住了一整面墙，让娜·莫罗笑容可掬地注视着他们进餐：涂了豆泥的烤面包片、貌似掺了果蔬麦片的牛奶糊糊——从卖相到口感都很糟糕。为了招待客人，爱玛特地把那台欧式浓缩咖啡机刷洗干净，这种机器的样子很容易让人怀疑里面长了霉。喝下第一杯油腻的黑色液体之后，德克斯特觉得舒服了一点儿，他安静地坐着，听这对室友你来我往地拌嘴逗乐。两个女孩都戴着大眼镜，仿佛荣誉勋章，几乎让他产生了被某个非主流演艺团体劫持到这里的错觉。也许留下来是个错误。当然，走出卧室也是个错误。当着坐在那儿喋喋不休的蒂莉·基里克的面，他又怎么能亲吻爱玛·莫利呢？

蒂莉的不知趣也让爱玛越来越恼火，她难道一点判断力都没有吗？怎么还坐在那里托着腮、玩着头发、吸着茶匙？爱玛刚才犯了个错，未经试验就用美体小铺草莓味的沐浴露洗了澡，结果浑身散发着草莓酸奶的味道，她很想跑进浴室冲冲干净，又不敢让德克斯特和蒂莉单独相处。蒂莉的睡袍领口大敞着，里面是她最好的内衣——红色格子图案的连胸紧身衣，有时候她真是太明目张胆了。

爱玛其实很想回到床上去，再换一遍衣服，但现在为时已晚，他们都已经醒了酒。于是她又希望赶紧出门，大声问同伴今天有什么打算，要知道这可是他们毕业后的第一天。

“去酒吧？”德克斯特为难地建议道。爱玛反感地呻吟一声。

“去吃午餐？”蒂莉说。

“没钱。”

“那看电影？”德克斯特又说，“我请客……”

“今天就算了，天气这么好，应该去户外。”

“好吧，那就去海滩，北贝里克。”

爱玛思忖片刻，知难而退，她可受不了在他面前穿泳装。“海滩太无聊了。”

“好吧，那干什么？”

“我们去爬亚瑟王座？”蒂莉说。

“从来没爬过，”德克斯特随口说道。两个女孩张着嘴巴，吃惊地看着他。

“你从来没爬过亚瑟王座？”

“没。”

“你在爱丁堡待了四年，从来没去过？”

“我一直很忙！”

“忙什么？”蒂莉问。

“研究人类学。”爱玛说。两个女孩不客气地咯咯笑起来。

“那我们一定得去了！”蒂莉说。爱玛警告地瞪了她一眼，几个人沉默片刻。

“我的鞋不合适。”德克斯特说。

“又不是爬乔戈里峰，不过是个小山坡。”

“那也不能穿皮鞋爬！”

“没关系的，不难爬。”

“我还穿着西服呢！”

“不要紧！我们还可以去野餐！”爱玛却觉得失去了兴致，直到蒂莉开口道：

“老实说，最好还是你们两个去，别带我了，我有……有点事。”

爱玛一下子望向蒂莉，看到她朝自己眨了眨眼，恨不得扑过去亲她一口。

“好吧，我们走吧！”德克斯特也振奋起来。十五分钟之后，他们踏进七月早晨朦胧的雾气之中，索尔兹伯里峭壁在兰基勒街的尽头若隐若现。

“我们真的要爬到那上面吗？”

“小孩都能上去，相信我。”

他们在尼克尔森街的超市买野餐的东西，因为同拎一只购物篮而感到略微有些别扭，简直像一起出来买菜的小两口，另外也不知道该买些什么：橄榄是不是太花哨？买Irn Bru汽水会不会有点奇怪？香槟又太虚荣？最终他们把爱玛的军用背包塞得满满的——爱玛选出来的东西透着戏谑和搞笑，德克斯特选的东西却都一本正经——然后原路折回，前往荷里路德公园，由悬崖底部向上攀登。

德克斯特穿着西装和打滑的皮鞋，叼着烟卷，汗流浃背地跟在后面，脑袋被昨晚的红酒和今早的咖啡弄得晕晕的。他隐约意识到应该好好欣赏壮观的美景，眼睛却不听使唤地紧盯爱玛穿着褪色李维斯501牛仔裤的屁股，这条裤子把她的腰束得紧紧的。她的脚上穿了双黑色的高帮匡威运动鞋。

“你真敏捷。”

“像只山羊，我。我小时候经常远足，去野外和经常刮风的沼泽地。我以前特别有激情。‘没有生命，我活不下去！没有灵魂，我活不下去！’”

德克斯特心不在焉地听着，觉得她可能是在引用哪本书上的话，注意力却被她肩胛骨之间的一道深色汗渍吸引，她的T恤领口也有些松垮，露出了一点胸罩的带子，让他想起昨晚躺在床上看到的那一幕，可她此时却转过身来，上下打量着他，仿佛在警告他不要胡思乱想。

“你还好吗，登山勇士？”

“我很好，要是我的鞋再有点抓地力就更好了。”他说。她笑出声来。“有什么好笑的？”

“我还没见过抽着烟爬山的人。”

“不抽烟还能干什么？”

“看风景啊！”

“风景不过是风景的风景。”

“这是雪莱还是华兹华斯说的？”

他叹了口气，停下脚步，双手按着膝盖。“嗯，好吧，那我就看看风景。”他一转身便看到了市政厅、俯瞰老城区的尖塔和城垛的巨大灰色城堡，还有更远处的福斯湾，笼罩着夏日的蒙蒙雾气。尽管德克斯特无论见到什么都不会表现出特别感兴趣的样子，然而眼前的景色实在令人震撼，让他想起印在明信片上的摄影作品，不明白自己为什么一直视而不见。

“真的很美。”他由衷赞叹道。他们继续攀登，同时又在盘算着抵达山顶后要做点什么。

第二十二章
两周年纪念

2006年7月15日，星期六

北伦敦和爱丁堡

傍晚六点十五分，德克斯特拉下贝尔维尔咖啡店的金属卷帘门，扣好沉重的挂锁。玛蒂在旁边等他，他拉起玛蒂，和她手牵手朝地铁站走去。

他终于搬家了，房子是一套舒适低调的三居室公寓，在福音橡木区，玛蒂住在地铁北线另一端的斯托克韦尔，有时自然会在他那里过夜。不过今晚不行，不是装腔作势，也并非矫情，今晚他就是想要独处，有个任务只能他一个人完成。

他们在图夫尼尔公园站外面道别，一头黑色长直发的玛蒂比他高一点儿，她得微微低头弯腰才能跟他吻别。“如果你愿意，给我打电话。”

“可能会吧。”

“要是你改了主意，想让我过去……”

“我不会有事的。”

“好吧，那就明天见？”

“我给你电话。”

他们再次短暂而亲昵地吻别，德克斯特继续沿着山坡走向他的新家。

他已经和咖啡店经理玛蒂交往两个月了，虽然还没正式跟其他员工公开，但大家很可能已经知道了。他们并非一时冲动，而是自过去的一年来朝夕相处，逐渐产生了感情。德克斯特认为这段关系过于现实和平淡，对于和玛蒂从朋友过渡到情侣，他私下里感觉有些不自在，这点小别扭甚至给他们的关系蒙上了一层阴影。

不过实际上他们非常合得来，每个人都这么说。玛蒂善良理智，苗条迷人，又有一点强硬。她立志成为画家，德克斯特也看好她，店里挂着她的小幅油画，偶尔还能卖出几张。她比他小十岁——他能想象出爱玛会对此如何翻白眼——却聪明睿智，也有过不幸福的经历：很早就离了婚，谈过好几段不愉快的恋爱。她安静、独立、体贴周到，还有一种很适合他目前心境的忧郁气质。她也很有同情心，忠心耿耿，在他重新开始酗酒、丢下咖啡店不管的那段日子，是玛蒂挽救了生意，他为此非常感激她。贾斯敏也喜欢她，她们相处得很好，至少目前如此。

这是个令人愉快的周六夜晚，他独自穿过成片的住宅区，回到公寓——一座红砖建筑的一层和地下室，离汉普斯特德希思不远。室内还残留着先前住在这里的那对老年夫妇的气味和他们贴上去的墙纸，搬过来之后，他只拿出来几样必 需的物品：电视、DVD和立体声音响。虽然显得有些过时——护墙板上的石膏线、可怕的浴室布置和各种小隔间，但西尔维坚信这里很有改造的潜质，只要敲掉隔墙、抛光地板就会焕然一新。这儿有间很棒的卧室，贾斯敏过来时可以住在那里，还有个花园。起初听说这里有花园的时候，他还开玩笑说要拿混凝土把园子填了，现在却决心学习园艺，还买了本讲园艺的书。他已经在潜意识里构思好了工具棚的规划图，下一步就是琢磨该怎么打室内高尔夫、在床上穿什么睡衣了。

进了家门，穿过堆放着箱子的门厅，他冲了个澡，走进厨房，订了泰国菜外卖，然后躺在起居室的沙发上，考虑开始任务之前要做哪些准备工作。

对于他们这一小群人来说，这个曾经平淡的日子多了一份凄凉阴郁的沉重，今天当然还要打几个电话，他首先联系了住在利兹的爱玛的父母苏和吉姆，交谈愉快而坦诚，他分别对他们讲了生意的情况、贾斯敏在学校的表现，同样的内容说了两遍。“好啦，新闻就这么多。”他告诉苏，“就是想说，今天想你们了，希望你们一切都好。”

“你也是，德克斯特，照顾好自己，好吗？”她的声音有些发颤，说完就挂了电话。德克斯特继续联系别的人，包括他的姐姐、父亲、前妻和女儿，对话非常简短，刻意轻描淡写，仿佛这只是平凡的一天，但潜台词始终是相同的：“我很好。”他还给蒂莉·基里克打了电话，可她反应过度，哭哭啼啼得令人生厌：“可是你到底怎么样了嘛，甜心？我是说，你真的没事吗？你还是单身吗？自己一个人能行吗？想让我们过去看看你吗？”他暗自有些恼火，请她放心，尽可能礼貌迅速地挂了电话。他又打给汤顿的伊恩·怀特海德，然而伊恩正在哄他家的小混蛋们睡觉，他保证有空了就给他回电话，甚至还要来看看他，德克斯特表示这是个好主意，心里却明白这不过是客套。所有这些通话都给人一种同样的感觉：最激烈的风暴已经过去。德克斯特大概再也不会和伊恩·怀特海德说话了，这对双方都有好处。

他看着电视吃晚餐，不停换频道，只允许自己喝外卖免费赠送的啤酒。一个人吃饭让他感到莫名悲哀，在这个陌生的房子里，弓着腰坐在沙发上，他当天里头一次感到强烈的绝望和孤独。这些日子里，悲伤让他觉得自己好像在冰冻的河面上行走，虽然大部分时间是安全的，但冰面之下总是存在危险的隐忧，此刻他就仿佛听到了冰层的开裂声，以至于惊慌失措地站了起来，两手捂脸，缓缓地平复呼吸。他从指缝间慢慢向外吐气，然后跑进厨房，把脏碗碟一股脑丢进水池，忽然非常想要喝酒，不停地喝酒。他拿起手机。

"怎么了？"玛蒂担心地问。

"就是有点心慌。"

"你确定不需要我过去？"

"我没事。"

"我可以打车，可以陪你……"

"不，真的不用。我愿意一个人待着。"他发现只听到她的声音就足以使他平静下来，于是再次让她放心，然后道了晚安。确定不会再有人打电话过来之后，他关掉手机，拉上百叶窗，上楼执行任务。

空荡荡的卧室里只有一张床垫、一个打开的手提箱和七八个纸板箱，其中两个箱子上分别用黑马克笔写着"爱玛1"和"爱玛2"，都是她的笔迹，这是爱玛留在他公寓里的最后一批遗物。箱子里盛着笔记本、信件和相册，他把两个箱子搬到楼下的起居室，准备用当晚剩下的时间把里面的东西整理一遍，那些没意义的东西——银行对账单、收据、外卖菜单——都被他扔进了黑色的垃圾袋，有意义的东西一部分寄给她父母，一部分他

现在好几张照片里，她头戴学士帽，身穿学士袍，故意摆出一副严肃的书呆子模样，眼镜快要架到了鼻尖上。他不禁微笑起来，随即又呻吟一声——因为看到了一张自己那时候的照片，觉得既丢脸又好笑。

照片上的他自以为是个男模，表情也在模仿男模，为了突出颧骨还吸着腮帮子，嘴巴也噘着，脖子被爱玛的一条胳膊搂着。她的脸几乎贴到了他脸上，瞪着眼睛，一手托腮，仿佛遇见了明星。这张照片拍完后，他们去了毕业茶会、酒吧和派对。他想不起举办派对的那座房子里当时住的是谁，只记得那儿几乎要被人挤塌了，有些家伙还跑到了街上和后花园里。为了躲避混乱，他们在起居室的沙发上找了个地方，整夜都待在那里——就是在那里，他第一次吻了她。他又看了一遍毕业照，爱玛戴着厚厚的大黑眼镜，头发染成了酒红色，形状剪得不怎么好，脸比他记忆中的胖一点，咧着嘴笑得很灿烂。他把照片放到一边，继续看下一张。

这张是第二天上午拍的：他们坐在半山腰，爱玛穿着十分收腰的李维斯501牛仔裤、黑色匡威运动鞋，德克斯特穿着完全不适合爬山的白衬衫和黑西装，这是他前一天的衣服。

亚瑟王座的山顶拥挤得令人扫兴，到处是游客和其他的毕业生，因为昨晚的庆祝活动，他们脸色苍白，疲惫不堪。德克斯和爱姆羞怯地向几位熟人挥手打招呼，同时努力跟他们保持距离，这是为了避免成为八卦的对象，不过已经晚了。

他们漫无目的地在人声鼎沸的铁锈色高地上闲逛，从各个角度欣赏风景。他们站在标志着山顶的石柱上，来了几句应景的评论：他们走了多远，竟然能从这里看到各自的住处……石柱上有许多涂鸦：粗俗的笑话、“DG到此一游”、“苏格兰万岁”、“撒切尔滚蛋”什么的。

“我们该刻上各自的名字缩写。”德克斯特试探地建议道。

“怎么写，‘德克斯和爱姆’？”

“永永远远。”

爱玛狐疑地嗤了一声，继而打量起一幅惊世骇俗的涂鸦作品：用擦洗不掉的绿色墨水画的巨型阴茎。“想象一下，爬了这么远的路上来，就为了画这个，是不是还得随身带着笔？‘这儿真美，自然景观无敌，就是缺了点儿鸡巴蛋。’”

德克斯特干巴巴地笑着，又开始感到别扭起来，他们似乎不该到这里来，两人都暗自觉得最好还是跳过野餐，直接下山回家，然而他们都不知道该如何开口，只好在山顶附近找了条人少的小路，在几块像是天然家具的石头上坐下来，打开背包。

德克斯特打开已经变得温热的香槟，泡沫顺着他的手掌流到石楠丛中。他们轮流喝了几大口，却没有丝毫庆祝的感觉。沉默片刻之后，为了打破僵局，爱玛又开始谈论风景。

“真美。”

“嗯。”

“没有下雨的迹象！”

“嗯？”

“你说今天是圣斯威逊节，‘圣斯威逊下大雨……’”

“真的哎，完全没有下雨的迹象。”

天气，她竟然谈起了天气，没话找话可真尴尬。她又沉默了一会儿，然后更加直接地问：“所以，你觉得怎么样，德克斯？”

“有点累。”

“不，我是说昨天晚上。我和你。”

他瞥了她一眼，不知道她期望听到怎样的回答，可一时半会儿又逃不了，总不能从山上跳下去吧？所以只好硬着头皮说：“我觉得很好！你呢？你觉得昨天晚上怎么样？”

“挺好的。就是有点尴尬，让你听我一个劲儿地讲未来啊、改变世界啊什么的，有些不现实，也很老套，尤其你还是个没有原则和理想的……”

“嘿，我有理想！”

“同时和两个女的睡觉不算理想。”

“好吧，既然你这么说……”

她咂咂嘴。“你有时候真的很下流，你自己知道吗？”

“我也没办法。”

“嗯，那你应该试着控制一下自己。”她抓起一把石楠花，轻飘飘地向他扔过去，“当你有意识控制自己的时候，就显得好多了。不管怎样，你别嫌我唠叨。”

“没有啦，你的说法挺有意思的。我真的觉得很开心，就是时机不太巧，真可惜。”

他对她微微一笑，笑容十分令人心烦，她恼火地皱起鼻子。“什么？你是说不然的话我们会成为男女朋友？”

“我也不知道。谁知道呢？”

他朝她伸出一只手，掌心向上，她嫌弃地盯着它看了一会儿，随即叹了口气，无可奈何地伸手握住。两人坐在那里，莫名其妙地手牵手，觉得自己很白痴，可直到胳膊累了才肯松开。最好的办法，他想，就是假装睡觉，睡到该下山的时候。于是他脱下外套当枕头，对着太阳闭上眼睛。他身体酸痛，酒精上头，就在渐渐失去意识的时候，她却开口了。

“我能说两句吗？你听了可能就不这么紧张了。”

他醉醺醺地睁开眼睛，看见她抱着腿坐着，下巴搁在膝盖上。“说吧。”

她吸了口气，似乎在整理思绪，然后说道：

“我不想让你以为我很心烦，我是说，昨天晚上的事，我知道那只是因为你喝醉了……”

“爱玛……”

“让我说完，好吗？不管怎么样，我过得很愉快。那种事……我经历得不多，也不像你那么有研究，不过昨晚很美好。我觉得你是个好人，德克斯，只要你愿意做好人。现在也许时机不合适，但我觉得你应该去中国或者印度之类的地方寻找自我，至于我，我留在这里就已经很开心了。我不想跟你一起去，不需要每周收到明信片，甚至不想要你的电话号码。我不打算跟你结婚生孩子，也没必要再放纵一次。我们已经度过了非常美好的夜晚，我会永远记得。假如我们以后再碰面，在派对上遇见什么的，那也没关系，还可以像朋友那样聊聊天，就算你曾经把手伸进我衣服里，我们也不会觉得难堪，就是平常心对待，对吧？我和你。咱们只是……朋友，同意吗？”

“好吧，同意。”

“嗯，那就这样吧。现在……”她从包里掏出一台破破烂烂的宾得单反相机。

“你要干什么？”

“看不出来吗？拍照。留个纪念。”

“我看起来糟透了。”他说，手却在整理头发。

“别来这套，你爱死照相了……”

他点了一根烟当道具。“你要照片干什么？”

“等你出名了，”她把相机平放在一块大石头上，盯着取景框调整拍摄角度，“我就能拿着它对孩子们说，瞧，就是这家伙，他曾经在一间小破屋里把手伸进妈妈的裙子里。”

“是你先撩的我！”

“不，是你，伙计！”她设置好定时器，拿指尖理了理头发。德克斯特把烟叼在嘴角，又换到另一侧嘴角。“好了……三十秒。”

德克斯特调整好姿势。“咱们说什么？‘茄子’？”

“不，说‘一夜情’！”她按下按钮，相机开始“呼呼”地倒计时，“要么说‘滥交’！”她从大石头上爬下来。

“或者‘夜里的小扒手’！”

“昨天晚上没扒手。”

“那他们干什么去了？”

“他们都是笨蛋。”

“为什么不能说‘茄子’？”

“咱们什么也别说了，笑笑就行，自然点儿，显得年轻、有理想、有希望就可以了。准备好了吗？”

“准备好了。”

“好，笑吧……”

第二十三章
三周年纪念，去年夏天

2007 年 7 月 15 日，星期日

爱丁堡

“叮——咚。叮——咚。”

女儿伸出食指，把他的鼻子当门铃按。他被按醒了。

“叮——咚。叮——咚。谁在门口？贾斯敏在门口！”

“你在干什么呀，贾斯敏？”

“叫你起床。叮——咚。”她的大拇指又戳进了他的眼睛里，把眼皮翻开，“醒醒，懒骨头！”

“几点了？”

“该起床的点！”

他睡在酒店的床上，躺在旁边的玛蒂拿起手表。“六点半。”她趴在枕头上呻吟一声，贾斯敏开心地坏笑起来。德克斯特睁开两只眼睛，看到女儿的脸就在旁边的枕头上，鼻子快要贴上来。“你就不能看看书、玩玩娃娃什么的？”

“不。”

“那就练习涂颜色吧，好吗？”

“我饿了。我们能叫服务员送吃的过来吗？游泳池几点开？”

这家爱丁堡的酒店豪华、传统、宏伟，有橡木地板和细瓷浴缸。为了参加他的毕业典礼，他父母曾经在这里住过一次，虽然比他想象的贵，也有点过时，但他觉得既然选了这里，那就应该大方一些。他们——德克斯特、玛蒂和贾斯敏——会在这里住两个晚上，然后租一辆车，前往洛蒙德湖附近的一处度假屋。格拉斯哥当然离那边更近，不过德克斯特已经有十五年没来爱丁堡了，上次来还是主持完电影节真人秀之后到这边放纵地度周末的。现在想来，一切都恍若隔世。今天他要好好做一名父亲，带女儿看看这座城市。玛蒂明白今天是什么日子，决定让父女俩单独在一起。

“你真的不介意吗？”他在浴室里悄悄问她。

“当然不，我会去美术馆看那个展览。”

“我只是想带她看几个地方，记忆中的街道。你没必要跟着受苦。”

“我说了，我真的不介意。”

他仔细地打量她。“你不觉得我疯了吗？”

她淡淡一笑。“不，我没觉得你疯了。”

“你不觉得这样有点吓人或者是怪异吗？”

“一点儿都不觉得。”即使介意，她也肯定不会表现出来。他轻轻吻了吻她的脖颈。“你想怎么样都可以。”她说。

连续下四十天雨听来似乎不可思议，然而今年却成为现实。全国各地连续下了好几个星期的大雨，无数繁华的街道被水淹没，这个夏天如此独特，反常得像是进入了雨季，好在他们出门来到街上时，天气依然晴朗干燥，云在高处徘徊——至少暂时如此。他们决定等一下回来跟玛蒂共进午餐，然后就分头行动了。

酒店位于老城区，毗邻皇家大道，德克斯特带着贾斯敏沿着景观最气派的路线直行，穿过条条小巷和隐秘的台阶，来到尼克尔森街，向南前往市郊。在他的记忆中，这是条繁忙的街道，总是笼罩着公交车的尾气，然而这个星期天的早晨，这里安静得竟然有点悲伤。离开了常规的观光路线之后，贾斯敏开始焦躁不安，感到厌倦，连被德克斯特握着的小手也变得沉重起来。德克斯特继续向前走，他从爱玛写的一封信里找到了她旧居的地址——兰基勒街，此时他看到了这条街的路牌。两人拐进住宅区安静的小路。

“咱们去哪儿？”

“我在找一个地方，十七号。”他回答。他们已经来到了十七号门口。德克斯特望着三楼窗户，那儿拉着窗帘，空洞又毫无特色。

“看到那套公寓了吗？我们上大学时，爱玛就住在那里，其实那也是我们真正认识的地方。”贾斯敏乖乖抬头向上看，却分辨不出这座毫不起眼的排屋与两旁的建筑有何不同，德克斯特也开始怀疑此行的意义，觉得自己病态任性、多愁善感，极有可能一无所获。这里并没有勾起他的任何回忆，也丝毫得不到怀旧的乐趣。他忽然很想放弃这次行动，马上给玛蒂打电话，提前跟她碰头，然而就在这时，贾斯敏指着街道尽头那片不协调地俯瞰着整个住宅区的花岗岩悬崖问：

“那是什么？”

“索尔兹伯里峭壁，通向亚瑟王座的山顶。”

“那上面有人！”

“你可以爬上去。不难。想去吗？我们试试？你觉得能行吗？”

他们往荷里路德公园走去。他郁闷地发现七岁半的女儿爬起山来比他自己轻快多了，偶尔还会停一停，回过头来笑话汗流浃背、喘着粗气的爸爸。

“这是因为我的鞋底打滑。”他抗议道。他们继续攀登，离开大路，爬上岩石，最后跌跌撞撞地来到亚瑟王座顶端那片铁锈色的高地，找到那根标有“最高点”字样的石柱，他检查着上面的划痕和涂鸦——“打倒法西斯”“亚历克斯·M，070505”“永远的菲奥娜”——有点盼着能找到自己的名字缩写。

石柱上还有些淫秽的涂鸦，为了转移贾斯敏的注意力，他把她抱到石柱上坐着，一条胳膊搂着她的腰。她晃荡着两条腿，看他指点着远处的地标。“那是城堡，就在酒店附近。那里是车站。那是福斯湾，通到北海。挪威就在海的那一边。那边是立斯，那里是新城区，我在那儿住过。二十年前了，贾斯。上个世纪的事了。还有那里，有个塔的地方，那是卡尔顿山。咱们也可以去爬，如果你愿意，今天下午就去。”

“你不是很累吗？”她调侃道。

“我？开玩笑。我天生就是运动员。”他说。贾斯敏开始模仿他气喘吁吁的样子，拳头抵着胸口。“喜剧演员。”他双手托着她的腋窝，把她抱下来，拎着她晃悠了好几下，假装要把她扔下山，听着她又叫又笑。

他们往山下走了一小段路，找到一处可以俯瞰城市的天然凹陷。他枕着双手躺下，贾斯敏坐在旁边吃盐醋味薯片，喝纸盒包装的浓缩果汁。太阳暖暖地照在脸上，然而到了为早起付出代价的时刻，他感到一阵睡意袭了过来。

“爱玛也来过这里吗？”贾斯敏问。

德克斯特睁开眼睛，两只手肘撑起身体。

“她来过。我们一起来的。家里还有一张我们俩的照片。我会给你看的，那时候爸爸可瘦了。”

贾斯敏鼓起腮帮子，朝他喷了口气，开始舔指头上的盐粒。“你想她吗？”

“谁？爱玛？当然。每天都想。她是我最好的朋友。”他用手肘捅捅她，“怎么了，你想她了吗？”

贾斯敏皱起眉头回忆着。“我想是吧，我那时才四岁，记不那么清楚了，看照片才能想起一点。我记得婚礼。不过她是个很好的人，对不对？”

“非常好。”

“那你现在最好的朋友是谁？”

他把一只手搭在女儿脖子后面，拇指按着那儿的凹陷。“当然是你啦。嘿，谁是你最好的朋友？”

她蹙起额头认真想了想。“我觉得很可能是菲比。”她说，然后用力吮吮吸管，已经空掉的果汁盒发出咕噜咕噜的声音。

“现在喜欢的人，以后不一定喜欢，你知道吧。”他说，她叼着吸管笑起来。“过来。”他咕哝道，一下子把她抓过来，揽到自己怀里，让她枕着他的肩膀。她安静了片刻，德克斯特再次闭上眼睛，感受温暖的上午阳光照在眼皮上。

“美好的一天。”他喃喃地说，“没下雨，至少暂时没有。”睡意再次蔓延开来，他能嗅到贾斯敏头发上酒店洗发水的气味，感觉到她的气息喷在他脖子上，还有薯片的盐味和醋味，就这样慢慢地睡着了。

迷糊了大概两分钟，他就感到她尖瘦的手肘在戳他的胸口。

“爸爸？我很无聊。咱们现在可以走了吗？”

那天下午余下的时间里，爱玛和德克斯特一直在山坡上说说笑笑、自我介绍：父母是做什么的、有多少兄弟姊妹，还会讲一些自己特别喜欢的轶事。下午过去一半的时候，他们不约而同地靠在一起睡着了，直到五点钟德克斯特突然一个激灵醒过来，他们才收拾起空酒瓶和剩下的食物，头晕脑涨地下山。

来到公园的出口，爱玛意识到他们马上就要分别，可能再也不见。她觉得他们也许会在派对上重逢，然而两人的朋友圈子完全不同，恐怕难有交集，更何况他马上就要出国旅行了。即便再次相遇，过程也很可能短暂而正式，而且他很快就会忘记那个小出租屋里发生的一切。他们踉踉跄跄地下山时，她就已经心生悔意，发觉自己还不想让他走，至少应该让他再留一夜，这样才算有始有终。可要如何开口呢？当然做不到，一向怯懦的她错过了时机。以后我会变得勇敢，总是坦率、从容、真诚地说出心里的想法，她告诉自己。他们已经来到了公园门口，该是说再见的时候了。

她踢着砾石路面，挠挠头。“嗯，我想我得……”

德克斯特拉起她的手。“听着，为什么不跟我一起喝杯酒呢？”

她强迫自己不要露出高兴的表情。“什么，现在？”

“或者至少陪我走回去？”

“你爸妈不是要过来吗？”

“得到晚上，现在才五点半。”

他的拇指摩挲着她的指关节，她假装犹豫了半天。“那就走吧。”她面无表情地耸耸肩，他松开她的手，开始向前走。

穿过北桥的铁轨，进入乔治新城后，他脑子里形成了一个计划：他要在六点之前赶回公寓，然后打电话给父母，让他们八点在饭店等他，而不是六点半就过来。这样他就有接近两个小时时间和爱玛独处。卡勒姆去见他女朋友了，他可以和爱玛在公寓里待上整整两个小时，又能亲吻她了。他的公寓房间有着高高的天花板和大白墙，只摆着他的行李箱和几件家具，卧室里放着床垫和老式躺椅，再铺上几块防尘布，都能演俄国戏剧了。他明白爱玛肯定喜欢这种调调，因此不用给她灌酒就能吻她，无论未来他们的关系如何，产生怎样的影响和后果，他知道自己现在只想亲吻她。还要走十五分钟，他发现自己有点喘不过气来，真应该打个车的。

也许她也有同样的想法，因为他们飞快地走下邓达斯街的陡坡，肘部偶尔互相摩擦，远处是雾蒙蒙的福斯湾。多年以后，每当看到乔治王朝风格的房屋阳台之间的那一道青灰色的水景，她依然会觉得欣喜。“要是早知道你住在这里就好了。”她说，语气里透着责怪和羡慕，随即意识到自己也有些气喘吁吁。她要和他去陈设考究的公寓，他们要发生点什么了，她既羞怯又期待，脖子都变成了粉红色，又用舌尖舔着牙齿表面，徒劳地想让它们更光亮一些。她需要刷牙吗？香槟总是会让她有口气，他们该不该嚼嚼口香糖？还有安全套，德克斯特有安全套吗？那是自然，这就跟问他有没有鞋一样。不过，她是该先刷牙，还是门一关就投入他的怀抱？这时她又想起自己穿的是全套的登山内衣，可现在担心已经晚了，他们已经拐上了菲蒂斯路。

“不远了。”他微笑着说，她也微笑着，随即笑出声来，去牵他的手，默认了下一步的计划。他们几乎跑了起来，他说过他住在三十五号，她不由得暗自去数门牌号：七十五、七十三、七十一……快到了，她的胸口发紧，有点难受。四十七、四十五、四十三……她有些岔气，指尖像触了电似的麻嗖嗖的。他拉着她的手，在街上大笑着奔跑，有辆车在按喇叭，别管它，无论怎样都别停步。

然而一个女人的声音响了起来："德克斯特！德克斯特！"所有希望瞬间消失，就像跑步撞到了墙。

德克斯特父亲的捷豹车就停在三十五号的正对面，他母亲正从车上下来，在马路对面向他招手。他从没想到自己会有这么不愿意见到父母的时候。

"你来啦！我们一直在等你！"

爱玛注意到德克斯特是怎么放开她的手的——几乎是甩开的。与此同时，他穿过小街和母亲拥抱。更让她烦躁的是，她发现梅休夫人非常美丽，衣着时髦，而他父亲略有逊色，身材高大、表情阴郁、不修边幅，显然很不喜欢等人。他母亲看到儿子身后的爱玛，朝她宽容安慰地笑了笑，不出爱玛所料，那是公爵夫人发现误入歧途的儿子和女仆接吻时的特有微笑。

接下来的事态发展比德克斯特预想的快多了。他想起自己假装给父母打电话，意识到除非尽快请他们进屋，否则谎言就要露馅，可他父亲还在问车该停在哪里，母亲又想知道他这一天去哪儿了、为什么没给他们打电话，爱玛则站在不远处，跟梅休一家保持距离，像女仆那样恭顺而多余，不知道自己多久才能老实认栽，心甘情愿地回家。

"我想我们跟你说过，我们六点钟过来……"

"其实是六点半。"

"我给你电话留言了。"

"妈妈，爸爸……这是我朋友爱玛！"

“你确定我可以把车停在这儿？”他父亲问。

“很高兴见到你，爱玛，我是艾莉森。你晒黑了，你们两个今天去哪儿了？”

“……德克斯特，要是我吃了停车罚单……”

德克斯特转身看着爱玛，眼睛里闪着歉疚的火花。“嗯，你要不要进来喝一杯？”

“或者吃个饭？”艾莉森说，“为什么不和我们一起吃晚餐呢？”

爱玛瞥了德克斯特一眼，只见他睁大了眼睛，不知道是因为对母亲的话感到吃惊，还是在鼓励爱玛接受邀请。无论如何，她都会拒绝。这些人看起来挺和善，可她不想打扰一家人相聚。他们要去时髦体面的地方，而她看起来像个伐木工，再说了，进去干什么呢？坐在那里看着德克斯特？听他们问她的父母是干什么的、她在哪里上的学？这家人傲慢的自信、炫耀般的彼此关怀，以及他们的财富、品位和优雅已经够让她自惭形秽的了，到时候她会更害羞，要是不小心喝多了，没人能帮她。还是放弃吧。她挤出一个微笑，说：“其实，我该回去了。”

“你确定吗？”德克斯特皱着眉头说。

“是，有事要做。你去吧。回头见……也许吧。”

“哦，好吧。”他失望地说，如果她想进去，肯定会进去，可说什么“回头见……也许吧”？不知道是什么意思，他怀疑她可能并没有那么在乎他。一阵沉默。他父亲又过去看了一眼停车计费器。

爱玛挥挥手。“那……再见。”

“再见。”

她转向艾莉森。“很高兴见到你。”

“幸会，艾米丽。”

“爱玛。”

“啊，爱玛。再见，爱玛。”

“还有……”在他母亲的注视下，她朝德克斯特耸耸肩，“嗯，我想说，祝你开心。”

“你也要开心。”

她转身离开，梅休一家看着她走远。

“德克斯特，对不起，我们是不是打扰你了？”

“不，完全没有。爱玛就是个朋友。”

艾莉森·梅休兀自微笑着，热切地打量英俊的儿子，然后双手抓住他西装的翻领，轻轻扯平肩膀部分的皱褶。

“德克斯特，你昨天穿的也是这一身吧？”

爱玛·莫利一路怀着失望，在暮色中走回家。气温已经降了下来，她感到有点冷，一阵突如其来的颤抖带着焦虑穿过整个脊柱，强烈到让她不得不暂时停步。这是对未来的恐惧，她想。她已经不知不觉地来到乔治街和汉诺威街的交汇处，宽阔气派的十字路口行人熙攘，有的匆匆忙忙下班回家，有的准备见朋友或者跟人约会，每个人都有自己的目标和方向，二十二岁的她却毫无头绪地在此徘徊，不想回到破烂肮脏的公寓，挫败感再次袭来。

“你想过怎样的生活？”一直以来，似乎总有人以各种方式向她提出这个问题，包括她的老师、父母和凌晨三点时的朋友们，然而它从未像现在这样如此迫切地困扰着她，她却依然不知道答案。未来已在前方居高临下地等候她，那些或许将要空洞虚度的日子，一天比一天更令人生畏、更虚幻不可知，她又该如何将它们填满？

她再次前行，向南朝土丘走去。“把每一天都当作最后一天来过。”虽然这是老生常谈，但实际上没几个人有精力做到——要是哪天下雨，或者你心情不好呢？太不现实了，还是尽力而为吧，做个勇敢的好人，有所改变，不是改变世界，而是周围的小环境。走出去，带着你的热情和打字机，努力工作……也许可以通过艺术改变人生。珍惜朋友，恪守原则，热情、充实、健康地生活。体验新事物，抓住机会去爱和接受爱。

尽管头开得不怎么好，但这就是爱玛的处世宗旨。她刚刚跟真心喜欢的人说了再见，感觉似乎并不比耸耸肩膀困难多少，可他是她第一个真正在乎的男生，现在却不得不试着接受可能永远不会再见到他的事实。她不知道他的电话号码和地址，就算知道了又怎么样？他也没让她留下电话号码，她太骄傲了，不会像其他晕了头的女孩那样留下别人没兴趣知道的信息。祝你开心。这是她最后的留言，她真的只能想出这种话来吗？

她继续向前走，城堡刚刚映入眼帘，她就听到了脚步声——高级皮鞋的鞋底重重地拍打着她身后的人行道，她还没听到人家叫自己的名字就微笑着转过身去，因为她知道那一定是他。

“我以为找不到你了！”他放慢脚步，红着脸喘着粗气，试图尽量恢复到以前那种漫不经心的样子。

“没有，我还在这儿。”

“对不起。”

“不用，我没事。”

他双手撑着膝盖站在那里，调整着呼吸。“我没想到我父母能来，他们没打招呼就出现了，让我分了心，我突然想起来……请原谅……想起我还不知道你的联系方式。”

“哦，好吧。”

“所以……你瞧，我没有笔，你带笔了吗？一定带了吧。”

她蹲下身子，在背包里的野餐垃圾中掏弄。*找出笔来吧，拜托，我必须找一支笔出来……*

“哇哦！这儿有一支！”

“哇哦？”你在欢呼吗？你这个白痴。保持冷静。别毁了这次机会。

她在钱包里寻找小纸片，发现一张超市小票，于是递了过去，然后把她的电话号码、她父母在利兹的电话号码和住址、她在爱丁堡的住址全都告诉了他，还特别强调了一下邮政编码。他也写下自己的联系方式。

“这是我的。”他把珍贵的纸片递还给她，“打给我，或者我打给你，不过我们中的一个总得先打电话，对吧？我不是说要比赛什么的，你要是先打了也不算输。”

“我明白。”

“我要在法国待到八月，然后回来。我想你可能愿意来我家住住？”

“跟你住一起？”

“不是长住。就一起过个周末。在我家……我指的是我父母家。你不愿意也没关系。”

“噢，当然可以。是的。没错。好的。可以。好的。是的。”

“那么，我该回去了。你确定不来喝一杯？或者吃个饭？”

“还是算了吧。”她说。

“嗯，我也觉得你还是不来的好。”他看起来像是松了一口气，她再次感到被蔑视了。为什么呢？她想，她让他尴尬了？

“噢，好吧，为什么这么说？”

“因为我想，如果你来了，我会变得不正常，就是手忙脚乱，你坐在那里，我就做不了我想做的事了。”

“为什么？你想做什么？”她明知故问。他把一只手轻轻地搭在她的脖子后面，她同时也把一只手轻轻搁在他屁股上，夏夜的暮光之下，两个人就这样在街上接吻，周围尽是行色匆匆的路人，那是他们一生中最甜蜜的一吻。

这就是一切的开始。一切始于此时此地。

然后就结束了。“那么，回头见。”他说，慢慢向后退去。

“但愿吧。”她微笑道。

“我也这么希望。再见，爱姆。”

“再见，德克斯。”

“再见。”

“再见。再见。”

–全书完–

致谢

万分感谢乔尼·吉勒和尼克·赛耶斯的热情、洞察力和指导，感谢霍德教育集团和柯蒂斯布朗公司的全体同仁。

感谢为本书早期手稿做出贡献的人：汉娜·麦克唐纳、卡米拉·坎贝尔、马修·沃楚斯、伊丽莎白·奇尔加里夫、迈克尔·麦考伊、罗安娜·本恩和罗伯特·布克曼。感谢艾斯·塔斯基兰、凯蒂·古德温、伊芙·克莱克斯顿、安妮·克拉克和克里斯蒂安·斯普瑞尔为本书细节所做的润色。感谢玛丽·埃文斯和汉娜·韦弗的支持、启发以及对所有不便的忍耐。

感谢托马斯·哈代，我在本书的最后章节贸然而笨拙地引用和改述了他的原作。也要感谢比利·布拉格的歌曲《圣斯威逊节》。

这本小说里的一些俏皮话和观察结论可能来自多年来的朋友和相识，在此唯有一并感谢——顺致歉意。

一天

产品经理｜吴　涛　　装帧设计｜星　野　　执行印制｜陈　金
技术编辑｜朱君君　　封面插画｜Moeder Lin　　出 品 人｜吴　畏

图书在版编目(CIP)数据

一天 / (英) 大卫·尼克斯著 ; 孙璐译. -- 上海 : 上海文艺出版社, 2021
ISBN 978-7-5321-7840-7

Ⅰ. ①一… Ⅱ. ①大… ②孙… Ⅲ. ①长篇小说一英国一现代 Ⅳ. ①I561.45

中国版本图书馆CIP数据核字(2020)第235295号

著作权合同登记号 图字:09-2020-1084号

出 版 人: 毕 胜
责任编辑: 陈 蔡
特约编辑: 吴 涛
装帧设计: 星 野
封面插画: Moeder Lin

书 名: 一天
作 者: [英] 大卫·尼克斯, 孙璐(译)
出 版: 上海世纪出版集团 上海文艺出版社
地 址: 上海绍兴路7号 200020
发 行: 果麦文化传媒股份有限公司
印 刷: 北京盛通印刷股份有限公司
开 本: 880mm×1230mm 1/32
印 张: 15
字 数: 319千字
印 次: 2021年1月第1版 2021年1月第1次印刷
印 数: 1-7,000
I S B N: 978-7-5321-7840-7/I·6219
定 价: 58.00元

如发现印装质量问题, 影响阅读, 请联系021—64386496调换。